KB108271

핀치 오브 매직

마법 한 줌

A Pinch of Magic
Adventure

핀치 오브 매직
마법 한 줌

글 | 미셸 해리슨 옮김 | 김래경

ЩВ
위니더북

여는 글

죄수가 창밖을 내다봤다. 여자는 까마귀바위섬에 있는 탑 네 개 중에서 돌을 높이 쌓아 지은 감옥에 갇혔다.

감방 안에서 여자가 눈만 감으면 저 아래에는 감옥을 둘러싼 담도 없고, 세상이 내려다보이는 성이나 산꼭대기에 있다고 상상할 수 있었다.

하지만 오늘은 연극도 여기까지였다. 그저 꿈이라고 치거나 누가 구해주리라고 믿기도 지쳤다. 뻥 뚫린 창문으로 휘몰아쳐 불어오는 가혹한 바람에 맞서 여자가 두 팔로 몸을 더욱 꼭 감쌌다. 습지 냄새가 훅 끼쳤다. 찝찔한 생선 비린내가 섞였다. 바닷물이 빠지자 여자 눈앞에 드넓게 펼쳐진 갯벌만 남았다. 갈매기들이 오도 가도 못하는 물고기를 쪼아대고, 수북하게 자란 습지 식물과 망가진 채 버려진 나룻배들이 보였다. 여자가 입술 사이에서 나부끼는 황갈색 긴 머리카락을 떼어냈다. 여자는 찝찔한 소금 맛을 느끼며 돌로 된 창턱 너머로 몸을 한껏 구부렸다. 차가운 창턱은 긁힌 자국투성이였다.

창문에는 창살이 없었다. 있을 필요가 없었다. 탑 높이로도 죄수를 가두기에 충분했다. 깍깍대며 바깥을 맴도는 까마귀 소리는 그칠 줄을 몰랐다. 처음에 여자는 까마귀를 친구로 여겼다. 곁에 머물며 이야기를 나누는 상대라

5

고 생각했다. 때로 한 마리가 창틀에 내려앉아 눈 한번 깜빡이지 않고 안을 지켜보며 여기저기를 쪼아대기도 했다. 깍깍 소리가 점점 불편해지기 시작했다. 깍깍대는 울음소리가 여자한테 늪 마녀라고 비난하고 조롱하는 마을 사람들 목소리 같았다.

늪에서 나온 여자야. 이곳 마을 사람을 세 명이나 죽였대. 저 여자가 그랬대.

여자는 그 누구도 해칠 생각이 없었다. 돌을 긁어놓은 자국은 창턱 이 끝에서 저 끝까지 쭉 이어졌다. 자국 하나가 감옥에서 보낸 하루였다. 한때 여자는 긁힌 자국이 몇 개인지 알았지만, 더는 숫자를 세지 않았다.

여자가 손가락으로 돌벽을 훑으며 원형 감방 안을 한 바퀴 돌았다. 감방 안쪽 벽에 흠집이 더 많았다. 분노로 가득한 단어를 새겨놓기도 했고 물건을 집어 던진 자리가 움푹 파이기도 했다. 많이 벗겨지고 부서졌지만, 결코 무너지지는 않았다.

어제는 하늘에 창백한 붉은 달이 떴다. 감옥 간수들이 죄다 입을 놀리며 쑥덕거렸다. 한낮에 보이는 달은 어느 때라도 불길한 징조건만, 하물며 붉은 달이었으니 더욱 심상치 않았다. 붉은 달은 피의 달, 누군가 죄를 저지르고 있다는 표시였다.

여자는 거친 돌벽 표면을 꼼꼼히 살펴서 회반죽이 갈라진 작은 틈을 찾아냈다. 탑에 갇히고 얼마 뒤, 발 디딜 곳을 찾다가 발견한 틈이었다. 그때는 이곳에서 탈출할 수 있다는 희망이 있었다. 여자는 간수 눈에 띄지 않도록 깨진 돌 조각을 틈 사이에 숨겨 놓았다. 무기로 삼기에는 턱없이 작은데도 간수가 알아내면 압수할 것이 뻔했다.

여자가 돌 조각을 꺼내서 손에 쥐었다. 자기 손이었지만 알아보지 못했다. 한때 갈색이었던 피부는 더럽고 칙칙한 데다 손톱은 우툴두툴했다. 여자는 분필로 글씨를 쓰듯이 돌멩이로 벽을 긁어서 무언가를 새겼다. 딱 한 단어, 여자한테 죄를 지은 사람 이름이었다. 여자는 검은 생각을 품고 한 자 한 자 집중해서 새긴 뒤 손을 펴서 돌멩이를 떨어뜨렸다. 더는 필요 없었다. 여자 생전에 마지막으로 쓴 글자였다.

여자가 까마귀바위섬을 건너다봤다. 정오에 배가 와서 여자를 실어 갈 예정이었다. 여자는 까마귀바위섬 네거리로 가야 했다. 바로 이 순간 한창 교수대가 세워지고 있는 곳이었다. 여자가 중심 섬으로 가 보기는 이번이 처음이자 끝일 터였다. 어디로 가는 여정이든 여자한테는 마지막이었다.

여자는 그곳에서 처형될 것이었다. 여자는 마녀라고 알려진 자신을 배에 태우고 습지를 가로질러야 하는 간수들 심정이 어떨까 궁금했다. 물론 쇠고랑을 채울 터였다. 마녀를 무력화한다고 알려졌기 때문이었다. 하지만 가장 겁 없는 간수라도 일단 여자가 탑에서 나오면 가까이 있기가 불안할 것이었다. 특히 핏빛 달이 떴을 때는 말이다.

여자 눈길이 습지로 향했다. 폭풍이 휘몰아치던 밤, 저곳에서 표류하던 한 작은 배에서 모든 일이 시작되었다. 세 사람이 배에서 목숨을 잃었다.

"난 누구도 해칠 생각 없었어."

감각을 잃은 손가락으로 창턱을 움켜쥔 채 여자가 중얼거렸다. 그건 사실이었다. 그때 여자는 누구 하나 다치게 하고 싶지 않았다. 하지만 지금 여자는 온통 복수 생각뿐이었다.

복수가 목숨을 구해주지는 않겠지만, 원한은 풀어주리라.

1장. 핼러윈

베티 위더신즈가 가문에 내린 저주를 처음으로 알게 된 때는 베티의 열세 번째 생일 밤이었다. 13이라는 숫자를 불길하게 여기는 사람도 있지만, 베티는 그런 미신을 믿기에 너무 현실적이었다. 허무맹랑한 미신에 둘러싸여 살지언정, 베티는 자기가 매우 논리적인 사람이어서 터무니없는 미신을 안 믿는다고 생각하기를 좋아했다.

그날은 토요일이었다. 토요일 밤에는 베티 가족이 늘 바빴다. 베티 집은 마을에서 여관이자 술집이었다. 위더신즈 가문이 대를 이어 운영해 온 '밀렵꾼의 주머니'는 까마귀바위섬에서 가장 시끌벅적한 곳이었다. 지금은 베티 할머니가 가게 주인이었다. 할머니 이름도 베티였다. 그래서 사람들은 헷갈리지 않으려고 할머니를 버니라고 불렀다. 베티한테는 자매들도 있었다. 펄리시티(다들 '플리스'라고 불렀다) 언니와 '찰리'라고 불러야만 대답하는 여섯 살짜리 동생 샬럿이었다.

베티 생일은 핼러윈과 같은 날짜였다. 베티가 찰리와 함께 우당탕 아래층으로 뛰어 내려갔다. 차려입은 핼러윈 의상이 뒤로 잔뜩 부풀어 올라 만족스러울 만큼 으스스하게 보였다. 베티는 옷차림에 용기가 나서 기분이 좋았다.

찰리까지 끌어들여 할머니 규칙 중에서도 제일 중요한 사항을 어길 참이기 때문이었다. 찰리는 아직 아무것도 몰랐다.

가게로 들어가는 문을 열어젖히자, 맥주 향 감도는 따뜻한 공기가 베티가 쓴 해골 가면 구멍으로 스며들어 곧장 콧구멍으로 파고들었다. 베티는 덜그럭 소리를 내며 바닥에 떨어진 편자(*말굽에 붙이는 U자 모양 쇳조각)를 주워서 문틀 위 원래 자리에 걸었다. 편자는 할머니가 가장 아끼는 물건이었다. 찰리는 최대한 마녀처럼 깔깔 웃어서 두 사람의 등장을 요란하게 알리며 망토를 펄럭였다. 한쪽 구석에 놓인 할머니 빗자루를 집어 들더니 흠집투성이 탁자와 짝도 안 맞게 놓인 의자들 사이로 휘젓고 다니며 춤추기 시작했다. 초록색으로 칠한 얼굴로 노래하는 찰리 눈동자가 반짝였다.

"사탕 안 주면 공격이다, 사탕 안 주면 공격한다. 습지에는 안개가 잔뜩, 사탕은 달콤해!"

흥미롭게 지켜보는 단골들 사이로 찰리가 작은 도깨비처럼 빙글빙글 돌며 깡충깡충 뛰어다녔다.

"찰리, 조심해!"

타닥타닥 피어오르는 불꽃 근처에서 펄럭이는 동생 망토를 보고 베티가 소리 질렀다. 아까 찰리와 늙은 호박 속을 파내고 호박등을 만들어서 불을 밝혀 놓았다. 베티는 검은색 긴 망토를 바로잡은 뒤 할머니를 향해 초조하게 손짓했다. 할머니는 카운터를 벅벅 닦고 있었다.

"할머니, 우리 나가요."

베티가 말했다. 다행히 할머니 쪽에서는 베티 얼굴이 보이지 않았다. 베티는 몇 주에 걸쳐서 오늘 저녁 계획을 세웠다. 그때마다 가슴이 두근거렸건만 막상 실행하려니 규칙을 크게 어길 참이라는 사실이 믿기지 않았다. 베티는 습지 깔따구처럼 왱왱대는 속마음을 부디 할머니가 눈치채지 않기를, 떨리는 목소리도 그저 들떠서 저런다고 여겨주기를 바랐다.

할머니가 발소리를 쿵쿵 내며 다가왔다. 할머니는 어디를 가든 걷지 않고 발을 구르고 다녔다. 문도 그냥 닫는 법 없이 쾅 소리가 나도록 세게 닫았다. 무엇보다 할머니는 말하는 대신 항상 소리를 질러댔다.

"나가서 또 누구를 알겨내려고?"

할머니가 얼굴에 들러붙은 흰머리를 훅 불었다.

"핼러윈 사탕 받으러 가잖아요. 다 이러고 놀아요."

베티가 할머니 말을 바로잡았다.

할머니가 혀를 찼다.

"다들 뭔 짓을 하는지 내가 모를까 봐 할미를 가르치냐? 내 눈에는 다 알겨내는 거야. 여기 할 일이 잔뜩 쌓였구만."

"저도 오늘 종일 일했어요. 무슨 생일이 이래."

베티가 삐쳐서 투덜거렸다. 가면에 눌려 열기를 뿜어내는 숱 많은 머리털이 목에 들러붙어서 가려웠다.

할머니가 콧방귀를 꼈다. 생일이건 뭐건 위더신즈 가족은 가게가 돌아가도록 모두 도와야 했다. 찰리도 예외가 아니었다.

"숲 지대까지만이야. 넘어가면 안 돼. 알아들었지? 언제까지 돌아와야 하는……."

"저녁 시간 맞춰서 오면 되잖아요. 알아요, 알아."

베티가 할머니 말을 끊었다.

"작년에 무슨 일이 있었는지도 잊지 말고."

할머니 목소리가 다소 부드러워졌다.

"생일 케이크도 있으니까."

"오!"

먹는 얘기가 나오니까 꼬마 도깨비 춤을 추던 찰리가 움직임을 멈췄다.

손님이 부르는 소리에 할머니가 가버리자 베티가 언니한테 눈길을 보냈다.

"진짜 우리랑 같이 안 가?"

베티 목소리에서 언니가 같이 가주기를 바라는 마음이 묻어났다. 해마다 이맘때는 셋이 함께 핼러윈 분장을 하며 즐겁고 신나게 지냈다.

"언니 없으면 옛날 같지 않단 말야."

플리스가 고개를 젓자 윤기 흐르는 검은색 머리가 어깨에서 찰랑거렸다. 아까 찰리 얼굴을 칠해주느라 귀여운 들창코에 초록색 얼룩이 희미하게 묻었다.

"난 이제 그런 놀이할 나이가 지났어. 게다가 여기에서 일도 도와야 하고."

"언제 윌 터너가 올지 모르니 놓치고 싶지 않겠지. 아, 이번 주에는 잭 험블이었나? 과연 누가 언니 입맞춤을 받으려나? 플릿, 정말 따라갈 수가 없다니까요."

플리스가 놀려대는 베티를 노려봤다.

"그렇게 부르지 말랬지!"

베티는 눈알을 굴렸다. 언니 콧등에 얼룩 묻었다고 가르쳐주나 봐라. 언니는 생일이 지난 다음부터 도무지 언니 같지 않았다. 조용해졌고 때로는 우울해 보이기까지 했다. 무슨 걱정 있느냐고 베티가 물어봐도 매번 입을 꾹 다물었다.

"베티, 너 숲 지대 안 넘어갈 거지? 응?"

플리스가 할머니 눈치를 살피며 물었다.

베티가 가면 아래에서 침을 꿀꺽 삼켰다. 주름 잡힌 망토 자락 안에서 가운뎃손가락을 집게손가락에 포개고 (*둘째, 셋째 손가락을 꼬는 행동은 행운을 기원하는 동작이라고 알려졌다) 거짓말했다.

"응, 숲 지대 안에서만 놀 거야."

플리스가 베티한테서 창문으로 눈길을 돌렸다. 표정을 읽어내기가 어려웠다.

"어쨌건 되도록 가까이에서 놀아. 저 멀리 안개가 낀 것 같아. 습지 건너는 배를 타면 위험할지도 몰라."

때마침 단골인 잘난이 퀴니가 못 참겠다는 듯 탁자를 두드려대자 플리스가 주문을 받으러 뒤돌아서 가버렸다.

베티가 언니 등에 대고 눈알을 부라렸다.

"이것도 하면 안 돼, 저것도 하면 안 돼, 뭐야 진짜."

베티가 한숨짓듯 투덜거렸다. 생일 이후 언니한테 무슨 일이 있었지? 할머니가 선물로 준 고물 인어 거울을 시무룩한 표정으로 자주 들여다보는 것만 봐서는 예나 지금이나 허영심 많은 언니 그대로였다. 하지만 언니는 생일 촛불을 불면서 모든 즐거움도 불어버린 모양이었다. 말하는 것만 봐서는 영락없이 할머니랑 똑같이 닮아가고 있었다.

밀렵꾼의 주머니에서 사는 삶이 갈수록 코르셋처럼 베티를 조여 왔다. 할머니가 이쪽 끈을, 언니가 저쪽 끈을 잡고 양쪽으로 당겨 대서 숨을 쉴 수 없었다. 오늘 밤 베티는 잠시라도 이 끈을 죄다 끊어 버리겠다 단단히 벼르고 있었다.

베티가 찰리를 불렀다. 찰리는 얼마 전 앞니가 빠져서 틈이 생긴 잇몸을 한창 도미노 게임 중인 손님들한테 자랑하고 있었다. 베티는 사람들이 들어찬 탁자 사이로 찰리와 함께 빠져나가 문으로 갔다. 하나같이 가족 못지않게 낯익은 단골들이었다. 문까지 한 걸음 남았는데 찰리가 베티 망토에 발이 엉켜 넘어지면서 탁자에 부딪혔다. 탁자에는 핑거티라는 이름의 남자가 잔뜩 심통 난 표정으로 혼자 앉아 있었다. 술이 잔에서 넘치자 핑거티가 눈알을 부라리며 퉁명스럽게 콧방귀를 뀌었다.

"죄송합니다."

베티가 웅얼거리며 재빨리 지나갔다.

베티와 찰리는 여관 안으로 점점 더 쏟아져 들어오는 손님들을 비집고 나가느라 용을 썼다. 찬 바람이 불어와 두 아이 발목을 휘감았다. 어둠이 깃든 바깥은 꽁꽁 얼 만큼 추웠다. 하지만 아, 이 얼마나 근사한 밤인가. 자유다! 몇 분 뒤 일단 무사히 배에 오르기만 하면 자유였다. 베티는 속으로 쾌재를 불렀다. 춥고 들떠서 몸이 떨렸지만 살짝 걱정스럽기도 했다. 언니 말마따나 여기 바깥은 안개가 껴서 뿌옜다. 베티가 꾸준히 확인했는데 안개가 낄 거라는 예보는 어디에서도 못 들었다. 하지만 습지 날씨는 예측 불가인 데다 예보는 종종 빗나가기도 했다.

찰리가 하얗게 입김을 뿜으며 저 앞으로 달려 나가면서 작은 솥단지처럼 생긴 빈 통을 휘둘렀다. 찰리는 추위가 아무렇지도 않았다. 베티는 눈으로 둥지 풀밭을 훑어보며 성큼성큼 동생 뒤를 따랐다. 핼러윈 분장을 한 몇몇 사람이 집마다 다니고 있었다. 베티는 문간 계단에서 은은하게 빛을 발하는 호박등을 다섯 개까지 셌지만, 집들 대부분이 캄캄했다. 가면을 뒤집어쓴 낯선 이들한테 방해받기가 싫어진 사람이 많았는데, 거기에는 다 그럴 만한 이유가 있었다.

작년 핼러윈 때 까마귀바위섬 종이 땡땡 울리면서 모든 흥겨움이 일시에 뚝 끊어지는 경험을 한 터였다. 종소리는 경고였다. 감옥 횃불이 위험을 알리며 습지를 가로질러 불을 밝혔다는 의미이다. "사탕 안 주면 장난칠 거예요!"라던 소리가 "죄수가 도망쳤다! 다들 어서 안으로 들어가서 문을 잠가요!"라는 외침으로 바뀌었다. 베티와 자매들도 헐레벌떡 밀렵꾼의 주머니로 달려가서 위층 베티 방 창문에 코를 바짝 갖다 붙이고 앉았다. 플리스는 손톱을 물어뜯고 찰리는 사탕 얻을 기회를 놓쳐서 퉁퉁대는 사이, 베티는 단 며칠이라도 죄수가 잡히지 않고 버텨주기를, 그래서 까마귀바위섬이 잠시라도 떠들썩하기를 내심 바라며 흥분해서 쌕쌕대고 있었다. 탈옥자는 드물고 감옥이 드리운 그림자 속에서 자라서인지, 세 아이는 감옥이 얼마나 가깝고 또 얼마나 위험한지 거의 잊고 살았다. 자매들은 밖을 지켜보며 기다렸지만, 등불을 들고 수색에 나선 간수 두 사람 말고는 아무도 못 봤다. 아침 먹을 때쯤엔 소동도 가라앉았다. 죄수들이 습지에서 잡혔다는 얘기가 들려왔다. 베티는 탈출 이야기라면 종류를 가리지 않고 늘 관심이 갔다. 때로 자기도 죄수나 다름없다고 느끼기 때문이었다. 하지만 애석하게도 수감자가 탈출한 이야기는 세 아이가 집에서 멀리 벗어나면 안 된다고 할머니가 내세우는 또 다른 구실이 될 뿐이었다.

번쩍 정신이 들면서 현재로 돌아온 베티가 밀렵꾼의 주머니를 뒤돌아봤다. 한번은 플리스가 다 떨어진 타일이며 덜렁거리는 덧문들 꼴이 꼭 깃털이 너덜너덜해서 더는 쓸모없어진 늙은 경주용 비둘기 같다고 했다. 밀렵꾼의 주머니는 둥지 풀밭 끄트머리에 자리 잡고 있었다. 색 바랜 벽돌은 세월이 만든 조각보였다. 시간에 팔꿈치라도 달렸는지 자꾸 건물을 찔러 대서 지금은 술에 잔뜩 취한 듯 전반적으로 왼쪽으로 기울었다. 창문에서 노란 불빛이 넘실거렸지만, 여관 안에서 움직이는 몇몇 형상과 해그스톤(*구멍 난 돌멩이로 마녀의 돌, 또는 마녀를 막아주는 돌이라고 알려졌다), 할머니가 행운을 기원하며 곳곳에 매달아 놓은 부적들이 곳곳을 가렸다. 밖에 나와 있는 사람은 없었다. 아무도 의심하지 않는 눈치였다.

다행이었다. 화가 머리 꼭대기까지 난 할머니한테 붙잡혀서 안으로 끌려들어가는 생각만 해도 오싹하고 굴욕적이었다. 물론 할머니가 한 성격하기도 하지만, 정작 베티가 가장 두려워하는 것은 그 뒤에 불어 닥칠 후폭풍이었다. 할머니가 베티의 진짜 계획이 뭐였는지 알아버리면 두 번 다시 베티혼자 찰리를 데리고 나가지 못하게 하는 것은 물론이고 모험의 기회도 전부사라질 것이었다. 코르셋 끈이 한층 바짝 당겨지며 베티한테서 생기를 쥐어짜낼 것이었다.

찰리가 벌써 첫 번째 집 대문을 두드리며 외쳤다.

"사탕 안 주면 공격이다!"

이내 솥단지 같은 통으로 사탕이 와르르 쏟아져 들어왔다. 찰리가 허버드씨 사탕 가게에서 파는 부리 모양 끈적끈적한 토피 사탕 껍질을 벗기며 베티한테 깡충깡충 뛰어왔다.

"언니는 사탕 받을 통 안 가져왔어?"

"됐어. 그냥 네 거에서 한두 개만 가져갈게."

베티가 찰리 사탕 솥단지 통을 뒤져서 제일 좋아하는 마시멜로를 찾아냈다. 마시멜로를 입에 넣자 뽀얀 설탕 가루가 피어올랐다. 겉을 싼 얇은 과자를 바삭바삭 깨물자 말랑말랑한 속이 나왔다. 베티는 교회 옆을 지나는 길이 가까워지자 오래되어 볼품없어진 교회에 걸린 시계를 확인했다. 칠 분. 가면 아래 베티 관자놀이에서 땀이 샘솟고 심장이 내달리기 시작했다.

잡히면 안 돼. 지금은 아니야. 이만큼이나 왔는데.

베티는 한 번 더 밀렵꾼의 주머니를 돌아본 뒤 찰리 소매를 잡고 교회 옆 길로 이끌었다.

"이쪽으로 가자. 깜짝 선물이 있어."

"깜짝 선물? 근데 언니가 할머니한테는 숲에서만 돌아다닐 거라고 했잖아."

찰리가 눈을 휘둥그레 뜨고 베티를 올려다봤다.

"나도 내가 무슨 말 했는지 알아. 그냥 이제 우린 아주 작은 모험을 할 거야. 그래서 이건 우리만의 비밀이야. 너 비밀 지킬 수 있어?"

베티가 앞서가면서 물었다.

찰리는 입을 우물거리면서도 앞니 빠진 잇몸을 드러내며 짓궂은 표정으로 벙긋 웃었다. 찰리가 고개를 끄덕이자 돼지 꼬리처럼 양 갈래로 묶은 머리가 위아래로 통통 튀었다.

"무슨 모험인데?"

"우린 습지 기슭에 갈 거야."

"까마귀 맙소사! 습지 기슭? 거기는……. 거기는 배 타고 가야 하잖아."

커다란 찰리 초록색 눈이 순식간에 더 커졌다.

"맞아."

베티는 주머니를 만지작거리며 동전 세 개의 무게를 느꼈다. 배를 한 번 타려면 큰까마귀 은화 한 닢이 필요했다. 베티는 몇 주나 걸려서 왕복 뱃삯을 마련했다. 할머니한테서 눈곱만큼 받는 용돈이며 가게 바닥을 쓸다가 주운 동전까지 가리지 않았다. 떼까마귀 동전이고 깃털 동전이고 닥치는 대로 모았다. 전부 합하니까 딱 맞아떨어졌는데, 플리스가 안 와서 이제는 오히려 돈이 남았다.

"언니, 그러다가 걸려!"

"이번에는 아니야."

"언니가 그 말만 하면 꼭 뭐가 잘못되더라."

찰리 말에도 일리가 있었지만 베티는 그만둘 생각이 없었다.

"나한테 다 생각이 있어."

베티는 넘치는 자신감으로 좌우명도 새로 하나 만들었다. 지금은 아끼는 중이었다.

"할머니한테 들키면 어떡해? 우리 정말 큰일 날 거야."

찰리가 속삭였다. 겁이 나면서도 신난 목소리였다.

"안 들켜. 내가 왜 오늘 밤을 골랐게? 사람들이 죄다 가면을 쓰거나 변장을 하거든. 한마디로 완벽하다 이거지! 아무도 우리를 몰라볼 테니 할머니한테 일러바칠 사람도 없어."

"습지 기슭에는 뭐가 있는데? 큰 집들? 사탕?"

"훨씬 좋은 거."

베티는 찰리와 함께 어두운 길을 따라 더 내려갔다.

"축제가 열리고 있어. 입으로 사과 물어 올리기 놀이도 하고 영혼 케이크
(*기독교 성인을 기리는 11월 2일 '위령의 날'에 먹는 둥글고 달콤한 과자
빵)도 먹고 분장을 제일 잘한 사람한테 상도 줘. 솜사탕도 있어!"

그리고 모험도.

베티가 반항하듯 조용히 속으로 덧붙였다. 까마귀바위섬에서 벗어나기만
한다면 어디를 가든 상관없었다. 습지 기슭은 새로운 모험이자 시도라고 느
끼기에 만족스러울 만큼 멀면서도 슬쩍 다녀오기에 좋을 만큼 가까웠다. 이
렇게 낯선 곳으로 몰래 빠져나오니까 평생 가렵던 곳을 긁은 기분이었다.

"솜사탕?"

찰리가 숨을 몰아쉬었다. 앞니가 빠져서 발음이 살짝 새니까 귀여웠다. 찰
리가 뜨뜻하고 끈적거리는 손으로 베티 손을 잡았다.

"근데 너무 멀잖아. 케이크 먹을 시간에 맞춰서 못 돌아오면 어떡해?"

"늦지 않게 돌아올 거야. 내가 다 짜놨어. 그리고 할머니랑 플리스 언니가
나도 없는데 케이크를 먹을 리 없어! 이젠 서두르자. 곧 배가 떠날 거야."

두 아이는 길을 더 내려와 모퉁이를 돌았다. 가면 아래에서 베티가 의기양
양하게 미소 지었다. 심장이 달음박질쳤다. 두 아이는 진짜 배에 오를 것이
었다! 까마귀바위섬 너머에는 도대체 어떤 삶이 있는지 드디어 볼 참이었다.
다 베티 덕분이었다.

베티가 목에 두른 망토를 느슨하게 풀고 동생과 뛰기 시작했다. 찰리는 창
문 안에서 환히 빛나는 호박등과 순무등을 세어 가며 어제 자기가 만든 호박

등이 지금은 학교 계단에 놓였다고 강조해서 말했다. 등불은 안개 습지로 아이들을 인도하는 유령처럼 자갈길을 따라 이어졌다.

눈에 띄는 집들이 점점 줄어들더니 네거리가 나오자 아예 한 채도 보이지 않았다. 대신 습지를 가로질러 저 멀리로 노랗게 줄지어 빛을 발하는 감옥 창문들이 조그맣게 보였다. 어둠 속에서 감시하는 눈알들 같았다. 훨씬 높은 곳, 외따로 떨어진 채 나머지 건물을 굽어보며 우뚝 솟은 탑에서도 불빛 하나가 깜빡이고 있었다.

찰리가 걸음을 늦췄다. 두 아이는 서둘러 배로 향하는 사람 두엇이 먼저 지나가게 옆으로 비켜섰다.

"아빠가 저기 들어가고 얼마나 지났어?"

찰리가 물었다.

"찰리!"

베티가 빽 소리치고는 앞 사람이 못 들었기를 바라며 목소리를 낮췄다.

"이 년 팔 개월."

말을 멈추고 머릿속으로 날짜를 계산했다.

"그리고 사 일."

"아빠 언제 나와?"

베티가 한숨을 내쉬었다. 익숙한 감정이었다. 아빠를 떠올리면 슬프기도 하고 절망스럽고 실망스러워서 마음이 복잡했다. 엄마가 죽었을 때도 그랬지만 아빠가 잡혀갔을 때도 플리스와 베티가 받은 충격이 찰리보다 훨씬 컸다. 아무리 할머니가 바니 위더신즈를 거지발싸개 같은 놈이라 불러도 아빠한테 애정이 가는 건 베티도 어쩔 수 없었다. 대단한 아빠는 아니었지만 하

19

나밖에 없는 아빠였다.

"이 년 삼 개월 이십육 일 뒤."

베티가 최종 계산을 끝냈다.

"왜 속삭여?"

찰리가 물었다. 아빠가 사라졌을 때 겨우 세 살이었던 찰리는 아빠랑 친밀해질 시간이 없었다. 그저 궁금할 따름이었다.

"언니는 맨날 플리스 언니한테 아빠가 저기 있다고 피해 할 필요 없다고 하면서."

"창피해할."

베티는 찰리가 틀리게 한 말을 고쳐줬다. 아무 데라도 다른 곳에 살았다면 베티 역시 창피했을 테지만, 감옥 근처에 사는 사람 거의 모두가 안에 갇힌 사람과 관계가 있어서인지 다들 상황이 비슷했다.

"부끄러워할 필요는 없어. 그래도 이건 비밀 모험이니까 그렇게 가족 일을 떠들어대면 안 돼. 누가 들을지도 모르잖아. 이제 가자. 배 기다려."

"아!"

찰리가 벙긋 웃으며 마녀 모자를 푹 내려썼다. 틀림없이 나쁜 짓을 즐기고 있었다.

베티가 앞서 뛰어가고 찰리도 뒤에서 날쌔게 따라왔다. 베티는 계속 감옥을 힐끔거렸다. 아빠는 어느 칸에 있지? 여기에서는 분간이 안 됐다. 죄수들은 감방을 자주 옮겼다. 베티가 알 길은 없지만 지금은 아예 다른 칸에 있을지도 몰랐다. 할머니가 마지막으로 플리스와 베티를 데리고 면회하러 간 것도 벌써 반년 전이었다. 분명히 아빠가 너무 비참하고 부끄러워서 딸들 얼굴을 못 보겠다고, 그래서 답장도 못 쓰겠다고 했을 터였다.

베티가 눈을 이글거리며 감옥을 노려봤다.

저 꼴이 되기 전에 생각을 먼저 했어야지.

베티는 마지막으로 한 번 더 감옥을 쏘아본 뒤 눈길을 돌렸다. 아빠가 다른 건 다 망쳐놨을지 몰라도 오늘 밤은 어림없었다. 둘은 마지막 몇 걸음을 내달려 배에 닿았다. 나룻배 사공이 배 주변으로 밀려드는 성긴 안개에 그다지 신경 쓰지 않는 걸 보면 안개 예보가 더 나빠지는 것 같지는 않았다. 배에는 분장한 사람들이 벌써 몇 명 올라타 있었다. 핼러윈 축제에 가는 듯했다. 베티는 뱃삯을 내고 찰리 옆 좁은 자리에 비집고 앉았다.

베티는 기분이 좋아져서 방금 지나온 길을 힐끔 뒤돌아봤다. 우리 진짜 성공했어? 이건 너무 쉽잖아! 베티는 사공이 뭍에서 배를 띄워 물 위로 미끄러져 나갈 때까지 초조하게 발을 동동 굴렀다.

'모험은 담대한 자를 기다린다!'

베티가 들떠서 혼잣말했다. (드디어 새로 정한 좌우명을 처음으로 소리 내서 말했다. 온종일 말하고 싶어서 몸살을 앓았다.)

찰리는 그다지 깊은 인상을 못 받았다.

"축제에는 무슨 색깔 솜사탕이 있을까?"

"초록색? 아니면 주황색……."

베티는 물가를 돌아보며 말꼬리를 흐렸다. 나루터에서 얼마 멀지 않은 곳에 항구가 있었다. 저기 다른 배들 사이 어딘가에 위더신즈 가족 배도 있었다. 아빠는 폐선이나 다름없는 그 배를 내기 같은 데서 땄다. 썩어가는 나무의 집합체를 고쳐 보겠다고 덤벼들긴 했지만 성공하지 못했다. 앞으로도 성공할 일은 없을지도 몰랐다. 지금만큼은 베티도 관심 없었다. 모험에는 아빠도 배도 필요 없었다. 여기 한밤중 습지에 있는 베티는 그저 위더신즈 세 자매 중 가운데 낀 여자아이가 아니었다. 예쁘고 매력 넘치는 플리스에 비하면 평범하고 무뚝뚝하지만, 귀엽고 장난기 많은 찰리와 있으면 합리적이고 이성적이었다. 이곳에서 베티는 담대한 자였다. 탐험가 베티! 베티는 어디라도 갈 수 있고 무엇이든 할 수 있었다!

모든 것이 달라 보였다. 더 신비롭고 으스스했다. 저 멀리에서 이상한 불빛들이 깜빡거렸다. 수면 위를 맴도는 마법 구슬 같았다. 도깨비불이라고 부르는 것이었다. 누구는 습지에서 죽은 사람 영혼이라고 했고, 누구는 여행자들을 홀리는 못된 요정이라고 믿었다.

베티는 감옥 쪽을 쳐다봤다. 배는 습지에 있는 험한 바위섬 세 개 중에서 감옥이 있는 참회의 섬을 먼저 지날 것이었다. 두 번째 섬은 비탄의 섬으로 좀 더 작았다. 까마귀바위섬에서 사람이 죽으면 다 그곳에 묻었다. 베티는 비탄의 섬에 딱 두 번 가봤다. 찰리가 태어나고 얼마 지나지 않아 엄마가 죽었을 때 가본 것이 두 번째였다. 기억이 떠오르면서 찌르는 슬픔이 밀려왔다. 아직까지도 생생했다.

마지막 섬은 고통의 섬이었다. 까마귀바위 중심 섬에 사는 사람들은 출입이 금지된 곳이었다. 고통의 섬에는 추방당한 사람들이 살았다. 감옥에서는 풀려났지만 아직 중심 섬으로 돌아가지 못하는 벌을 받는 자들, 또는 감옥에 가둘 만한 중범죄를 저지르지는 않았어도 사회에서 확실히 격리해야 할 사람들이었다. 넓게 보면 세 섬 모두 까마귀바위섬의 일부였지만, 통틀어서 슬픔의 섬들이라고 알려졌다. 까마귀바위 중심 섬을 포함해서 이 세 섬이 위더신즈 세 자매가 아는 세상의 전부이자 가장 멀리 가본 곳이었다.

오늘 밤, 베티가 그토록 오래 염원한 끝에 드디어 이러한 현실이 달라질 참이었다. 베티 스스로 준비한 생일 선물이었다. 베티가 바라는 삶, 손톱 밑에서 석탄 가루 대신 황금빛 모래가 부서지는 곳을 향해 내딛는 한 걸음, 한 번의 기회이자 모험이었다.

배가 얼마 가지도 않았는데 베티는 뭔가 이상한 낌새를 느꼈다. 안개 습지는 과연 이름에 걸맞는 곳이었다. 감옥 불빛이 사라졌다. 회색빛 안개가 뭉게뭉게 피어올라 사방에 짙게 깔렸다. 배를 감싸고 넘실거리는 안개에 뼛속까지 얼어붙을 지경이었다. 얼마나 겁이 나는지 베티는 머릿가죽이 따끔거렸다. 맞은편에 앉은 한 여자가 걱정스럽게 중얼거리면서 어린 아들을 바짝 끌어당겨 앉혔다.

"언니, 배가 길을 잃으면 어떡해? 습지 기슭에서 돌아오는 길을 못 찾으면 우린 어떻게 돼?"

찰리가 옷소매를 잡아당기며 물었다.

베티가 침을 꿀꺽 삼켰다. 수년간 할머니는 온갖 핑계를 둘러대면서 자매들을 멀리 데리고 나가지 않았다. 그때 들었던 경고들이 하필 지금 밀물처럼 밀려들어 왔다.

"돌아오는 배를 놓칠 수도 있어……. 길을 잃은 선박은 암초에 부딪혀서 습지 바닥으로 가라앉아……. 사람들 말로는 노예 상인들이 아직도 있어서 기다리다가 사람들을 납치해서 갖다 판대……."

똑똑하고 용감해진 것 같았던 베티 기분이 순식간에 식었다. 오히려 바보가 된 느낌이 들면서 걱정스러워졌다.

"점점 아무것도 안 보여요!"

어린 아들과 같이 있는 여자가 사공한테 외쳤다.

"알아요, 알아."

사공이 앓는 소리를 냈다.

"여기만 이런 걸 수 있어요. 금방 괜찮아지지 않으면 다시 돌아가야 해요."

찰리 아랫입술이 부들부들 떨렸다.

"그, 그러면 내 솜사탕은……."

베티는 대답하지 않았다. 동생을 위해 침착하게 보이려고 용을 썼다. 할머니가 유별나게 군 게 아니었을지도 몰랐다. 어쩌면 두려워하는 게 옳았다.

얼어붙을 듯 차가운 안개가 두껍게 깔리면서 배를 휘감자 기온이 무섭게 곤두박질쳤다. 어느 특정한 곳만 그런 게 아니었다. 사방이 다 그랬다. 사공이 노 젓기를 멈추고 등불을 높이 들었다. 베티는 손 안으로 파고드는 찰리의 자그마한 손을 느꼈다. 베티가 한쪽 팔로 동생 어깨를 감싸고 다른 한 손을 얼굴 앞으로 들어 올려봤다. 손이 거의 코에 닿으려 하는데도 눈에는 안 보였다.

배가 어딘가에 쿵 부딪치면서 크게 흔들렸다. 물 위에서 배가 위태롭게 출렁이자 여기저기에서 비명과 탄식이 터져 나왔다.

"왜 이래?"

찰리가 겁에 질려서 찢어지는 소리로 물었다. 베티 손이 아플 만큼 찰리 손가락이 파고들었다.

"나도 몰라!"

베티가 배 한 쪽 난간을 그러잡고 숨을 내뱉었다. 얼음장 같은 물이 팔꿈치를 때렸다.

"암초에 부딪쳤나?"

"집에 가고 싶어!"

찰리가 울부짖었다. 솜사탕 따위는 잊은 지 오래였다.

배가 또 한 번 휘청하는데 어딘가 낯익은 형체가 두 소녀한테 다가왔다. 누군가 코가 맞닿을 만큼 얼굴을 확 들이대는 통에 베티는 기겁을 하고 꽥 소리쳤다.

"거 잘됐네! 우리가 지금 딱 집에 갈 참이거든!"

할머니였다.

2장. 죄수들

베티는 놀라고 혼란스러워서 자리에 앉은 채로 굳어 버렸다. 옆에 있는 찰리도 얼어붙기는 마찬가지였다. 두 손으로 베티 팔이 부서져라 꽉 잡고 있었다.

뭍에서 배가 떠날 때 할머니는 배에 없었다. 베티는 그렇다고 확신했지만, 이젠 알다가도 모를 일이었다. 할머니도 분장했나? 우리 눈에 띄지 않고 배에 타기는 불가능했을 텐데? 그런데 애초에 할머니가 배에 타고 있었다면……. 배가 출항하게 왜 그냥 놔뒀지? 도대체 앞뒤가 안 맞았다.

"할머니?"

베티 목소리가 기어들어 갔다. 베티는 아직도 어안이 벙벙하고 믿기지 않았지만, 이게 무슨 의미인지는 이미 알고도 남았다. 소용돌이치는 안개를 손에 잡을 수는 없는 법, 눈앞에서 얼핏 깜빡이던 자유가 산산이 조각났다.

"할머니가 어떻게……. 할머니 어디 있다가 나왔어요?"

"넌 지금 그게 궁금하냐?"

할머니가 무시무시한 눈길로 베티를 내려다봤다. 쪽 찐 머리가 느슨해져서 흰머리가 휘날리는 할머니는 반쯤 정신이 나가 보였다. 누더기 외투와

숄, 무릎까지 오는 장화는 눈 뜨고 못 봐줄 만큼 어울리지 않았다. 한술 더 떠서 할머니는 어디 갈 때마다 고집스럽게 들고다니는 낡아빠지고 못생긴 천 가방을 또 들고 나왔다. 저걸 왜 갖고 다니는지 누가 알까. 베티는 호기심으로 빛나는 시선을 막아주는 안개가 고마워지기 시작했다. 아무래도 베티가 대담해진 건 모험을 위해서가 아니라 망신당하고 혼란에 빠질 때를 대비해서였나 보다. 베티는 새로운 좌우명이 필요했다.

"배 돌려요! 우리 내립니다!"

할머니가 외쳤다.

"내가 지금 노는 줄 아쇼?"

사공이 버럭 성을 냈다. 허리를 숙이고 바람장미(*한 지점에서 일정 기간 각 방위별 풍향 출현 빈도를 방사 모양의 그래프로 나타낸 것)만 들여다볼 뿐 고개도 들지 않았다.

다른 승객들이 도대체 저건 어떤 핼러윈 분장인지 가늠하려는 듯 가늘게 뜬 눈을 껌뻑이며 할머니를 뜯어보고 있었다. 베티가 잔뜩 움츠러들었다.

"서둘러요 좀, 여긴 애들이 있을 만한 데가 아니잖수!"

할머니가 요란하게 떠들었다.

"할머니가 데려온 애들이잖아요!"

사공이 짜증을 냈다. 그러더니 이내 얼굴을 찌푸리며 말했다.

"어, 그리고 보니 할머니가 타는 걸 못 본 것 같은데……."

"무슨 헛소리를. 계속 여기 있었구만!"

그랬을 리가 없어!

베티는 혼란스러웠다. 할머니가 진짜 처음부터 배에 있었으면 벌써 한마

27

디하고도 남았다. 베티는 상심한 나머지 않는 소리가 나오려는 걸 간신히 삼켰다. 그토록 은밀하게 노력을 기울였건만 다 헛수고로 돌아갔다! 위대한 모험가가 된 기분도 다 사라졌다. 그냥 어리석은 꼬맹이 같았다. 가장 최악인 건 베티가 마음 한구석에서 안도했다는 사실이었다. 할머니가 나타나기 직전 한 치 앞도 보이지 않던 순간, 베티는 무서웠다.

"하지만 할머니, 할머니는 아까 배에 없었어요!"

찰리가 속삭였다.

"조용."

할머니 목소리는 하나도 조용하지 않았다.

사공이 할머니를 뚫어지게 살폈다.

"여자애들이 타는 건 기억나는데 할머니는 아니란 말이지. 할머니는 뱃삯도 안 냈어요!"

"난 분명히 냈수!"

할머니 목소리가 다소 차분해졌다.

"아님 뭐 내가 이렇게 옷을 죄다 걸쳐 입고 여기까지 헤엄쳐 와서 배에 올라탔고 그새 마법처럼 옷이 다 마르기라도 했다는 게야?"

할머니가 눈을 가느다랗게 떴다.

"젊은 양반, 내 앞에서 거들먹거리지 마. 난 자네 부친을 안다고."

사공은 안개가 짙어지기 시작했을 때보다 더 겁을 먹은 것 같았다.

"아저씨 이제 큰일 났다."

찰리가 작게 말했다.

"아니지. 집에 돌아가는 순간 너희 둘이 큰일 났지. 이번에는 무엇을 상상하든 그 이상일 게다."

할머니가 대번에 나무랐다.

베티가 마른침을 삼켰다. 결국 할머니를 속여 넘기려던 시도가 실수였다. 어차피 지금까지 한 번 성공해본 적 없었다. 이미 생일도 망쳐버렸는데 이젠 더 안 좋은 일이 생길 판이었다.

"그게 무슨 뜻이에요?"

할머니가 베티 질문에는 대답하지 않고 사공한테 더 단호한 목소리로 말했다.

"자, 이젠 그만 징징거리고 여기서 추위와 습기로 바들바들 떠는 분들을 안전한 곳으로 모셔다드리는 게 어때? 아마 많은 분들이 애초 안개가 낄 거라는 예보에도 배를 띄우라는 허가가 어떻게 났는지 궁금해하실 거야."

"하, 하지만 그건 내가 결정한 게 아……."

사공이 항의하려고 했다.

"그럼 자네가 초짜 중 초짜였나 보네. 아님 돈에 눈이 멀었거나."

할머니가 차갑게 말하고는 고개를 획 돌렸다.

사공은 대들기를 멈추고 바람장미를 한 번 더 들여다본 다음, 얌전히 노를 젓기 시작했다. 물가로 돌아오는 내내 누구 하나 입도 뻥긋하지 않았지만, 베티는 할머니 안에서 쌓여가는 화를 느꼈다. 지금은 조용할지 몰라도 일단 배에서 내리기만 하면 와르르 쏟아내실 게 불 보듯 뻔했다. 하지만 그건 베티도 마찬가지였다. 방금 아주 예사롭지 않은 일이 벌어졌다. 할머니가 아무리 버럭버럭 성을 내며 무거운 벌을 내려도 베티가 묻는 말을 막지는 못하리라.

도대체 어떻게 할머니가 배에 탔지? 원래도 할머니는 자매들을 찾아내는 데 도사였다. 심부름 갔는데 너무 오래 걸리거나, 버섯 따겠답시고 가면 안 되는 곳까지 넘어갈 때면, 자매들은 이러다가 할머니가 냄새 맡는 특수견처럼 튀어나오겠다는 말을 농담처럼 했다. 하지만 이번에는 재미있거나 말이 되는 구석이 하나도 없었다. 베티는 오히려 슬금슬금 불안해졌다.

배가 뭍에 닿았을 때, 베티와 찰리는 할머니한테 걸려서 충격받은 데다 얼음장 같은 냉기가 발목을 물어 대서 와들와들 떨고 있었다. 할머니는 정반대로 덥고 화나 보였다. 씩씩대며 허연 콧김을 뿜어내는 모습이 꼭 용 같았다. 할머니는 다른 승객들이 다 내릴 때까지 자매들이 못 내리게 붙들고 있다가 물가로 내려와서 밀렵꾼의 주머니로 가는 길로 접어들었다. 베티가 안개 습지를 뒤돌아봤다. 때로 안개는 땅 위로 한참 밀려들어 와서 거리를 뒤덮기도 했다. 그런데 오늘 밤 안개는 은신처를 지키는 습지 생물처럼 습지를 맴돌며 물가에 머물렀다. 배에 탔던 승객이 모두 떠나고 위더신즈 가문 사람들만 남은 게 분명해지자 베티가 입을 열었다.

"할머니, 어떻게 하신 거예요? 어떻게 아무도 못 보게 배에 탔어요? 말도 안 돼요."

"난 내내 배에 있었다. 잘난 모험 한답시고 정신이 팔려서 네가 못 봤지."

할머니 대답은 짧았다.

베티는 할머니 표정을 읽어 보려고 할머니 얼굴을 한참 쳐다봤지만, 할머니가 화났다는 것만 알아볼 뿐이었다. 평소에 베티는 할머니가 이 정도 화를 내면 질문이나 말대답을 멈췄다. 하지만 오늘 밤은 평소가 아니었다. 기대와 계획이 물거품으로 돌아갔다. 어차피 별로 받을 집안일이 추가로 늘어나는 것만 감수하면, 진짜 머릿속 생각을 말한다 해도 더 잃을 것이 없었다.

"안 믿어요. 우리한테 한마디 하고 싶은 걸 그렇게 오래 참았을 리가 없어요."

"네가 끝내 이 짓거리를 하고야 마는지, 아니면 제정신이 돌아와서 중간에 관두는지 보려고 했지!"

할머니가 언성을 높였지만 그다지 믿음이 가진 않았다.

"제정신이 돌아온다고요?"

열이 오르자 베티 얼굴이 벌게졌다. 할머니가 내뱉은 잔인한 말에 쏘여서 일지도 몰랐다.

"찰리를 여기까지 데리고 나오다니, 멍청하고 무책임했어. 무슨 일이라도 벌어졌으면 어쩌려고!"

"그러게요."

베티가 웅얼거렸다. 수치심에 온몸이 따끔거렸지만 무시한 채, 꿈틀대는 혀를 어쩌지 못하고 말했다.

"어쩌면 재미있게 놀았을지도 모르지만요."

할머니는 숄을 어깨에 더 바짝 두를 뿐, 베티 말은 들은 척도 안 했다. 할머니가 서둘러 걸으라는 듯 베티 어깨 사이를 손가락으로 콕콕 찔렀다.

"베티 위더신즈, 네가 믿음직한 줄 알았다. 너를 의지해도 괜찮겠다고 생각했어. 그런데 내가 잘못 봤네."

"그 말은 너무 해요!"

베티 목소리가 높아지며 밤을 갈랐다.

"그래요. 할머니를 속인 건 잘못했어요. 그래도 할머니, 그렇게 말씀하시면 안 되죠! 잠깐 자유 좀 누려보겠다는 게……. 범죄는 아니잖아요. 그리고 찰리가 잘못되게 제가 그냥 놔둘 리 없다는 건 아시잖……."

할머니가 말을 잘랐다.

"그건 네 생각이지. 하지만 넌 이제 열세 살이야! 세상에 관해서는 하나도 몰라. 너를 해칠 수 있는 것들이 저 밖에는 쌓이고 쌓였어. 넌 알지도 못하는 것들이……."

"할머니가 계속 막으면 전 앞으로도 모를 거예요"

이제 베티 목소리는 차분해졌지만 반항기는 조금도 약해지지 않았다. 할머니한테 지금보다 더 큰 짐이 되고 싶지 않은 마음이 들 때 할머니가 사납게 나오면, 베티는 보통 말대꾸를 하지 않았다. 하지만 참는 데도 한계가 있었다. 베티는 할머니가 뭐라고 한마디 더 하거나 평소처럼 자매들을 데리고 여행이나 휴가를 떠나겠다고 약속하기를 기다렸다. 그런데 이번에는 할머니가 그러지 않았다. 할머니는 몹시 지쳐 보였다. 심지어 원래보다 더 늙어 보였다.

죄책감과 걱정스러운 마음이 덩어리로 뭉쳐서 베티 목구멍으로 올라왔다. 베티와 언니, 동생을 보살펴주는 사람은 결국 할머니였다. 할머니가 키워주지 않았으면 자매들은 보육원으로 보내졌을지도 몰랐다. 최악의 경우 셋이 뿔뿔이 흩어져서 낯선 사람들 집에 위탁되었을 것이었다. 베티는 이런저런 생각을 머릿속에서 밀어냈다. 감사한 마음이 든다 해서 들어야 할 대답을 포기할 수는 없었다.

"할머니는 이젠 절 못 믿겠다고 하시지만 어차피 할머니는 저를 믿어주신 적이 한 번도 없어요. 까마귀바위섬에서 못 나가게 하시잖아요."

32

할머니가 자갈길에서 발을 굴렀다.

"베티, 그만해. 지금 여기에서 할 만한 말이 아니야."

할머니는 한 손으로 숄을 움켜쥐고 다른 손으로 여행 가방을 든 채 속도를 높여 걷기 시작했다.

이렇게 간단히 나가떨어질 수 없다고 작정한 베티가 찰리 손을 잡아끌고 서둘러 할머니 뒤에 따라붙었다.

"어떻게 아셨어요?"

"전단을 봤어."

할머니 대답은 짧았다.

베티는 실망해서 눈을 감았다. 그날 일찍 베티가 망토에 숨겼다가 떨어뜨린 전단을 플리스가 주워들고 인상을 썼다.

"이게 뭐야? 습지 기슭에서 핼러윈 축제가 열려?"

"아, 가도 되냐고 할머니한테 여쭤봤어. 당연히 안 된다고 하셨지 뭐."

베티 심장 뛰는 속도가 빨라졌다.

"당연히 안 된다고 하셨겠지."

플리스가 베티 말을 따라 하더니 전단을 다소 오래 들여다본 뒤 도로 베티한테 줬었다.

"혹시 플리스 언니가 일러바쳤어요? 아니면 할머니 눈에 띄게 잘 보이는 데 놔뒀어요?"

베티가 씩씩대며 물었다.

할머니는 멈춰 서서 스타킹을 잡아 올리면서도 대답을 피했다.

"네가 잘 안 치우고 다니니 망정이지, 운 좋은 줄 알아!"

"운이 좋다고요?"

베티가 길 한복판에서 우뚝 멈춰 섰다. 운이 좋다니, 모험을 다 날려버린 이 상황에 이보다 더 안 어울리는 말이 있을까. 플리스 언니는 매일 반복하는 단조로운 일상에서 왜 도망치려고 하지 않지? 할머니 뜻대로만 살아도 괜찮나?

앞서가던 할머니도 덜컥 멈춰 서더니 베티를 나무랐다.

"그만 좀 꾸물거려라!"

"언니, 가자. 나 추워!"

찰리가 애원했다.

베티는 동생 손을 놓고 몸 양옆에서 두 손으로 천천히 주먹을 쥐었다. 핼러윈 축제 전단을 버리지 않은 것은 실수였다. 이젠 할머니가 눈에 불을 켜고 일거수일투족을 지켜볼 테니 비밀 여행을 계획하기가 더욱 어려워졌다. 그래도 베티는 작전을 세울 것이었다. 다음번에 실수는 없으리라. 에잇, 다음에는 아예 돌아오지 말까 보다.

발걸음 소리가 정적을 가르더니 할머니가 베티 코앞으로 불쑥 다가왔다.

"골 그만 부려. 집에 도착해서 말썽 피우지 말고. 플리스는 아무 잘못 없어."

"알아요. 잘못은 할머니가 했죠."

베티가 주먹을 폈다.

"지금 뭐라고 했냐?"

할머니 목소리는 위협적일 만큼 나직했다. 하지만 베티 역시 물러서지 않았다. 그간 꾹꾹 억눌러 왔던 원망과 좌절감, 집에서 멀리 가면 안 된다는 말을 들어야 했던 세월, 자기만의 세계로 숨어버린 언니, 이 모든 것이 한꺼번에 쏟아져 나왔다.

"언니도 예전에는 저만큼이나 새로운 세계를 알고 싶어 했어요."

베티가 가면을 벗자 차가운 바람이 두 뺨을 때렸다.

"가고 싶은 곳을 고르고 계획도 세우고 그랬다고요. 하지만 이젠 안 그래요. 언니는 열여섯 살이에요! 이젠 가고 싶은 데면 어디든 갈 수 있어야 한다고요. 하지만 언니는 아예 손을 놨어요. 할머니 때문에요!"

할머니 안에 쌓였던 화가 갑자기 다 빠져나가고 쪼그라들었는지 할머니 외투가 헐렁해 보였다.

"말이 심하구나."

"아니, 안 심해요."

베티는 눈물이 나서 눈이 따끔거렸다.

"늘 하는 얘기도 모자라서 사사건건 '만에 하나'라고 꼬리표를 붙여 대니까 언니도 포기한 거라고요. 할머니가 언니한테서 모험심을 다 쥐어 짜냈어요. 저랑 찰리는 어림없어요. 제가 가만히 있지는 않을 거예요."

할머니가 고개를 저었다. 할머니 자체가 흐트러지듯이 머리카락 한 가닥이 풀어졌다.

"그런 게 아니야."

"그럼 설명해 주세요."

베티는 자기 입에서 새 나가는 말이 믿기지 않았다.

"지키지 못한 약속이며 그때마다 둘러댄 핑계는 다 뭐죠? 할머니는 되게 센 척 구는데, 할머니야말로 겁이 나서 여길 못 떠나는 거 아니에요?"

할머니는 차마 베티를 마주 보지 못하고 눈길을 떨어뜨렸다.

"까마귀바위섬에서 나간 적도 아주 많아. 네가 너무 어려서 기억을 못 하는 거야."

"안 믿어요."

확신이 들수록 베티 목소리가 딱딱해졌다. 곰곰 생각해 보니 자매들이 아무 데도 못 가게 막는 할머니 행동에는 늘 이상한 구석이 있었다. 게다가 자매가 나이가 들수록 통제가 더 심해졌다. 어딘가 잘못된 느낌이었다.

"그런 일은 잊어버리지 않아요. 특별히 외출한 날이라면 추억이든 사진이든 뭐라도 남지 않았겠어요? 그런데 아무것도 없잖아요!"

할머니는 대답이 없었다.

"언니, 제발 그만해. 나 집에 가고 싶어."

찰리가 속삭였다.

"왜? 서두를 게 뭐야? 어차피 우리가 갈 데라곤 집밖에 없는데!"

베티가 비통하게 말하더니 손가락을 하나 펴서 감옥 방향을 가리켰다.

"저기에 갇힌 죄수보다 나을 게 없다고."

베티가 구불구불 이어지는 거리를 힐끔 봤다. 끔찍하게 싫었다.

"오늘 밤이 아니라도 난 여기에서 탈출할 거야. 인생에는 까마귀바위섬보다 더 많은 게 있어."

"아니, 없어."

할머니는 뭐에 홀린 눈빛이었다.

"우린 여길 떠날 수 없어. 우린 안 돼."

할머니 입에서 나온 말이 작고 뾰족한 바늘들처럼 허공에 대롱대롱 걸렸다. 찰리가 울음을 터트렸다.

"떠, 떠날 수 없다고요?"

베티가 할머니 말을 따라 했다. 물론 할머니는 또 겁을 주려는 거다. 어떻게 떠나지 못할 수가 있겠는가?

"진실을 마주할 수 있다고 생각하는 게냐?"

할머니가 슬프게 물었다.

베티가 힘없이 할머니를 마주 봤다. 그동안 베티가 내내 옳았다고 할머니한테서 인정받은 지금은 오히려 확신이 들지 않았다. 하지만 베티가 할 수 있는 일은 고개를 끄덕이는 게 전부였다.

"그래, 알았다. 말해주지. 비밀은 이제 끝이다."

할머니가 고개를 끄덕이며 가까이 다가와 한 손을 베티 뺨에 올렸다.

"미리 말해 두는데, 썩 마음에 들지는 않을 거야."

찰리가 더 심하게 울면서 베티한테 바짝 붙었다. 베티도 입안이 바싹 말랐다. 거지발싸개라는 아빠하고 관계가 있나? 아빠 때문에 우리도 덩달아서 고통의 섬 사람들처럼 섬을 못 떠나는 벌을 받는 걸까? 베티가 생각할 수 있는 건 여기까지였다.

"뭘요? 말해주세요!"

"여기서는 안 돼."

할머니가 손을 내렸다. 주위를 둘러보는 할머니 턱 밑 살이 출렁거렸다.

"그냥 아주 짧은 여행이야. 그래도 정신을 단단히 부여잡고 침착해야 해. 누구도 우리를 봐서는 안 돼."

"누가 우릴 보면 왜 안 되는데요? 할머니, 전 이해가……."

"이해할 필요 없어. 잘 붙잡기나 해."

할머니가 베티 팔짱을 꼈다. 할머니 팔목에 걸린 천 가방이 덜렁거렸다.

"찰리랑 팔짱 껴. 옳지. 단단히 잘 끼고 있어야 해. 무슨 일이 있어도 절대 놓치면 안 돼."

베티는 할머니가 자기 때문에 드디어 정신을 놨다고 생각했다. 그게 아니면 할머니가 왜 이렇게까지 이상하게 굴지?

"할머니가 그러시니까 무섭잖아요."

"그래, 그래도 뭐 어쩔 수 없어. 어차피 언젠가는 알게 될 일이었으니까."

할머니가 더 힘주어서 베티 팔을 꽉 끼었다. 담배와 맥주가 뒤섞인 익숙한 할머니 냄새가 차가운 공기 속에서 따뜻하게 느껴졌다.

"준비됐냐?"

"무슨 준비요?"

할머니가 가방을 여는 순간 베티가 당황해서 물었다.

할머니는 대답하지 않았다. 대신 괴물 같은 가방 안으로 손을 집어넣더니 안을 밖으로 뒤집어 빼내면서 갈라지는 목소리로 외쳤다.

"밀렵꾼의 주머니!"

베티 속이 크게 꿀렁거렸다. 엄청나게 높은 곳에서 떨어지는 것 같았다. 냉기를 품은 막강한 돌풍이 베티를 넘어뜨리면서 휩쓸고 지나가자 눈도 안 떠지고 귓속에서는 뼁 뼁 소리가 났다. 할머니는 헉하며 숨을 들이마셨고 찰리는 희한한 소리를 내며 신음했다. 베티는 안간힘을 써서 두 사람과 팔짱 낀 팔을 힘껏 조였다. 하지만 균형을 잃었다. 발밑에는 허공뿐, 아무것도 없었다.

"할머니!"

베티가 울부짖으며 뒤로 나동그라지면서 눈을 번쩍 떴다. 쿵 소리를 내며 바닥에 떨어졌지만 할머니와 찰리와 여전히 단단히 팔짱을 끼고 있었다. 딱딱한 자갈이 엉덩이를 찔러댔다. 윙윙 울던 바람 소리 대신 왁자지껄 웃고 떠드는 소리가 들렸다. 베티가 깜짝 놀라서 눈을 뜨고 위를 올려다보니 세 사람이 밀렵꾼의 주머니 입구 바로 앞에 앉아 있었다.

"착지 실력이 제대로 안 나왔어. 그건 인정해. 하지만 나도 동승자를 데리고 다니는 건 익숙하지 않다고."

할머니가 팔짱을 풀고 일어섰다.

"어이쿠, 엉덩이야."

할머니는 먼지를 툭툭 털고 천 가방을 이리저리 살피더니 고개를 끄덕이며 걸쇠를 딸칵 닫았다.

"집에 다 왔다."

3장. 세 가지 선물

"얼른 일어나."

할머니가 목소리를 떨며 말하고 어둑어둑한 입구 바깥을 가로질러 텅 빈 광장을 살폈다.

"다행이다. 아무도 우릴 못 봤어."

충격으로 뻣뻣해진 베티가 간신히 일어나서 옆에 있는 찰리를 일으켜줬다. 두 아이는 할머니를 빤히 쳐다봤다. 하도 놀라서 말은 안 나왔지만 베티 머릿속은 질문으로 가득했다. 도대체 이 무슨 말도 안 되는 일이 벌어졌지? 이런 일이 가능하기나 해? 어떻게 할머니는 아무렇지도 않지? 옆에 선 찰리는 울음을 그쳤지만 눈물범벅에 꼬질꼬질한 얼굴로 작은 몸을 와들와들 떨고 있었다.

"가자. 들어가야지. 밖이 추워."

할머니가 문으로 아이들을 데리고 갔다.

문이 열리자 유쾌하게 떠드는 소리와 음악이 뒤섞인 따뜻한 공기가 흘러나왔다. 베티는 한쪽 팔로 찰리 어깨를 단단히 두르고 안으로 들어섰다. 호박등 불빛이 넘실거리는 가게 안은 사방이 황금빛이었지만, 다소 어둑했다.

사람이 어찌나 많이 들어찼는지 사이로 뚫고 지나가기가 힘들었다. 하지만 할머니는 사람들을 찌르고 거칠게 밀어붙이며 카운터까지 갔다. 카운터에서는 플리스가 글래디스라는 또 다른 소녀와 함께 연신 술을 내가고 있었다.

할머니가 베티한테 천 가방을 떠밀다시피 안겨줬다.

"이거 갖고 위층 부엌에 가 있어. 주전자 올려놓고."

베티는 가방 든 손을 앞으로 쭉 뻗었다. 가방이 또 한입에 삼켰다가 어딘지 모를 곳에 퉤 뱉을까 봐 겁났다.

"아이고 참, 뭐 하냐?"

할머니가 가방을 도로 낚아채서 베티 팔 밑에 끼워줬다. 할머니는 계산대에서 잔을 하나 꺼내어 위스키를 가득 따르더니 플리스를 불렀다.

"플리스! 위층으로 와라."

"지금이요?"

플리스가 화들짝 놀랐다.

"그래, 지금."

할머니와 플리스 사이에 묘한 눈길이 오가더니 플리스 얼굴이 심각해졌다. 고개를 끄덕이며 앞치마에 손을 닦으면서 베티를 힐끔거렸다. 언니를 마주 보던 베티 눈길이 언니 앞치마 주머니 밖으로 삐죽 나온 무언가에 가서 꽂혔다. 플리스가 얼른 주머니로 다시 집어넣었지만 베티는 그게 뭔지 바로 알아봤다. 습지 기슭 축제 전단이었다. 결국 플리스가 두 사람을 일러바친 것이었다. 하지만 베티는 방금 겪은 일로 더 많은 질문이 생긴 터라 화도 나지 않았다. 플리스는 할머니의 낡은 천 가방이 어떤 일을 할 수 있는지 알았을까? 지금 할머니가 말해주려는 엄청난 비밀도 알까? 질투심으로 자아낸

실이 한데 뭉쳐 낯선 무늬를 그렸다. 예전에는 베티가 플리스랑 비밀을 나누는 사이였는데 이제는 따돌림당하는 신세였다.

"어디 가? 지금 맥주에 빠져 죽게 생겼는데! 나 혼자 여기 감당 못 해!"

글래디스가 고래고래 외쳤다.

"오래 안 걸린다. 오늘 밤 보수는 두 배로 쳐줄게."

할머니가 위스키를 단숨에 들이켜고 또 한 잔을 따랐다.

"술은 마셔봤자 도움 안 돼요."

플리스가 냉정하게 말했다.

"술 마셔본 적도 없으면서 뭘 안다고 그러냐?"

할머니가 버럭 성을 내더니 베티를 돌아봤다.

"너희 둘은 위층으로 올라가라고 했을 텐데?"

베티가 멍하게 두 손을 찰리 어깨에 올린 채 계단으로 데리고 갔다. 베티는 동생과 계단을 오르면서 너덜너덜한 벽지와 올이 다 헤진 양탄자에 눈길을 주며 매일 마주하는 평범한 일상에 집중하려고 애썼다. 우리 세상은 냄새나는 낡은 천 가방이 사람을 이동시켜 주는 곳이 아니라 바로 여기였다. 베티는 가방 안에 순식간에 사람이 정신을 잃게 하는 가루약 따위가 있었을 거라고 결론지었다. 현실적으로 말이 되는 설명은 그것뿐이었다.

베티와 찰리가 부엌으로 들어가서 탁자에 앉았다. 찰리는 의자 위로 무릎을 모아 세우고, 겁에 질린 생쥐처럼 커다랗게 뜬 눈으로 가족들을 살폈다. 할머니가 의자를 하나 잡아 빼더니 혀를 차며 위에 앉은 꾀죄죄한 검은 고양이를 쫓아냈다.

"훠이!"

할머니가 날카롭게 우는 고양이한테 성질을 냈다. 고양이는 가족들을 하나같이 싫어했다. 유일하게 찰리가 고양이랑 친해지려고 줄기차게 시도하고 있었다. 고양이는 몇 달 전에 수수께끼처럼 집 안으로 들어와(베티는 찰리가 남은 음식으로 꾀어 들였다고 의심했다) 어슬렁어슬렁 다니기 시작했는데 이제는 무슨 짓을 해도 나가지 않았다. 할머니는 고양이한테 이름도 지어주지 말라고 단단히 일렀다. 할머니가 "훠이!"라고 외치며 빗자루를 휘두를 때마다 찰리만 빗자루에 얻어맞을 뿐, 고양이는 늘 마음대로 집으로 다시 돌아왔다. 게다가 찰리 덕분에 이름도 생겼다.

"'훠이' 불쌍해."

계단 아래로 슬그머니 사라지는 고양이를 보고 찰리가 말했다.

플리스가 주전자에 물을 받아 불 위에 올렸다. 할머니는 탁자 상석에 앉아서 담뱃대를 꺼내어 연초를 채웠다.

잠시 뒤, 플리스가 차를 따른 찻잔을 각자 앞에 놓고 설탕을 듬뿍 탄 뒤 휘휘 저었다.

"충격받았을 때 좋아."

"위스키만 한 건 없지."

할머니가 작게 말했다.

플리스가 못마땅한 표정으로 킁킁 냄새를 맡는데, 찰리가 울음을 터트렸다.

"그래, 그래. 안다 알아. 조금 놀랐겠지. 펑펑 울면 좀 나을 거야."

할머니가 손을 뻗어서 찰리 팔을 토닥였다.

조금 놀랐다고?

그런데도 할머니는 지금 뭔가 다른 것, 위더신즈 가족이 까마귀바위섬에 갇힌 이유를 설명할 참이었다. 흥, 아주 그럴듯해야 할 거야. 그저 막연한 두려움이 아니라 내 꿈을 깔아뭉갤 만큼 진짜 그럴싸한 근거가 있어야 한다고. 베티는 단단히 벼르고 있었다.

찰리는 울음을 그치지 않았다. 어깨가 들썩일 만큼 크게 흐느꼈다.

"할머니, 아까 어떻게 하신 거예요? 할머니……. 마녀예요?"

"마녀? 아이고 찰리, 아니야!"

"그, 근데 할머니 가, 가방……."

"그래, 맞아. 그랬지. 우리가 조금 전에 저기 있었는데 금세 여기로 왔지? 그래도 그건 여행 가방이지 마녀 빗자루가 아니야. 그게 다인 줄 아니? 천만에. 언젠가는 네가 그 가방 주인이 될 거야!"

그 말에 찰리 울음소리가 더 커졌다.

"도대체 어떻게 하신 거예요?"

할머니는 마녀가 아니라고 했지만 베티도 어쩔 수 없이 의문이 들었다. 마녀는 상상 속 존재 아닌가? 할머니가 제정신이 아닐 만큼 맥주를 많이 마셨나?

"나도 몰라."

할머니가 담뱃대에 불을 붙여서 깊이 들이마셨다. 짙은 연기가 할머니 주위로 뭉게뭉게 피어올랐다. 정향과 약초 냄새가 강하게 났다.

"가방이 어떻게 하는 건지는 나도 몰라. 그냥 가방이 그렇게 하는 거야."

"담배는 꼭 피우셔야겠어요? 냄새가 고약한 거 아시잖아요. 저희는 연기 마시기 싫어요."

플리스가 불만스럽게 말하며 의자를 멀찌감치 옮겨 앉았다.

"너희가 연기 마시는 건 나도 싫어. 하지만 이건 내 담배야. 내가 돈을 얼마나 썼는데."

익숙한 말다툼에 찰리가 안정을 되찾았다. 더는 흐느껴 울지 않고 코만 훌쩍이더니 마침내 손을 뻗어서 자기 몫의 찻잔을 냉큼 채갔다. 치즈를 물고 쥐구멍으로 들어가는 생쥐 같았다.

베티가 차를 벌컥 들이켜고는 인상을 썼다. 너무 연하고 너무 달았다. 플리스가 부엌에서 뭐만 만들어냈다 하면 늘 그렇듯이 형편없었다.

"언니는 언제부터 알고 있었어? 이런 얘기 듣고도 별로 안 놀란 것 같은데?"

"두어 달 전, 할머니가 생일에 말씀해 주셨어."

플리스가 가볍게 땋은 머리를 만지작거렸다.

결국, 언니가 변했다고 베티가 느낀 건 착각이 아니었다. 그동안 언니는 줄곧 이 모든 일을 숨기고 있었다. 할머니 비밀을 지켰다. 질투의 끈이 팽팽해지면서 배신감과 엉켰다. 왜 두 사람 다 나를 믿지 않았지?

할머니가 고약한 냄새를 풍기는 연기구름을 뿜으며 말했다.

"그게 끝이 아니야."

베티는 조용히 있었다. 그 정도는 예상했다.

"거울……. 할머니가 생일날 주신 거울도 뭔가 특별한 능력이 있어."

플리스가 이어받았다.

찰리가 찻잔 너머로 슬쩍 눈길을 보내면서 물었다.

"인어 거울?"

베티는 어느새 손마디가 아플 만큼 찻잔을 힘껏 움켜 쥐고 있었다. 베티가 찻잔을 탁자에 내려놓으며 물었다.

"무슨 능력?"

할머니를 힐끔 쳐다보는 플리스 두 뺨이 빨개졌다.

"그, 그게……. 거울로 다른 사람들이랑 얘기할 수 있어……. 없는 사람들이랑."

"없는 사람들?"

베티가 무심코 플리스 말을 따라 했다. 오늘 밤 전이었다면, 할머니가 천 가방으로 요술 부리는 사건을 경험하지 못했다면 베티는 코웃음 쳤을 것이었다. 마음 한구석에서 베티는 이 모든 소동이 할머니 몰래 빠져나간 두 자매한테 따끔한 맛을 보여주려고 교묘하게 꾸민 작전이기를 바랐다. 하지만 할머니는 목마른 손님들로 미어터진 가게를 나 몰라라 할 사람이 절대 아니었다. 언니 역시 요리 못지않게 거짓말에 소질이 없었다.

"유, 유령 같은 거야?"

찰리가 놀라서 꽥 소리쳤다.

"아니! 그런 거 아니야. 그냥 다른 어딘가에 있는 사람들이랑 말하는 거야. 섬 반대편이나 옆방, 슬픔의 섬들 아무 데나, 더 먼 곳에 있는 사람들이랑도 얘기할 수 있어."

플리스가 서둘러 말했다.

슬픔의 섬들. 베티는 대번에 아빠가 생각났다. 언니는 거울로 아빠랑 얘기해 봤을까? 베티는 물어보려고 막 입을 열었다가 생각을 바꿨다. 지금은 바니 위더신즈를 위한 시간이 아니었다. 베티 머릿속은 오로지 기묘한 물건에

46

관한 질문으로 가득했다. 그 질문들이 서로 답을 내놓으라며 앞서 튀어나오 겠다고 난리였다.

베티가 다시 차를 한 모금 마셨다. 차차 충격이 가라앉자 몸이 떨렸다. 마법의 물건은 꿈이나 이야기에 나오는 거였다. 하지만 아무리 베티가 현실적이어도 이제 막 직접 겪은 일을 부인할 수는 없었다. 게다가 꿈이 아니라는 것도 잘 알았다. 단순히 낡은 천 가방을 뒤집었을 뿐인데 눈 깜짝할 사이에 이곳에서 저곳으로 이동하는 게 어떻게 가능하단 말인가. 거울에 비치는 사람들이랑 얘기를 한다는 게 말이 되는가? 이를 설명할 수 있는 단어는 오직 하나, 마법밖에 없었다. 베티는 다른 때도 언니랑 찰리랑 할머니 몰래 밖에 나가려다가 번번이 바로 전에 할머니한테 꼬리를 잡혔던 일이 기억났다. 게다가 할머니는 어떤 일이건 도무지 늦는 법이 없었다. 이제야 이해가 갔다.

"다 어디에서 났어요? 가방이랑 거울이랑?"

드디어 베티가 입을 열었다.

할머니가 담뱃대를 몇 번 더 뻐끔거리더니 기침을 한 뒤 머뭇머뭇 말했다.

"나도 잘 몰라. 정확히는. 사실 아무도 몰라. 그냥 수십 년간 가족 안에 있었어. 위더신즈 가문 여자들이 대를 이어 간수해왔지. 내가 기억하는 한……. 그냥 그렇게 늘 있었어."

"얼마나 오래요?"

할머니가 입술을 오므리고 생각을 더듬었다.

"한 백오십 년쯤."

"저하고 찰리한테는 언제 말씀해 주시려고 했어요?"

베티가 한마디 덧붙였다.

"말해줄 생각이 있긴 있으셨어요?"

"그럼. 너희들이 열여섯 살이 되면. 플리스한테도 그때 얘기해줬고."

"할머니도 열여섯 살 때 가방을 받았어요?"

찰리가 물었다.

"아니. 나야 결혼식 날 받았지."

그랬겠구나. 베티는 할머니가 위더신즈 혈통은 아니라는 데 생각이 미쳤다. 자매들 엄마처럼 위더신즈 가문 사람과 결혼했다.

"결혼 선물치고는 거창하네요."

베티가 말했다.

할머니가 희미하게 웃었다.

"덕분에 다른 일을 좀 보상받는 기분이었……."

할머니가 딸꾹질을 하더니 말을 끊었다. 말하면 안 되는데 말한 눈치였다. 베티가 대뜸 물고 늘어졌다.

"다른 일 뭐요?"

"그 얘긴 좀 있다가."

베티가 플리스를 곁눈질했다. 가슴이 조여들었다. 베티는 언니 표정에서 그게 무슨 일이건 언니는 이미 알고 있으며 그다지 유쾌한 이야기가 아니라는 걸 눈치챘다.

할머니가 담뱃대를 내려놓고 위스키를 마셨다.

"물건은 세 개……. 세 가지 선물이라 불러도 좋고. 세 개 다 우리가 살면서 매일 쓰는 물건인데 발휘하는 능력이 각기 달라. 난 그걸 마법 한 줌이라고 부른단다."

베티는 두려움인지 흥분인지, 아니면 그 둘이 섞인 건지 모를 느낌에 속이 울렁거리기 시작했다. 할머니가 '마법'이라고 말하니까 어쩐지 멋있고 근사했다. 하지만 할머니가 말하다 만 문장이 베티 머릿속에 개운치 않은 그을음을 남기고 타버렸다. 마법의 물건과 위더신즈 사람들이 까마귀바위섬에 갇혀 사는 거랑은 무슨 관계지? 마법의 선물은 훨씬 더 불길한 무언가에 앞서 맛보는 감미료 같은 건가? 베티가 몸을 앞으로 기울이며 물었다.

"그러니까 할머니 말씀은 찰리랑 저도 열여섯 살이 되면 그……. 그 선물 중 하나를 받을 거라고요?"

"그래, 원래는 그럴 계획이었어."

베티가 얼굴을 찌푸렸다.

"원래는요?"

"오늘 밤 그 난리를 겪고 나니……. 달랑 둘이 그렇게 멀리까지 몰래 나가는 너희를 보고 계획을 바꾸기로 했다."

"아, 할머니, 제발……. 할머니 규칙을 어긴 건 제가 잘못했어요. 할머니가 저를 위해 아껴온 마법의 물건인지 뭔지 물려받을 자격이 없다는 것도 알아요……. 그래도 제발 찰리는 벌주지 마세요."

베티는 말하다가 풀이 죽어서 의자 뒤로 깊숙이 기댔다.

"찰리 잘못이 아니에요. 다 제가 짰어요."

"나도 알아."

할머니 목소리는 부드러웠다.

"너희 둘 누구도 벌 줄 생각이 아니야. 그게 진짜 목적이었던 적은 한 번도 없었어. 그저 너희들이 안전하길 바랐지. 그런데 오늘 밤 할미가 깨달았지

뭐냐. 비밀을 지키겠답시고 오히려 너희를 위험에 빠트리겠더라고. 그래서 내가 다 털어놓고 말하기로 마음먹었다."

할머니가 담뱃대를 재떨이에 올려놓고 자리에서 일어났다.

"잠깐 기다려."

할머니가 복도로 사라지자 베티가 손을 뻗어 찰리 손을 잡았다. 찰리 손이 얼음장 같았다.

"무서워할 거 없어."

말은 이렇게 했지만, 베티는 찰리가 이런 일을 마주하기에 너무 어린 건 아닐까 벌써 걱정하고 있었다. 죄책감으로 괴로웠지만 후회하기엔 이미 늦었다. 앞으로 무슨 일이 벌어지든 그건 전적으로 베티 탓이었다. 하지만 베티는 여전히 상상이 안 갔다. 할머니는 베티를 어떻게 설득해서 이곳에서 벗어나면 안 된다는 사실을 받아들이고 꿈을 포기하게 할까.

할머니가 나무상자를 하나 들고 돌아왔다. 상자는 짙은 색에 구불구불한 쇠붙이로 장식했고 뚜껑은 완만한 곡선이었다. 큼지막한 맹꽁이자물쇠를 채워놨고 양옆에 장식으로 'W'자를 커다랗게 새겼다. 비밀과 모험, 보물이 담긴 상자가 있다면 꼭 저렇게 생겼으리라. 할머니가 허리띠에 차고 있던 열쇠로 자물쇠를 풀자 어째서인지 베티는 두려움에 전율이 일었다. 저 자물쇠가 열리는 대신 베티 주변 다른 무언가가 잠기는 것은 아닐까? 마법의 물건들을 가지는 대가로 자유를 뺏기려나?

할머니가 자물쇠를 풀고 뚜껑을 들어 올렸다. 어느새 베티가 몸을 앞으로 쭉 빼고 있었다. 상자 안에서 퀴퀴한 냄새가 흘러나왔다. 베티가 안을 엿봤다. 상자 안에는 평범한 갈색 종이로 포장해서 끈으로 묶은 작은 꾸러미가 있었다.

할머니가 입을 열었다.

"아까 얘기했듯이, 찰리가 막내니까 마지막에 남는 유산을 물려받을 거야. 천 가방은 찰리 거라는 얘기다. 그리고 베티, 바로 이게 네 거야. 열어보기 전에 알아둬야 할 게 하나 있어. 각 물건 주인은 오직 한 사람, 서로 바꿔 쓸 수 없어."

베티가 머뭇머뭇 손을 뻗으며 생각했다.

이걸 가지는 대신 까마귀바위섬에서 영원히 살아야 한다면, 안 받겠다고 하면 돼.

아무리 마법이라도 그럴 가치는 없었다. 그런데도 베티는 호기심과 기대감으로 몸이 떨렸다. 꾸러미는 생각보다 가벼웠다. 베티가 끈을 잡아당겨서 매듭을 풀었다.

"잠깐. 베티가 포장을 풀기 전에 너희 셋 전부 비밀을 지키겠다고 약속해야 해. 무슨 말인지 알지? 가족 아닌 다른 사람한테 이 물건들이나 여기에 깃든 능력을 절대 입도 뻥긋하면 안 돼."

"그 말씀은……. 아빠는 아신다는 뜻이에요?"

베티가 물었다.

할머니 표정이 어두워졌다.

"그래. 아마 알 거야. 아빠가 유일하게 지켜낸 비밀이지."

"그거참 놀랄 일이네요. 워낙 엄청난 얘기라서 아빠가 제일 먼저 떠벌리고 다녔을 줄 알았어요."

딱딱한 말투였지만, 플리스는 아빠 얘기를 많이 하려고 애썼다. 아빠가 감옥에 잡혀 들어간 직후, 현실을 가장 늦게 받아들인 사람도 플리스였다.

베티도 아빠가 잡혀가던 순간을 결코 잊지 못했다. 언니는 분명히 뭔가 잘못 됐다며 눈물을 쏟았다. 할머니는 두 손으로 머리를 감싼 채 아빠한테 온갖 험한 욕을 퍼부으며 혼자 저 어린 애들을 어떻게 키워야 하느냐고 한걱정을 했다. 가장 어린 찰리조차 무슨 일인지 알지는 못해도 심상치 않은 분위기를 감지했는지 평소보다 두 배를 먹어 치웠다. 그때 베티는 배신감을 느꼈다. 아빠가 세 자매를 배에 태워 바다에 갖다 버렸어도 그보다는 배신감이 덜했을 것이었다. 이런 식으로 우리를 떠나 버리다니, 너무하지 않은가! 엄마도 떠났는데!

할머니가 한숨을 쉬었다.

"그래, 할미도 그럴 줄 알았어. 하지만 네 아빠는 할미가 틀렸음을 증명했고 할미는 그것만으로도 기뻤다. 네 아빠는 멍청이에 떠벌이고 그건 아마 앞으로도 변하지는 않을 거야. 하지만 네 아빠가 잘못은 많이 했어도 이 비밀만은 지켜냈어. 너희를 향한 사랑 때문에. 너희는 이걸 꼭 기억해야 해."

"숨기는 게 어렵지는 않았어요? 마법인데."

베티 질문에 할머니가 어깨를 으쓱했다.

"할미는 여태까지 너희 셋한테 요술 가방을 들키지 않았어. 안 그래?"

할머니가 입을 다물면서 아직 다 풀지 않은 꾸러미를 향해 고갯짓했다.

마침내 베티가 종이를 풀었다.

안에는 마트료시카 인형 같은 목각 인형이 한 벌 들어 있었다. 제일 겉에 있는 인형을 시작으로 안에 든 인형을 하나씩 열면, 갈수록 작은 인형이 나오다가 맨 안에 든 인형은 열리지 않는 장난감이었다. 베티는 엄지손톱으로 첫 번째 인형을 열었다. 그렇게 두 번째, 세 번째 인형을 꺼내서 한 줄로 나란히 세웠다. 색이 몹시 아름다운 인형들은 서로 비슷한 듯 각자 다르게 생겼다. 인형은 모두 네 개였고 적갈색 곱슬머리에 밤나무 갈색 눈동자는 물론이고 뺨 위 주근깨까지 매우 정교하게 칠을 했다.

모든 인형 한가운데는 동그라미가 있었고, 동그라미 안에는 똑같은 초원과 강, 그리고 오두막을 그려 놨다. 그런데 인형별로 동그라미 안 계절이 달랐다. 가장 큰 인형에는 꽃 핀 나무와 알이 든 둥지가 있었다. 두 번째 인형에는 새끼 오리들이 물 위에 떠 있는 그림이었고, 세 번째 인형 그림은 갈색 이파리들이 떨어지는 나무와 다 자란 새들이 남쪽으로 날아가는 풍경이었다. 마지막 인형에는 창백한 푸른색으로 겨울 설경을 그려 놨다. 각 인형 표면에는 나무를 새겨 색칠한 열쇠 무늬 장식이 있었다. 인형을 열면 하나였던 열쇠도 위아래 두 조각으로 나뉘었다.

"정말 예뻐요."

베티가 제일 바깥쪽에 있는 인형 열쇠를 엄지로 쓰다듬었다.

"내가 인형 가질래. 가방 못생겼어!"

찰리가 투덜거렸다.

"안 되는데 어쩌냐."

할머니가 어깨를 으쓱했다.

"어쨌건 중요한 건 어떻게 생겼는지가 아니라 각 물건에 깃든 능력이야."

"그래서, 얘네 능력은 뭔데요?"

베티가 물었다.

할머니 얼굴이 밝아졌다.

"아주 근사한 능력이지."

할머니가 두 손을 마주 대고 비비면서 장난꾸러기 같은 표정으로 쿡쿡 웃으며 속삭였다.

"네 물건에서 아무거나 가져와 봐. 두 번째 인형 안에 들어갈 만큼 작은 걸로."

등줄기를 타고 기대감이 밀려와서 베티는 전율이 일었다. 언니를 곁눈질했지만, 플리스도 베티만큼 혼란스러운 눈치였다. 할머니가 언니한테는 인형이 가진 능력을 얘기해주지 않은 것이 분명했다.

"작은 거? 동전 같은 거면 돼요?"

"아니, 안 돼. 뭔가 너만의 물건이어야 해. 작은 장신구 같은 거 없니?"

할머니가 잼 단지 주변에서 왱왱 날아다니는 흥분한 꿀벌처럼 요란하게 손을 휘저었다.

"저한테 무슨 장신구가 있다고……. 아야!"

할머니가 몸을 기울이더니 베티 머리통에서 곱슬곱슬한 갈색 머리카락을 한 가닥 쑥 뽑았다.

"이거면 되겠다."

베티가 손으로 머리통을 문지르면서 두 번째 인형 아래 조각에 머리카락을 넣었다.

"자, 이제 위랑 끼워서 맞춰. 지금부터가 중요해. 제대로 안 하면 아무 일도 벌어지지 않으니까. 열쇠 위랑 아래가 정확히 일직선이 되도록 잘 맞춘 다음 제일 큰 인형 안에 넣고 다시 똑같이 하는 거야."

베티는 도대체 무슨 일이 일어난다는 건지 의아해하면서 할머니 말대로 했다. 베티가 곁에 있는 인형 두 쪽을 하나로 합치자마자 플리스가 헉하며 숨을 멈췄고 찰리는 꽥 비명을 질렀다.

베티가 얼굴을 찌푸리며 물었다.

"왜?"

찰리가 의자에서 벌떡 일어섰다.

"베티 언니? 언니 어딨어?"

"무슨 소리야? 나 여기 있잖아!"

베티는 당황스러웠다. 하지만 언니나 동생, 할머니 그 누구도 더는 자기를 보고 있지 않았다.

"할머니, 뭐가 어떻게 됐는데요?"

"네가 사라졌지. 우리한테는 네가 안 보여."

할머니가 낄낄 웃었다.

"사라져요? 무슨 그런 말도 안 되……."

"못 믿겠으면 거울이라도 봐."

베티는 돌아서서 벽에 걸린 작은 거울을 들여다봤다. 평소처럼 거울 표면은 플리스 언니 지문으로 뒤덮여 있었다. 단지……. 평소와 다른 점이라면 거울에는 부엌만 비친다는 것이었다. 부엌은 베티 뒤에 있었다. 거울 어느 구석에서도 베티는 보이지 않았다. 베티가 사라졌다.

4장. 해가 지기 전

충격이었다. 베티가 두 손을 얼굴 앞으로 들어 올렸다. 베티한테는 두 손이 보이는데 거울에는 아무것도 비치지 않았다. 게다가 아무한테도 베티가 보이지 않는 게 확실했다. 베티는 할머니한테 버릇없는 행동을 해 보였지만, 할머니는 그저 베티 너머 저 뒤 어딘가를 바라볼 뿐이었다.

베티는 놀랍고 기뻐서 몸이 떨렸다. 베티가 의자 뒤에 걸린 마른행주를 집어 들고 흔들었다. 거울에 허공을 날아다니는 행주가 보였다.

"에비!"

베티가 목소리를 잔뜩 깔았다.

"우와!"

누가 봐도 찰리는 잔뜩 흥분했다.

플리스가 몸을 부르르 떨었다.

"베티, 그만해! 으스스하잖아!"

"아 진짜, 분위기 망치지 마. 드디어 여기에서도 재미있는 일이 좀 생기려는 참인데!"

"이건 웃을 일이 아니다. 갖고 놀라고 준 장난감도 아니고."

할머니가 말했다.

마른행주가 베티 손가락 사이로 미끄러져서 바닥에 떨어졌다.

"그럼 이걸로 뭘 해요?"

"우리를 보호할 때 쓰는 거야. 지저분한 상황에서 도움이 돼."

"그럼 뭐 쓸 일도 별로 없겠네요. 우리 주변에서 지저분한 건 플리스 언니가 제대로 안 한 설거짓거리뿐이니까요."

베티가 심술궂게 말했다.

"애!"

플리스가 분한 듯이 말했다.

"아니면 휘이가 바깥에 쫓겨나서 밤새 못 들어오거나."

찰리도 한마디 덧붙였다.

"근데 어떻게 해야 다시 보여요? 인형에서 머리카락을 꺼내면 돼요?"

"그냥 막 꺼내는 게 아니야. 인형 윗부분을 시계 반대 방향으로 완전히 한 바퀴를 돌려서 인형을 열고 머리카락을 꺼내야 해."

베티는 할머니 말대로 한 뒤 거울에 다시 비치는지 확인했다. 물론 베티 모습은 돌아와 있었다.

"하나 더, 넌 다른 사람도 사라지게 할 수 있어. 지금 한 걸 그대로 하면 되는데, 단지 이번에는 세 번째 인형을 쓰는 거야. 잊지 마. 두 번째 인형은 너, 너만 쓰는 거야."

할머니가 말했다.

"나! 이번에 나 사라지게 해줘!"

찰리가 졸랐다. 주머니에 손을 집어넣고 뒤적거리더니 뭔가 작고 하얀 걸 탁자를 가로질러 내던졌다.

"이거 써, 페그."

"아휴, 까치가 못살아! 너 아직도 빠진 이를 갖고 있었어? 이름은 또 언제 붙여줬어?"

찰리는 플리스가 놀라는데도 앞니가 빠져서 생긴 틈을 자랑스럽게 드러냈다. 찰리는 첫 번째 이가 빠진 이튿날 아침에 베개 밑에서 반짝이는 떼까마귀 구리 동전 하나를 발견했다. 그랬더니 두 번째 이가 빠졌을 때는 이빨 요정(*빠진 이를 선물로 바꿔준다는 전설 속 요정)을 잡겠다는 기대감으로 줄곧 주머니에 빠진 이를 넣고 다녔다. 벌써 삼 주째였다. 할머니나 플리스가 주머니에 든 이를 뺐으려고 했지만, 찰리가 긴장을 늦추지 않아서 아무도 성공하지 못했다. 찰리는 이빨 요정이 노력하지 않는다며 실망한 나머지 요정한테 주겠다면서 불만스러운 기분을 자세히 쓴 편지까지 썼다.

베티가 찰리 이를 받아서 세 번째 인형 안에 넣고 윗부분을 비틀어 닫은 뒤 나머지 인형을 차례대로 포갰다. 찰리가 순식간에 눈앞에서 사라졌다.

"이제 나 안 보여? 사라졌어?"

찰리가 안달했다.

"진짜 감쪽같이 없어졌어."

베티가 손을 뻗었다. 손가락이 허공에서 헤맬 줄 알았는데 따뜻한 살에 닿았다.

"아, 맞다. 눈에는 안 보여도 손으로 만져지기는 해."

할머니가 말했다.

베티는 인형에서 찰리 이를 꺼내고 인형들을 차례대로 포갰다. 찰리는 맥이 빠졌다.

"왜 베티 언니가 인형 가져요? 모험 다니고 싶어 하는 사람은 베티 언닌데! 언니한테는 가방이 더 좋잖아요!"

찰리가 부러워서 퉁퉁거렸다.

"찰리, 가방이 진짜 좋은 거야. 인형보다 훨씬 나아."

베티가 꼬집어 말했다. 베티는 몹시 아쉬웠다. 어디든 베티가 원하는 곳으로 순식간에 휙 데려다주고, 할머니가 말리기도 전에 이미 돌아올 터였다. 그래도 눈에 띄지 않고 빠져나가는 데는 인형도 못잖게 쓸모가 있어 보였다. 죄책감이 드는 생각이었지만 그만큼 달콤했다. 베티는 할머니가 아직도 자매들이 고분고분 말 잘 듣기를 바라면서 마법 선물을 줬다고 믿었다. 하지만 지금 베티는 그 일만 빼고 다른 모든 것을 꿈꾸고 있었다.

"그런 게 아니야. 인형이 꼭 우리 같아서 갖고 싶어."

찰리가 계속 툴툴거리면서 가장 큰 인형을 가리켰다.

"안 그래? 이 인형은 할머니야. 나머지 작은 인형 세 개를 돌봐주니까."

"그렇구나. 정말 인형이 우리 같네."

플리스가 희미하게 웃었다.

"인형은 베티 거다. 거울은 이미 플리스가 선택했고, 찰리는 아직 어리니까 나이가 찰 때까지 가방은 할미가 갖고 있을게. 물건은 위더신즈 가문 여자들 열여섯 번째 생일에 주는 거야. 아니면 너희 엄마나 할미처럼 결혼식 날 갖든지."

할머니가 손가락으로 위스키 잔 테두리를 더듬었다.

"일단 물건을 받아서 주인이 정해지면, 그 물건은 오직 그 사람이 사용할 때만 능력을 발휘할 수 있어."

문득 찰리가 화가 누그러진 표정으로 고개를 들었다.

"그럼 지금부터라도……. 가방이 내 말 대로 한다는 거예요?"

세 자매가 모두 기대에 찬 눈빛으로 할머니를 쳐다봤다. 할머니 입술이 오므라드는 모습을 보고 베티는 할머니가 이 질문에 답하기 싫어한다는 걸 눈치챘다.

"그래. 아마도. 그렇다고 네가 시도해볼 수 있다는 뜻은 아니야. 열여섯 살 되기 전에는 어림도 없다!"

결국 할머니가 대답했다.

"열여섯 살이요? 그런 게 어딨어요! 베티 언니도 열세 살밖에 안 됐는데 지금 인형을 가졌잖아요!"

찰리가 씩씩댔다.

"그래그래. 열세 살 하자. 그때 줄게."

할머니가 눈을 감았다. 피곤해 보였다.

"야호!"

찰리는 좋아했다가 손가락을 꼽아보더니 이내 표정이 어두워졌다.

"그래도 시간이 엄청나게 많이 남았어요."

"그래도 더 빨리 줄 순 없어. 그마저도 없던 일이 될 수 있으니까 조심해."

"그럼 그 긴 세월 동안 가방만 주인이 있었어요? 거울이나 인형은요? 얼마나 오래 또 다른 위더신즈 여자아이가 주인이 되기를 기다린 거예요?"

찰리가 거래를 해보겠다고 난리를 부리는 동안 베티는 나름 따져보고 있었다.

60

"꽤 됐지."

할머니가 성냥으로 담뱃대에 다시 불을 붙였다.

"나한테 딸은 없었으니까. 너희들도 알다시피 할미한테는 니들 아빠밖에 더 있냐? 근데 너희 아빠한테는 클라리사라는 사촌이 있었어. 클라리사가 거울을 받았지. 너희 부모님이 결혼하고 얼마 안 지나 죽었지만. 그땐 너희가 태어나기 전이었어."

할머니가 오래된 나무 상자를 향해 고갯짓했다. 할머니 눈길은 어둡고 무심했다.

"그래서 거울이 다시 여기로 돌아와 다음 주인을 기다리고 있었지."

"엄마는요? 할머니가 엄마도 결혼식 날 이 중 하나를 받았다고 했잖아요."

할머니가 고개를 끄덕였다.

"인형을 받았어. 내가 아는 한 네 엄마는 인형을 사용하지 않았어."

"왜요?"

플리스가 물었다.

"쓸 일이 없었거든. 함부로 물건을 사용하지 말라는 경고도 들었고. 게다가 네 엄마는 어차피 이 물건을 좋아하지 않았어. 어디서 굴러다녔는지, 우리 집안엔 또 어떻게 들어왔는지 모르니까."

"아무도 몰라요?"

베티가 조심스럽게 물었다.

홀린 듯한 표정이 할머니 얼굴을 스쳐 지나갔다. 베티는 할머니가 모든 것을 다 솔직하게 얘기하지 않는다는 느낌을 다시 한번 받았다.

"설령 누가 알았다 해도 얘기하지 않기로 했을 테지."

부엌에 정적이 흘렀다. 벽에 걸린 갈까마귀 시계 째깍거리는 소리가 들릴 만큼 고요했다. 베티가 불안한 눈길로 인형을 살폈다. 가문 대대로 전해 내려오는 마법의 물건인데 아무도 답을 모르다니, 어쩐지 으스스한 구석이 있었다. 그렇다고 거부하기에는 너무 매력적인 물건이었다.

"이 모든 마법을 손에 넣었는데 사용하면 안 된다는 말씀이에요?"

베티가 아쉬운 듯 물었다.

"꼭 필요한 때만 쓰라는 뜻이야. 집에서 더 재밌게 노는 데 쓰지 말고."

"우리가 필요할 일이 뭐가 있겠어요?"

"사람 일은 모른다."

할머니가 딸꾹질을 참으며 웅얼웅얼 말했다.

"숨어야 하거나 잽싸게 튀어야 할 때가 올지도 몰라. 어느 밤에 내가 그랬거든. 너희들이 여기 와서 살기 전이었어. 영업 끝나고 혼자 가게에 있는데 몇 시간 뒤 강도가 든 거야. 그날 번 돈까지 잘 챙긴 다음 가방을 이용해서 안전하게 도망쳐서 경보를 울렸지."

할머니는 술잔을 집으려다가 그제야 잔이 빈 것을 깨닫고 뿌루퉁한 표정으로 손길을 거뒀다.

"꼭 필요할 거라는 말이 아니야. 하지만 사용할 때는 반드시 조심해서 다뤄야 해. 까마귀바위섬 같은 데서는 특히 더. 이곳 사람들은 대부분 감옥에 갇힌 죄수들과 관련이 있으니까. 이런 물건을 손에 넣기 위해서라면 무슨 짓이라도 할 위험한 사람들이거든. 감옥 담장 밖 어디라도 데려다줄 가방이 있다는 걸 저들이 알았다고 상상해 봐. 간수 눈에 띄지 않고 몰래 빠져나가게 해 주는 마법의 인형을 알아냈다면? 그러니까 할미 말 똑똑히 잘 들으라고.

아주 필요한 순간에만 마법을 써야 해. 다른 때 마법을 부리는 건 위험해."

"근데 할머니는 썼잖아요. 당장 오늘 밤만 해도 우리 찾는 데 가방 사용했잖아요. 다음 배를 기다릴 수도 있었는데 꼭 우리가 있는 배를 타느라고요."

베티가 꼬집어 말했다.

"바로 그거야. 기다릴 수 없는 일이었어. 그렇게 안 했으면 절대 제시간에 못 찾았을 거야."

"무슨 제시간이요? 재밌는 시간을 보내기 전에 우리를 막을 제시간이요?"

베티는 건방지게 군다고 할머니가 잔소리 퍼붓기를 기다렸다. 하지만 그런 일은 없었다. 뱃속으로 두려움이 퍼졌다. 인형이네 마법이네 온통 다른 얘기에 정신이 팔려서 제일 중요한 질문을 잊고 있었다.

"할머니가 해준 얘기에는 아까 저한테 약속하신 답은 아무것도 없어요. 우리가 왜 까마귀바위섬을 못 떠나는지 알려주신다고 했잖아요."

할머니가 연초 주머니로 손을 뻗었다.

"좋은 얘기 먼저 해주고 싶었다."

할머니가 담뱃대에 불을 붙이고 길게 한 모금 연기를 들이마셨다. 할머니 몸을 용기로 채우고 있는 것 같았다.

"사실 우리는……. 저주받았어. 위더신즈 가문 여자는 그 누구도 까마귀바위섬에서 나가지 못해. 그랬다가는 이튿날 해가 지기 전에 죽어."

5장. 위더신즈 가문에 내린 저주

베티가 멍하게 할머니를 바라봤다. 화폭에 담긴 풍경화인 듯, 부엌에는 한동안 아무 움직임이 없었다. 할머니는 슬픔이라는 가면을 쓴 것 같았다. 플리스는 말없이 까만 눈동자로 무릎만 내려다봤다. 할머니 담뱃대에서 피어오르는 연기마저 움직임을 멈춘 것 같았다. 연기구름이 허공에 걸려 숨이 막혔다.

흐느낌과 신음이 뒤섞인 소름 돋는 소리가 베티 목구멍에 턱 걸렸다. 실내는 공기조차 사라진 느낌이었다. 진실이 다 빨아들인 것 같았다. 베티가 품었던 꿈과 희망도 한 점 남김없이 뭉개져서 빠져나갔다. 엄청난 비밀이라는 게 이거였구나. 흙 속에 묻힌 보물이라도 되는 듯 베티가 그토록 찾아 헤매던 답. 우리는 여기 갇혔구나. 까마귀바위섬에. 영원히.

베티의 현실적인 면은 웃고 싶었다. 저주라니, 그 무슨 우스꽝스러운 발상이냐고 크게 외치고 싶었다. 하지만 방금 벌어진 그 모든 일을 겪고 난 베티는 그다지 현실적이지 않았다. 수년 동안 할머니가 둘러대던 핑계며, 허공에서 튀어나오듯 난데없이 눈앞에 나타나던 할머니가 무서울 만큼 갑자기 말이 되는 것 같았다.

베티는 영원히 못 떠날 터였다. 바다를 항해하는 담대한 베티, 탐험가 베티도 절대 되지 못할 것이었다. 그저 또 다른 위더신즈 가문의 소녀로서 끝없이 이어지는 회색빛 일상 속에서 고되고 단조로운 삶을 살 운명이었다. 모두가 항구에서 썩어가는 아빠의 고물 배처럼 꼼짝없이 갇혔다. 다른 곳으로 갈 수 있다는 희망 한 점 없이 물가에서 깐닥거릴 신세였다.

베티가 눈을 깜빡였다. 할머니 담배 연기가 매워서 눈물이 고였다. 찰리가 옆에서 훌쩍이기 시작했다. 베티는 찰리를 달래지도 못할 만큼 정신이 나갔다.

"저주받았다고요? 어떻게……. 어째서요?"

베티 목소리는 공허했다.

"나도 이 일을 알자마자 그런 질문을 품었어."

할머니가 담배 연기를 뿜었다. 눈동자가 뿌옜다.

"처음에는 호기심 왕성한 여자애들이 너무 멀리까지 돌아다니지 못하게 하려고 꾸며낸 이야기라고 생각했어. 하지만 지난 백오십 년 세월을 다 따져 보니 죽은 위더신즈 여자들이 여덟 명이나 되더라고. 아무리 생각해도 이건 절대 우연일 리가 없지. 기이하고 설명이 안 되는 죽음이었어. 어리건 아니건 다 건강한 여자들이었는데."

"할머니는 언제 아셨어요? 결혼식 날에요?"

베티는 냉정을 되찾았다.

"아니, 그전에 알았어. 너희 할아버지가 결혼하기 한참 전에 경고해줬어. 우리가 아직 연인이었을 때. 내가 마음 바꿀 시간을 넘치게 줬지."

할머니는 희미하게 웃었지만, 베티는 헉 소리가 났다.

"그런데도 결국 결혼하신 거예요?"

할머니가 어깨를 으쓱했다.

"사람이란 온갖 희생을 치르기 마련이지. 그게 다……."

"사랑 때문이죠."

플리스가 할머니 말을 맺으면서 한 손을 할머니 주름진 손 위에 올렸다.

"미안하지만 난 하나도 이해가 안 가요."

베티가 씩씩거렸다.

"그냥 다 이상하고……. 말이 안 돼."

게다가 혼란하고 부당했다. 베티는 조용히 분노했다. 마법의 물건들로 가능해 보이던 모든 기회를 잔인하게 빼앗겼다. 그런데 마법을 직접 봤으니 할머니가 말해주는 다른 이야기를 의심할 수도 없었다.

"확실해요? 그냥……. 운이 나빴을 수도 있잖아요."

베티가 힘없이 물었다.

"나도 한때는 딱 너 같았다. 처음에는 안 믿었어. 믿는 걸 거부했지. 그러다가 하루는 내 눈으로 직접 보고 만 거야. 아홉 번째 사망자가 나온 날이었어."

실내 공기가 더 탁하고 답답해졌다. 담배 연기 때문만은 아니었다. 베티는 갑자기 숨이 잘 안 쉬어졌다.

"아홉 명……. 아홉 여자가 죽었다고요?"

가냘픈 목소리였다.

"저, 저기……. 까마귀바위섬에서 나가면 해가 지기 전에 일이 벌어진다고 했잖아요. 정확히 말해서 뭐가 어떻게 된다는 거죠? 그냥 여자들이……. 그

66

러니까 우리가……. 그냥 갑자기 죽나요?"

베티는 더 끔찍한 사실이 드러나기를 기다렸다. 더 기이한 사건을 상상하며 할머니 표정을 살폈다. 엄청나게 높은 곳에서 뚝 떨어지고 땅바닥이 눈앞으로 훅 달려드는 장면이 눈앞에서 번쩍였다. 귓가에서 바람이 울부짖고 공포와 슬픔이 파도처럼 몰려와 베티를 덮쳤다. 베티는 눈을 깜빡여서 이 모든 것을 몰아냈다. 아드레날린으로 몸이 떨렸다. 이건 또 다 뭐지?

"항상 똑같아. 새들 울음소리로 시작하지. 까마귀들의 합창."

할머니 말에 베티가 얼굴을 찌푸렸다.

"하지만 그건 우리가 새벽마다 겪는 일이잖아요."

할머니가 고개를 끄덕였다.

"다른 점이 있다면 말이지, 아무리 네가 까마귀를 보려 애를 써도 절대 눈에는 안 보인다는 거야. 네 머릿속에서 나는 소리거든."

몸을 부들부들 떠는 플리스 모습이 베티 눈꼬리에 걸렸다. 할머니가 기억을 더듬는 듯, 텅 빈 눈빛으로 먼 곳을 바라보며 말을 이었다.

"소리는 갈수록 커져. 소리가 커질수록 몸은 점점 차가워지고. 몸이 얼음장처럼 차가운데도 마지막 순간에 느끼는 건 차가운 입맞춤이야."

베티 두 팔에 난 털이 일제히 곤두섰다.

"그걸 할머니가……. 어떻게 알아요?"

할머니 입술이 부르르 떨렸다. 팔은 빈 위스키 잔을 향해 뻗은 채였다.

"네 아빠 사촌 클라리사한테 무슨 일이 벌어지는지 봤다. 나도 함께 있었거든."

마침내 할머니가 말을 마쳤다.

"클라리사도 저주를 알았어요? 아니면 실수로 그렇게 됐어요?"

베티가 물었다.

잔을 감싸 쥔 할머니 손가락이 생기가 다 빠져버린 듯 탁자 위로 미끄러져 내려왔다.

"그래, 클라리사도 알았어. 자기가 저주를 풀 수 있다고 생각했지. 어떤 장소에서 소원을 빌면 이루어진다는 전설을 들었거든. 습지 건너에 있는 편자만(Horseshoe Bay)이었어. 클라리사는 소원을 빌면 저주가 풀릴 거라고 믿었지. 하지만 소용없었어. 편자만에 어떤 마법이 깃들었는지는 몰라도, 마법이 있긴 했을까, 위더신즈 가문의 저주를 풀기엔 역부족이었던 거야. 까마귀바위섬으로 돌아왔을 때 클라리사는 이미 자기가 실패했다는 걸 알았어. 머릿속에서 날카로운 까마귀 울음소리가 들리고 피부는 얼음장처럼 차가웠으니까. 우린 클라리스 몸을 덥히지 못했어."

"클라리사가 까마귀바위섬으로 다시 돌아왔어요? 해가 지기 전에 돌아왔는데도 저주가 안 멈췄어요?"

베티가 물었다.

"저주를 멈출 수 있는 건 없어."

할머니가 퀭한 눈빛으로 대답했다. 심장 위에서 두 엄지를 걸고 나머지 손가락을 부채처럼 펼쳐서 새 날개를 만들었다. 까마귀 상징이었다.

"돌 얘기도 해주세요."

플리스 목소리가 갈라졌다. 피부가 납빛이었다.

"돌?"

베티가 다시 물었다.

"저주가 시작하려고 할 때마다 탑 벽에서 돌멩이가 하나 떨어져."

할머니가 무덤덤하게 말했다.

"까마귀바위 탑이요? 감옥?"

할머니가 고개를 끄덕였다.

"탑이 저주랑 무슨 상관인데요?"

안 그래도 머릿속에서 꽁꽁 얼어붙은 채 죽어가는 클라리사 모습을 떨쳐 버리지 못하는 판에, 잿빛이 된 플리스 얼굴은 베티한테 아무 도움이 못 됐다. 클라리사는 정녕 용감했다. 모든 것을 걸고 저주를 깨트리겠다며 덤벼들었다. 그렇게까지 한 걸 보면 클라리사도 베티만큼이나 섬에서 떠나고 싶었음이, 틀림없이 방법이 있다고 믿었음이 분명했다. 비록 실패했지만……

할머니가 어깨를 으쓱했다.

"탑은 태곳적부터 있었지. 다른 감옥보다 훨씬 오래되었을 거야. 저주와 관련된 얘기도……. 있긴 있지. 하지만 어떤 이야기도 저주를 푸는 방법을 알려주지는 않아."

베티는 울지 않으려고 기를 쓰며 목에 걸렸던 덩어리를 삼켜버렸다. 눈물은 아무것도 해결해주지 않건만, 이미 눈물을 흘리는 두 눈은 신경 쓰지 않는 것 같았다. 오늘 밤 전만 해도 베티는 까마귀바위섬을 떠나 새로운 삶을 사는 꿈을 꿀 수 있었다. 생각도 못 했다. 여기에 갇힌 것은 단순히 할머니의 과보호 때문이 아니었다. 애초 떠나는 것 자체가 불가능했다. 플리스 언니가 왜 모든 것을 내려놨는지 이해가 갔다. 하지만 베티는 받아들일 수 없었다. 아직은 아니었다.

"저주를 풀 길이 있을 거예요. 있어야만 해요."

할머니가 공허하게 웃었다.

"하, 다른 사람들도 다 그렇게 말했어. 대를 이어오면서 너처럼 생각한 여자가 너뿐이었다고 생각하니? 그렇게 생각한 사람은 당연히 있었어. 클라리사도 그 사람들만큼이나 단호했어! 네가 떠올릴 만한 방법은 벌써 다 시도해 봤어. 위더신즈라는 성을 버리려고 결혼도 해보고 까마귀바위섬에 있던 걸 뭐라도 하나 들고 나가도 보고, 자기 물건 중 아무 거라도 까마귀바위섬에 남겨보기도 하고. 아무것도 성공하지 못했지. 이게 너희를 섬에서 못 나가게 막은 이유야. 너희 누구한테도 그런 일이 벌어지게 놔둘 수는 없었어."

할머니가 갑자기 손을 잡는 바람에 베티가 깜짝 놀랐다.

"베티, 제발. 할미가 이렇게 부탁할게. 시도하지 마. 그 일을 또 겪을 순 없어. 너희 중 누구라도 그렇게 되면……. 클라리사랑은 달라. 할미는 아마 죽을 거다."

할머니의 기민한 두 눈이 뭔가에 홀린 것 같았다.

베티는 심장에서 진이 빠지는 느낌이었다. 아빠가 잡혀갈 때를 마지막으로 할머니가 이렇게 약해진 적은 없었다. 할머니가 워낙 티를 안 내서 할머니한테는 이런 면이 아예 없다고 생각하기가 쉬웠다.

"아빠는요? 아빠도 물론 저주를 알겠죠?"

"알지. 이런 일은……. 가족 모두가 알아야 해. 모르면 너무 위험하거든. 네 아빠가 저렇게 잘못된 것도, 네 엄마가 죽기도 해서지만, 어쩌면 죄책감 때문이 아닐까 하는 생각이 자주 들어."

할머니가 진지하게 말했다.

"죄책감이요? 우리한테 저주를 물려줘서요?"

플리스가 묻자 할머니가 고개를 끄덕였다.

"네 아빠는 위더신즈 가문 여자들이 영원히 섬에서 떠나지 못하는 현실이 부당하다면서 몹시 증오했어. 하지만 멍청한 덕분에 자기도 우리처럼 갇힌 신세가 됐지."

"그럼 엄마는요? 할머니 말씀처럼 진짜 사고였어요? 아님, 저주 때문이었나요?"

베티가 물었다.

찰리는 아직 아기였지만, 베티와 플리스는 엄마가 죽었다는 소식을 들은 아침을 기억했다. 그때 할머니랑 아빠는 병이 나서 며칠이나 앓았다. 아빠가 좀 더 심했다. 소식을 전한 사람은 할머니였다. 간밤에 섬 전체에 안개가 짙게 깔렸다고, 그런데 엄마가 의사를 부르러 나갔다가 길을 잃고 헤매다가 얼어붙은 호수 위로 잘못 들어섰다고, 얼음이 깨지면서 그대로 물에 빠졌다고.

"사실대로 말한 거야. 그렇다고 네 기분이 더 나아질지 나빠질지는 모르겠다만, 네 엄마는……. 저주 때문이 아니었어. 액운이었다."

할머니가 빨개진 코를 문질렀다.

액운, 할머니가 온갖 부적을 동원해서 어떻게든 막아보려고 용을 쓰지만 번번이 들이닥치고야 마는 반갑지 않은 손님. 세 자매의 엄마는 죽고 아빠는 감옥에 갇혔다. 여관을 운영해도 빚을 갚을 만큼 돈을 벌지 못했다. 플리스는 남자친구 한 번 사귀지 못했고 베티가 세운 여행 계획은 하나같이 비참하게 실패했다. 찰리조차 늘 서캐가 생겼다.

이건 뭐, 행운의 여신이 위더신즈 사람들이 오는 걸 보고 길을 건너가 버렸다 해도 할 말이 없겠다.

71

베티가 생각했다.

할머니와 자매들이 대화를 멈췄다. 아래층에서 박자 맞춰 쿵쿵거리는 소리에 더해 나지막이 웅성거리는 구호가 들려온 터였다. 잠시 뒤 문이 벌컥 열리는 소리가 들렸다. "맥주! 맥주! 맥주!"하고 외치는 소리에 뒤이어 날카로운 글래디스 목소리가 아래층 계단 끝에서 울렸다.

"버니 할머니! 지금 당장 누가 내려와서 안 도와주면 가버릴 거예요!"

"저 돼먹지 못한 놈들이 카운터를 두드려대나 보네!"

할머니는 화가 머리 꼭대기까지 났다. 새로운 기운이 샘솟기라도 했는지 자리에서 벌떡 일어났다. 무릎이 우두둑거렸다.

"플리스, 정신 차리고 빨리 내려와라. 우리가 자리를 너무 오래 비웠어."

할머니가 부엌에서 나가고 얼마 지나지 않아, 가게 문을 열어젖히고 곧장 돌진해 들어가는 소리가 아래층에서부터 올라왔다. 잠시나마 자매들이 걸렸던 주문이 깨지고 모든 것이 평소처럼 느껴졌다.

평소? 모든 것이 달라졌는데 어떻게 저 아래에서는 여느 때와 다름없이 삶이 계속될 수 있지? 지금까지 베티는 운명을 직접 결정할 수 있다고 생각해왔다. 하지만 할머니 말이 다 사실이라면, 베티에게 주어진 운명은 바로 여기, 탈출구 없는 이곳이 전부였다.

베티가 자매들을 힐끔거렸다. 찰리는 입으로 엄지 하나를 단단히 문 채 넣을 놓고 있었다. 저 버릇은 예전에 없어진 줄 알았는데. 플리스는 말없이 생각에 잠겨 있었다.

"나한테 저주 얘기를 해줬어야 해."

마침내 베티가 입을 열었다. 베티는 몸도 마음도 무거웠다. 이 저녁에 드러난 사실이 감옥 탑에서 떨어진 돌덩어리처럼 베티를 짓뭉개는 기분이었다.

플리스가 고개를 들었다. 검은 눈동자가 지쳐 보였다.

"너라도 언젠가는 여기에서 떠날 수 있다는 희망을 품고 있기를 바랐어."

이제는 베티가 슬슬 화가 났다.

"절대 일어날 수 없는 일인데 그래 봤자 무슨 소용이야? 차라리 진실을 알려주는 쪽이 진짜 배려 아니었을까?"

"그래, 어쩌면……. 아니야, 아, 모르겠어! 나도 말하고 싶었어. 하지만 할머니가 절대 말하지 않겠다고 약속하라고 했어."

플리스가 아랫입술을 깨물었다.

"옛날에는 그래도 했잖아. 우린 서로 감추는 게 없었어."

베티 목소리에서 상처받은 마음이 묻어났다.

플리스 두 뺨이 붉어졌다.

"너 어렸을 때 기억나? 내가 얘기해 준 거?"

플리스가 조심스럽게 찰리 눈치를 살폈다.

베티는 언니를 노려보면서도 고개를 끄덕였다. 플리스가 여덟 살, 베티가 겨우 다섯 살일 때 플리스가 이빨 요정은 진짜가 아니라는 사실을 알아냈다. 베개 밑에 떼까마귀 구리 동전을 넣어 놓는 건 사실 할머니였다. 플리스는 곧바로 베티한테 말해줬다. 할머니는 불같이 화를 내며 플리스한테 이번 일을 절대 잊지 말라고 했다.

"난 그 일로 나를 용서하지 못했어. 넌 아직 마법을 더 누릴 수 있었는데 그렇게 망쳐버렸으니까."

플리스가 나직이 말했다.

"이건 그거랑 완전히 달라. 그건 그냥 순진한 어린 시절 동화였어. 가족한테 내려오는 저주랑 같을 리가 없잖아!"

"아니, 같아. 결국 똑같은 거라고. 순진하다는 점에서."

플리스는 웃어 보려고 했다.

"네가 조금이라도 더 오래 해맑게 지냈으면 했어. 이런 일을 아침에 일어나서 제일 먼저 생각하고 잠들기 전에 마지막으로 떠올리지 않기를 원했다고. 한 번 알고 나면 그걸로 끝이니까."

갑자기 플리스 눈이 번쩍였다.

"바로 이게 남은 우리 인생이야."

남은 우리 인생. 베티는 모든 것을 포기한 언니 눈을 가만히 바라봤다. 그 안에 모든 것을 내려놓은 베티가 있었다. 베티는 이전에도 숨이 막힐 것 같았지만 지금은 비교가 안 되었다. 눈에 보이지 않는 덩굴처럼 저주가 베티 목을 조여서 한 점 남김없이 희망을 쥐어 짜냈다. 이제는 마법도 위안이 되지 않았다.

베티는 몇 시간 뒤에도 잠들지 못한 채 침대 위에서 가볍게 코를 고는 찰리 옆에 누워 있었다. 찰리가 깊은 잠에 빠지기까지 정말 오래 걸렸다. 잠을 재우느라 베티가 알고 있는 이야기(그 어떤 것도 지난 저녁 들은 이야기만큼 기이하고 우울하지 않았다)를 죄다 들려줬지만, 찰리는 줄기차게 꼼지락거리고 손가락을 빨아대며 쉽게 잠들지 않았다. 결국 찰리는 곯아떨어졌지만 베티는 정신이 말똥말똥했다.

아래층에서 웅성거리는 소리가 들렸다. 문득 베티는 지금까지 참 이상하게 살아왔다는 생각이 들었다. 밀렵꾼의 주머니는 자매들 집이었지만, 정말로 그렇게 느낀 적은 없었다. 늘 다른 사람 목소리로 떠들썩했고 다른 사람들 발아래에서 삐걱거렸다.

침실도 같이 써야 했다. 찰리의 봉제완구와 헝겊 인형, 조개껍데기와 조약돌이 베티의 소설책, 잼 단지, 반짇고리와 뒤죽박죽 섞여 있었다. 베티의 잼 단지에는 단추며 쓸 만한 헝겊 조각이 가득했다. 베티는 우표수집 책과 지도 모아놓은 꾸러미를 가장 애지중지했다. 베티는 지도 꾸러미에 코를 박고 조용히 오후를 보내기 일쑤였다. 여기저기 탐험할 장소 이름을 적으며 계획을 세웠다.

모든 것은 아빠가 항구에서 흥정하던 어느 아침에 시작되었다. 베티는 지도 만드는 아저씨 딸과 함께 어떤 배에서 나오는 참이었다. 여자애 이름은 로마였고 매끈한 갈색 피부에 머리를 땋아 내렸다. 로마는 깨끗한 청록색 바다와 메마른 사막, 하얀 눈으로 덮인 산맥을 셀 수 없이 많이 기억하는 아이였다. 로마가 들려준 이야기에 마음을 뺏긴 베티는 직접 그런 곳에 가보기를 세상 무엇보다 간절히 원했다. 나중에 로마가 이사 가야 해서 지도 싸는 걸 도울 때, 베티는 아빠한테 지도를 사달라고 조르고 졸라서 간신히 한 장 받아냈다. 베티가 처음 갖는 지도였다. 베티는 지도 만드는 아저씨 가족을 태운 배가 바다로 나가 저 멀리 한 점으로 사라질 때까지 지도를 보물단지처럼 소중히 끌어안고 서 있었다. 이후 로마를 두 번 다시 만나지 못했지만, 로마가 베티한테 걸어놓은 주문은 깨지지 않았다.

베티 눈길이 지도 꾸러미에 머물렀다. 그토록 탐험하기 원했던 모든 세계가 저 안에 둘둘 말려 있었다. 이제는 저주가 그 세계를 망쳐버렸다. 달콤하지만 치명적인 독이 든 초콜릿으로 가득한 상자 같았다. 바라볼 수는 있지만, 단 한 입이라도 맛을 보면 베티가 죽을 터였다. 베티 눈길이 지도에서 벗어나 갈라진 천장 사이로 드문드문 보이는 달빛으로 향했다. 눈물 한줄기가 뺨을 타고 흘러내렸다. 모든 것을 가능하게 할 답이 저 어디에도 없다니, 생각하기도 싫었다. 탐험이 금지된 세계를 상상하기도 어려웠다.

이내 베티는 무언가를 깨닫고 침대 위에 일어나 똑바로 앉았다. 할머니는 불가능하다고 말하지 않았다. 다른 여자들이 시도했던 방법이 다 실패했다고 말했다. 즉, 겁이 나서 차마 밀고 나가지 못할 뿐이지, 할머니 역시 저주를 풀 방법이 있다고 여전히 믿는다는 의미였다.

"할머니, 미안해요. 그래도 저주를 깰 길이 있다면, 난 시도해야겠어요."

어둠 속에서 베티가 결연하게 혼잣말했다.

6장. 거머리 연못 감옥

베티는 할머니와 언니가 삐걱삐걱 소리를 내며 계단으로 올라올 때까지 귀를 세우고 한 시간 반을 더 기다렸다. 뒤이어 물 흐르는 소리가 나고 침실 문이 딸칵 닫히더니 침대로 올라갔는지 침대가 끼익 울었다. 그 뒤로는 사방이 고요해졌다.

그러고도 베티는 할머니 코 고는 소리가 드르렁드르렁 벽을 울릴 때까지 더 기다렸다. 베티가 침대에서 미끄러져 나왔다. 찬 공기가 맨발에 닿자 몸이 부르르 떨렸다. 베티는 재빨리 슬리퍼를 꿰신고 살금살금 복도로 나갔다. 계단참에 있는 눅눅하고 으스스한 창고에 닿자 두 팔에 오소소 소름이 돋았다. 청소용품과 잡동사니로 가득한 창고는 밀렵꾼의 주머니에서 세 자매가 하나같이 꺼리는 장소였다. 숨바꼭질하다가 안에 한 번 갇혀 본 찰리가 특히 더 질겁했다. 베티는 몸을 떨며 서둘러 창고를 지났다. 이제 할머니 코 고는 소리는 묵직하고 규칙적이었다. 베티가 할머니 방문을 살짝 밀어서 열고 어두운 방 안으로 들어갔다.

공기에서 연초 향이 감돌았다. 위스키 마신 사람 호흡에서 나는 독특한 냄새도 섞였다. 할머니는 세상모르고 곯아떨어졌다. 베티는 진심 어린 할머니의 애원이 기억나서 잠깐 죄책감이 들었다.

베티, 제발……. 시도하지 마. 그 일을 또 겪을 순 없어……. 할미는 아마 죽을 거다.

할머니 마음을 다치게 할 짓이 할머니 화를 돋울 짓보다 훨씬 나쁠 것이었다.

하지만 난 이걸 해야 해. 우리를 위해서만이 아니라 할머니를 위해서라도.

베티가 마음을 다잡고 옷장으로 가서 문을 열고 오래된 비스킷 깡통을 선반에서 내렸다. 그러고는 까치발을 하고 부엌으로 돌아갔다. 찰리가 잠에서 깨면 안 될 터였다. 질문을 해댈 것이 싫었다. 설령 할머니가 깬다 해도, 손쉽게 비스킷 깡통을 숨긴 뒤 물 마시러 왔다고 둘러대면 그만이었다.

베티는 탁자에 앉아서 비스킷 깡통 뚜껑을 열었다. 딱히 잘못하는 짓은 아니었다. 세 자매 모두 많이 봐온 깡통이었다. 안에는 자매들이 쓴 카드나 직접 그린 그림, 해묵은 사진 몇 장, 그리고 자매가 돌아가며 한 번씩 신었던 유아용 신발들이 들었다. 할머니와 자매들은 이런 가족 기념품이나 장식품을 들여다보며 자주 시간을 보냈다. 통 안에는 종이 뭉치도 있었다. 할머니는 '만에 하나라도 잃어버리면 안 된다'면서 늘 종이 뭉치를 한쪽으로 치웠다. 하지만 오늘 밤 베티가 찾는 물건이 바로 그거였다. 베티는 종이 뭉치를 꺼내서 탁자 위에 좍 펼쳤다. 맨 처음 찾은 것은 전쟁 중에 할아버지가 할머니한테 보낸 편지였다. 편지가 오래 묵어서 하나같이 삭고 색도 노랗게 바랬다. 편지는 할머니한테 남은 할아버지의 유일한 흔적이었다. 베티는 편지를 따로 한 데 치웠다. 베티가 읽을 것이 아니었다.

베티는 자매들의 출생증명서와 엄마의 사망진단서도 그냥 넘겼다. 한 번 쓱 훑어만 봐도 할머니 말이 사실이라는 걸 확인할 수 있었다. 엄마의 사망 원인은 익사였다. 베티가 문서를 다시 서류철 안으로 막 넣는데 얼핏 복도에서 끼익 소리가 나서 이내 베티가 굳어버렸다. 요란하게 드르렁거리던 할머니 코 고는 소리가 멈춰 있었다! 베티는 허겁지겁 종이 뭉치를 모았지만 삭은 편지들이 휘리릭 날리며 바닥 위로 흩어졌다. 바로 그때 누군가 부엌으로 들어왔다. 은은하게 번지는 촛불 불빛이 하트형 얼굴과 윤기 흐르고 숱 많은 검은색 머리를 비추며 깜빡였다.

"까마귀 맙소사!"

베티가 바람 빠지는 소리를 냈다. 심장이 쿵쿵 울렸다.

"베티? 여기서 뭐 해?"

플리스가 눈을 비비며 속삭였다.

베티가 손가락 하나를 입술에 갖다 댄 채 언니한테 손짓했다. 플리스가 가까이 다가와서 촛불을 탁자 위에 놓았다. 언니와 동생은 무릎을 꿇고 앉아서 편지를 주워 모았다. 잠시 뒤 요란한 코골이 소리가 다시 났다. 역시 할머니는 잠에서 깨지 않았다.

"그냥 한 번 찾아봤어. 아무거나, 뭐라도 저주에 관해서 더 알아내고 싶어서. 할머니가 빼먹었을 수도 있으니까.'"

"하지만 베티, 할머니가……."

플리스가 걱정스럽게 입을 열었지만, 베티는 잔소리하지 말라는 듯 언니를 쏘아봤다.

"할머니가 뭐라고 했는지는 나도 알아. 그냥 찾아보기만 하는데 해될 건 없잖아."

베티가 편지를 또 한 뭉치 모았다.

"순서대로 있던 게 아니었으면 좋겠다."

베티가 얼굴을 찌푸리며 편지 봉투를 하나 들어서 불빛에 비춰보았다.

"그건 뭔데?"

플리스가 속삭였다.

"이 편지……. 다 할머니 건 줄 알았어. 근데 그 아래 다른 뭉치가 또 있더라고. 이거 봐."

베티가 언니한테 편지 봉투를 내밀면서 겉에 휘갈겨 쓴 글자를 가리켰다. 낯익은 필체였다.

"이건 아빠 글씨잖아. 아빠가 우리한테 보낸 편지야. 그런데……."

베티가 편지를 뒤집었다.

"열어보지도 않았어."

플리스가 편지 뭉치에서 급히 또 하나를 꺼내서 확인하더니 이내 굳어버렸다.

"하지만……. 할머니는 아빠가 이젠 편지를 안 보낸다고 했어. 너무 부끄럽고 비참해서 못 쓰겠다고 했다면서. 할머니는 왜 거짓말했지? 혹시……. 아빠가 아픈가? 죽어가는 건 아니겠지?"

플리스가 엄지손톱을 봉인 밑으로 밀어 넣었다.

"우리가 읽어봐야 해!"

"안 돼!"

베티가 얼른 편지를 낚아챘다. 뭔가 단단히 잘못됐다. 그건 베티도 플리스랑 같은 느낌이었다. 할머니는 보통 냉정하리만치 솔직했다. 부모님에 관해서라면 특히 더 그랬다. 그런 할머니가 이 편지들은 왜 숨겼지? 여태까지 할머니가 숨긴 건 저주에 관한 일밖에 없었는데…….

"그 편지는 우리 거야! 우리는 편지에 뭐라고 쓰였는지 읽어볼 권리가 있다고!"

플리스가 고집을 세웠다.

"알아. 그래도 할머니가 이 편지를 우리한테 안 보여주신 데에는 뭔가 이유가 있을 거야. 우린 똑똑하게 굴어야 해. 어떤 시기가 오면 주려고 했을지도 몰라. 그게 아니면 대체 왜 숨겼겠어?"

"도대체 언제? 이거 봐. 소인에 찍힌 날짜가 벌써 석 달 전이야!"

베티는 뭐가 다른지 찾아내려고 가느다랗게 뜬 눈으로 봉투를 살폈다. 아니나 다를까, 베티가 알아냈다.

"이거다!"

베티가 봉투 겉에 살짝 번진 인주를 탁탁탁 찔러댔다. 감옥 문장 도장이었다.

"알아보겠어? 내가 이걸 왜 놓쳤지?"

플리스가 가까이 들여다봤다.

"잠깐, 이거……. 이건 까마귀바위섬 감옥 문장이 아니야. 무늬가 달라."

"당연히 다르게 생겼지."

베티는 까마귀바위섬 감옥 문장을 똑똑히 기억하고 있었다. 까마귀 떼에 둘러싸인 감옥 탑을 화려하게 아로새긴 형상이었다. 하지만 이 문장은 낯설었다. 비비 꼬인 장어 같은 것들이 묵직해 보이는 자물쇠를 휘감은 모양이었다.

81

"아빠는 우리한테 편지 보내기를 멈추지 않았어."

베티가 웅얼거렸다. 아빠가 연락을 끊어버렸다고 그토록 쉽게 받아들인 일이 문득 부끄러워졌다. 아빠가 또 우릴 실망시켰다고 생각했는데. 정작 아빠는 그런 적이 없었다. 가슴속으로 사랑이 밀려들면서 남아 있던 앙금을 밀어냈다. 마음이 한결 가벼워졌다.

"아빠가 까마귀바위섬 감옥에서 다른 감옥으로 옮겨졌는데 할머니는 그걸 우리가 모르길 바라셨어."

플리스가 도장 아래 적힌 깨알 같은 글씨를 읽었다.

"거머리 연못 감옥?"

"그다지 유쾌한 곳 같지는 않은데?"

베티가 못마땅한 눈길로 문장을 째려봤다. 그러니까, 저건 장어가 아니라 거머리구나. 베티는 다른 봉투를 휘리릭 넘겨봤다. 문장이 좀 더 선명하게 찍힌 봉투가 있었다.

"잃어버린 황야……."

베티가 소리 내어 읽어봤다. 왠지 귀에 익었다.

"잠깐 기다려."

베티가 부엌에서 나가 다시 방으로 몰래 들어갔다. 찰리는 겨울잠 자는 쥐처럼 이불 밑에서 몸을 동그랗게 말고 깊은숨을 몰아쉬고 있었다. 베티는 지도 꾸러미를 뒤져서 원하는 지도를 찾아 들고 부엌으로 돌아와 탁자 위에 펼쳤다. 밀랍 종이는 오래되고 낡아서 구겨졌다. 하지만 잉크로 쓴 글자와 손으로 정교하게 그려 넣은 작은 그림들은 여전히 아름다웠다. 베티는 지도 중앙에서 살짝 벗어나 있는 잃어버린 황야를 금방 찾아냈다. 주변은 온통 산과

계곡뿐, 다른 건 별로 없었다. 베티 목에서 뜨거운 덩어리가 올라왔다. 아빠는 도대체 얼마나 먼 곳에 있는 거지?

베티가 손가락으로 지도를 훑으며 맨 밑에 들쭉날쭉한 선으로 그려진 그림까지 내려왔다. 그림은 총 네 개, 안개 습지 안에 있는 슬픔의 섬들 세 개와 까마귀바위섬이었다. 비탄의 섬 주위에는 악마의 이빨이라고 알려진 바위들을 그려 놨다. 초승달처럼 뾰족하고 날카로워서 치명적이었다. 그리고 참회의 섬에 잉크로 그려진 까마귀바위 탑이 있었다. 감옥 중에서 가장 오래된 곳이었다.

"할머니는 우리를 보호하고 있었어. 우리가 아빠 면회를 가겠다고 까마귀바위섬에서 벗어나면 안 되니까. 편지를 감추고 아빠가 계속 같은 곳에 있는 것처럼 연기하는 게 더 쉬웠겠지. 그래도……."

베티는 이해가 갔지만, 엉겅퀴처럼 머릿속을 찌르는 어떤 생각에 말꼬리를 흐렸다.

플리스가 얼굴을 찌푸렸다.

"나한테는 얘기해주실 수도 있었는데……. 나는 우리 누구도 섬을 떠나면 안 된다는 걸 알았으니까. 그나저나 아빠는 왜 옮겨졌지?"

"우리 누구도 모르는 편이 더 간단하지."

숨겨진 이유가 있다는 확신이 든 베티는 말이 빨라졌다.

"죄수를 이감하는 데는 아마 여러 가지 이유가 있을 거야. 그런데 할머니는 왜 아빠도 없는 곳으로 계속 면회를 갔지? 아니면 할머니가 그냥 다녀오는 척하신 건가?"

플리스가 고개를 저었다.

83

"할머니는 면회를 갔어."

"어떻게 확신해?"

"내가 빨래를 하니까. 그리고 할머니는 주머니 비우는 걸 자주 잊어버리셔. 기다려 봐."

플리스가 베티를 어두운 부엌에 혼자 남겨두고 나가서 방으로 다시 몰래 들어갔다. 얼마 뒤 플리스가 까마귀바위섬 감옥 문장이 찍힌 종잇조각을 들고 돌아왔다.

"봤지? 지난주 면회 신청서야."

"이건 왜 갖고 있었어? 설마 언니는 벌써 의심하고 있었……. 어?"

베티는 종이를 뒤집었다가 동글동글한 언니 필체로 쓰인 애절한 사랑 시를 발견했다. 시 옆에는 하트 모양이랑 꽃을 잔뜩 그려 놨다.

"우웩!"

"읽지 마!"

플리스가 발끈하면서 달려들어 종이를 낚아챘다. 얼굴이 빨갰다.

"중요한 건, 할머니가 최근에도 감옥으로 면회를 다녀왔다는 증거가 여기 있다는 사실이야."

베티는 엄습해오는 또 다른 불안감을 느꼈다.

"그런데……. 할머니가 만나러 간 사람이 아빠가 아니라면 도대체 누구지?"

7장. 까마귀바위섬 감옥

아침이 밝자 습지에서 짙은 안개가 밀려들어 왔다. 안개는 거리 곳곳으로 넓게 퍼지고 밀렵꾼의 주머니로 스며들어 소금기 머금은 눅눅한 외풍으로 불었다.

잠에서 깬 베티 머리카락이 평소보다 더 꼬불꼬불했다. 베티는 몸을 떨며 얼음처럼 차가운 옷을 입고 발을 꼬물거려 플리스한테서 물려받은 장화를 신었다. 장화는 베티한테 조금 큰 편이었다. 베티가 몸을 덥히려고 발을 쿵쿵 구르며 부엌으로 들어갔더니 플리스가 불 곁에 있었다.

"잘 잤어?"

플리스가 동생한테 인사했다.

"언니도?"

베티가 하품을 참으며 언니한테 인사했다. 눈이 뻑뻑했다. 베티는 이가 나간 그릇에 죽을 떠 담는 언니를 지켜봤다. 찰리가 발을 동동거리며 기다리고 있었다. 익숙한 광경에 마음이 놓인 나머지 베티는 잠깐이나마 지난 밤 일은 전부 꿈이었고 집안 대대로 내려오는 저주나 가보 따위도 없는 게 아닐까 생각했다. 하지만 언니는 부자연스럽게 웃고 있었다. 게다가 찰리가 숟가락으로 접시를 두드리는 소리도 땡그랑땡그랑 유쾌하게 울리지 않고 긴장한 듯 쨍쨍대는 소리로 들렸다. 베티는 속이 울렁거렸다. 아니구나, 지난밤 일은 다 진짜였구나. 좋아, 저주라 이거지…… 세 가지 마법의 물건이라니. 탑에서 돌멩이들이 떨어지고 말이야. 베티는 머릿속으로 각 물건이 지닌 능력을 되새기고 저주도 다시 생각했다. 할머니가 그다지 많이 말해주지는 않았지만, 마법의 물건과 저주가 연결된 것인지 의문스러울 수밖에 없었다.

"할머니는 아직 주무셔. 머리가 깨질 듯이 아프시대."

플리스는 생각이 딴 데 가 있는 눈치였다.

"위스키를 너무 많이 마셨으니까."

베티가 웅얼거렸다. 비스킷 통을 도로 갖다 놓으러 할머니 방에 들어갔더니 할머니한테서 풍기는 고약한 냄새가 방에 가득해서 베티는 눈물이 다 났다. 그토록 끔찍한 비밀을 간직한 채 여태껏 우리 셋을 키우느라 할머니가 얼마나 힘들었을까 생각하니 베티는 지금도 눈물이 날 것 같았다.

플리스가 냄비를 한 번 더 휘저었다. 죽 탄 내가 베티 코를 스쳤다.

"좀 줄까?"

베티는 질척질척한 회색빛 덩어리를 봤다.

"어……"

"베티 언니가 안 먹으면 내가 먹을래."

찰리가 덤벼들어서 그릇을 닥닥 긁었다.

찰리는 늘 배고파했고 실제로 아무거나 가리지 않고 먹었다. 아기 때부터 늘 그랬다. 할머니는 배 속에 벌레들이 사는 게 틀림없다고 했다. 항상 과장하기 좋아하는 아빠는 벌레가 아니라 장어일 거라고 했다.

"그래, 너 먹어."

베티는 배에서 꼬르륵 소리가 났지만 못 들은 척했다. 지금은 온통 저주에 관한 생각뿐이라 평소보다 양보하기가 쉬웠다. 특히 저주를 깨트리겠다고 마음먹은 뒤로는 다른 생각이 끼어들 틈이 없었다.

플리스가 의미심장한 눈길로 베티를 힐끔거렸다.

"할머니가 오늘은 아빠 면회를 안 가신대."

베티가 대번에 귀를 곤두세웠다.

"아, 그래?"

근래 들어 할머니는 허술한 핑계를 갖다 대면서 두어 번 면회를 가지 않았다. 하지만 어젯밤 아빠가 몇 달째 그곳에 없었다는 사실을 알고 나니 그다지 놀랍지도 않았다. 아빠 말고 위더신즈 가문과 감옥의 유일한 연결점은 까마귀바위 탑에서 굴러떨어진다는 돌멩이였다. 할머니가 최근에 감옥을 찾았던 이유도 아빠가 아니라 혹시 저주와 관련한 일 때문은 아니었을까? 용기를 내서 덤벼들면 알아낼지도 몰랐다.

플리스가 찰리를 힐끔 바라봤다. 찰리는 아직도 덩어리진 죽을 입으로 쓸어 넣고 있었다.

"교회는 어쩌신대?"

베티가 물었다.

플리스가 인상을 쓰며 답했다.

"어려우실걸?"

할머니는 오로지 가게 손님들 눈 밖에 나지 않으려고 교회에 갔다. 까마귀바위섬이 죄로 가득한 곳이어서인지, 감옥 밖 사람들은 하나같이 자기들이 얼마나 법을 잘 지키고 참회하는 삶을 사는지 보여주고 싶어서 안달하는 것 같았다. 베티도 교회 가는 게 썩 내키지는 않았다. 엉덩이가 얼어붙을 만큼 추웠고 곯아떨어진 할머니가 자주 코를 골아서 창피했다.

반면, 플리스는 항상 더 친절하고 좋은 사람이 되려고 노력했다. 단지, 집중력이 흐트러지기 일쑤였는데 최근에 마음에 든 소년이 보일 때만 정신을 차렸다. 찰리는 오로지 예배 후에 가난한 사람들한테 나눠주는 따뜻한 롤빵을 받기 위해 갔다. 찰리는 빵을 받은 뒤에도 애절한 눈빛을 한 채 주위를 맴돌아서 사람들 동정을 샀다.

"그럼 우리도 교회 학교에 안 가도 괜찮지 않을까? 할머니도 오늘 면회 안 가시니까."

플리스가 기쁜 듯이 말하며 자기 그릇에도 죽을 조금 담더니 한 숟갈 떠서 억지로 삼키고는 얼굴을 찡그렸다.

"난 가고 싶어. 보육원 아이들한테 줄 담요를 이번 주에 다 만들기로 했단 말야!"

아예 그릇을 들고 핥아대던 찰리가 빽 소리쳤다.

"찰리, 넌 가도 돼. 넌 교회 가는 거 좋아하잖아. 언니들도 알아."

플리스가 찰리를 달랬다.

"있잖아, 이젠 언니도 열여섯 살이니까 할머니 없이 우리끼리 감옥으로 아빠 면회를 갈 수 있어. 아빠가 아직 우리를 보고 싶어 하면."

베티가 곁눈질로 플리스를 힐끔거리며 말했다.

"그러게."

플리스가 나직이 얘기했다. 생각이 많아 보였다.

"혼자 있으면 아빠가 더 우울해지기만 할 거야. 아빠한테는 다정한……. 깜짝 선물이 필요할지도 몰라."

플리스가 베티와 눈을 마주쳤다. 두 자매는 예전에 자주 주고받던 눈빛을 교환했다. 이래본 지도 꽤 오래전이었다. 비밀을 품은 눈빛, 베티가 그리워하던 눈빛이었다. 두 자매는 말 한마디 없이도 이제부터 함께 무엇을 할지 정확하게 알았다.

플리스와 베티는 교회가 끝나고 두어 시간 지나서 길을 나섰다. 자갈이 깔린 거리를 바삐 걷다가도 맞은편에서 누가 나타나면 고개를 숙여서 얼굴을 감췄다. 고기 굽는 맛있는 냄새가 벌어진 창문 틈새로 새어 나왔다. 베티 배속이 요란하게 꾸르륵거렸다. 하지만 습지에 가까워지자 소금기 머금은 공기 때문인지 허기가 가라앉았다.

"베티, 난 아직 좀 불안해. 찰리가 실수로 할머니한테 말하면 어쩌지?"

나지막한 플리스 목소리에서 긴장감이 느껴졌다. 눅눅한 바람 때문에 머리카락이 얼굴에 들러붙었다. 플리스 머리는 길고 비단결 같았지만 베티 머리는 부스스한 양털 같았다. 두 아이는 몸을 떨면서 어깨에 두른 숄을 더 바짝 휘감았다.

"찰리는 교회 학교에서 한 일을 떠들기 바빠서 우리는 신경도 안 쓸 거야. 찰리가 말해도 어차피 난 상관없어."

베티는 할머니가 숨겼던 아빠 편지를 떠올렸다.

"찰리가 할머니한테 우리가 어디 갔는지 떠들어댈 즘엔 우린 이미 할머니가 감옥에 누굴 왜 만나러 갔는지 알아냈을 거야. 그냥 시침 뚝 떼고 아빠 놀라게 해주고 싶었다고 하면 돼. 한마디로 우린 잘못 없어."

저 멀리 감옥이 시야에 들어왔다. 슬픔의 섬들에서 한참 왼쪽에 있는 감옥 너머로 수평선이 희뿌옇게 보였다.

"습지 기슭을 따라가다 보면 습지의 기쁨이라는 도시가 나와. 뭐가 그렇게 기쁜 곳인지 우리가 볼 날이 올까?"

플리스가 조용히 말했다.

"할 수만 있으면 보고 말 거야."

베티는 진심보다 더 용감하게 말했다. 어제 까마귀바위섬 경계를 넘으려던 시도는 단순한 모험이었다. 하지만 오늘 밤 벌일 일은 실제로 두 사람 목숨을 앗아갈 수도 있었다. 베티는 그 사실을 잘 알았지만 자기도 모르게 흥분하고 말았다. 베티는 너무나도 오랫동안 아무 일이라도 벌어지기를 바랐다. 그런데 지금……. 지금이 아니라도 그럴 가능성이 보였다. 할머니가 뭐라고 했건, 모든 것을 바꿀 길이 반드시 있을 터였다.

두 아이가 나루터에 도착하고 얼마 지나지 않아 배가 들어왔다. 두 사람 말고 손님이라고는 주름이 쪼글쪼글한 할머니 한 분뿐이었다. 두 아이는 뱃삯을 내고 배에 올랐다. 아침에 꼈던 안개가 걷히고 두껍게 낀 구름 사이로 푸른 하늘이 드문드문 보였다. 저 멀리서 반짝이는 물 위로 까닥거리는 작은 배 한 척이 보였다. 베티는 지도 만드는 아저씨 딸과 함께 보낸 날이 기억났다. 로마는 지금 어디에 있을까? 베티가 여기 처박혀 썩어가는 동안 얼마나 더 넓은 세상을 봤을까.

"아빠가 들려준 얘기 기억나? 장사꾼이랑 뱃사람들한테 들었다면서 설탕처럼 고운 황금빛 모래가 깔린 해변이랑 물이 너무 맑아서 밑바닥이 훤히 들여다보이는 바다 얘기를 해줬잖아."

베티 물음에 플리스가 고개를 끄덕였지만, 눈앞에 펼쳐진 죽처럼 걸쭉한 물을 보니 절로 입술이 일그러졌다.

"나도 아빠 얘기를 좋아했어. 하지만 갈수록 상상하기가 더 어려워지더라고."

베티는 자꾸 나쁜 생각이 들어서 참회의 섬을 바라봤다.

"할머니가 그냥 간청이나 해보려고 감옥에 간 거면 어쩌지? 아빠를 다시 옮겨달라고 부탁했을 뿐이라면?"

불현듯 의문이 들자 베티는 가슴이 답답해졌다. 저주와 연결될 가능성이 희박하다는 사실은 이미 알고 있었지만 달리 가진 실마리가 없었다.

플리스가 얼굴을 찌푸렸다.

"아닐 거야. 면회 신청서에는 수인 번호를 적어야 해."

"죄수 번호? 그럼 우리도 필요하지 않아?"

플리스가 싱긋 웃으며 메고 있는 가방을 툭툭 쳤다.

"내가 가져오길 잘했지?"

베티는 안도하고 배 한 쪽에 깊숙이 기댔다.

"찰리가 따라오겠다고 고집을 안 부려서 좀 놀랐어."

배가 뭍에서 훌쩍 멀어지자 베티가 중얼거렸다. 따뜻한 숨결에 입김이 피어올랐다. 물로 나오니 공기가 더 차가웠다.

"뭐 하러 따라오겠어? 감옥 아닌 곳에서 만나본 기억도 별로 없는 사람 때문에 두 뺨이 꽁꽁 어는 것보다야 따뜻한 집에 있는 게 훨씬 낫지."

플리스가 이를 딱딱 부딪치며 말했다. 씁쓸함이 묻어나는 어조였다. 언니가 저런 말투로 말하는 건 드물었다. 베티도 같은 느낌이었지만 아빠 편지를 발견하고 나서는 뾰족했던 감정이 덜해졌다. 편지는 아빠가 여전히 우리를 생각한다는 의미였다. 아빠는 아직 우리를 신경 쓰고 있었다.

"언니는 우리를 떠난 아빠를 아직 용서 못 했구나."

플리스가 길게 숨을 내쉬었다.

"나도 노력했어. 지금도 노력하고 있고. 근데 힘들어. 아빠는 여기 있어야 하잖아. 우리랑 같이. 저기 말고……. 엄마를 잃은 뒤엔 특히 더. 바보 같은 아빠지만 나름대로 우릴 보살피려고 노력했던 건 알아. 그래도……."

플리스가 말꼬리를 흐리면서 베티 어깨 너머를 바라봤다.

베티는 뱃사공이 두 사람 대화를 흥미진진하게 듣고 있다는 걸 깨달았다. 어차피 플리스는 더 말할 필요도 없었다. 두 사람 모두 뭐가 어떻게 된 일인지 기억하고 있으니까.

세 자매의 엄마가 죽고 난 뒤, 버니 위더신즈는 술을 마시고 도박을 시작하더니 걷잡을 수 없이 빠져들었다. 아빠가 물 쓰듯이 돈을 다 써버릴 때까지 가족 누구도 몰랐다. 밀렵꾼의 주머니가 막대한 빚더미에 올라앉고 나서야 알았다. 그런데도 아빠는 자기한테 해결책이 있다며 우기더니 밀수품 거래를 시작했다. 아빠는 괜히 엉뚱한 사람들한테 떠벌리다가 잡혀서 오 년 형을 선고받았다.

"무엇보다 찰리 때문에 아빠한테 화가 나."

플리스는 얼굴색이 잿빛이었다. 플리스는 한 번도 수월하게 물을 건넌 적이 없었다.

"찰리는 엄마를 그리워할 기회조차 없었어. 하지만 아빠가 있으면 어떤지는 알 수도 있었다고. 우리 아빠처럼 바보 같은 아빠라도."

베티는 속으로 언니 생각에 반대하고 있었다. 찰리는 한 번 가져보지도 못한 것을 그리워하지 않았다. 충분히 행복해 보였다. 상실감을 가장 강하게 기억하고 느끼는 것은 베티와 플리스였다. 그리고 다소 질투가 섞이긴 했지만, 베티는 언니가 첫 번째 자식이기 때문에 아빠가 가장 사랑하는 아이도 언니라고 생각했다. 한마디로 언니는 아빠의 공주님이었다.

배가 출렁이자 플리스가 낮게 신음했다.

"토할 거면 배 밖에 해라."

사공이 연민이라고는 눈곱만큼도 없는 목소리로 말했다.

"감옥만 쳐다봐. 멀리 있는 걸 보면 좀 낫다고 할머니가 늘 말했어."

베티가 말했다.

할머니.

플리스건 베티건 할머니 없이 배를 타는 것도, 가문에 내려오는 저주를 알고 나서 길을 나선 것도 처음이었다. 까마귀바위섬 끄트머리, 위더신즈 자매의 세계가 끝나는 곳을 향해 나룻배가 곤두박질치고 있다는 우울한 생각이 들었다.

낮에 보니 감옥이 더 나빠 보였다. 바로 전날 밤에는 물 위에 비치는 불 밝힌 감옥 창문과 어둠 속에서 깜빡이는 도깨비불 때문인지, 감옥이 저 멀리로 보이는 동화 속 성이라고 상상이라도 할 수 있었다.

환한 대낮에는 그렇게 상상하기가 쉽지 않았다. 회색 석조 건물이 오만하게 땅을 굽어보며 들어서 있었다. 줄지어 보이는 작은 창문들은 사악하고 공허한 눈동자 같았다. 배가 가까워질수록 창문에 댄 창살이 눈에 들어왔다.

높이 솟은 채 어디에도 어울리지 않는 돌탑도 보였다. 돌탑은 단순한 감옥이 아닌 것 같았다. 세상 아무 데도 속하지 않은 곳 같았다.

베티는 손을 들어 눈 부신 햇살을 가리고 탑을 가만히 쳐다봤다.

저주가 시작하려고 할 때마다 탑 벽에서 돌멩이가 하나 떨어져.

아무 조짐도 없다가 엄청나게 높은 곳에서 떨어지는 환상이 또다시 머릿속에서 번쩍 지나갔다. 호흡이 빨라졌다. 이게 도대체 뭐지? 무언가가 기억 날락 말락 했다. 탑에서 떨어져 죽은 소녀 이야기였다. 배가 나루터에 닿는 바람에 베티는 탑에서 시선을 뗐다. 베티가 먼저 배에서 내린 뒤 손을 뻗어서 플리스를 잡아줬다. 플리스는 후들거리는 다리로 사공을 지나 뭍에 내려, 배에 오르기를 기다리는 사람들을 지나쳤다.

"이젠 좀 나아."

플리스가 중얼거렸다. 얼굴색이 다시 돌아오고 있었다.

"어쨌건 내가 끓인 죽이 배 속에 잘 있을 것 같기는 해."

두 사람은 조약돌과 새조개 껍데기를 바라락 바라락 밟으며 감옥에 가는 길로 접어들었다. 저 앞 감옥 담장 바로 밖에는 해산물 가판대가 있었다.

"우욱……."

생선 비린내가 훅 끼치자 플리스가 앓는 소리를 냈다. 참을성 없기는. 베티가 플리스를 밀어붙이며 묵이 되어버린 장어와 고등어를 언니가 못 보게 하려고 최대한 가려줬다. 이윽고 두 사람이 가판대를 지나 거대한 감옥 문 앞에 도착했다.

베티는 두 사람을 지켜보는 보초를 발견하고 뻣뻣해졌다. 보초는 특히 플리스한테 관심이 많아 보였다. 베티가 눈알을 굴렸다. 플리스가 어디를 가든 누군가는 꼭 넋을 놓고 바라보기 일쑤였다. 뱃멀미로 얼굴이 파랗게 질렸는데도 말이다. 플리스가 예쁘다는 데에는 말이 필요 없었다. 비단결 같은 머리카락과 까만 눈동자가 언제나 흠모하는 눈길을 끌었지만, 진짜 예쁜 구석은 따로 있었다. 가장 좋은 면을 보려는 플리스의 선하고 착한 모습을 사람들이 알아보는 것 같았다. 하지만 뭔가를 알아내야 하는 판에 원치 않는 이목이 쏠리는 것은 지금 두 사람한테 가장 필요 없는 일이었다.

"이름?"

보초는 새가 깃털을 다듬듯이 제복을 매만지며 물었다.

"위더신즈요."

베티가 할머니처럼 딱 부러지는 어조로 말했다. 할머니는 일(또는 사람)을 재촉할 때 그런 목소리로 말했다.

"누구 면회?"

"우리 아빠요."

베티가 대답하기 전에 플리스가 먼저 말했다.

베티는 언니를 한 대 걷어차 주고 싶었다. 이 보초가 버니 위더신즈가 여기 없다는 걸 아는 사람이면 어쩌려고! 베티는 숨을 멈추고 부디 보초가 일일이 기억하지 못할 만큼 감옥 안에 죄수가 많거나 아니면 그냥 저대로 정신을 팔고 플리스만 계속 쳐다보기를 바랐다.

"아휴……."

플리스가 몸을 파르르 떨더니 손에 입김을 호호 불며 간절한 눈빛으로 보초를 쳐다봤다. 그랬더니 장화 밑창에 버터라도 발랐는지 보초가 뒤로 스르륵 물러나며 두 사람을 안으로 들여보냈다.

자매는 아치형 천장에 바닥이 돌로 된 통로로 들어섰다. 쥐로 보이는 시커 먼 그림자가 두 사람 앞에서 총총 다니며 찍찍 울자 플리스가 더 크게 악악 소리쳤다.

'면회실'이라고 적힌 녹슨 팻말 아래 또 다른 문이 있었다. 문을 열자 널찍 한 실내가 나왔다. 나무 벤치가 하나 있고 면회인 명부에 이름을 적으려는 사람들이 침울한 표정으로 줄지어 기다리고 있었다.

"아, 안 돼. 저기 봐."

플리스가 웅얼거렸다.

베티는 줄을 훑어보다가 한참 저 앞에서 기다리고 선 밀렵꾼의 주머니 단 골 두어 명과 눈이 마주쳤다. 베티가 어색하게 웃어 보였다. 까마귀바위섬처 럼 작은 곳에서 아는 사람과 마주치지 않기란 어려웠다.

"저 사람들이 우리 봤다고 할머니한테 말하면 어떡해?"

플리스가 숄을 위로 더 올리면서 물었다.

"말 못 할걸? 감옥에 있는 아빠를 입에 올렸다가는 할머니가 불같이 화를 낸다는 걸 모르는 사람이 없잖아. 설령 말한다 쳐, 그래도 해명해야 할 사람 은 우리가 아니라 할머니야. 그동안 누굴 만나러 다녔는지 우리한테 설명해 야 할 테니까."

대열이 앞으로 움직여서 따라가니 간수가 반입 금지 물품 수색을 위해 두 아이 주머니와 가방을 뒤지고, 벼룩 검사를 한다면서 빗살 긴 빗으로 두피를 빗겼다.

"이건 정말 치욕적이야."

플리스가 머리를 매만지며 분통을 터트렸다.

시간이 지나 두 아이가 대열 맨 앞까지 왔다. 눈앞에 면회인 명부가 펼쳐져 있었다. 플리스가 펜을 들어 접수대에 놓인 잉크 통에 담갔다가 '면회인 이름' 아래 간단히 '위더신즈'라고만 적었다. 이어서 날짜와 시간, 면회할 사람 수인 번호도 적었다.

"오백십삼."

베티는 숫자를 읽으면서 아빠 수인 번호가 뭐였는지 기억해내려고 애썼다.

"아빠는 사백사십구야. 네가 궁금해할 것 같아서."

플리스가 고개는 들지 않고 나직이 말했다.

플리스는 '죄수 이름' 칸에 알아보지 못하도록 글씨를 구불구불하게 쓴 뒤 종잇장을 찢어냈다. 두 아이는 좁고 딱딱한 나무 벤치에 엉덩이를 들이밀고 앉아서 기다렸다. 얼마 뒤, 한 목소리가 짖듯이 외쳤다.

"위더신즈!"

두 아이는 초조한 눈빛으로 서로를 마주 보며 자리에서 일어났다.

이제 수인 번호 513번이 누구인지 알아낼 시간이었다.

8장. 513번 죄수

두 아이는 하수구와 시궁창 냄새가 코를 찌르는 돌투성이 마당을 지났다. 쥐똥과 쥐덫을 피해 발걸음을 서둘러 간수를 뒤따라갔다. 플리스가 발 앞에서 종종걸음 치는 털북숭이 형체에 꽥 비명을 지르며 숄로 입과 코를 가렸다.

"크기 봤어? 아침으로 죄수들을 먹나 봐!"

어느새 베티도 역겨움에 입을 조개처럼 꽉 다물고 있었다. 돌 마당 한복판에 커다란 나무틀이 보였다. 계단을 따라 연단처럼 생긴 곳으로 올라가면 바닥 중앙에 아래로 떨어지면서 열리는 문이 달렸고, 올가미에 연결된 기다란 줄이 그 위 허공에서 흔들리고 있었다.

베티가 무심코 목에 손을 갖다 대며 침을 삼켰다. 지난번에 왔을 때 교수대를 이미 한 번 봤지만, 그렇다고 공포심과 불안감이 줄어들지는 않았다. 그나마 다행히 까마귀바위섬 네거리에 있던 교수대를 몇 년 전에 철거하면서 사형도 더는 공개적으로 집행하지 않았다. 이제 처형은 이곳 감옥 담장 안에서 이뤄졌다. 교수대는 감옥이 얼마나 암울한 곳인지 상기시키는 냉혹한 장치였다. 이내 베티는 이번 여정이 헛걸음으로 돌아가지 않기를 필사적으로 바라고 있었다.

뭐가 됐건 제발 답이 될 만한 걸 알게 해 주세요. 여기 말고는 달리 어디서 시작해야 할지도 모르겠어요.

베티가 속으로 빌었다.

두 아이는 마당을 가로질러 널찍하고 천장이 높은 방으로 안내됐다. 창문은 하나같이 높이 달렸고 전부 창살로 막아 놨다. 기다란 나무 탁자 앞에 탁자와 길이가 같은 벤치가 놓였다. 벤치에는 면회하러 온 방문객들이 앉았고, 탁자 중앙에는 길이가 천장에 닿는 쇠막대기를 줄지어 박아놔서 탁자가 양쪽으로 갈렸다. 쇠막대기 맞은편에는 똑같이 생긴 죄수복을 입은 죄수들이 앉았다. 특이하고 헐렁한 웃옷과 바지였고 곳곳에 같은 무늬가 찍혀 있었다. 처음에 대충 봤을 때는 작은 화살표 무늬인 줄 알았는데, 베티가 한참 들여다보니 아무래도 새 발자국인 것 같았다. 발톱으로 흙을 파내는 까마귀 모습이 베티 머릿속을 스치고 지나갔다.

베티는 죄수들 얼굴을 훑어봤다. 어른이건 어린애건 다 남자들이었다. 이 감옥은 몇 년 전부터 여자 죄수를 받지 않았다. 플리스가 차가운 손가락으로 베티 손가락을 단단히 감아쥐었다. 베티는 언니 머릿속에서 무슨 생각이 돌아가는지 알았다. 수감자 중에는 이제 막 어린아이 티를 벗은 사람들도 있었다. 기껏해야 베티보다 한두 살 많을 터였다. 그런데도 뭐에 홀린 것 같은 눈빛 때문인지 훨씬 나이 들어 보였다.

그제야 베티는 처음으로 불안감을 느꼈다. 할머니가 만난 죄수는 도대체 누구고, 그 사람은 무슨 짓을 했기에 이곳까지 왔을까? 그 사람이 우리하고 말이나 하려나? 우리가 잡으려는 게 썩은 동아줄은 아닐까?

베티는 언니 손에 힘이 들어가는 걸 느꼈다. 플리스가 죄수들 관심을 끌고 있었다. 간수가 지켜보는 만큼 무슨 말을 하거나 엉뚱한 짓은 못 했지만, 몇 몇은 고깃덩어리를 노리는 개의 눈빛으로 플리스를 보고 있었다. 베티는 중간에 쇠막대기가 있어서 다행이라고 생각했다. 눈을 계속 내리깔고 있는 걸 보니 언니도 쇠막대기의 존재를 감사해하는 것 같았다. 죄수 중에 유독 베티 눈길을 끄는 사람이 있었다. 나머지 죄수들과 어딘가 달랐다. 피부가 검은색이었다. 검은색 피부는 까마귀바위섬에서 절대 평범한 것이 아니었다. 자매들이 평생 봐온 사람들은 창백한 정도가 조금씩 달랐을 뿐, 모두 하얀 피부였는데, 세월이 지나면서 차차 회색으로 변해 갔다. 죄수는 플리스 또래 같았다. 철사처럼 뻣뻣한 검은색 머리는 두피에 닿도록 바짝 깎여 있었다. 하지만 남자가 튀어 보이는 건 비단 외모 때문만이 아니었다.

검은색 눈동자에는 다른 죄수들처럼 체념한 기색이 없었다. 두 눈 깊숙한 곳에서 불꽃같은 것이 튀고 있었다. 의문을 품고 살아있는 눈빛이었다. 베티와 플리스를 살피고 있었지만 다른 죄수들처럼 음흉하지 않았고 오히려 맹렬한 호기심으로 가득했다. 죄수 윗도리에 새겨진 수인 번호를 보지도 않았는데 어째서인지 베티는 상대를 알아봤다. 돌연 이 모든 것이 커다란 실수라는 느낌을 받았다. 죄수는 한낱 소년에 지나지 않았다! 저 소년이 태곳적 저주를 알 턱이 없었다. 할머니는 아마 다른 이유로 저 아이를 면회하러 온 것일 텐데 베티는 그게 무엇일지 상상도 안 갔다. 어차피 이곳에 왔으니 베티가 직접 알아내야 할 것이었다.

"저 사람이야."

베티가 플리스를 쿡쿡 찌르며 속삭였다.

"오백십삼 번."

베티가 가만히 언니 손을 놓고 소년 앞 벤치 자리로 향했다. 플리스도 고개를 푹 숙이고 베티한테 바짝 붙어서 따라왔다. 사람들이 쳐다보는 걸 싫어하다니, 언니답지 않아서 베티는 재미있을 정도였다. 평소라면 베티가 놀려 댔을 테지만 지금은 평소가 아니었다.

베티와 플리스가 여유라고는 없이 꽉 들어찬 딱딱한 벤치 위에 간신히 나란히 앉자 소년도 자세를 바꾸고 몸을 곧게 세워 앉았다. 아까는 소년이 흥미로워했는데, 지금은 다소 놀라고 경계하는 눈치였다.

베티가 목을 가다듬었다. 딱히 필요해서가 아니라 달리 무슨 말을 해야 할지 생각나지 않아서였다. 그렇다고 언니가 알아서 먼저 나설 것 같지도 않다. 베티는 앉아서 기다렸다. 난데없이 등장한 두 사람이 눈앞에 앉은 상황 때문에라도 소년이 먼저 입을 열기를 바랐다. 하지만 소년 역시 침묵을 지키며 두 사람을 가만히 보고만 있었다. 옆 사람 팔꿈치가 갑자기 팔에 와 닿는 바람에 베티가 쇠막대기 쪽으로 몸을 기울였다. 여긴 너무 좁았다. 도대체 개인 공간이라고는 없었다.

"우리가 누군지 궁금하겠어요."

베티가 어색하게 입을 열었다.

그래도 소년이 입을 열지 않아서 베티가 말을 이었다.

"난 베티예요. 여긴 언니 플리스. 우리가 알기로 우리 할머니, 그러니까 버니 위더신즈가 그쪽을 몇 번 면회 왔었다면서요?"

죄수는 표정 하나 변하지 않았지만, 몸을 앞으로 기울였다. 소년이 아예 말을 안 하려나 싶어 베티는 잠깐이지만 걱정했다.

"할머니는 어디 있지?"

소년 목소리는 실망스러울 만큼 평범했다. 소년 생김새 때문에 베티는 목소리도 이국적이지 않을까, 심지어 음악 같지 않을까 기대했다. 베티가 어딘가에서 읽었던 머나먼 나라에서 오지는 않았을까……. 하지만 소년은 말투 하나하나가 다 베티처럼 평범했다.

"할머니는……. 아파요."

베티를 보던 죄수가 플리스한테 눈길을 돌렸다가 다시 베티를 봤다. 베티는 검은색 눈동자에 어린 웃음기를 눈치채고 속에서 불길이 일었다. 할머니가 아프다는데 그게 재미있어?

"할머니는 너희가 여기 온 줄 몰라."

소년이 잘라 말했다. 질문이 아니었다. 소년이 재미있어 한 건 할머니가 아프다는 소식이 아니라 바로 이 상황이라는 걸 베티는 소년 말투에서 알 수 있었다. 소년이 예리하다는 건 이미 알았지만, 소년은 벌써 두 사람을 파악했다. 베티는 곤경에 처했다는 느낌이 들었다. 대화 주도권을 이미 빼앗겼다.

"오빠는 누구예요? 우리 할머니가 왜 오빠를 만나러 왔어요?"

"난 죄수 번호 오백십삼 번이야. 여기서 이름은 아무 의미 없어."

"그래도 우린 알고 싶어요."

베티가 지지 않고 말했다. 실제보다 더 대담해 보이려고 애썼다.

"그러니까 부디 우리 시간을 낭비하지 말아 줘요."

소년이 어깨를 으쓱했다.

"콜턴. 내 이름은 콜턴이야."

소년은 이름을 음미하듯이 천천히 말했다. 베티는 이 사람이 번호로 불리는 대신 이름이 무어냐는 질문을 마지막으로 받은 때가 언제일까 궁금했다.

"그럼, 우리 할머니가 왜 오빠를 면회 왔죠?"

베티가 똑같은 질문을 반복했다. 콜턴이 두 손을 탁자 위에 올리더니 기다란 갈색 손가락으로 나무를 다라락 다다락 두드렸다. 손목에는 쇠고랑이 채워졌고 두 손은 늙은이 같았다. 건조해 보였고, 고된 일을 해야 하는 사람 손처럼 못이 박혔다. 베티는 감옥 안에서 해야 할 고된 일이 뭘까 의아했다. 베티는 콜턴이 어떤 범죄를 저질렀는지도 궁금했다. 저 두 손으로 무슨 짓을 했기에 이곳까지 왔을까. 까마귀바위섬 감옥에는 도둑에서 밀수꾼, 살인자에 이르기까지 다양한 범죄자들이 있었다. 할머니 말에 따르면 옛날에는 마녀나 마법사로 의심받는 사람들도 감옥에 가뒀다고 했다. 할머니가 믿는 다른 미신과 마찬가지로 베티가 말도 안 된다고 여기는 이야기였다. 하지만 어제 알게 된 사실을 생각해 보면 지금은 그 생각이 그렇게까지 말도 안 되는 것 같지는 않았다.

"할머니한테 직접 물어보지 그래?"

베티가 콜턴을 노려봤다. 나 기분 나빠지라고 저러는 거야, 아님 순수하게 호기심이 많은 거야? 알쏭달쏭했다.

"물론 그래도 되지만, 할머니가 최근에 여기 온 일이며 다른 여러 가지를 솔직하게 얘기해주질 않아서……. 우리가 직접 알아낼 사실은 없을까 확인하고 싶었어요."

뻣뻣하게 대답하는 베티한테 콜턴이 천천히 고개를 끄덕였다.

"제법인걸? 딱 네 할머니 같다."

"말해줄 거예요, 말 거예요?"

"참을성 없는 것도 똑같고. 두 사람 닮은 점이 많네."

콜턴이 약 올리듯 빙긋 웃었다. 그러더니 플리스를 힐끗 쳐다봤다.

"어이, 공주님, 그쪽은 어때? 맨날 똑똑이 여동생이 알아서 말하게 지켜보기만 하나?"

콜턴이 플리스를 뚫어지게 바라봤다.

"말은 할 줄 알아? 아님 그냥 동생 들러리야?"

플리스 얼굴이 빨갛게 달아오르고 눈빛이 이글거렸다.

"말할 수 있어."

"호……. 그럼 너무 법을 잘 지키는 사람이라 나 같은 죄수하고는 말도 못 섞겠나 보네."

"나 여기 있잖아. 안 그래? 그럼 알만하지 않아?"

플리스 목소리에 가시가 돋았다.

콜턴 시선이 한동안 플리스한테 머무르다 다시 베티한테로 향했다.

"좋아, 똑똑이. 머리가 얼마나 좋은지 한번 보자. 네가 해결해 내는지 봐야겠어."

콜턴이 조용히 말했다.

베티는 콜턴을 찾아왔던 할머니도 나만큼 좌절했을까 궁금했다. 할머니도 대화를 이끌어가는 데 나처럼 고생하고 무력감을 느꼈을까? 콜턴이 미적거릴수록 베티는 더 간절히 답을 원했다.

"이젠 그만 좀 놀리고 말해주는 게 어때요?"

"그게, 이 안에선 놀 거리가 그다지 많지 않거든. 더구나 나 같은 사람은."

콜턴의 커다란 검은색 눈동자는 진지한 빛을 띠었다. 베티는 그제야 이해가 가서 고개를 끄덕였다. 콜턴 장단에 맞춰주기로 했다.

"사실, 할머니는 오빠 얘기를 한 번도 하지 않았어. 그래서 내가 생각해봤는데, 아마 오빠는 우리 아빠가 여기에서 나간 뒤 할머니를 만났을 거야."

베티가 잠시 말을 멈췄다.

"혹시 우리 아빠가 감옥을 옮긴 것과 오빠가 무슨 연관이 있어?"

"아니."

콜턴이 탁자 위에서 두 손을 맞잡았다.

"나도 한동안은 너희 아빠를 자주 봤어. 감방이 마주 보고 있었거든. 하지만 네 아빠한테 말하는 일은 드물었어. 네 아빠는……. 글쎄. 그다지 나를 많이 드러내고 싶은 부류가 아니라서. 무슨 말인지 알아들을까 모르겠네."

베티는 알아들었다. 베티는 애써 언니를 안 봤지만 언니는 지금 몸을 움찔거리고 있었다. 불편하다는 확실한 표시였다. 바니 위더신즈가 떠벌이라는 건 모두가 알았다. 하지만 가족 아닌 사람 입에서 그런 말이 나오는 걸 들으니 어디가 쏘이는 느낌이었다.

"아빠가 왜 이감됐는지 알아?"

베티가 끈질기게 물었다. 콜턴은 또 어깨만 으쓱했다.

"공간이 필요해서겠지. 여기가 좀 복잡해야. 하지만 보안은 끝내줘. 위치상 다른 감옥보다 탈출하는 게 훨씬 어렵거든. 그리고 다른 죄수에 비해서 바니 아저씨는 그다지 위협적인 존재가 아니었어."

"너는 무슨 짓을 했길래 여기 왔지?"

플리스가 불쑥 물었다. 베티는 깜짝 놀라서 언니를 쳐다봤다. 이렇게 직설

105

적으로 나오다니 전혀 플리스답지 않았다. 하지만 콜턴은 놀라지도, 불쾌하지도 않아 보였다.

"아무 짓도 안 했어. 난 결백해. 하지만 어차피 이 안에선 다들 그렇게 말하지. 그래서 내 말을 믿으리라 바라지도 않아."

베티는 말없이 콜턴을 찬찬히 뜯어봤다. 콜턴은 순순히 말해줄 생각이 없었다. 중요한 일이 아닌데 할머니가 콜턴한테 시간을 허비했을 리 없었다. 정말 중요한 일이었으리라. 콜턴이 아빠와 잘 알지도 못한 사이였다면 할머니는 틀림없이 다른 일로 여기를 찾았을 것이었다. 콜턴이 너무 어려서 저주 같은 건 모르리라 넘겨짚은 게 실수일지도 몰랐다. 콜턴한테는 분명히 할머니가 찾는 무엇이 있었다.

"그래서, 우리 할머니가 오빠한테서 원했던 게 정확히 뭐야?"

"내가 말할 만한 게 아니야. 할머니한테 물어봐."

"할머니가 우리한테 숨기고 있다고 이미 말했잖아."

이젠 베티가 안달이 났다.

"자기가 말할 만한 게 아니라니, 그걸 신경은 왜 쓴대? 오빠한테 우리가 뭔데? 아무것도 아니잖아!"

"맞아."

어떤 감정도 담지 않은 목소리였다.

"단지 내가 신경 쓰는 건 네가 아니야. 나지. 내가 한 가지 말해줄까? 이곳에 공짜란 없어. 다 거래야. 게다가 정보는 값어치가 있어. 여기까지 오는 데 어려움이 많았을 거야. 안 그래? 넌 지금 정보를 간절히 원한다고. 물론 난 알려줄 수 있어. 대신 너희도 나한테 뭔가를 줘야 해."

베티는 들떠서 마음이 요동쳤다. 결국 정보가 있긴 있었구나! 근데 콜턴은 우리한테 거래할 만한 게 뭐가 있다고 생각하지?

베티는 무엇을 물어야 할지 알았다. 정신 나갔거나 멍청한 소리로 들릴 각오를 해야 했다. 무슨 상관이람? 오늘 이후 콜턴은 두 번 다시 안 볼 텐데. 게다가 콜턴한테 뭔가 중요한 정보가 있다면, 베티가 가족한테 전해 내려오는 끔찍한 유산을 바꾸는 데 필요한 단초가 되어줄지도 몰랐다.

"저주에 관한 거야?"

베티는 언니가 숨을 멈추는 소리를 들었다. 언니는 베티가 던진 질문을 콜턴이 알아듣는 눈치인 것도 알아본 듯했다.

"그래서, 오빠가 아는 게 뭔데?"

베티가 물었다. 베티 가슴속이 바람에 나부끼는 촛불처럼 파라락 떨렸다.

"저주를 푸는 방법."

고작 세 단어뿐이지만 엄청난 의미였다. 발사 직전 팽팽하게 당겨진 활시위처럼 베티가 뻣뻣하게 굳었다. 콜턴이 뭐라도 알기를 바라기는 했지만 해결책을 알리라고는 상상도 못 했다. 베티는 불과 몇 시간 전에 꿈이 산산이 조각날 만큼 충격을 받았는데, 이젠 눈앞에 드러난 자유로울 수 있다는 가능성에 안달이 났다. 하지만 여전히 의심은 남았다. 어떻게…… 이 이방인이 가문에 내려오는 무시무시한 비밀을 알았지? 게다가 그토록 긴 세월 동안 위더신즈 여자들이 실패한 일을 해결할 방법을 안다고? 플리스가 베티 손을 꽉 잡고 나서야 베티는 자기가 숨을 멈추고 있다는 걸 깨달았다. 베티는 코가 쇠막대기에 가 닿을 정도로 몸을 앞으로 쭉 뺐다.

"뭐?"

"들었잖아. 저주 없앨 방법을 안다고."

콜턴이 목소리를 낮췄다.

"그, 그걸 어 어떻게…… 어떻게 네가 그걸 알아?"

플리스가 속삭였다.

이번에는 대답이 없었다.

"알고 있으면서 왜 할머니한테는 말해드리지 않았어? 할머니가 줄기차게 찾아와서 말하지 않을 수가 없었을 텐데?"

플리스가 또 물었다.

콜턴은 여전히 말이 없었다.

"허풍이야."

베티가 웅얼거렸다. 갑자기 속이 메슥거리면서 그렇게 쉽게 희망을 걸었다는 데에 짜증이 치밀었다.

"그럼 그렇지. 저주를 없앨 기회를 할머니가 놓쳤을 리 없어."

"할머니한테는 말 안 했어. 대가로 달라고 한 걸 안 주셨거든."

물이 서서히 얼음으로 변해가듯 베티 입안에 쓴맛이 퍼졌다. 쇠막대기 사이로 손만 뻗으면 저놈 멱살을 쉽게 잡을 수 있을 텐데. 베티는 정말 그러고 싶었다. 콜턴 멱살을 잡고 이가 덜그럭거리도록 죽어라 흔들어 대고 싶었다. 물론 감히 그럴 수는 없었다. 콜턴은 얼마든지 위험해질 가능성이 있는 죄수라는 사실을 한시도 잊지 않았다. 게다가 간수도 너무 많았다. 토끼를 공격하는 담비처럼 대번에 베티를 낚아챌 터였다.

"우리한테는 아무것도 없어. 위더신즈 가족이 가난하다는 건 세상이 다 알아. 아빠가 어마어마한 빚을 떠넘겼으니까."

베티가 이를 갈며 말했다.

"난 할머니한테 돈을 달라고 하지 않았어. 이 안에서 돈이 무슨 소용이라고. 천만에, 난 돈보다 훨씬 큰 무언가를 원해."

콜턴이 목소리를 더 낮추는 바람에 베티와 플리스는 얘기를 들으려고 몸을 더 가까이 기울여야 했다.

"난 여기에서 나가고 싶어."

감정 없던 콜턴 눈빛이 흔들렸다. 베티는 그 눈빛에 깃든 뭔가 다른 것을 얼핏 봤다. 절박함, 그리고 두려움이었다.

"난 할머니한테 내가 여기에서 탈출하도록 도와달라고 했어."

"하지만……. 그건 불가능하잖아!"

베티는 자기도 모르게 목소리를 높였다가 다른 사람들 관심을 끌까 두려워서 얼른 낮췄다.

"도대체 무슨 이유로 할머니가 오빠를 도와줄 수 있다고 생각한 거야? 할머니 나이가 얼만데."

"자기 마음대로 사는 분이라고 들었어. 게다가 너희 할머니한테는 불가능한 일도 아니야."

콜턴이 눈을 깜빡이자 침착한 눈빛이 돌아와서 읽어내기가 다시 어려워졌다. 하지만 베티는 조금 전에 봤던 홀린 듯한 콜턴 눈빛이 잊히지가 않았다. 콜턴은 왜 할머니가 자기를 도울 수 있다고 믿었을까? 설마 위더신즈 가족이 가진 다른 것도 아나?

"저기, 백번 양보해서 오빠가 요청한 일이 가능하다고 쳐. 그래도 할머니가 그런 위험을 무릅쓸 수는 없어. 할머니가 감옥에 갈지도 모르잖아!"

이제 베티는 애가 탔다.

"난 할머니 가방에 관해서 알아."

콜턴이 베티한테 두 눈을 못 박은 채 속삭였다.

"가방이 무슨 일을 할 수 있는지 안다고. 할머니는 얼마든지 나를 꺼내줄 수 있어. 사람들은 내가 완전히 사라질 때까지 알지도 못할 거야."

콜턴의 말 한 마디 한 마디가 일으킨 불쾌한 파동이 베티를 스치고 지나갔다. 습지 뱀장어가 척추를 따라 미끄러져 내려가는 느낌이었다. 모든 것이 달라졌다. 콜턴이 가방에 관해서 안다면, 또 누가 알지 않을까? 가족의 비밀이 새어 나갔다는 생각에 베티는 두려워졌다. 비밀이 밖으로 알려지면 우리가 큰 위험에 빠질 거라고 할머니가 그렇게 강조했는데.

"그, 그건 또 대체 어떻게 알았어?"

결국 베티가 물었다.

"위더신즈 가문이라면 다 꿰고 있지."

콜턴이 바람 새는 소리로 말했다. 눈빛이 광기로 번들거렸다.

"난 저주에 관해서도 알아. 저주가 어떻게 여기 이 담장 안에서 시작됐는지 말이야. 저주는 저 탑에서 시작됐거든. 그러니까 너희들이 진짜 까마귀바위섬에서 벗어나고 싶다면, 내 말을 귀담아듣는 편이 좋아!"

베티는 그대로 얼어붙었다. 언니가 헉헉거리면서 짧고 빠르게 숨을 몰아쉬고 있었다. 언니도 베티만큼이나 충격이 컸다.

"그런데, 뭐 잊은 거 없어?"

베티가 입 밖으로 목소리를 억지로 밀어내다시피 말을 꺼냈다.

"저주에 관해서 안다며. 그럼 우리가 여길 못 떠난다는 거 알잖아. 우린 갇혔다고! 오빠를 꺼내준다 해도 까마귀바위섬 경계 밖으로는 데려다주지 못해.”

콜턴이 탐욕스러운 표정으로 몸을 앞으로 기울였다.

“거기까진 바라지도 않아. 그냥 이 담장 밖으로 꺼내주기만 하면 돼. 그다음은 내가 알아서 할 테니까.”

콜턴이 들릴락 말락 할 만큼 목소리를 낮췄다.

“비탄의 섬까지만 가면 돼. 거기서 까마귀바위섬을 벗어나기만 하면 영영 돌아오지 않을 거야.”

베티가 몸을 떨었다. 무덤이 줄지어 들어선 비탄의 섬을 생각하니 온몸에 소름이 돋았다. 황량하고 슬픔으로 가득한 곳, 탈옥수한테 완벽한 장소였다. 누구 눈에 띌 가능성은 없었다.

“가방에 관해서 아는 사람이 또 있어?”

베티 질문에 콜턴이 고개를 저었다.

“있는지 모르겠지만, 있다 해도 나는 안 말했다.”

“그게 진짜인지 우리가 어떻게 알아?”

플리스가 목소리를 떨며 물었다.

베티가 콜턴 눈을 마주 봤다. 언니 눈동자보다 까맸다. 깊이를 알 수 없는 저 속에 무엇을 숨겼을지 짐작이 안 갔다. 그래도 콜턴 처지에서 가방이 어떤 존재인지는 상상이 갔다. 콜턴한테 가방은 탈출로 가는 표였다.

“우리만큼 가방이 다른 사람 손에 들어가는 걸 원하지 않으니까.”

베티가 말했다.

바깥마당에서 면회 시간이 끝났음을 알리는 종이 울렸다. 죄수들이 고분

111

고분 자리에서 일어났다. 콜턴도 일어났지만, 베티한테 못 박은 눈길을 거두지 않았다. 콜턴 앞에서 죄수들이 말 잘 듣는 개처럼 발을 끌며 문으로 향하기 시작했다. 콜턴도 돌아서자 베티가 용수철처럼 일어났다.

"잠깐!"

콜턴이 사라지기 전에 뭐라도 더 알아내고 싶어서 베티는 절박했다.

"면회 끝!"

간수가 곤봉으로 탁자를 거세게 두드리며 짓듯이 외쳤다.

콜턴이 고개를 슬쩍 숙여서 베티를 돌아봤다. 문으로 향하는 대열을 억지로 질질 끌며 앙다문 이 사이로 속삭였다.

"도와줘."

자신감으로 넘쳐나던 가면이 다시 벗겨지면서 아무런 희망 없이 절망에 빠진 얼굴이 그대로 드러났다.

"나도 도와줄게."

대열을 지체한 대가로 콜턴은 간수가 무자비하게 휘두른 곤봉에 팔을 얻어맞았다. 콜턴은 움찔했다가 개미처럼 줄지어 문으로 빠져나가는 다른 죄수들 뒤를 서둘러 따라갔다. 콜턴은 문에서 나가기 직전, 애원하는 눈빛으로 한 번 더 아이들을 돌아봤다.

다음 순간 콜턴이 사라졌다.

9장. 유령

　베티와 플리스가 감옥 밖으로 나와 습지 물가로 가서 배를 기다렸다. 베티는 눈을 들어 불길한 기운을 풍기는 탑을 쳐다봤다. 탑에서 돌멩이가 빠진 자리를 찾으며 목숨을 잃은 위더신즈 여자들을 떠올렸다. 너무 멀어서 보이지는 않았지만, 돌멩이가 떨어지는 장면과 여자들이 겪었을 공포와 슬픔이 생생하게 머릿속에서 그려졌다. 콜턴 말이 사실일까? 저곳에서 저주가 시작되었을까? 어떻게 해야 콜턴이 나머지 사실을 우리한테 말해줄까? 그렇게 해서 운명을 바꿀 수만 있다면 반드시 콜턴을 설득해야 했다.

　바깥이 춥긴 해도 일단 트인 공간으로 나오니 마음이 놓였다. 습지에서 풍기는 짠 내마저 감옥에서 맡은 악취보다 나았다.

　"이젠 어쩌지?"

　플리스가 물었다.

　"이젠 집에 가서 앞으로 뭘 어째야 할지 결정해야지."

　"결정? 뭘? 설마 너……."

　플리스가 재빨리 주변을 살폈다. 두 사람 목소리가 들릴 만한 거리에는 아무도 없었다.

"너 정말 저 사람을 꺼낼 생각은 아니지?"

"나도 아직은 내가 무슨 생각을 하는지 모르겠어. 하지만 저 사람이 뭘 아는 건 틀림없잖아. 우리는 비밀인 줄 알았던 것까지. 할머니가 가방에 관해서 직접 말했을 리 없어. 그리고 모든 저주가 저기에서 시작됐다고 말했잖아……. 저주를 없앨 기회가 있다는데 모른 척할 수는 없어."

"하지만, 베티, 콜턴이 탈옥하도록 돕는 건 범죄야! 나도 알아. 자기는 결백하다고 했어. 하지만 잡히기라도 하면……."

"잠깐, 하나씩 천천히."

베티가 끼어들었다.

"우린 그냥 자기가 결백하다는 콜턴 말을 들었을 뿐이야. 제법 똑똑하다는 거 말고 우린 저 사람을 하나도 몰라. 당연히 믿으면 안 돼."

배가 들어오자 베티는 생각을 정리하며 나루터를 향해 걷기 시작했다. 지난밤 베티는 우리 미래를 바꾸겠노라 맹세했다. 그런데 지금 콜턴이 그 가능성을 열어주는 것 같았다. 그 대가로 아주 큰 위험을 무릅써야 할 테지만……. 여기서 중요한 문제는 따로 있었다. 우리가 자유로워지겠다고 콜턴까지 자유로워지게 할 만큼 우리가 용감한가?

"할머니도 분명히 콜턴이 뭔가를 안다고 생각했어. 아니고서야 왜 계속 콜턴을 만나러 가셨겠어? 언니, 이게 해결책일 수 있어. 만에 하나라도 콜턴 말이 사실이라면, 우린 모든 것을 바꿀 수 있어. 우리를 위해서."

"만에 하나가 아니라 백만 분의 하나겠다. 그런데 있잖아, 아까 콜턴이 난그냥 들러리냐고 물어본 거 말야. 그게 신부 들러리만큼 내가 예쁘다는 뜻일까?"

플리스는 진지해 보였다.

"펠리시티 위더신즈!"

베티가 이를 갈며 말했다.

"지금 그런 생각이 들어?"

배가 나루터에서 기다리고 있었다. 사람들이 배에 올랐다. 베티와 플리스도 줄 끝에 가서 섰다. 자갈이 깔린 축축한 습지에 발이 푹푹 빠졌다. 두 아이는 퇴근하는 간수 뒤를 따라 돌아가는 표를 내고 배에 올랐다. 다른 간수들과 달리 친절해 보이는 얼굴이었지만 지친 표정이었다. 간수는 까마귀바위 중심 섬에 시선을 고정하고 있었다. 한시라도 빨리 도착하기를 바라는 눈치였다.

"밤이 유난히 길었나 봅니다?"

나루터에서 배가 멀어지자 사공이 간수한테 말을 걸었다.

뒤돌아보는 간수 눈이 푹 꺼졌다.

"저런 곳에서야 밤이 늘 길죠. 낮도 마찬가지고요."

"저기에서 유령이 나온다던데, 본 적 없어요?"

사공 눈빛이 묘하게 번쩍였다.

베티는 좀 더 잘 들으려고 몸을 기울였다. 유령 얘기라면 사공도 잘 알 텐데 왠지 승객들 반응을 보며 즐기려는 느낌이었다. 베티가 불안한 눈빛으로 감옥을 힐끔거렸다. 배가 차차 멀어지자 마음이 놓였다. 베티는 유령의 존재를 조금도 믿지 않았다. 그런데 따지고 보면, 마법의 물건이나 저주를 믿지 않았기는 마찬가지였다.

간수가 머뭇거렸다.

"딱히 본 적은 없지만……. 봤다는 사람들이 있기는 하죠."

"예를 들면요?"

사공이 노 젓는 속도를 높이면서 물었다. 또 뱃멀미를 시작한 플리스가 계속 몸을 접었다 폈다.

"그러지 말고 얘기 좀 해 봐요. 유령 얘기 들으면서 시간 좀 보내게."

간수가 트고 갈라진 손을 모아 호호 입김을 불었다. 간수는 조용한 퇴근길이 간절해 보였다.

"탑 안에서 불빛이 깜빡거리는 걸 봤다대요. 머리가 빨간 사람 형상을 창가에서 봤다는 말도 있고."

결국 간수가 입을 열었다.

탑 얘기가 나오자 베티가 굳어버렸다. 도대체 탑과 저주가 어떻게 연결된다는 거지? 무너져 내리는 돌멩이들과 저주가 무슨 상관이냐고. 이야기 하나가 기억 위로 떠올랐다. 까마귀바위섬 아이들이 다 아는, 탑에 갇혔다가 창문 밖으로 몸을 던진 소녀 이야기였다. 위더신즈 자매가 이야기를 들은 곳은 집이 아니라 학교 마당이었다. 할머니는 사람들 입에 오르내리는 그 이야기를 조금도 반기지 않았다. 미신을 어찌나 철석같이 믿으시는지, 이야기 속 소녀 이름을 입에 올리지도 않았다. 소녀 이름이 뭐였더라? 기억이 잘 안 났다. 소니아? 소피아?

"사람들 말로는 그 여자 유령이 탑이랑 습지를 떠돈답디다. 목격담을 서로 수군거리기도 하죠. 하지만 그중 몇 개나 진실인지 누가 알겠어요? 지루해진 죄수들이 꾸며낸 이야기도 틀림없이 몇 개 있을 거예요. 오래 근무한 간수가 풋내기 간수를 놀려먹느라 지어냈을 수도 있고. 그런데 제법 많은 부분이 진짜인 것 같기는 해요……. 얘기가 너무 많아요. 내 취향은 아니지만."

"그쪽은 어때요?"

사공이 또 물었다. 사공은 기분 나쁘게 히죽거리고 있었다. 몇몇 승객 얼굴에 드러난 겁먹은 표정을 재미있어하는 게 확실했다.

"그쪽은 아무것도 못 봤다면서요."

"소리는 들어 봤어요. 탑이 비었는데 중얼거리는 소리가 났죠."

이젠 다른 승객들이 하도 조용해서 물을 가르는 노질 소리밖에 안 들렸다. 플리스가 천천히 숨을 깊게 들이마셨다.

"무슨 말이요?"

사공이 재촉했다.

"탑 감방 벽에 새겨진 단어랑 똑같은 말이었어요, 악의. 부당함. 배신. 탈출."

대답하는 간수 눈 아래 그늘이 더 짙어진 것 같았다.

"여자 이름을 세 번 부르면 여자 유령이 나타난다고 합디다."

간수가 트고 갈라진 입술을 혀로 핥았다.

"소샤 스펠손……."

소샤 스펠손. 맞아, 그 이름이야.

기억을 더듬던 베티는 온몸에 소름이 끼쳤다.

적막이 허공에 걸렸다. 누구 하나 그 이름을 두 번 다시 입에 올리지 않았다. 사실 돌아오는 길 내내 아무도 입도 뻥끗하지 않았지만, 간수 입에서 나온 단어들은 갈고리처럼 베티 마음에 단단히 박혔다. 악의. 부당함. 배신. 저주를 거는 데 딱 어울리는 재료 아닌가! 앞뒤가 들어맞는 느낌이었다. 소샤

117

스펠손은 결코 탈출하지 못했다. 그런데 위더신즈 가문하고는 어떻게 연결되지? 베티 시선이 탑으로 향했다. 개흙과 바닷물이 섞이듯, 불안하게 머릿속을 휘젓는 생각이 콜턴은 물론 콜턴이 제안한 위험한 거래와 뒤섞였다. 배가 습지 맞은편에 도착했을 때는 이미 어둑어둑해진 하늘에 구름이 짙게 끼고 있었다.

베티와 플리스가 마지막으로 내렸다. 플리스는 여전히 몸을 떨고 있었지만, 마른 땅에 발을 딛자 안도하며 한숨을 내쉬었다. 배에서 내린 승객들이 두 사람 앞에서 거리로 접어들고 있었다.

"간수는 어딨어?"

플리스 목소리는 여전히 힘이 없었지만 아픈 기색은 덜했다.

베티가 고갯짓했다.

"저 앞 골무 거리에. 왜?"

"따라가자. 콜턴이 왜 감옥에 갇혔는지 알고 있는지도 몰라."

좋았어.

베티가 얼른 탑 생각을 머릿속 저 뒤로 밀어버렸다. 콜턴이 실제로 얼마나 위험한 인물인지, 콜턴 말이 과연 믿을 만한지 알아볼 기회였다.

두 사람이 급하게 모퉁이를 돌아서니 간수가 이제 막 어느 오두막집 문으로 들어가려 하고 있었다. 숨넘어갈 듯 가냘프게 부르는 플리스 목소리에 걸음을 멈춘 간수가 다가와서 의아한 눈빛으로 두 아이를 살폈다.

"나 부른 거냐?"

"어떤 죄수에 대해서 뭐 좀 여쭤보고 싶어서요."

플리스 미소는 불안해 보였지만 그래도 여전히 호감이 갈 만큼 예뻤다.

"이름은 콜턴인데, 죄수 번호가 오백십삼 번이에요."

간수가 고개를 젓더니 클클 웃었다. 불친절해 보이지는 않았다.

"저 안에 죄수가 몇 명인 줄 아니? 천 명도 넘을 거다."

플리스가 입술을 깨물며 고개를 끄덕였다.

"그렇군요. 어쨌건 감사합니다."

플리스는 돌아섰지만 간수는 두 아이를 지켜보며 문간에 머물렀다. 베티가 다른 질문을 생각해냈다.

"그럼 바니 위더신즈는요? 최근에 다른 곳으로 이감됐는데 혹시 이유를 아세요?"

간수가 연민 섞인 눈빛으로 두 아이를 봤다.

"너희 아빠인가 보네, 맞지?"

플리스가 뻣뻣하게 고개를 끄덕였다.

"죄수들이 많이 이감됐어. 다음 몇 주 동안 더 많이 옮겨질 예정이야."

"더 많이 옮겨진다고요?"

베티가 놀라서 목소리를 높였다. 콜턴이 아빠처럼 그렇게 사라져 버리면 정보를 얻기는커녕 거래고 뭐고 해 볼 기회마저 날릴 터였다.

"누구를 옮기는데요?"

간수가 어깨를 으쓱했다.

"옮기기 직전까지는 다 비밀이야. 안전을 위해서 비밀을 유지해야 하거든."

플리스가 베티 팔을 잡고 가까이로 끌어당겼다.

"정말 감사합니다. 덕분에 큰 도움을 받았어요."

플리스 인사에 간수가 모자 끝을 들었다 놓으며 오두막집 안으로 들어갔다. 두 아이는 서둘러 거리를 따라 내려왔다.

"들었어? 죄수를 더 많이 옮긴대. 콜턴도 옮겨지면 어떡해? 콜턴이 저주 깨트릴 방법을 정말 안다면, 저대로 옮겨 가게 놔두면 안 돼!"

"안 갈 수도 있어. 그래도 어쨌건 한 번은 더 만나야 하겠다……."

베티 말에 플리스가 대답했다.

"시간이 없어."

베티 생각이 달음박질쳤다.

"할머니가 벌써 몇 주나 찾아갔는데도 꿈쩍 안 했어. 콜턴이 바라는 걸 우리가 들어주지 않으면 입도 뻥긋 안 할 거야."

베티가 플리스를 힐끔 바라봤다.

"시간만 더 있었으면 언니한테는 말했을지도 모르는데……."

"나한테? 왜 나한테?"

"와, 웬 모르는 척? 사람들이 언니한테는 마음을 열잖아. 아빠는 언니가 눈을 귀엽게 깜빡깜빡하는 재주를 타고났다고 입버릇처럼 말했어."

한 번은 베티도 시도해봤다. 할머니가 눈에 뭐가 들어갔느냐고 물었을 뿐이었다.

"나랑 할머니는 무뚝뚝해. 그게 먹히기도 하지만 사람 화만 돋울 때가 더 많아. 콜턴이 이감되면 우리 기회도 날아가는 거야. 우리한테 남은 선택은 하나뿐이야."

플리스가 침을 삼켰다.

"진짜 콜턴을 타, 탈출시키게?"

"저주를 풀려면 어쩔 수 없어. 지금으로서는 콜턴이 유일한 희망이니까."

"거짓말이면 어떡해?"

"거짓말이 아니면?"

베티가 언니를 쏘아보며 목소리를 낮췄다.

"그래, 물론 콜턴이 허풍떠는 걸 수도 있어. 하지만 반대로 진짜일 가능성도 얼마든지 있잖아. 콜턴이 이미 알고 있는 사실을 무시할 수는 없어. 게다가 이렇게 오래 입을 다물고 버티 걸 보면 뭔가 거래해볼 만한 걸 안다고 생각하는 게 분명해."

"그래서, 어쩌려고?"

플리스가 물었다.

"콜턴 말이 맞아. 우린 여행 가방이 필요해."

10장. 드러나는 진실

그날 오후 밀렵꾼의 주머니가 한산했는데도 베티와 플리스는 몰래 감옥에 다녀온 뒷이야기나 앞으로 계획에 관해 생각을 나눌 시간이 거의 없었다. 초반에 두 사람이 알아낸 사실을 은밀히 속삭일 기회를 간신히 몇 번 잡았지만, 습지 파리처럼 주위를 맴도는 할머니 때문에 결국 포기했다. 할머니는 잠깐이라도 둘이 멈춰 서기만 하면 새 일거리를 던져줬다.

하지만 베티는 일하는 시간도 허투루 흘려보내지 않기로 작정했다. 콜턴이 이감될 위험이 있다는 사실을 안 이상, 일분일초가 중요했다. 할머니는 까마귀바위섬에 떠도는 온갖 소문이 밀렵꾼의 주머니로 모여든다고 입버릇처럼 얘기했다. 그래서 베티는 손님들이 몰려드는 시간을 기회 삼아 일단 더 많은 정보를 캐기로 했다.

베티는 분주히 일했다. 벽난로에 장작을 채워 넣고 바람이 새어들어 오는 창문 틈을 낡은 천으로 메우고 바닥 전체를 신선한 톱밥으로 비질했다. 그 와중에도 입구에서 눈을 떼지 않았다.

"그 정도 톱밥으로는 어림도 없어. 크로스위크 노친네가 체포당했다가 이따 나오거든. 오늘 여기가 아주 난리일 거야."

할머니 얼굴에서 웃음기가 가셨다.

"찜찜한 사람이 오니까 너희들은 셋 다 가게에 얼씬도 마. 그냥 위층에 있어. 플리스 너도. 이번 주에 벌써 놀 만큼 놀았다는 걸 다 알지만, 어쩔 수 없지."

베티가 바닥에 톱밥을 더 뿌렸다. 할머니 말마따나 톱밥이 더 필요할 터였다. 크로스워크 사람들은 늘 감옥을 들락거렸고 할머니가 불량배로 부를 만한 선을 아슬아슬하게 넘나들었다. 십중팔구 너나없이 침을 뱉어대고 여기저기 술을 엎지르고 빠진 이가 날아다니고 피가 튈 것이었다. 어쨌건 할머니가 자매들한테 저녁 내내 가게에 얼씬거리지도 말라고 한 덕분에 베티와 플리스가 작전 짤 시간을 벌었다는 점이 무엇보다 중요했다. 어쩌면 단지 작전 짜는 데 그치지 않을지도 몰랐다.

할머니가 가볍게 숨을 몰아쉬며 다양한 술병이 뒤섞인 궤짝을 계산대 위에 올렸다.

"그거 다 하면 찰리한테 이 안에 든 술병 좀 다 꺼내서 밖에 있는 상자랑 짝 맞춰서 넣으라고 해. 그리고 찰리가 아까 거미를 한 마리 잡았던데 내다 버렸는지 확인도 하고."

"넵, 알겠슴다."

베티가 대답했다.

"희한할 정도로 말을 잘 듣는단 말이야…… 무슨 꿍꿍이지?"

난데없이 할머니가 물었다. 잔뜩 오므려서 주름이 쪼글쪼글한 할머니 입술이 건포도 같았다.

"제가 뭘요!"

베티는 발끈하면서도 할머니를 쳐다보지 않으려고 비질에 집중했다. 할머니한테 짐밖에 안 된다는 생각이 베티를 묵직하게 짓눌렀다. 할머니는 자매를 보호하기 위해 할 수 있는 모든 것을 다 해 왔다. 베티가 걱정시키지 않아도 할머니한테는 걱정거리가 이미 차고 넘쳤다. 베티는 할머니한테 못 되게 내뱉은 말이 떠올라 미안해졌다.

"어제 함부로 말해서 죄송해요. 우리한테서 모험심을 쥐어 짜냈다고 했는데……. 이젠 이해가 가요."

"이런."

할머니 표정이 부드러워지더니 한숨을 쉬었다.

"그래, 안다. 우리 똑순이. 우리도 뭐든 바꿔보려고 별짓을……. 다 해 봤지. 하지만 그럴 일이 아니었어. 자기한테 주어진 운을 받아들여야 할 때도 있는 법이고, 그럼 그걸로 된 거야."

마침 문이 열리자 할머니가 돌아서서 손님들을 맞았다.

"하지만 난 받아들이지 않아. 난 못 해."

콜턴을 찾아가려는 것만 봐도, 애초 베티는 할머니가 무슨 말을 하건 마음 깊은 곳에서 받아들일 생각이 없었다.

비질을 끝낸 베티가 빈 술병이 든 궤짝을 들고 뒷문 밖으로 나갔다. 궤짝을 바닥에 내려놓자 빈 병 부딪치는 소리가 차가운 공기 속으로 땡그랑땡그랑 울려 퍼졌다. 뜻밖에도 찰리가 이미 밖에 나와서 문 쪽으로 등을 돌린 채 궤짝을 뒤집어 놓고 그 위에 앉아 있었다. 더 뜻밖에도 훠이가 흥미롭다는 듯 찰리 손을 쿵쿵대고 있었다. 친근해 보이기까지 했다.

베티가 다가가자 찰리가 벌떡 일어나서 무언가를 급히 주머니에 숨겼다.

고양이가 하악질을 하더니 사뿐사뿐 걸어서 뒷문이 닫히기 전에 절묘하게 안으로 미끄러져 들어갔다.

"방금 뭐 숨겼어?"

"암것도 아냐."

도전적인 말투였다. 땋은 머리가 까딱거렸다.

베티는 장난기 가득한 동생의 작은 얼굴을 보자마자 대번에 알아차렸다. 동생이야말로 뭔가 꿍꿍이가 있었다.

"아까 너 부르러 갔을 때부터 느낀 건데, 어딘가 수상해."

"언니도 그랬거든? 언니도 플리스 언니랑 둘이만 속닥속닥하면서 막 피해 다녔잖아. 내가 다 봤어."

찰리가 대뜸 덤벼들었다.

"말 바꾸지 말고!"

베티는 간신히 웃음을 참으면서 꽥 소리쳤다. 아무래도 두 자매가 찰리를 너무 얕봤다.

"빨리 그거 내놔."

베티가 손가락을 딱딱 맞부딪치며 동생 주머니를 가리켰다가 주머니 안에서 뭔가 꿈틀거리는 바람에 눈을 껌뻑거렸다.

"와……. 찰리, 이번엔 밖에 나가서 뭘 데려왔냐?"

"이르면 안 돼! 할머니가 아시면 당장 요 녀석을 갖다 버리라고 하실 거야."

찰리가 안 그래도 커다란 눈을 더 크게 뜨고 애원했다.

"녀석?"

"얘가 남자 같거든."

찰리가 대답하는 순간 찰리 주머니 한 귀퉁이에서 파르르 떨리는 눈곱만한 작은 코가 불쑥 나왔다. 딱정벌레처럼 새카만 두 눈동자에 이어 갈색 털로 뒤덮인 몸뚱이까지 쑥 나왔다.

"할머니가 갖다버리라고 하고도 남지! 망할 놈의 쥐새끼잖아! 어쩐지 휘이가 어울리지도 않게 너한테 친하게 굴더라니."

"진짜? 난 얘가 생쥐인 줄 알았어."

찰리가 쥐를 얼굴 앞으로 들어 올리더니 귀를 간질이고 지렁이처럼 생긴 꼬리를 쓰다듬었다.

"아직 새끼라서 그래. 할머니가 알아채기 전에 빨리 갖다 버려. 손님이 볼 수도 있잖아."

"그치만 너무 귀엽단 말야!"

"지금이야 그렇지! 걔가 다 크고 나서도 그런 소리가 나오나 보자. 까마귀바위섬에 사는 쥐들 중에는 고양이만큼 자라는 애들도 있다고!"

"내 말이 그거야!"

찰리가 흥분해서 말했다.

베티가 고개를 절레절레 저었다.

"걔는 야생 동물이야. 집 안에서 키우는 건 걔한테 불공평한 일이야."

"근데 얘 너무 가엾어. 얘 발 좀 봐. 발이 아픈가 봐. 잘 못 걸어. 그냥 한 번 깡충 뛰다가 말아. 그래서 내가 잡을 수 있었어."

찰리가 쥐를 거꾸로 들어서 베티한테 아래쪽을 보여줬다.

베티가 쥐 발을 살폈다. 뒷발 하나가 발가락 없이 그냥 뭉툭했다. 단단했던

126

베티 마음 한구석이 이내 녹아버렸다.

"덫에 걸렸었나 봐. 불쌍해라."

"내가 깡총이라고 이름 붙여줬어. 아, 너무 못 됐나? 자기를 놀린다고 생각 안 했으면 좋겠다."

찰리가 교회에서 악착같이 받아낸 롤빵을 꺼내더니 조금 찢어서 쥐한테 먹였다. 베티 한쪽 눈썹이 위로 휙 올라갔다. 찰리가 먹을 것을 남겨놨다니, 듣도 보도 못했다. 보통 그 자리에서 다 먹어 치우는데.

"걔는 자기를 뭐라고 부르건 별로 신경 안 쓸 거야. 먹여주기만 하면."

베티가 좀 더 부드럽게 말했다.

"찰리, 그래도 애 풀어줘야 해. 할머니가 아시면……."

대번에 찰리가 아랫입술을 고집스럽게 쭉 내밀었다.

"언니 안 말할 거지?"

"내가 말할 필요도 없어. 할머니가 어차피 냄새를, 그러니까……. 쥐 냄새, 저 새끼 쥐 냄새를 맡을 테니까. 나중에 왜 안 말렸냐고 나한테 뭐라 하지나 마."

베티는 안으로 들어가고 싶어서 안달하며 빈 병이 든 궤짝을 발가락으로 슬쩍 밀었다.

"이거 병이랑 상자랑 짝 맞춰서 넣어야 해. 어두워지기 전에 지금 해."

베티는 부루퉁한 찰리를 마당에 놔두고 안으로 들어갔다. 가게 안에는 낯익은 얼굴이 몇몇 더 들어와 불 가까운 자리에 앉아 있었다. 베티 눈길이 사탕 가게 주인들인 헤니 허버드와 버스터 허버드 남매한테 가서 꽂혔다. 시간 있을 때면 수다 떨기보다는 도박하기 좋아하는 사람들이었지만, 줄곧 까마귀바위섬에서 살아왔고 그럭저럭 친절한 편이었다. 실마리가 될 만한 까마귀바위섬 역사를 알지도 몰랐다.

"여, 꼬맹이. 안녕? 너도 끼려고? 또 눈 뜨고 있는데 우리 코 베어 가려고?"

버스터가 탁자 위에 도미노를 깔면서 말했다.

"오늘은 아니에요, 버스터 아저씨. 그냥 재미로 놀죠 뭐."

베티가 씩 웃으며 말했다. 베티는 도미노를 나눠주기 전에 탁자 위에 깔린 조각을 뒤집는 헤나를 도왔다.

"실은 여쭤보고 싶은 게 있어요."

버스터가 고개를 끄덕였다.

"말해 봐."

베티는 그저 심심풀이 이야기를 듣고 싶을 뿐이라는 듯 가볍게 물었다.

"감옥 탑 있잖아요. 뭐 아는 얘기 없어요?"

"글쎄다, 어디 보자."

버스터가 도미노를 하나 골라 그림 쪽으로 뒤집어서 탁자 위에 올렸다.

"탑이 감옥으로 들어가기 전에는 옛날 까마귀바위섬 요새 일부였어. 너도 알겠지만. 요새가 음……. 한 수백 년은 버텼을……."

버스터가 말을 멈추고 물었다.

"근데 왜 우리한테 묻냐? 버니 할머니가 우리보다 더 많이 아실 텐데?"

"그야 그렇겠죠."

베티가 인정했다.

"근데 할머니는 탑 얘기하는 걸 싫어해요. 네거리는 근처에도 안 가시는 것처럼요."

"탑에서 떨어진 여자애 말고는 별로 해줄 만한 얘기도 없어."

헤니가 말을 이었다.

"그 여자애가 마녀였다면서 이러쿵저러쿵 말이 정말 많았지. 그것도 다 옛날 얘기지만. 그런데 두 가지는 확실해. 여자애가 억지로 탑에 갇혔다는 거, 그리고 몸을 던져서 죽었다는 거."

헤니가 가게에서 파는 사탕 깡통을 꺼내서 뚜껑을 열고 베티한테 건넸다.

베티는 감사 인사를 한 뒤 깡통을 뒤졌다. 껑충껑충 갈까마귀를 고를까 망설이다가 결국 마시멜로를 집었다. 헤니가 싱긋 웃더니 베티한테 껑충껑충 갈까마귀도 줬다. 베티는 활짝 웃으면서 껑충껑충 갈까마귀를 먼저 먹었다. 베티 혀 위에서 사탕이 타닥타닥 터졌다.

"사람들이 왜 여자애를 마녀라고 생각했어요?"

탑에서 목격된다는 여자 유령 이야기는 확실히 많은데, 마녀 이야기는 처음이었다. 베티는 들뜨기도 했지만 살짝 무서웠다. 마녀와 저주는 바늘과 실 같은 관계인데…… 마침내 퍼즐 조각 하나가 제자리를 찾겠다는 느낌이 왔다.

"습지에 떠다니는 도깨비불도 다 그 여자애 짓이라는 사람들도 있어."

버스터가 말했다. 베티는 찰리랑 배를 타고 가다가 습지에서 깜빡거리는 불빛을 봤던 일이 생각났다. 할머니한테 잡히기 직전이었다. 베티가 마시멜로를 입에 넣었다.

"여자애가 탑에 갇혔듯이, 조각난 채 습지에 갇힌 여자애 기억이라고 보는 사람들도 있지. 여행자들을 물에 빠트려 죽이려는 저주라고 하는 사람들도 있고."

버스터가 어깨를 으쓱했다.

"근데 나는 그냥 단순히 습지에서 새어 나오는 가스라고 생각해. 하지만 이곳 까마귀바위섬 같은 곳에서는 이야기가 끊어지는 법이 없어서 말이야."

"여긴 별로 볼 것도 없는데 다행이죠 뭐."

베티가 말했다.

버스터가 껄껄 웃었다.

"베티, 지금은 그럴지 몰라도 곧 나이가 들면 이곳을 떠나 네가 꿈꾸는 그 모든 모험을 할 날이 올 거야. 계속 여기 갇혀 살지는 않을 테니까."

베티 목구멍에 딱딱한 덩어리가 맺혀서 아팠다. 베티는 버스터 아저씨와 눈길을 마주치지 않으려고 괜히 도미노 조각을 만지작거리며 딴짓을 했다.

아저씨가 내 처지를 알면…….

"저 탑은 그 자체가 불가사의야. 전쟁 통에 요새가 거의 다 파괴되었을 때 탑도 허물어졌어야 당연하거든. 그런데 탑은 살아남았다 이거지. 뭔가 앞뒤가 안 맞아. 하지만 아까도 말했듯이 그 질문에 가장 잘 대답할 사람은 내가 아니야."

버스터가 보물을 지키는 용처럼 자기 도미노를 들여다보면서 말을 이었다.

"아직 궁금한 게 남았다면 한 번 얘기를 나눠볼 만한 사람이 따로 있지."

"누군데요?"

버스터가 고갯짓으로 가게 한쪽을 가리켰다.

"저쪽에 앉은 한물간 세이머스 핑거티."

베티는 절로 앓는 소리가 나왔다. 버스터가 가리킨 사람은 말라빠진 데다 머리가 텁수룩하고 늘 누군가를 죽일 계획이라도 세우는 듯 보이는 남자였다.

"저곳을 아는 사람이 있다면 그건 아마 핑거티일 거야. 뭐라도 말 같은 말을 끄집어낼 수만 있으면."

헤니가 말했다.

"저 아저씨도 죄수 아니었어요?"

베티가 물었다. 그런 일이 비밀로 남기란 어려운 법이었다.

버스터가 고개를 끄덕였다.

"그것도 아주 오래 갇혀 있었지. 왜인 줄 알아?"

버스터가 목소리를 낮췄다.

"갇히기 전에 핑거티가 간수였거든. 자기 이익만 챙기는 간수를 좋아할 사람은 없지."

"무슨 죄를 지었는데요?"

"고통의 섬에서 사람들을 빼냈어. 잡히기 전에 수십 명이 탈출하도록 도와줬다대. 내 생각에 핑거티가 고통의 섬에 갇히지 않은 이유는 그것뿐이야. 너무 위험하거든. 탈출 경로를 너무 많이 알아서."

탈출 경로.

이 말에 베티는 콜턴이 생각나서 몸을 떨었지만, 새로운 관심도 생겨서 핑거티를 지켜봤다. 한물간 사기꾼이 여러모로 필요할지 몰랐다.

베티는 버스터와 헤니한테 감사 인사를 하고 도미노를 뒤로한 채 자리를 떴다. 플리스가 계산대를 닦고 있었다.

"할머니는 어디 계셔?"

베티가 언니랑 눈을 맞추고 물었다.

"사무실에 가셨어. 장부 정리 시작하셨을 거야."

"그럼 금방 안 오시겠네?"

플리스가 어깨를 으쓱했다.

"바빠지면 부르라고 하셨어. 왜?"

베티는 방금 알아낸 수수께끼 같은 죄수와 그 죄수가 갇혔던 탑 얘기를 급히 들려줬다. 플리스 눈이 휘둥그레졌다.

"버스터 아저씨는 저 사람이 더 많이 얘기해 줄 수 있을 거래."

베티가 고갯짓으로 핑거티를 가리키면서 말했다.

플리스는 미심쩍어하는 눈치였다.

"어디 잘해 봐. 예의가 있기는커녕 고맙다는 인사 한번 듣기 힘든 사람이니까."

"바로 그래서 언니가 필요해."

베티가 의미심장한 눈빛으로 플리스를 봤다.

"저 사람 뭐 마셔?"

"보통 때는 얼룩이 돼지, 특히 더 심술 난 날에는 포트와인(*포르투갈산 적포도주로 단맛이 강하다). 왜?"

"다음 두 잔은 무료로 줘."

"베티! 내가 무료로 술을 내간 걸 할머니가 알면 엄청 혼내실 거야. 그것도 저렇게 한물간 바보한테!"

플리스가 반대했다.

132

"그러니까 할머니 모르게 해야지. 핑거티가 뭐라도 알고 있다면 우리는 핑거티가 필요해."

방금 먹은 사탕처럼 흥분감이 베티 온몸을 간질이며 구석구석으로 퍼졌다. 핑거티가 저주를 깨뜨리는 데 결정적인 실마리를 제공할지도 몰랐다. 운이 따라주면 콜턴이 필요하지 않을 수도 있었다.

하지만 콜턴은 네가 필요해.

필사적이었던 콜턴이 기억나자 양심이 속삭였다. 베티는 못 들은 척했다. 이건 위더신즈 가문 일이었다. 콜턴이 아니라.

플리스가 입술을 삐죽거리며 거품이 풍부한 에일 맥주로 잔을 채웠다.

"알았어. 대신 다른 사람이 모르게 해. 알았다간 다 공짜 맥주 달라고 난리를 부릴 거야."

"내가 갖고 갈 테니까 할머니 오는 소리 들으면 경고해 줘. 종이라도 울리든지."

베티가 잔을 받으면서 말했다.

"안 돼! 그랬다가는 다들 가게 문 닫는 줄 알아!"

플리스가 짜증을 냈다.

"그럼 다른 방법을 써. 노래라도 불러. 왜 그 옛날 동요 있잖아. 까마귀와 메리페니."

베티가 참을성 없이 말하며 최대한 커 보이려고 몸을 길게 쭉 늘여 봤다. 안타깝게도 효과는 미미했다. 베티가 핑거티 자리로 갔다. 이렇게까지 가까이 와보기는 처음이었다. 핑거티한테서 빨지 않은 양말처럼 퀴퀴한 냄새가 났다. 길고 텁수룩한 회색 머리카락이 가죽만 남은 얼굴 양쪽을 커튼처럼 치

133

렁치렁 덮었다.

"실례합니다."

핑거티가 줄곧 창문 밖만 내다보자 베티가 불렀다.

"핑거티 님?"

핑거티는 베티가 부르는 소리를 못 들었는지 한동안 말없이 앞만 계속 바라봤다. 잔뜩 들떴던 베티는 피시식 김이 빠졌다. 플리스 언니가 왔어야 했나? 핑거티처럼 짜디짠 심술만 남은 사람한테는 달짝지근한 게 필요할지도 모르는데, 베티는 유연하지도 않고 인내심도 없었다. 핑거티가 맥주를 들고 천천히 마시더니 난데없이 쾅 소리를 내며 탁자 위에 내려놔서 베티는 깜짝 놀랐다.

"하!"

비웃음과 코웃음이 반씩 섞인 소리였다.

"누가 '님'이라고 불러준 지 백만 년은 돼서 못 알아들을 뻔했네."

"아, 그럼 뭐라고 불러 드릴까요?"

핑거티가 베티를 돌아봤다. 눈동자가 회색 부싯돌처럼 짙은 검은색이었다. 그 눈으로 어찌나 낱낱이 뜯어보는지, 베티는 축축한 나뭇잎 더미 저 아래 묻힌 지렁이나 딱정벌레를 들춰내겠다고 막대기로 쿡쿡 찔리는 신세가 된 기분이었다. 베티가 이를 앙다물며 바닥을 단단히 딛고 섰다. 핑거티를 참아내서 탈옥하겠다는 콜턴을 돕지 않을 수 있다면, 핑거티를 견뎌낼 것이었다.

"꼬맹이치곤 꽤 뻔뻔한데?"

핑거티가 한마디 하자 베티가 어깨를 으쓱했다.

"뭐, 나도 그래. 딱 보니 뭘 원하는 눈치인데, 괜히 친한 척 굴지 말고 꺼져."

"네? 아직 아무 말도 안 했잖아요!"

베티는 깜짝 놀랐다. 콜턴이 탈옥하도록 돕는 일이 조금씩 현실이 되어가자 절망이 짙어졌다. 핑거티가 입을 열지 않으면 베티가 달리 선택할 수 있는 여지는 거의 없었다.

핑거티가 기분 나쁘게 입술을 일그러뜨렸다.

"난 다른 사람 부탁 따위는 안 들어줘."

"아저씨한테 돌아가는 게 있다면요?"

핑거티가 맥주잔을 비우더니 소맷부리로 윗입술을 쓱 닦았다.

"그럼 계속해 봐. 뭐가 어쨌다고?"

용기백배해진 베티가 핑거티 맞은편 의자에 앉아서 신선한 얼룩이 돼지로 채운 맥주잔을 핑거티한테로 밀었다.

"잠깐 저랑 얘기만 나눠주시면 두 잔을 무료로 드릴게요."

"허 참."

핑거티는 다시 코웃음을 쳤지만 비웃는 기색이 슬쩍 옅어졌다.

"유명한 범죄자랑 얼굴을 맞대고 앉으시겠다? 별로 좋은 생각이 아닐 텐데."

"우리 아빠도 범죄자예요. 익숙해요."

핑거티가 클클 웃었다.

"그래서, 뭘 원하는데?"

"까마귀바위 탑에 관해서 알고 계시는 사실이요."

135

핑거티가 얼굴을 잔뜩 찌푸리자 안 그래도 쭈글쭈글한 이마 주름이 더 깊어졌다.

"감옥 탑? 이미 알려질 대로 알려졌잖아."

"저도 어느 정도는 알아요. 옛날에는 요새 일부였다면서요. 그리고 소샤 스펠손이라는 마녀가 갇힌 적도 있고요. 이거 말고 아저씨가 알고 계신 이야기, 전 거기에 관심 있어요."

핑거티가 또 찬찬히 베티를 뜯어봤다.

"그건 왜 묻지?"

베티는 최대한 대담하게 핑거티 시선을 그대로 맞받았다.

"거기에 제가 대답하면 공짜 술 두 잔이 아니라 한 잔만 받게 되실 거예요."

"대답하기 싫으면 말고."

핑거티가 길어도 너무 긴 손톱으로 거칠거칠한 턱을 긁었다.

"소샤 스펠손이라⋯⋯. 소샤를 마녀라고 부르는 사람도 있지만 더 정확하게 말하면 '마법사'였어."

무언가 베티 뼈를 꿰뚫고 지나갔다. 마법사, 마녀보다 훨씬 웅장하게 들리면서 확실히 저주도 얼마든지 내릴 법했다. 핑거티가 무엇을 알고 어떻게 아는지 몰라도, 저주를 깨트리는 길로 베티를 인도할지 몰랐다.

"마녀나 마술에 관한 소문은 다 조잡하기 마련이야. 시시하지. 기껏해야 사마귀 없애는 연고, 사랑이나 복수를 위한 묘약이 전부거든. 하지만 소샤⋯⋯. 소샤는 달랐다고 들었어."

"그래서 갇혔어요?"

"그건 누구 말을 듣느냐에 따라 달라. 그게, 누구는 소샤가 마법을 부려서 문제를 일으켰다고 해. 근데 또 누구는……. 소샤가 억울한 누명을 쓰고 갇혔다고 하거든."

핑거티가 난롯불을 가만히 들여다봤다. 심술궂은 얼굴이 다소 누그러지더니 어딘가 홀린 표정으로 바뀌었다.

"근데 니가 지금 말하는 일은 진짜 오래전에 벌어졌어. 백 년도 더 넘었지. 지금 사람들이 미신을 믿는다고 생각해? 그때 비하면 이쯤은 아무것도 아니야."

"아저씨 생각은요?"

"내 생각은 안 중요해."

핑거티가 길게 한숨을 내쉬더니 두 볼을 박제한 거위처럼 부풀렸다.

"니가 일 초라도 안 끼어들고 가만히 있으면 내가 아는 것, 아니 최소한 내가 짜 맞춰본 걸 말해주지. 이 얘기를 들려주는 건 나고 내 식으로 말할 거고 맨 처음부터 시작하는 게 최고야. 알아듣겠어?"

베티는 입도 뻥끗하지 못하고 고개를 끄덕였다.

"그 여자가 어디서 왔는지는 아무도 몰랐어."

핑거티가 의자 등에 기대앉으며 말했다.

"마지막에 여자가 어떻게 됐는지는 다 아는데 참 이상한 일이지."

핑거티가 맥주를 홀짝였다.

"소샤 스펠손은 폭풍이 몰아친 어느 겨울밤, 안개 습지를 건너던 작은 나룻배에서 태어났다고 해. 공식 출생 기록은 없지만 한겨울이었다는 건 확실한 것 같아. 낮은 가장 짧고 밤은 제일 긴 날. 어느 세 사람한테는 최후의 밤이었지."

누군가 밀렵꾼의 주머니 문을 열고 안으로 들어왔는지 차가운 바람이 베티 발목을 휘감았다. 베티가 불에 더 가까이 붙었다.

"아무것도 없던 습지 한복판에 난데없이 작은 나룻배가 나타났어. 강풍에 시달려서 엉망인 상태로 갯벌까지 쓸려왔지. 다 부서지고 물이 새는 배가 갯벌에 갇힌 채 가라앉기 시작했어. 고통의 섬이 그나마 가장 가까웠지만 배가 닿기에 여전히 너무 멀었고 모험을 감행하기엔 날씨가 형편없었다대. 그런데 고통의 섬 주민들이 작은 망원경으로 살펴보다가 배 안에서 오도 가도 못하는 한 여자를 발견한 거야.

세 사람이 배를 타고 습지로 여자를 구하러 나갔어. 남자 둘에 여자 하나. 두 사람은 밀수꾼이고 나머지 한 사람이 첩자라는 사실 말고는 알려진 게 거의 없어. 세 사람이 여자한테 닿고 보니 여자가 콩알만 한 여자애를 하나 낳았네? 세 사람이 용을 써서 산모랑 애기를 자기들 배로 옮겨 태우기가 무섭게 부서진 배가 갯벌로 빨려들어 갔대. 일행은 죽을힘을 다해서 고통의 섬으로 돌아가기 시작했어. 그런데 밀수꾼 하나랑 첩자가 습지에서 그만 실종되고 말았지. 게다가 이튿날 아침, 산모랑 애기를 무사히 뭍에 데려다 놓은 뒤에는 나머지 밀수꾼도 죽어버렸어. 여자랑 애기를 구하느라 물을 너무 들이켜는 바람에 폐까지 다 차버렸지."

핑거티가 고개를 저으며 말을 멈췄다. 베티도 숨을 크게 들이쉬었다. 눈물 한줄기가 눈꺼풀을 비집고 새어 나왔다. 지금 듣고 있는 이야기 때문이기도 했지만, 물에 빠져 죽은 엄마를 떠올리지 않을 수가 없었다.

"셋 다 고통의 섬에서 불명예스럽게 살던 사람이었네요. 그런데도 목숨을 바쳐서 얼굴도 모르는 두 사람을 구했고요."

베티가 울먹이며 말했다.

"암. 그런데 세 사람이 여자한테 준 건 자기들 목숨만이 아니었어. 그렇게 죽어가면서도, 목숨을 희생하면서 결국 아기를⋯⋯."

핑거티가 맥주를 노려봤다.

"그런데 지금까지도 세 사람은 그냥 원래 죄목으로만 알려졌을 뿐이지. 이름이 아니라⋯⋯. 예전에 저지른 잘못만 기억에 남았어. 그 누구도 완전히 선하거나 철저히 악하지는 않아. 최고의 사람들이 최악의 짓을 저지를 수도 있고 최악의 사람들이 가장 선한 일을 할 수도 있어. 과거에 어떤 사람이었든, 누구보다 영웅적이고 명예로운 일을 할 수 있다고."

"그 아기⋯⋯. 그 아기가 소샤예요?"

베티 물음에 핑거티가 고개를 끄덕였다.

"모녀는 고통의 섬에 남았어. 목숨을 구해줘서 감사한 마음으로. 아기였던 소샤가 커서 소녀가 되고 젊은 여인으로 자랐지. 그러자 사람들이 소샤를 눈치채기 시작했어. 그게, 말도 안 되는 기이한 일들이 벌어졌거든."

"그게 뭔데요?"

베티는 지금 핑거티가 말을 멈춘 건 자기가 끼어들기를 바라기 때문이라는 느낌을 받았다.

핑거티가 고갯짓으로 잔을 가리켰다. 베티도 모르는 새 잔이 비었다. 베티가 잔을 낚아채다시피 집어 들고 허겁지겁 계산대로 갔다. 다른 손님 시중드는 플리스가 돌아오기를 기다리며 참지 못하고 탁자를 탁탁탁 쳐댔다. 플리스도 서둘러 베티한테 가야 한다는 생각에 맥주잔 옆으로 맥주를 줄줄 흘리는 것도 모자라 손님한테 잔돈을 거슬러 주면서 동전을 던지다시피 했다.

베티는 플리스가 상대하던 소년이 계산대 여기저기로 굴러가 버린 동전을 주워 모으는 광경을 지켜봤다.

"할머니가 그 꼴을 안 봐서 다행이야. 게다가 저 오빠는 언니한테 반했고."

플리스가 말도 안 된다는 듯 손을 휘휘 저었다. 언니도 조금 전까지 소년한테 관심 있었던 걸 까맣게 잊은 게 틀림없었다.

딱 플리스 언니답다.

베티가 생각했다.

"핑거티가 뭐래?"

플리스가 물었다.

"아직 캐내는 중이야. 역시 탑에 갇혔던 소녀를 알긴 알더라고."

베티는 이제부터 들을 이야기에 들떠서 아드레날린이 마구 솟구쳤다. 지금은 부디 맥주를 쏟지 않고 갖고 가기를 바랄 뿐이었다.

"아직 핑거티 얘기 안 끝났어. 빨리 줘!"

플리스가 얼룩이 돼지 술통 아래 새 잔을 대고 손잡이를 올렸다. 맥주가 거품을 일으키며 콸콸 쏟아져 나왔다.

"진짜 사람들 말처럼 핑거티가 형편없디?"

"그렇기도 하고 아니기도 해. 제대로 한물간 말라깽이 노인인데 생각보다는 사기꾼 기질이 적어."

베티는 말을 하면서 내심 뿌듯함을 느꼈다. 자기도 다른 사람을 설득해서 뭔가를 할 수 있게 해서 기뻤다. 기술이 좋아서라기보다 뇌물을 쓴 덕분이었지만.

플리스가 가득 채운 잔을 계산대 위에 놨다.

"핑거티한테 필요했던 건 약간의 친절이었나 봐. 단 한 번이라도 누가 자기 얘기에 귀 기울여줘서 기뻤을지도 몰라."

베티가 콧방귀를 꼈다.

"아님 언니가 맥주 냄새에 취했거나. 공짜 술이 다 떨어지면 얘기도 그대로 끝이야. 두고 보라고."

베티가 핑거티 자리로 돌아가서 맥주를 앞에 놓고 자리에 앉았다. 플리스가 두 사람 얘기를 엿듣느라 몸을 가까이 기울이고 있었다. 핑거티가 맥주를 한입 가득 머금고 천천히 삼켰다. 윗입술에 흰색 거품이 콧수염처럼 묻었다.

"좋아. 자, 이제부터 잘 들어."

핑거티가 다시 뒤로 기대며 입을 열었다.

본격적으로 소샤 스펠손 이야기를 시작할 참이었다.

11장. 소샤 이야기

퍽!

달걀이 바람을 가르며 날아왔다. 달걀은 소샤를 살짝 빗나가서 프루 가슴 한복판을 때렸다. 하지만 가슴팍에서 튕겨 나가 발에 떨어져 깨지는 바람에 끈적끈적한 흰자와 노른자가 신발 전체에 묻었다.

"야!"

소샤가 불같이 화를 내며 소리쳤지만, 범인은 이미 시장 뒤편으로 도망쳐 버렸고 웃음소리만 허공에서 메아리쳤다. 소샤는 놈들을 뒤쫓으려는데, 어린 여동생 훌쩍거리는 소리가 발목을 잡았다.

"괜찮아, 프루."

소샤가 중얼거리며 손수건을 꺼내 들고 동생 발치에 무릎 꿇고 앉았다. 소샤는 엉망이 된 동생 신발을 열심히 닦았다. 깨진 달걀 껍데기 허연 부스러기도 먼지투성이 길 위로 털어냈다. 사람들이 쳐다보는 눈길이 느껴졌지만, 어차피 장터가 복잡해서 그리 오래 보지는 않았다. 소샤는 쳐다보는 시선에 익숙했다.

"됐다. 거의 다 없어졌어. 누군지 봤어?"

프루가 머뭇거리다가 입을 열었다.

"돼지치기 아저씨 아들이랑 다른 애들. 우리 얘기……. 엄마 얘기를 크게 막 소리쳤어."

프루가 훌쩍이면서 눈을 깜빡거리자 눈물이 더 쏟아졌다.

"울지 마. 쟤들이 너 맞추려고 던진 달걀이 아니야. 분명히 내가 목표였을 거야."

소샤가 좀 더 부드럽게 말했다.

그 말에 프루가 바로 울음을 그쳤다. 표정도 훨씬 밝아졌다. 하지만 이제는 소샤가 불안해졌다. 이유는 소샤도 잘 몰랐다.

"걔들이 뭐라고 했는데?"

소샤는 이미 답을 알 것 같았지만, 그래도 동생한테 물었다.

"언니랑 나는 진짜 자매가 아니래. 엄마랑 언니는 습지에서 온 마녀라고 했어. 나쁜 마법으로 다른 사람을 대신 죽이고 살아남았대. 그리고 엄마가 우리 아빠한테도 마법을 걸어서……."

"쉬잇……."

소샤가 부드럽게 동생 말을 막았다. 찢어지는 동생 목소리에 사람들이 힐끔거리기 시작했다.

프루가 이상하게 생긴 두 눈을 깜빡이지도 않고 소샤를 가만히 쳐다봤다. 두 사람은 조금도 닮지 않았다. 소샤가 검고 독특한 엄마를 닮아서 황갈색 머리카락에 갈색 피부, 초록색 눈동자인 반면, 프루던스는 꼭 토박이 섬사람처럼 피부가 창백하고 머리카락은 갯벌 같은 갈색이었다. 그리고 눈……. 프루의 눈동자는 특이할 정도로 탁했다. 회색이나 녹색도 아니고 파란색은 더

더구나 아닌 것이 아예 아무 색도 아닌 것 같았다. 생선 눈알이라는 말을 자주 들었다. 소샤는 그게 나쁜 말이라고 생각하지만, 내심 동조할 수밖에 없었다.

소샤가 한숨지으며 바구니를 챙기고 축축해진 손수건을 앞치마에 넣었다.

"가자."

소샤가 프루 손을 잡고 시장에서 빠져나와 집에 가는 길로 들어섰다. 얼마 지나 소샤는 땀에 젖은 프루의 작은 손을 놓으려고 했지만, 프루가 고집스럽게 꼭 쥐고 놓지 않았다. 이제 여덟 살인 프루는 열 살인 소샤보다 겨우 두 살밖에 안 어렸지만, 그보다 훨씬 어리게 느껴질 때가 종종 있었다.

"우린 자매야. 다른 사람들이 하는 말은 아무 상관 없어."

조용한 길로 들어서자 소샤가 말했다.

둘은 침묵에 잠긴 채 발걸음을 서둘렀다. 드디어 프루가 소샤 손을 놓고 숄로 어깨를 더 단단히 감쌌다. 봄날 아침이었지만 꽤 쌀쌀했다. 주변 풀밭에 여전히 성에가 끼어서 곳곳이 반짝였다. 오두막들이 길을 따라 빵부스러기처럼 점점이 들어서 있었다. 자매 집은 다른 집에서 뚝 떨어져 있었다. 자매들처럼 외톨이였다. 풀밭이 확 트이면서 거센 바람이 몰아쳤다. 절벽 꼭대기가 멀지 않았다.

"저 너머는 어떤 곳이야?"

프루가 습지를 가로질러 흐릿하게 보이는 땅을 고갯짓하며 물었다. 프루는 늘 그랬다.

"훨씬 좋은 곳."

소샤가 대답했다.

가끔 두 자매와 엄마가 함께 걸을 때면, 세 사람은 절벽 꼭대기에서 습지 너머 까마귀바위 중심 섬을 한참 바라보곤 했다. 화창한 날에는 지붕과 교회 첨탑도 보이고 물에 뜬 작은 배들도 보였다.

"저기 사람들은 여기저기를 자유롭게 다녀. 여기랑은 달라."

"우리 아빠 가족은 저기 있어. 엄마가 그랬어."

프루한테서 얼핏 자랑스러워하는 기색이 묻어났다.

"그럴지도 모르지. 하지만 한 번도 만난 적 없잖아. 앞으로도 못 만날 테고."

프루가 완강하게 턱을 쭉 내밀며 말했다.

"사람들이 저기 갈 때도 있어."

"그래, 가끔."

예전에는 고통의 섬 사람들이 공공을 위한 선행을 해서 까마귀바위 중심 섬으로 넘어갈 기회를 '따내기도' 했다는 말을 엄마가 들었다. 하지만 소샤가 섬에서 살아온 지난 십 년 동안, 유일하게 섬을 떠났던 사람들은 마지막 안식처를 찾아 상자에 담긴 채 습지를 건너 비탄의 섬으로 향한 이들이었다.

엄마는 소샤 아빠나 고통의 섬으로 오기 전 살았던 곳 이야기를 절대 말해주지 않았다. 프루 아빠가 사라진 지도 오래였다. 프루 아빠는 감옥에서 풀려나 고통의 섬으로 추방당했는데, 섬에 도착하자마자 소샤 엄마한테 푹 빠져 버렸다. 물론 섬사람들이 경고했지만 듣지 않았다. 소샤는 새파란 눈동자에 지쳐 보이는 얼굴을 어렴풋이 기억했다. 하지만 프루는 아빠를 조금도 기억하지 못했다. 프루 아빠는 비탄의 섬 근처로 낚시를 나갔다가 악마의 이빨이라고 알려진 위험천만한 암초에 걸린 배가 발견된 뒤로도 끝끝내 돌아오지 않았다. 그때 프루는 고작 한 살이었다.

그 사고 역시 소샤 엄마가 부린 마법이라는 소문이 은밀히 돌았다. 하지만 세월이 가면서 사람들의 관심이 소샤와 소샤 주변에서 벌어지는 설명 못 할 일들로 옮겨졌다.

처음에는 소샤도 자기가 다르다는 것을 몰랐다. 다른 아이들이 자기처럼 잘 숨지 못하고, 자기처럼 누군가를 떠올리기만 해도 그 사람을 볼 수 있는 게 아니라는 사실을 어찌 알았겠는가. 그리고 또 하나……. 그저 교활한 장난이나 상상력으로 치부하기 어려운 다른 능력도 물론 인지하지 못했다. 소샤가 미처 깨닫기도 전에 소샤는 어느새 주민들이 곁에서 자기 아이들을 떼어놓는 아이가 되어 있었다. 아무도 함께 놀고 싶어 하지 않았다.

소샤는 시간이 흐르면서 선물 같은 능력을 교묘하게 숨기는 기술을 터득했지만, 이미 다 알려진 데다 의심 가득한 손가락질이 시작된 뒤였다.

생각에 잠긴 소샤가 무심코 방심한 사이 풀밭에서 반쯤 언 흙덩어리가 날아와 길에 떨어지더니 몇 번 튀면서 앞으로 굴러갔다. 소샤는 헉 소리를 내며 프루를 잡고 몸을 숙여 산울타리(*탱자나무나 측백나무처럼 산 나무를 심어 만든 울타리) 옆으로 숨어들었다. 얼마 뒤 야유하는 소리가 뒤따랐다.

"숨바꼭질이다!"

함께 놀자고 부르는 친근한 초대가 아니었다. 야유였다. 조롱이자 도전이었다.

어디 한 번 우리를 찾아보시지.

"여기 가만히 있어."

소샤가 프루한테 말하고는 천천히 일어나서 서리 낀 풀밭을 가로질러 가만히 내다봤다. 길게 자란 풀이 바람결에 흔들릴 뿐, 아무것도 보이지 않았다. 또 다른 흙뭉치가 날아와 길 위에서 터지는 바람에 소샤가 펄쩍 뛰었다. 이번에 날아온 흙뭉치에는 큼지막한 돌멩이가 들어 있었다.

소샤는 두려움에 개 목덜미 털이 곤두서듯 온몸에 소름이 돋았다. 몇 명이 어디에 숨었는지도 모르는데 이 바깥에서 소샤와 프루는 둘뿐이었다. 가장 가까운 오두막도 한참 떨어져 있었다. 문을 두드린다 해도 도움을 받으리라는 보장이 없었다. 어차피 두 사람을 도울 손길은 없었다.

"언니, 다 어디 숨어 있어?"

프루가 속삭이며 물었다.

소샤가 다시 웅크리고 앉으며 말했다.

"나도 몰라."

"그냥 가자. 우리가 진짜 빨리 뛰면……."

"집까지 너무 멀어. 난 쟤들을 따돌릴 수 있겠지만……. 넌 안 돼. 다른 방법을 찾아야지."

흐리멍덩한 프루 눈빛이 겁에 질렸다.

"엄마는 그냥 무시하랬잖아."

"무시해도 소용없어. 오히려 더 심하게 나올 거야."

다시 돌덩어리가 땅바닥을 때렸다. 이젠 의심할 여지가 없었다. 단단한 흙덩어리를 용케 손에 넣은 것이 아니었다. 다치게 할 목적으로 커다랗고 거친 돌덩이를 던졌다.

엄마한테 사용하지 않겠다고 약속했지만, 이제 소샤는 그 약속이 저들이 쏘아댄 흙 폭탄에 달걀 껍데기처럼 산산이 부서졌다는 걸 알았다. 무엇보다 안전이 먼저였다. 저들에게 한 수 제대로 가르쳐주고 싶은 마음이 없잖아 있기도 했다.

"움직이지 말고 조용히 있어."

소샤가 프루한테 말했다.

"언니······."

프루가 무슨 말을 하려고 했지만 소샤가 가만히 쳐다보며 팔을 힘주어 쥐자 잠잠해졌다.

소샤가 눈을 감고 마음을 자유롭게 풀어줬다. 벌써 터져 나오는 느낌이 왔다. 능력이 온몸에 퍼질 준비를 끝냈다. 아, 다시 능력을 사용한다고 생각하니 기분이 정말 좋았다! 아주 오랫동안 억눌러 왔던 터라 유독 신이 났다.

똑똑히 보여주지.

소샤가 조용히 다짐했다. 곧 소샤는 꿈속 다른 사람처럼 마음의 눈으로 위에서 아래를 내려다보고 있었다. 평원 위를 맴돌며 들쥐를 찾는 한 마리 새 같았다. 이내 소샤가 높이 자란 풀숲에 넓게 퍼진 무리를 찾아냈다. 길 양쪽에 각각 한 명이 숨어 있는 한복판에 프루와 소샤가 있었다. 두 사람은 포위된 것이었다.

소샤가 분노하자 얼굴이 뜨겁게 달아올랐다. 저들이 절대 이해하지 못할 무언가를 주고 싶었다. 남자아이들을 따로따로 가까이에서 확인했다. 한 아이는 돼지치기의 아들 새뮤얼이었다. 찍 눌러놓은 찰흙 덩어리처럼 생긴 코에 온통 기름기가 번들번들한 저 아이가 패거리 중에서 가장 덩치가 크고 제일 못돼 먹었다. 소샤가 잠깐 머뭇거렸다. 능력을 발휘해 본 지 너무 오래되었다. 하지만 사용하지 않은 능력은 약해지기는커녕 오히려 강력해진 것 같앗다. 정신이 또렷하고 유연해졌다. 즉시 무게가 사라지는 느낌이 들었다. 발밑에서 바닥이 꺼지듯 멀어지더니 윙, 윙, 귓가에서 바람이 울었다. 아드레날린이 솟구치며 온몸으로 퍼져서 아찔하고 짜릿했다.

등 뒤에서 퍼스스 퍼스스 풀 흔들리는 소리가 날 때까지 새뮤얼은 소샤가 다가온 줄도 몰랐다. 퍼뜩 뒤를 돌아 본 새뮤얼 입이 쩍 벌어졌다.

"어, 어떻게 너⋯⋯."

새뮤얼은 겁에 질린 나머지 말은 못 하고 입만 뻐끔거렸다. 찌푸린 눈썹이 물음표 모양을 만들었다. 누가 봐도 소샤가 그렇게 소리 하나 내지 않고 다가오기란 절대 불가능했다. 사실 새뮤얼은 지금까지 소샤에 관한 소문을 믿지 않았다. 그저 누구 하나, 아무나 찍어서 괴롭히기 위한 핑계였다. 손쉬운 목표일 뿐이었다.

"찾았다."

소샤가 부드럽게 말했다. 새끼 비둘기나 버터 같은 부드러움이 아니었다. 뾰족한 발톱을 세우기 전 말랑말랑한 새끼 고양이 발 같았다.

꿀꿀아, 이건 경고다.

"이젠 내가 숨을 차례야."

소샤가 길게 자란 풀숲으로 몸을 감추면서 말했다.

소샤 발밑 땅이 다시 소용돌이치며 멀어졌다. 소샤는 동생한테 돌아와 있었다. 다친 곳이라곤 자갈에 살짝 긁힌 발꿈치뿐이었다.

프루 눈동자에 소샤가 돼지치기 아들 눈에서 본 경이로움이 어렸다. 하지만 두려움은 없었다.

"언니 아직 할 수 있구나. 그럴 줄 알았어."

프루가 속삭였다.

"능력은 절대 사라지지 않아. 그냥 사용하지 않았을 뿐이지."

"나도 가르쳐 줘."

프루가 욕심 사납게 소샤를 움켜쥐고 졸랐다.

"전에도 한 번 말했잖아. 이건 배울 수 있는 게 아니야. 가르쳐줄 수 있다 해도 지금은 아니야!"

"어떻게 해줬어?"

프루가 목소리를 낮췄다.

"돼지치기 아저씨 아들한테 평생 잊지 못할 두려움을 맛보여 줬지."

"와, 엄마가 진짜 화내겠다!"

"쉿! 걔는 아무 증거가 없어. 그냥 좀 놀랐을 뿐이지."

풀밭에서 나온 꿀꿀이 소년이 길 한참 위에서 모습을 드러내는 바람에 소샤와 프루가 말을 멈추고 산울타리에서 움푹 들어간 곳으로 다시 몸을 숨겼다. 꿀꿀이 소년은 하얗게 질린 얼굴로 나지막이 휘파람을 부르더니 불안한 눈으로 뒤를 힐끔힐끔 돌아보며 마을 쪽으로 서둘러 발걸음을 옮겼다. 꿀꿀이 뒤를 따라 길게 자란 풀숲에서 패거리들이 차례대로 하나씩 나왔다. 패거리들이 중얼거린 마녀나 생선 눈깔 같은 말들이 허공에서 둥둥 떠다녔다.

마침내 소년들이 다 사라지자 소샤가 프루를 돌아봤다. 투명하다 못해 퀭한 동생의 기이한 눈동자가 이상하게 밝았다. 생선 눈깔. 잔인한 두 단어가 소샤 머릿속에서 메아리쳤다.

"쟤들이 일러바치면 어떡해?"

패거리들이 사라진 반대쪽으로 걷기 시작하면서 프루가 물었다.

"일러바치라고 하지 뭐."

소샤는 자기 때문에 동생이 겁먹었을까 봐 걱정하며 동생을 힐끔 내려다봤다. 하지만 파리하고 초췌한 동생 얼굴은 들떠 보일 뿐이었다.

"사람들이 수군거릴 거야."

"사람들은 항상 수군거려. 그래도 쟤들이 다음에는 우릴 가만히 내버려 두겠지"

뿌연 프루 눈에 그림자가 어른거렸다.

"나도 언니처럼 하고 싶은데."

"못 하는 게 다행이야."

소샤가 한숨 쉬었다. 피가 식자 한창 머리에 열이 올랐을 때 저지른 일이 후회되었다.

"문제만 일으키거든."

숨바꼭질······.

"문제? 하지만 언니는 한 번도 마법을······."

"그만!"

소샤가 바람 새는 소릴 내면서 두려운 눈초리로 주변을 살폈다.

"절대 그 단어를 말하면 안 돼. 누가 들을지도 몰라!"

"하지만 언니는 한 번도 마법을 부려서 나쁜 짓을 하지 않았잖아."

프루가 결국 끝까지 다 말했다.

소샤가 얼굴을 구겼다.

"당연하지. 거의 쓰지도 않아. 사람을 해치는 게 아니라 돕고 싶을 때나 가끔."

151

"누가 언니를 진짜 진짜 화나게 해도?"

프루가 숨을 몰아쉬며 말했다. 커다랗게 뜬 눈으로 소샤를 뚫어지게 보고 있었다. 번뜩이는 눈빛에는 흥분과 간절함이 깃들었다.

"아마 사용하겠지."

소샤가 인정했다. 프루한테만이 아니라 자기 자신한테도 하는 말이었다. 소샤 목소리가 거의 안 들릴 정도로 작아졌다.

"그런 생각은 해보질 않았어. 그만큼 날 화나게 한 사람도 없었고."

프루가 언니를 쳐다보면서 다시 손을 잡았다.

프루는 웃고 있었다.

12장. 여행 가방

"초원에 핀 메에리 페에니 바아아아암에 피는 은색 꼬오오오옿. 한밤중 창백한 다아알빛 아래에서 춤추는 작은 도깨비들이 꽃을 밟아버리네에에에."

온전히 자기만 의식하고 부르는 플리스 노랫소리가 꽥꽥 들려오는 바람에, 핑거티 이야기에 흠뻑 빠졌던 베티가 번쩍 정신을 차리고 현실로 돌아왔다. 베티는 가죽만 남은 남자 얼굴을 바라보며 조금만 더 이야기 속에 잠겨 있기를 바랐다. 하지만 곡조도 없이 불러 젖히는 노랫소리가 점점 커지며 다급해졌다. 할머니가 가까웠다는 의미였다.

"저 까아마귀, 아 교오활한 사기꾼, 제 둥지를 채우겠다고 훔치다가 엄마가 끓이는 수프 단지에 떨어뜨렸네. 나머지는 말하아지 않아아도 알아드은 겠지이이이이!"

핑거티가 맥주잔을 비우는 사이 베티가 자리에서 벌떡 일어났다.

"죄송해요. 다시 일하러 가야 해요."

"난 이제 막 시작이구만!"

핑거티가 성을 냈다.

"알아요."

베티는 목소리에서 묻어나는 실망감을 감추지 못했다. 핑거티는 까마귀바위 탑이 간직한 어두운 이야기의 첫 장을 이제 막 슬쩍 건드린 것이 분명했다. 소샤와 위더신즈 가문이 연결되었다고 단정하기는 아직 이르지만, 탑이 저주와 관련 있는 것으로 보아 얼마든지 가능했다. 그보다 베티는 뭔가 중요한 사실을 알기 직전이라는 느낌을 강하게 받았다. 물론 희망 사항에 그칠 수도 있었다. 여하튼 베티는 핑거티 이야기를 끝까지 들어야 했다. 언제 듣느냐가 문제였다.

이제 핑거티는 제법 거나하게 취해 보였다. 재미있다는 표정으로 베티와 플리스를 번갈아 보고 있었다.

"버니 할머니도 이걸 노래라고 보나?"

"쾅 쾅! 샛문을 두드리네! 쿵 쿵! 벌써 이틀째야! 못된 짓 하러 가는 까치 앞에서 까마귀가 까악까악!"

"어……."

귀를 찢는 플리스의 공연이 대단원의 막을 내리는 순간, 베티는 계산대 뒤에서 할머니를 발견했다. 잠시 침묵이 흘렀다. 이내 마지못해 치는 것 같은 박수 소리가 몇 번 나더니 사람들이 다시 웅성거리며 원래 대화로 돌아갔다. 베티가 탁자를 닦는 척하며 빈 잔을 모아들었다.

"고맙습니다."

그러고는 목소리를 쫙 깔고 속삭였다.

"언제 저랑 다시 만나 주시겠어요?"

핑거티가 눈을 가늘게 뜨고 베티를 노려봤다. 확실히 중간에 말이 끊겨서 화가 났다.

"제값을 쥐야 굳게 닫힌 내 입이 열릴 거다."

베티는 할머니를 살폈다. 할머니는 얼굴이 빨개진 언니한테 그게 고양이 목 조르는 소리지 무슨 노래냐며 잔소리를 퍼붓느라 바빴다.

"그럼요, 당연하죠. 공짜 술을 더 드릴게요."

베티가 빈 잔을 거둬서 카운터로 가지고 갔다. 개미집에서 개미가 들끓듯, 핑거티한테서 들은 이야기가 베티 마음속에서 꿈틀거렸다. 베티는 당장 언니한테 탑에 갇힌 여자에 관해 알아낸 사실을 얘기하고 싶었다. 하지만 할머니가 너무 가까이 있었다. 베티가 눈을 가느다랗게 뜨고 언니 뒤에 뻣뻣하게 섰다.

"찰리 어딨냐?"

"아직 마당에 있는 것 같아요. 할머니가 시킨 대로 병이랑 상자 정리하고 있을걸요?"

베티가 대답했다.

"시간을 너무 끄네. 또 죽은 동물이나 묻고 앉았는 게 아니면 좋겠구만. 이렇게 자주 갖다 묻어대면 우리 집 마당에 있는 무덤이 비탄의 섬에 있는 무덤 수를 금방 따라잡을 거다!"

할머니가 수상쩍어하더니 이내 몸을 휙 돌려서 뒷문으로 향했다.

"노래라도 부르라니, 기막히게 좋은 생각이었지. 다음에는 그냥 잔을 깨트릴 거야! 그럼 네가 쳐다보겠지."

플리스가 수치스러운 듯 노려보며 차갑게 말했다.

"그래도 노래가 효과는 있었잖아."

베티는 플리스가 분통을 터트리며 씩씩거리는 걸 귓등으로 흘리며 대꾸했다. 쭈글쭈글한 핑거티 머릿속을 들여다보고 싶은 마음에 핑거티를 쳐다보느라 바빴다. 지금은 소샤 얘기를 더 들을 시간이 없었다. 콜턴이 이감될 위험이 없다고 친다면, 그래도 과연 감옥에서 빼내야 할지 결정할 시간도 없었다. 핑거티한테 자매들이 찾는 답이 없다면 콜턴이 필요했다. 하지만 핑거티도 나름대로 도움이 될지 몰랐다.

할머니가 찰리를 찾으러 잠시 자리를 비운 사이, 베티는 모험을 선택하기로 마음먹었다.

"또 뭐?"

핑거티가 다시 돌아온 베티를 쏘아봤지만, 베티는 서둘러 말했다.

"하나만 더요. 그게……. 아저씨가 고통의 섬에서 사람들이 탈출하도록 도왔다고 들었어요."

"얼씨구, 그러셨어?"

베티는 빈정거리는 핑거티 말투를 못 들은 척 얼른 다음 질문을 했다.

"어떻게……. 어떻게 그런 일을 하고도 아무 일이 없었는지 궁금해요."

"내가 잡힌 사실만 봐도 내가 그다지 실력이 안 좋았던 게 아닐까? 그런 짓을 저지르고 영원히 아무 일도 없을 사람은 없어."

핑거티가 코웃음을 쳤다.

"아니, 잡히기 전에요. 잡히기 전에도 이미 많은 사람을 탈출시켰다고 들었……."

난데없이 핑거티가 한 손을 확 뻗치더니 베티 손목을 낚아챘다.

"어이, 꼬맹이. 잘 들어. 니가 무슨 일에 휘말렸는지 난 알지도 못하고 관심도 없지만 충고 하나 하지. 슬픔의 섬들에는 근처에도 가지 마. 불행밖에 없는 곳이니까."

핑거티가 으르렁거리듯 말했다. 베티가 팔목을 비틀어서 빼냈다.

"어떻게 성공했는지 말해주기 싫으면 어쩌다가 잡혔는지라도 얘기해 줘요."

핑거티가 고개를 절레절레 흔들더니 뜻밖에도 클클 웃었다.

"꼬맹이, 사람들 말마따나 완전 고집불통이네."

"아저씨는 사람들 말처럼 진짜 못됐구요."

베티가 손목을 문지르며 쏘아붙였다. 계산대를 힐끔 보니 플리스가 맥주를 따르면서 초조하게 지켜보고 있었다. 할머니 모습은 보이지 않았다.

"그래, 훨씬 못됐다."

핑거티가 버럭 화를 냈다.

"근데 꼬맹이 제법인데? 맘에 들어. 좋아, 얘기해주지. 주의 흩트리기, 그게 핵심이야. 내가 반드시 지키는 단 하나의 규칙. 항상 먹혔지. 내가 경솔해지기 전까지는"

"주의를 어떻게 흩트리는데요?"

"뭐든 저지르는 거지. 감옥 안에서 싸움을 일으키든 습지에 나룻배를 처박든. 실제로 벌어지는 일에서 관심을 돌리게 하는 거야."

핑거티가 교활한 표정으로 웃었다.

"아무도 간수를 좋아하지 않아. 보수만 제대로 쳐주면 아무 짓이나 하는 놈들이거든."

핑거티가 다시 의자 등에 기대자 얼굴에서 웃음기도 사라졌다.

"자, 이젠 나 혼자 있게 저리 가. 하루치고 말을 너무 많이 했어."

"그럼 다음에 또 봬요."

"손꼽아 기다리마."

핑거티가 비꼬듯이 말했다.

베티가 계산대로 돌아오자 마침 마당에 나갔던 할머니도 뒷문으로 들어와서 찰리를 따뜻한 위층으로 쫓아 보냈다.

"그래서?"

플리스가 물었다.

베티는 카운터 앞에 놓인 등받이 없는 의자에 앉았다가 바늘 다섯 개가 엉덩이를 찌르는 바람에 꽥 비명을 지르며 펄쩍 물러났다. 눈에서 불을 뿜으며 아래를 내려다보니 샛노란 두 눈이 한가로이 껌뻑이고 있었다. 그제야 베티는 훠이를 깔고 앉을 뻔했다는 걸 깨달았다. 베티는 그대로 서서 핑거티한테 들은 얘기를 재빨리 언니한테 말해줬다. 소샤는 의붓자매인 프루와 고통의 섬에서 살았고 특별한 능력 때문에 튀어 보였다는 내용이었다.

"그런데, 도대체 그거랑 위더신즈 가문이랑 무슨 상관이 있다는 거야?"

플리스가 미심쩍은 눈빛으로 핑거티를 봤다.

"나도 확실히는 모르겠어. 하지만 어떻게든지 다 연결됐다는 느낌이 들어. 소샤가 마지막에 갇힌 탑이 바로 콜턴이 모든 저주가 시작됐다고 말한 곳이야. 게다가 소샤가……. 꼭 돌멩이처럼 탑에서 떨어졌다는 사실도 기억해야 해. 언니, 아무래도 난 우리한테 필요한 답을 콜턴이 가지고 있는 것 같아!"

"핑거티는 어쩌고? 핑거티가 아는 것도 연결된다면 우리한테는 핑거티가 더 안전해. 우리가 목숨을 걸진 않아도 되잖아!"

"콜턴한테는 시간이 없을지도 모르는데 핑거티한테서 얘기를 다 들으려면 시간이 걸리잖아. 콜턴은 자기가 저주를 깨트릴 방법을 안다고 확신하는 것 같아."

플리스 아랫입술이 부들부들 떨렸다.

"근데 아니면?"

베티가 불안하게 숨을 내쉬었다.

"우린 남은 일생 이 벽이나 쳐다보면서 맥주 냄새나 맡고 살겠지."

"맥주 냄새도 그렇게 나쁘지는 않아."

플리스가 코를 킁킁거리더니 한숨을 쉬었다.

"별로 안 좋네. 그럼…… 뭘 언제 어떻게 할 거야?"

그러더니 침을 꿀꺽 삼켰다.

"맙소사. 우리 진짜 일을 벌이는구나. 정말 하는 거야."

"핑거티는 고통의 섬에서 사람들을 빼낼 때 늘 주의를 흩트렸대. 우리도 들키지 않으려면 그 작전을 써야 해."

"그러니까, 뭘 어떻게 할 건데?"

"여기도 시끌벅적 난리가 나는 밤이 있잖아. 할머니가 우리는 안전해야 하니까 가게에 얼씬도 하지 말라고 한 날. 그때가 딱일 거야."

"그러니까……. 한물간 크로스위크가 풀려나는 밤?"

플리스가 불안하게 물었다.

"응."

"하지만 그건 오늘 밤이잖아!"

베티가 고개를 끄덕였다. 기대감이 두 번째 심장처럼 가슴 속에서 힘차게 고동쳤다.

"알아. 하지만 지난번 간수가 말했듯이 앞으로 죄수가 더 많이 옮겨진다면, 우리한테는 흘려보낼 시간이 없어."

"둘이 뭘 그렇게 속닥이냐?"

베티가 펄쩍 뛰었다. 할머니가 소리도 없이 어느새 뒷문으로 들어와서 눈을 빛내며 두 사람을 살피고 있었다. 두 소녀는 괜히 찔려서 얼른 서로 멀찌감치 떨어졌다.

"아무것도 아니에요."

둘이 동시에 외쳤다.

"흠, 딱 보니 알겠구만."

할머니가 나직이 말하고는 성큼성큼 다가왔다.

베티가 뻣뻣해졌다. 주변이 이렇게 시끄러운데 두 사람 말이 할머니한테 잘 들렸을 리 없었다.

"어깨에 어떤 짐을 짊어졌는지 알았으니 슬프겠지. 할미도 너희만큼 슬퍼. 그런데……. 그래서 또 이렇게 좋은 일이 생기기도 하네."

할머니는 웃었지만 표정은 슬퍼 보였다.

"그렇게 둘이 서로 꼭 붙어서 속삭이잖니. 꼭 예전처럼. 그런 너희를 본 게 진짜 얼마 만이냐."

할머니는 유쾌함을 꾸며내는 것 같았다. 밝은 면을 보자는 말투였다. 베티는 할머니가 왜 그런 말을 하는지 알 것 같았다. 저주에 관해서 얘기하느라 플리스와 베티가 다시 가까워졌을지 몰라도, 애초 둘이 멀어진 이유도 저주 때문이었으니까.

"자, 그럼 베티, 이젠 저녁 들고 위에 올라가서 찰리 좀 돌봐줘."

할머니가 휘이를 노려보며 말했다. 휘이는 카운터 위를 어슬렁거리며 쏟아진 맥주를 킁킁대고 있었다.

"플리스 너는 저 망할 고양이가 손님들을 먹어대기 전에 뭐 좀 먹이고"

베티가 계단으로 가면서 힐끔 뒤를 돌아봤다. 플리스도 베티와 눈을 맞췄다. 자매가 은밀한 눈빛을 교환했다. 이런 상황에서도 베티는 짜릿해서 온몸이 간지러웠다. 위더신즈 자매가 본격적으로 일을 벌일 참이었다.

베티와 플리스는 늦은 저녁까지도 둘이 얘기할 기회를 잡지 못했다. 할머니가 찰리를 벅벅 씻겨서 욕실에서 막 나왔을 때, 베티는 냄비가 잘 닦이지 않아서 애를 먹고 있었다.

"아이고 찰리, 가만히 좀 있어! 머리 마르기 전에 빗질해야 그놈의 새 둥지가 없어진다니까!"

양말을 꿰매던 플리스가 고개를 들었다.

"아, 찰리. 아까 흙을 뒤집어썼을 때 진짜 귀여웠어. 귀여운 분홍색 새끼 돼지 같았다니까!"

찰리가 할머니한테 혀를 날름 내밀더니 침실로 도망쳤다. 할머니도 빗을 휘두르며 찰리 뒤를 따라 방으로 쫓아 들어갔다.

"내 차례!"

플리스가 양말을 집어 던지며 외쳤다. 베티는 절로 앓는 소리가 나왔다. 일주일에 한 번 돌아오는 목욕하는 날인데, 언니가 한 번 욕실에 들어갔다 하면 도통 나올 줄을 몰랐다. 게다가 늘 욕조에 말린 라벤더와 장미 꽃잎을 남겨 났다. 베티는 언니가 좀 더 기다렸다가 욕실에 들어가기를 바랐다. 할머니가 찰리랑 씨름하는 틈을 타서 둘이 얘기할 수 있을 터였다. 하지만 아무래도 언니 생각은 다른 것 같았다.

베티는 소금으로 냄비를 닦으면 수월하겠다는 생각에 개수대 위 선반을 살피다가 꽥 비명을 지르며 뒤로 펄쩍 뛰었다. 그 바람에 냄비가 요란하게 땡그랑거리며 베티 발 위로 떨어졌다. 저기 저 개수대 위 허공에 유령 같은 형상이 둥둥 떠 있었다. 흐릿하고 뿌옜지만 분명 플리스 얼굴이었다.

"에비!"

얼굴이 말했다.

베티가 숨을 멈췄다. 심장이 갈비뼈에 부딪치도록 세차게 뛰었다. 이것도 혹시…….

"베티? 웬 난리냐?"

할머니가 베티를 부르자 어른거리는 플리스 얼굴 앞으로 손가락이 하나 나타났다.

"쉬잇! 할머니한테 말하지 마. 나 지금 거울 사용하는 거야."

"베티?"

"어……. 할머니, 저 괜찮아요. 그냥 뭘 좀 떨어뜨렸어요!"

베티는 눈앞에서 유령처럼 둥둥 떠 있는 플리스 얼굴을 힐끔힐끔 쳐다봤다. 정신이 좀 들고나니 언니 머리카락에 붙은 비누 거품이 보였다.

"언니, 거기 그렇게 둥둥 떠 있으니까 진짜 이상해 보이는 거 알아? 어떻게 한 거야?"

"그냥 거울을 보면서 너를 생각하면 돼."

언니 목소리에서 의기양양한 기운이 느껴졌다. 목각 인형을 사용할 때 베

162

티도 그랬다.

"그러면 네 모습이 내 눈앞에 나타나."

"처음 사용해 본 거야?"

언니가 살짝 미안해했다.

"누구랑 말하는 데 써보기는 처음이야. 하지만 몇 번…… 몰래 사람들을 지켜본 적은 있어."

"펄리시티 위더신즈!"

베티는 짐짓 충격받은 체하며 크게 외쳤다.

"누구를 봤는데? 내가 맞춰보지. 음……. 잭 험블?"

"아니거든!"

언니가 꽥 소리쳤다.

"뭐, 한 번 정도."

얼핏 약이 올라 보였다.

"생선 가게 페이한테 다정하게 굴잖아. 걔가 얼마나 못됐는데. 잭하고는 그걸로 끝이었어."

플리스가 입술을 삐죽거리며 잠시 말을 멈췄다.

"아빠를 보려고 해봤는데, 어째서인지 한 번도 성공 못 했어."

"지금은 아빠가 까마귀바위섬에 없는 걸 아는데도 안 돼?"

"지금이 오히려 더 안 돼."

플리스가 입술을 깨물었다.

"아빠가 더 나쁜 곳에 있다면, 아마 보고 싶지 않을 거야."

베티는 아빠 편지에 찍혔던 거머리 문장을 떠올렸다. 까마귀바위섬 감옥

163

보다 더 열악한 감옥을 상상하기란 쉽지 않았다. 베티가 다시 콜턴 생각을 했다.

"크로스위크 사람들로 할머니가 바빠지자마자 가방을 갖고 와야 해."

하지만 잠깐 대화가 끊긴 사이 베티는 할머니 목소리가 안 들린다는 걸 깨달았다.

"우씨, 할머니가 찰리 머리 다 빗기셨나 봐. 갑자기 할머니가 오실 수도 있으니까 빨리 거울 내려놔. 우리 작전을 들킬지도 몰라."

"다음에 계속."

플리스가 으스스한 소리로 끊을 듯 말하더니 이내 다시 말했다.

"으악, 이게 뭐야. 욕조에 너무 오래 있었더니 온몸이 건포도처럼 쪼글쪼글해졌어."

유령 같은 플리스 얼굴이 사라지고 베티는 흥미로울 일 하나 없는 닭다 만 시키먼 냄비를 다시 집어 들었다.

마지막으로 베티까지 목욕을 끝냈다. 젖은 머리를 말렸더니 곱슬머리가 부풀어 올라 가관이었다. 할머니는 찰리를 침대에 눕혀놓고 다시 가게로 내려갔다. 즉시 베티와 플리스가 행동에 들어갔다.

"빨리, 내 방으로."

플리스가 말했다.

언니 방은 베티와 찰리가 함께 쓰는 방보다 작지만 깔끔했다. 곳곳을 자질 구레한 장신구와 수제 장미 향수, 사랑 시 같은 걸로 꾸며놓은 덕분이었다.

"여행 가방은?"

164

베티가 물었다.

플리스가 고개를 저으며 말했다.

"아직 찾아야 해. 그런데 뭘 시작하더라도 콜턴 상황을 먼저 확인해야 하지 않을까?"

베티가 고개를 끄덕였다.

"언니 말이 맞아. 콜턴 방에 도착했는데 간수가 순찰이라도 하고 있으면 무슨 소용이겠어. 때가 적당한지 먼저 보자."

플리스가 서랍장에서 인어 거울을 꺼내더니 거울 위로 몸을 기울이고 속삭였다.

"콜턴을 보여줘."

대번에 거울 속에서 안개 같은 뿌연 연기가 뭉게뭉게 피어올랐다. 베티가 눈을 크게 뜨고 거울 가까이 몸을 숙였다. 왠지 문에 귀를 대고 엿듣는 느낌이어서 미안한 기분이 들었다. 거울이 깨끗해지면서 작고 어두운 방이 나타났다. 문에는 쇠창살이 달렸다. 한 남자가 등을 잔뜩 구부린 채 얇은 매트리스 위에 누워 떨고 있었다. 이가 맞부딪쳐서 딱딱 소리가 났다. 남자는 눈을 꽉 감은 채 입술을 달싹거리고 있었는데 아무래도 소리 없이 기도하는 것 같았다. 남자 옆 벽에는 가느다란 선이 좍좍 새겨져 있었다. 감옥 안에서 보낸 날들이리라. 베티는 고개를 돌렸다. 콜턴이 왜 그토록 절박하게 나가려고 하는지 쉽게 이해가 갔다.

탈출이 너무 절박해서 아무 말이나 한 것은 아닐까?

불안했다. 베티는 의심이 들었지만 겉으로 말하지 않았다. 절박하기는 베티도 마찬가지라는 점을 되새겼다. 베티와 베티 가족의 바람도 같았다. 아무 이유 없이 가족을 덮친 저주가 사라진 새 삶과 자유를 누려야 마땅했다.

플리스가 조용히 거울을 뒤집었다. 거울 속 장면이 깨지면서 사라졌다.

"불쌍하다는 생각을 안 할 수가 없네."

"나도 그래."

베티가 인정하면서 천천히 숨을 내쉬었다.

"여하튼 콜턴은 혼자 있어. 이제 가자."

"망 잘 봐. 할머니 방을 뒤져볼게."

플리스가 말했다.

자매가 플리스 방에서 나왔다. 베티는 자기 방 입구에 서서 초조하게 동동거렸다. 몸을 말고 깊은 잠에 빠진 찰리한테서 눈을 떼지 않으면서도, 만에 하나 할머니가 올라오는 소리가 들릴까 싶어 귀를 활짝 열고 계단에 초집중했다. 지금 아래층에서는 크로스위크 사람들 모임이 한창이었다. 누군가 줄기차게 연주해대는 바이올린 소리에 맞춰 술에 잔뜩 취한 사람들이 꽥꽥 노래하고 있었다. 합창이 이어질수록 건물이 흔들리면서 요동쳤다.

베티는 아까 찰리가 잠들고 난 뒤 담요 두 장을 둘둘 말아서 침대 위에 사람이 누워서 자는 것처럼 보이도록 플리스 언니 이불 밑이랑 자기 이불 밑에 각각 하나씩 넣어 놨다. 그냥 한 번 쓱 봐서는 영락없이 사람 같아 보였고 어차피 할머니는 눈도 좋지 않았다. 베티는 이불 밑에 편지도 한 장 넣어 놨다. 두 소녀가 떠난 게 분명해졌을 이튿날 아침을 위해서였다. 하지만 베티는 그전에 돌아올 계획이었다.

할머니, 죄송해요. 우린 할머니 가방을 갖고 저주를 풀러 떠나요. 최대한 빨리 돌아올게요. 부디 우리를 찾으러 따라오지 마세요. 그리고 너무 화내지

마세요. 베티와 플리스

편지에는 이렇게 썼다.

찰리가 편지를 발견할까? 아님 왜 이렇게 오늘따라 다 큰 손녀 둘이 못 일어날까 궁금해진 할머니일까. 베티는 죄책감을 느끼며 두 팔로 몸을 휘감고 찰리 너머 창문 밖으로 눈길을 던졌다. 구멍이 숭숭 뚫린 커튼 사이로 환히 빛나는 별이 점점이 박힌 짙은 감색 하늘이 보였다. 나중에 서리가 내릴 것 같았다. 대기는 이미 차가웠다. 베티는 감옥을, 어둠과 침묵 속에 있던 콜턴을 떠올렸다. 자매가 오리라 예상 못 할 때 찾아가는 게 어쩌면 콜턴한테 가장 좋을지 몰랐다.

입을 막고 끽끽대는 소리가 들려와서 베티는 냉큼 자리를 떠나 할머니 방으로 미끄럼을 타며 들어갔다.

"왜 그래?"

"찾았어."

플리스가 이제 막 두 손과 두 무릎을 바닥에 대고 뒤로 기어 나오고 있었다.

"침대 밑에 있어. 그런데 여기 커다란……."

플리스가 말꼬리를 흐리면서 놀람과 미안함이 뒤섞인 표정으로 베티 너머 무언가를 바라봤다.

베티가 휙 돌아섰다. 찰리가 맨발로 서서 졸린 듯이 눈을 껌뻑이며 두 사람을 보더니 눈을 비볐다.

"언니들 뭐 해?"

"아, 아무것도 아니야. 할머니 물건을 몇 개 치웠어. 이리 와, 우리 귀염둥이, 자러 가자."

플리스가 말을 더듬었다.

"치우는 거 아니면서."

찰리가 심술 난 듯 퉁퉁거리며 이젠 잠이 다 달아난 눈으로 두 사람을 미심쩍게 살폈다.

"가방 찾는 거면서."

베티와 플리스는 뭐라 말할지 몰라 서로를 힐끔거리기만 했다.

"어디 있는지 내가 가르쳐줄 수 있단 말이야."

찰리가 엎드려서 침대 밑으로 기어 들어가더니 손에는 가방을 들고 팔에는 거미줄을 주렁주렁 매달고 나왔다.

"이게 무서워?"

찰리가 거미줄을 툭툭 털면서 놀리듯이 물었다.

플리스가 입술을 삐죽였다.

"이리 내."

찰리가 어깨를 으쓱하더니 플리스 발치로 가방을 던졌다.

"가방은 왜?"

베티가 한숨을 푹 내쉬었다.

"있잖아, 찰리, 우리가 어딜 좀 가야 해. 언니들이 뭔가 중요한 일을 해야 하거든. 그리고……."

"감옥에 다시 가려고?"

깜짝 놀란 베티와 플리스가 눈을 마주쳤다. 찰리가 이제 겨우 여섯 살밖에 안 된 꼬맹이일지는 몰라도 바보는 아니었다.

"나도 갈 거야. 나도 비밀 지킬 수 있어."

찰리가 선언하듯 말했다.

베티가 고개를 저었다. 소용돌이치는 안개 속에서 배에 갇혔던 기억과 찰리를 위험에 빠트릴 만큼 바보 같았던 자신이 아직도 생생했다.

"아, 안 돼. 넌 못 가. 너무 위험해."

"하지만 언니들은 내가 필요해!"

찰리가 사납게 말했다.

"나도 도울 수 있어! 난 아무것도 안 무서워. 거미도 안 무서워!"

찰리가 플리스를 보고 잔뜩 얼굴을 찌푸렸다.

한참 침묵이 흘렀다. 결국 베티가 고개를 끄덕였다.

"그럼 가서 옷 입고 와."

맨팔에 맨다리인 채 머리까지 헝클어진 찰리가 깡충깡충 뛰며 플리스 앞을 지나가자, 플리스는 믿을 수 없다는 눈빛으로 베티를 바라봤다.

"지금 장난하니?"

베티가 고개를 저으며 가방을 집어 들었다.

"아니."

옆방에서 옷장 문이 끼익거리자 베티가 목소리를 낮췄다.

"서둘러야 해. 우리 외투 갖고 와."

플리스가 사라졌다가 두툼한 외투를 들고 금방 돌아왔다. 둘은 숨을 몰아쉬며 외투를 걸쳤다. 플리스가 얇은 스카프로 인어 거울을 둘둘 감아 외투 주머니에 집어넣으며 확인했다.

"다 가졌나? 인형은? 열쇠도?"

베티가 플리스와 팔짱 끼며 고개를 끄덕인 순간, 찰리가 때맞춰 우다다 복도를 따라 달려왔다. 입구에 우뚝 멈춰 선 찰리 입이 떡 벌어졌다.

베티는 너무 미안해서 피부가 달아올랐다.

"찰리, 미안해."

"안 돼! 언니들은 못 가!"

찰리가 꽥 소리쳤다.

베티가 가방 속을 밖으로 뒤집어 빼냈다.

"감방 오백십삼 호!"

베티는 눈을 꼭 감고 속을 뒤집어 놓을 강풍이 후욱 불어오기를 기다렸다. 그런데……. 그런 바람이 불지 않았다.

"어……. 베티?"

플리스가 당황한 목소리로 베티를 불렀다.

베티가 눈을 떴다. 찰리가 상처받은 눈빛으로 두 사람을 보고 있었다. 찰리가 쿵쿵 발을 구르며 베티한테로 왔다.

"나 가도 된다며. 나 안 데리고 가면 소리 질러서 할머니 부를 거야!"

"꿈도 꾸지 마!"

베티가 쏘아붙였다. 찰리한테 들킨 데다 가방도 말을 듣지 않아서 베티는 지금 폭발하기 직전이었다.

"말 안 들으면 무시무시한 창고 안에 가둬버리는 수가 있어!"

"베티 언니 바보!"

찰리가 겁을 먹고 입을 딱 벌렸다.

"만날 나만 빼버리고!"

베티는 한숨이 나왔다. 위협해버린 걸 이미 후회하고 있었다.

"찰리, 정말 너 못 데려가."

베티가 가방을 노려봤다. 오래되어 낡고 냄새나는 안감이 밖으로 나와 있었다.

"어차피 할머니가 없으니까 가방이 아예 작동을 안 하……. 야!"

찰리가 여우처럼 날쌔게 가방을 낚아채서 안감을 도로 꾹꾹 집어넣더니 다시 밖으로 뒤집어 빼내며 외쳤다.

"내 방!"

공기가 빨려들어 가면서 베티 발목을 훑고 지나갔다. 눈을 한 번 감았다 뜨니 찰리가 사라지고 없는 대신, 고소하다는 듯 깔깔거리는 웃음소리가 방에서 빠져나가고 있었다. 베티가 문으로 발걸음을 옮겼다. 하지만 그 순간 다시 한번 휭 바람이 몰아치더니 입에 웃음을 함박 머금은 찰리가 나타났다.

"봤지? 난 돼!"

"우린 안 되는데."

베티가 천천히 말했다. 그제야 할머니 설명이 기억났다.

마법의 물건은 서로 바꿔 쓸 수 없다고, 주인이 사용할 때만 능력을 발휘한다고 했다.

찰리가 의기양양하게 몸을 흔들며 춤을 췄다.

"언니 가방이 아니라서 언니는 안 되는 거야."

"네 것도 아니잖아! 아직은!"

베티가 발끈했다.

"그래, 아직은."

찰리가 뻐기듯이 말했다.

베티가 플리스를 쳐다봤지만, 플리스도 속절없이 베티를 마주볼 뿐이었다.

"이젠 어쩌지? 찰리를 데리고 갈 순 없어!"

"있다, 있다, 있다고!"

찰리가 가방을 들고 빙빙 돌면서 노래를 불렀다.

"우리 작전이 통째로 저 가방에 달렸는데."

베티는 절망적이었다.

"할머니를 빼면 가방을 작동할 수 있는 사람이 찰리밖에 없어."

베티가 숨을 깊게 들이마시면서 생각했다.

"찰리를 데리고 갈 수밖에 없어."

"안 돼! 그러면 안 돼. 진짜 진짜 안 되는데……."

플리스가 속삭였다.

"진짜 진짜 그래야 할 것 같은데?"

찰리가 맞받았다.

"콜턴을 빼내 올 때까지만 데리고 다니자. 가방이 빨라. 일단 콜턴을 비탄의 섬으로 데리고 가서 콜턴이 알고 있는 사실을 알아낸 뒤 번개같이 다시 집으로 돌아오는 거야. 콜턴은 자기 갈 길 가는 거고."

빙빙 돌던 찰리가 멈췄다.

"콜턴이 누구야?"

"저주 깨트리는 걸 도와줄 사람."

베티가 얘기해줬다.

"기다려 봐. 뭔가 다른 작전을 생각해 보자. 인형을……."

플리스가 애원했다.

"안 돼. 어차피 이제는 찰리가 아는데 뭐. 할머니한테 일러바칠 거야."

베티가 반대했다.

"맞아, 난 가끔 입에서 아무 말이나 그냥 막 나와!"

찰리가 맞장구쳤다.

아래층에서 함성이 터졌다.

"아래층 시끄러울 때 가자. 계획대로만 잘 되면 문 닫기 전에 돌아올 수 있어."

"아니면? 그럼 어떡해?"

이번에는 플리스가 발끈했다.

계획대로 안 되면 베티도 답은 없었다. 하지만 베티는 용감하게 보이고 싶은 마음에 이렇게 말했다.

"우리한테는 가방도 있고 인형에 거울까지 있어. 계획대로 안 되려면, 우리가 어지간히 운이 나빠야 할 거야."

"위더신즈 가문은 운이 없기로 유명한데……."

플리스가 중얼거렸다.

베티가 찰리한테 외투를 챙겨 입혔다.

"찰리, 잘 들어. 이건 진짜 모험이야. 우리가 장난으로 하던 놀이가 아니라고. 그러니까 언니들 말 진짜 잘 들어야 해. 우리가 집으로 돌아가자고 하면, 바로 집으로 와야 해. 알겠지? 약속이다?"

찰리가 힘차게 고개를 끄덕였다. 무슨 말을 하건 고개를 끄덕일 기세였다.

베티는 목에 걸린 딱딱한 덩어리를 힘겹게 삼켰다. 다 잘 될 것이었다. 우리가 위더신즈 가문의 끔찍한 저주를 없앨 것이었다. 시도할 가치가 있을 터였다. 그래야만 했다.

"승리는 용맹한 자를 돕는다."

베티는 새로 개발한 좌우명에서 힘을 얻고자 중얼거렸다. 이 좌우명은 부디 오래가기를 바랐다.

"준비됐어?"

베티는 그 어느 때보다 초조했다.

찰리가 한 번 더 격렬하게 고개를 끄덕였다. 플리스가 덫에 걸린 토끼처럼 몸을 움찔거렸다. 베티가 가운데 서서 한쪽 팔은 플리스와, 다른 팔은 찰리와 단단히 팔짱을 꼈다. 아래층에서 다시 요란하게 함성이 울리는 순간, 베티가 찰리한테 알려줬다.

"까마귀바위섬 감옥으로 가는 거야. 오백십삼 호 감방."

찰리는 언니들을 기쁘게 해주고 싶어서 안달하며 고개를 끄덕였다. 대번에 목을 가다듬고 단호하게 말했다.

"까마귀바위섬 감옥 오백삼십일 호!"

베티가 "아니야!" 소리치기 전에 찰리가 벌써 가방 안감을 밖으로 뒤집어꺼냈다. 머리카락이 귀를 스치며 뒤로 휘날리자 베티는 속이 뒤집힐 것 같았다. 아직 도착하지도 않았건만 베티는 세 자매의 계획이 이미 끔찍하게 틀어졌다는 것을 깨달았다.

13장. 게러드

죄수가 자고 있을지도 몰라. 바람이 귀를 스치며 윙윙 우는 그 짧은 시간에 베티가 생각했다. 늙고 허약해서 하나도 위험하지 않을 수도 있었다. 아니면 자매들이 또 한 번 믿기지 않을 만큼 운이 없을지도······.

착지는 형편없었다. 붙잡아줄 할머니가 없었더니 세 아이는 쉽게 찢어지는 얇은 장미 꽃잎처럼 흩어져서 각기 다른 방향으로 굴러갔다. 조용히 등장하기를 그토록 바랐건만, 찰리는 새끼 돼지처럼 꽥꽥거리고 플리스는 꺅 비명을 질렀다. 하물며 베티마저 차가운 돌바닥에 엉덩방아를 찧자 절로 어이쿠! 소리가 났다.

실내는 어두웠다. 밖에서 깜빡이는 불빛이 높이 달린 창문으로 희미하게 비칠 뿐이었다. 창문에는 창살을 대놨다. 베티는 대번에 불안해졌다. 여긴 다른 감방이랑 달랐다. 사방을 둘러싼 얼음장 같은 돌벽은 같았지만 크기가 콜턴 방 절반밖에 안 됐다. 콜턴 방에서 얼핏 봤던 문과 달리 이 감방 문은 단단한 원목이었고, 밖에서만 열리는 작은 문이 눈높이에 달려 있었다. 베티가보기에 이건 좋지 않은 징조였다. 다음으로 베티가 알아챈 점은 간신히 자리에서 일어난 세 자매를 단번에 덮친 악취였다. 곤죽이 된 양배추를 담은 포대로 코를 세게 얻어맞은 것 같았다. 그런데 이상하게도, 죄수 모습이 어디에서도 보이지 않았다.

감방에는 침대도 없이 한쪽 구석에 낡은 자루만 잔뜩 쌓여 있었다. 플리스가 떨어진 다른 쪽 구석에는 들통이 하나 놓여 있었다. 플리스는 일어서서 무심코 안을 들여다봤다가 웩웩 구역질을 했다. 바로 그 순간 베티가 찰리 뒤쪽 낡은 자루 더미에서 일어서는 형체를 알아챘지만, 이미 너무 늦었다. 거인처럼 덩치가 큰 남자였다.

"찰리!"

베티가 찰리를 잡으려고 손을 뻗었다. 찰리는 그때까지도 여행 가방만 꽉 붙들고 있을 뿐, 뒤에서 누가 움직이는 기미는 조금도 눈치채지 못했다.

죄수는 덩치가 그렇게 큰데도 놀랄 만큼 민첩했다. 어느새 찰리한테 몸을 날려서 팔을 붙잡았다. 자기 머리통만큼 큼직한 고깃덩이 같은 주먹이 딱정벌레 껍질처럼 번드르르했다. 남자 손아귀에 붙잡힌 찰리가 새끼 고양이처럼 가냘프게 울었다.

"얼씨구, 이게 다 뭐야? 독방에 손님이 찾아올 줄은 몰랐네."

위협적인 목소리였다.

독방이구나!

베티의 걱정이 공포로 바뀌었다. 자매한테 절대 벌어지면 안 될 일이었다. 범죄자를 상대하는 것도 모자라서 극도로 위험해 보이는 사람을 만났다.

"아야, 아파요!"

찰리가 투덜거리며 의아하다는 눈빛으로 베티를 보며 물었다.

"왜 여기로 오자고 했어?"

176

"여기 아니거든."

베티가 뻣뻣하게 말했다. 하도 겁을 먹어서 말도 제대로 나오지 않았다.

"내가 언제 오백삼십일이라고 했냐, 오백십삼이라고 했지! 니가 헷갈렸잖아!"

"내가 운이 좋았네. 그래도 그게 니들이 어떻게 여기 들어왔는지 설명해주지는 않지. 말해!"

죄수가 찰리를 확 잡아당겼다.

"우린 유령이다."

찰리가 충격을 받았다가 정신이 조금은 돌아온 모양이었다.

"근데 우리 모습을 봤으니 우린 이제 널 따라다닐 거다……. 영원히!"

죄수가 웃음을 터뜨렸다.

"어쭈, 머리도 쓸 줄 알고. 하지만 유령이 착지도 못 하고 그렇게 굴러떨어지면서 난리를 부린다는 얘기는 들어본 적이 없어."

"그건 우리가 이제 막 유령이 됐기 때문이다. 우리가 언제 죽었냐 하면, 어……. 요즘이다. 아직 배우고 있다."

찰리가 밀어붙였지만 죄수는 히죽히죽 웃으며 기분 나쁜 눈초리로 찰리를 내려다봤다. 죄수 입안은 장기판 같았다. 잇몸에서 이가 절반은 사라진 터라 군데군데 시커먼 틈이 생겼다.

"유령이면 잠긴 문을 그대로 통과했겠지. 그런데 꼬맹아, 넌 나만큼이나 진짜 사람이거든."

죄수가 찰리 팔을 잡은 손에 힘을 줬다.

"개 놔줘요."

베티가 용기를 쥐어 짜서 말했다. 한 손을 앞으로 쭉 펴고 찰리 쪽으로 한 발짝 내디뎠다. 찰리랑 플리스를 동시에 잡으면 찰리가 가방을 이용해서 빠져나갈 수 있을지도 몰랐다.

"제발요. 우리가 바보처럼 실수했어요. 여기 오려던 게 아니에요."

베티가 애원해도 소용없었다.

"오백십삼 호라고 했나?"

죄수가 눈을 가느다랗게 떴다.

"우리 세 아가씨가 그놈한테 무슨 볼일이 있을까? 난데없이 허공에서 나타날 수 있는 세 아가씨가? 냄새가 나. 무슨 말인지 알아? 마법이나 마술, 마녀……. 뭐라고 부르건 그런 것일 테지."

아무도 대답하지 않았다. 베티도 얼어버렸다. 찰리는 남자한테 잡힌 채 꿈틀거리고, 플리스는 벌써 뒷걸음질로 벽에 가서 붙어버렸다. 그나마 죄수가 찰리를 놔줘서 베티는 마음을 놨다. 하지만 그것도 잠시, 이번에는 죄수가 찰리한테서 여행 가방을 뺏어갔다.

"어!"

찰리가 가방을 잡으려고 했지만 가방에 닿지 않았다.

"이 안엔 뭐가 있지? 콜턴한테 갖다주려는 건가?"

죄수가 투실투실한 손을 안으로 집어넣어서 뒤졌다.

"내놔! 내 거야!"

찰리가 분통을 터트리며 죄수 정강이를 겨냥하고 발길질을 날렸다. 죄수는 찰리가 무슨 각다귀라도 되는 듯 손으로 철썩 후려쳤다. 찰리가 그대로 뒤로 날아가서 울퉁불퉁한 포대 더미로 나가떨어졌다.

"아무것도 없잖아."

죄수가 가방 안을 샅샅이 뒤지는 것도 모자라 안감에 천을 덧대서 만든 작은 주머니까지 들여다보더니 짜증스럽게 말했다. 죄수의 의심이 깊어지는 게 베티한테 보였다. 그럴수록 베티 마음속에서도 두려움의 매듭이 더 바짝 조여졌다. 베티는 이 죄수가 탈출을 위해 무슨 짓까지 할 수 있을지 생각하기도 싫었다. 하지만 한 가지는 확실했다. 죄수가 가방의 비밀을 알아내는 순간, 세 자매는 심각한 위험에 빠진다는 사실이었다.

"빈 가방은 왜 들고 다니지? 엉?"

죄수 눈이 가느다래졌다.

"이걸 써서 여기 온 건가? 이동 수단 뭐 그런 거야?"

죄수가 가방을 발 앞에 놓더니, 가방이 잘못 만들어진 이상한 슬리퍼라도 되는 듯 거대한 발에 억지로 신어보려고 했다. 바보 같은 죄수 행동은 우스워 보이기까지 했다. 하지만 베티는 속아 넘어가지 않았다. 남자의 모든 것이 위협적이었다.

"그건 그냥 가방이에요."

베티가 중얼거리며 찰리한테 입조심하라는 눈빛을 보냈다. 남자가 가방을 놓고 한참 골머리를 앓는 동안 베티는 슬쩍 마음을 놨다. 가방 비밀을 아는 사람은 자매들뿐이고 그나마 찰리만 가방을 쓸 수 있었다. 아무짝에도 쓸모없는 가방이라고 죄수를 믿게만 하면, 적당히 틈을 봐서 탈출할 수 있을 것이었다.

죄수는 이미 흥미를 잃은 눈빛으로 가방을 한 번 더 흔들었다. 그렇다고 벌써 자매한테 가방을 돌려주지는 않으리라는 것을 베티는 감지했다.

"꼭 알아야겠다면 말이죠, 사실 우리가 감옥에서 뭘 좀 갖고 나가야 해서 가방이 필요한 거예요."

베티가 말했다.

"뭘 갖고 나가려고?"

죄수가 베티를 쏘아봤다.

"저, 저는 몰라요. 그냥 누구 부탁을 받았어요. 우리가 모르는 게 낫다면서……. 무슨 물건인지 미리 말 안 해줬어요."

"흠……."

베티는 죄수가 무슨 의도로 그런 소리를 냈는지 모르는 채 기다렸다.

"니들이 어떻게 들어왔는지도 아직 설명 안 했어. 내가 꿈꾸는 게 아니라는 건 내가 알지. 그리고 내가 아는 한, 어디로 들어왔다는 건 나갈 수도 있다는 뜻이거든."

"알았어요."

베티는 눈을 크게 뜨면서 일부러 아랫입술을 떨었다. 어렵지 않았다. 남자가 어찌나 철두철미하게 캐는지 이미 조금은 떨고 있었다. 남자는 정말 못돼 보였다.

"가방 줘요. 말해 줄게요. 하지만 우리 누구도 다치지 않고 보내주겠다고 약속해야 해요."

죄수가 이 빠진 잇몸을 드러내며 씩 웃었다.

"아, 약속하고말고."

남자한테는 다정한 목소리로 불길하게 말하는 재주가 있었다.

남자가 가방을 던졌지만 베티가 놓쳤다. 가방이 털썩, 베티 발치에 떨어졌다. 베티가 플리스를 곁눈질하면서 가방을 집어 들었다. 입술을 물어뜯던 맏언니는 베티 눈빛을 읽고 벽에서 떨어져 한 발씩 베티한테로 다가왔다.

"찰리, 귀염둥이, 이리 와."

베티는 최대한 아무렇지도 않게 찰리를 불렀다. 찰리가 포대 더미에서 일어나 죄수 앞을 지나는데 갑자기 죄수가 찰리 어깨를 거칠게 움켜잡았다.

"네가 얘기를 끝낼 때까지 이 꼬맹이는 여기 있는 게 어때?"

다정한 말투는 조금도 달라지지 않았다.

"좋아요."

베티는 목이 콱 메었다. 하나도 좋지 않은 티가 역력했다. 베티가 아직 입도 안 열었는데 찰리가 고개를 휙 돌리더니 두툼한 죄수 손을 있는 힘껏 깨물었다.

"지금이야!"

죄수가 아파서 꽥꽥대는 사이 베티가 외쳤다. 죄수가 찰리를 떨어내자 찰리가 한걸음에 베티한테로 달려와서 가방을 움켜쥐었다.

"그렇게 빨리는 안 되지. 이 못된 꼬맹이!"

죄수가 물린 손가락을 문지르며 소리쳤다.

베티는 자기들이 성공했다고 생각했다. 하지만 찰리가 가방을 뒤집으며 '감방 오백십삼 호!'라고 외치는 순간, 감방 오백삼십일 호 죄수가 자매들을 향해 몸을 날렸다. 분노로 눈알이 툭 튀어나왔다. 찰리가 꽥꽥 소리 지르기 시작했다.

윙윙 휘몰아치는 이번 돌풍에 베티는 평소보다 두 배는 더 현기증이 일었다. 감옥이 풍기는 악취가 콧구멍으로 밀려들자 배 속에서 위가 공중제비를 넘는 기분이었다. 베티는 발밑에서 멀어지는 바닥을 느끼며 눈을 질끈 감았다. 이 느낌에는 절대 절대 익숙해질 것 같지 않았다. 줄기차게 꽥꽥거리는 찰리 비명을 들으며 베티는 머릿속으로 한 가지 생각만을 반복했다.

밀렵꾼의 주머니를 떠나지 말았어야 했어. 밀렵꾼의 주머니를 절대 떠나는 게 아니었어…….

일행이 콜턴 감방 바닥에 떨어지면서 뿔뿔이 튕겨 나갔다. 베티는 땅에 닿기도 전에 기를 쓰고 찰리한테 기어가서 손으로 찰리 입을 막았다. 그래봤자 너무 늦었다. 세 사람 우당탕거리는 소리가 감옥에 흐르는 정적을 깨트렸다. 복도 여기저기에서 침대가 끼익거리고 웅얼대는 소리가 나더니 결국 누군가가 외쳤다.

"도대체 누가 꼬맹이 여자애처럼 소리를 지르는 거야! 악몽이라도 꿨냐?"

콜턴이 이불에 불이라도 붙은 듯 벌떡 일어났다. 머리를 흔들어 졸음기를 털어내더니 플리스를 힐끔 봤다가 헉 소리를 내며 감방 한구석을 뚫어지게 바라봤다. 베티도 같은 곳을 뚫어지게 바라보고 있었다. 베티는 이곳에 도착하기도 전에 무슨 광경을 마주하게 될지 알고 있었다.

저기 바닥 위에 오백삼십일 호 죄수가 꼼짝도 않고 뻗어 있었다.

콜턴은 안도감과 두려움 사이에서 오락가락하는 것 같았다.

"왜, 더 시끄럽게 등장하시지 그랬어? 게다가 제러드까지 덤으로 데리고 오다니, 분명히 진짜 진짜 그럴만한 이유가 있을 거야, 그치?"

콜턴이 비꼬듯이 말했다.

"실수였어!"

복도 웅성거림이 잦아들자 베티가 바람 새는 소리로 말했다. 다른 죄수들이 잠잠해지기 시작했다.

"엉뚱한 감방 안에 떨어졌는데, 다시 탈출하는 순간 저 아저씨가 찰리를 잡아버렸어!"

베티는 눈앞에서 벌어지는 재앙이 믿기지 않았다. 겁이 나서 똑바로 생각하기도 어려웠다. 제러드가 정신을 차리기 전에 콜턴을 빼내야 했다. 하지만 일단 제러드가 정신을 차리면, 이튿날 아침까지 혼자 잠자코 앉아 있지 않을 것이 뻔했다. 당장 경보가 울릴 테고 까마귀바위섬 전역에 간수들이 깔릴 터였다. 베티가 다른 해결책을 생각해내지 않는 한, 콜턴과 자매들을 찾아 일시에 나설 것이었다.

플리스가 꿈쩍도 않는 제러드를 발로 쿡쿡 찔렀다. 죄수는 움찔거리지도 않았다.

"기절한 것 같아. 머리로 떨어졌나 봐."

플리스가 제러드의 번질번질한 이마에 툭 튀어나온 달걀만 한 혹을 가리켰다.

"드디어 운이 좀 따라줬네."

베티가 웅얼거렸다.

"운? 지금 운이라고 했냐? 죄수들이 제일 두려워하는 사람이 지금 여기 내 감방에 있는데? 그게 어떻게 운이야!"

콜턴은 믿을 수 없다는 말투였다.

콜턴이 상황에 어울리게 불안해하는 건 이번이 처음이었다. 게다가 불안감은 전염성이 강해서 베티도 어두운 감방 한구석으로 몰린 기분이 들었다. 위험한 범죄자들한테 둘러싸인 이곳에 있는 것은 이런 상황을 얘기하는 것과 완전히 달랐다. 몸서리치게 두려웠다. 베티는 언니 말마따나 뭔가 다른 방법을 생각하지 않은 것을 후회하기 시작했다.

"설마 내가 저 사람이 딸려 와서 운이 좋았다고 했겠어? 그건 더럽게 운이 없는 건데? 그나마 기절해서 운이 좋다고 한 거지."

"우린 위더신즈 사람들이야. 우린 불운과 행운을 헷갈리지 않아. 내 말 믿어."

플리스도 한마디 거들었다.

베티가 주변을 둘러봤다. 언니랑 거울을 이용해서 이미 몰래 구경한 감방이지만, 실제로 안에 있으니까 예상보다 훨씬 나빴다. 너무 춥고 안락함이라고는 눈곱만큼도 없었다. 지금까지 미치지 않은 콜턴이 신기할 정도였다. 이런 환경에서 지내는 삶은, 특히 콜턴이 결백하다면, 상상 이상으로 끔찍할 터였다.

"시간 끌 일 없잖아? 가자고!"

콜턴이 딱딱거렸다.

"잠깐, 간수가 얼마 만에 한 번씩 돌지?"

"두 시간에 한 번. 왜?"

베티는 제러드 머리에서 점점 커지는 혹을 가만히 바라봤다. 여기까지 온 마당에 제러드가 일을 더 망치지 못하도록 확실히 해두어야 했다. 제러드를 원래 감방으로 데려다 놓고 오는 위험을 감수할 수는 없지만, 뭔가 다른 방법이 있을 것이었다. 베티는 핑거티한테서 들은 이야기를 바탕으로 머릿속에서 작전을 짜기 시작했다.

"베티?"

플리스가 불안한 목소리로 베티를 불렀다.

"너 또 그 표정이야. 보통 네가 그런 표정을 지으면 뭔가 심상찮은 일을 계획하고 있다는 뜻이잖아."

"주의 흩트리기."

베티가 속삭였다.

"뭐?"

콜턴이 못 참겠다는 듯 푸푸거리며 숨을 내쉬었다.

찰리가 움찔하더니 어디가 가려운 듯 얼른 외투 아래로 손을 집어넣었다. 어쩐지 마음에 걸리는 행동이었지만 베티는 다른 생각으로 바빴다.

"간수가 순찰하다가 오빠 방이 빈 걸 보면 당장 수색을 시작할 거야. 제러드를 여기 남겨놓으면 간수가 오빠라고 착각할지도 몰라. 그러면 아침까지 시간을 더 벌 수 있겠지."

"안 먹혀."

콜턴 목소리는 무덤덤했다.

"정신이 들자마자 소리소리 질러댈 테니 간수가 바로 알아챌 거야."

"우리가 꽁꽁 묶어놓으면 얘기가 달라지겠지."

베티가 말했다.

"묶자고?"

콜턴이 헛웃음을 쳤다.

"너 진짜 할머니랑 똑같구나. 그거 알아?"

14장. 탈출

"베티 말이 맞아."

드디어 정신을 차린 플리스가 말했다.

"네가 사라졌다는 걸 간수가 늦게 알수록 너한테는 유리해."

"게다가 제러드 감방이 비었다는 걸 먼저 눈치채면 최소한 오빠는 찾지 않을 거야. 제러드를 찾지."

"그럼 서두르자. 저놈이 언제 정신을 차릴지 모르니까."

말을 끝낸 콜턴이 아직 의식 없는 제러드 주위를 한 바퀴 빙 돌았다. 콜턴은 똬리를 틀고 이빨 박기를 기다리는 뱀처럼 제러드를 살폈다.

"자고 있게 보이려면 침대 위로 옮겨야 해."

베티가 말했다. 무릎이 와들와들 떨렸다. 투실투실 살찐 저 몸뚱이를 만지는 건 고사하고 가까이 가기도 싫었다. 하지만 저놈이 찰리를 잡았듯이 우리 중 누구를 또 붙잡을 거라 생각하니 간신히 몸을 움직여 앞으로 나아갈 수 있었다. 아까는 제러드가 방심한 틈을 잘 노렸다. 그런 기회를 또 잡을 수 있을지 베티는 의심스러웠다.

"묶는 게 먼저야."

콜턴이 말했다.

복도 저 아래 다른 감방에서 누군가 기침하더니 투덜거렸다.

"이 한밤중에 누가 혼잣말이야? 입 다물어!"

다른 누군가가 낮게 웃었다. 비웃음이었다.

"오백삼십일 호지 뭐. 또 잠결에 우나 봐."

잠결에 운다고? 베티가 콜턴을 힐끔 쳐다봤지만 콜턴이 베티 눈을 피했다. 턱이 움찔거렸다. 면회실에서 봤던 콜턴 첫인상은 고집불통인 데다 거만하기 짝이 없었는데. 베티는 베개에 얼굴을 묻고 우는 콜턴이 상상이 안 갔다. 감방 안에서 불안해하는 콜턴 모습에 뭔가 달라졌다. 베티는 콜턴을 탈출시키는 일에 처음으로 마음이 쓰였다. 베티는 냉큼 침대로 가서 이불을 잡았다. 한쪽 끝을 콜턴, 다른 쪽 끝을 플리스한테 줬다.

"서둘러. 찢어서 끈으로 만들어야 해."

베티가 다른 쪽 모서리를 잡고 가장자리가 헤진 곳을 찢기 시작했다. 베티가 한쪽 끝을 꽉 움켜쥐고 있을 때 플리스가 다른 쪽을 잡아당기자, 이불이 길게 찢어지면서 제러드 팔뚝만큼 두꺼운 긴 끈이 되었다. 천이 찢어지면서 두 아이가 손을 베었다. 콜턴이 인상을 쓰며 두 줄을 더 만들었다.

"손이랑 무릎, 발목을 묶어야 해. 입도 막아야 하고."

콜턴은 신속하게 움직이면서도 제러드한테서 눈을 떼지 않았다. 나이 많고 몸집이 탄탄한 사람 옆에 있어서인지 콜턴이 훨씬 어려 보였다.

베티 한쪽 눈썹이 휙 올라갔다.

"와, 진짜…… 철저하다."

"어이, 이 환상적인 생각은 니가 한 거거든?"

콜턴이 한마디 했다. 제러드 옆에 무릎을 꿇은 채 씩씩대며 숨을 쉬는 콜턴 콧구멍이 벌름거렸다. 콜턴이 제러드 가슴을 가볍게 건드렸다. 반응이 없자 좀 더 세게 쿡쿡 찔렀다.

"이 아저씨 많이 위험해?"

찰리가 슬쩍 뒷걸음치며 물었다.

콜턴이 무겁게 고개를 끄덕였다.

베티가 고개를 들었다. 제러드가 정확히 무슨 짓을 할 수 있는지 대놓고 물어볼까? 아니, 안 하기로 했다. 자매들을 더 겁줘 봤자 무슨 소용이겠는가. 하지만 베티 상상력은 이미 하나도 도움 안 될 온갖 끔찍한 일(단지 의식 없는 죄수에 관해서만은 아니었다)을 그리고 있었다.

"오빠보다 더 위험해?"

콜턴이 찰리를 노려봤다.

"응."

갑자기 찰리가 돌바닥 위에서 반짝이는 뭔가를 손으로 집어 올렸다.

"내 이빨!"

"바닥에 떨어질 때 이가 빠졌어?"

뜻밖에도 콜턴은 걱정하는 목소리였다.

찰리가 고개를 저으며 이를 주머니에 넣었다.

"아니, 그냥 갖고 다녀. 아까 떨어질 때 주머니에서 빠졌나 봐. 얘 이름은 페그야."

"어, 그래."

콜턴은 잠깐 어리둥절했다가 이내 고개를 저었다.

"다리 먼저 묶자."

콜턴이 길게 찢어진 이불보 조각으로 제러드 발목을 친친 휘감더니 뒤쪽으로 틀어 묶어 단단히 매듭지었다.

"너무 꽉 맨 거 아니야?"

플리스가 물었다.

"절대. 놈이 길길이 뛰겠군."

콜턴은 쿡쿡 웃었지만 즐거워 보이지 않았다.

"이 사람이 미쳐 날뛰는 꼴은 안 보는 게 좋아. 진짜로."

"그런 일 없기를 바라야지."

베티는 대꾸하면서도 땀이 맺혀 번질거리는 콜턴 이마를 보자 불안해져서 온몸이 근지러웠다. 콜턴은 어떻게 여기에서 그 모든 시간을 견뎠을까? 베티는 아까부터 안 그래도 좁은 공간이 더 조여들면서 공기가 없어지는 느낌이었다. 한시라도 빨리 여기에서 나가고 싶었다.

"굴려서 엎어 봐. 손을 뒤로 묶는 게 나아."

아까는 복도에서 웅성거리던 소리가 나름 무시할 수 있는 크기였는데, 이제는 더 시끄럽고 중간에 끊어지지도 않았다. 죄수들이 뭔가 이상한 일이 돌아가고 있다고 눈치챈 듯했다. 문을 덜컹덜컹 흔들기 시작했다.

"서둘러. 간수들이 소음을 듣고 몰려올 거야."

콜턴이 말했다.

모두가 천 조각을 한 움큼 잡아들고 움직이지 않는 제러드 주위에 쭈그리고 앉았다. 앓는 소리가 나도록 힘을 줬다.

"통나무를 들어 올리는 느낌이야."

189

모두 힘을 합쳐 마침내 제러드를 옆으로 눕히는 데 성공하자 플리스가 숨을 몰아쉬며 말했다.

"자, 이제 다시 얼굴이 바닥에 가게 놓자. 살살."

콜턴이 주의를 줬다. 네 사람이 제러드를 밀기 시작했다. 하지만 베티가 미처 알아채기 전에, 제러드가 자기 무게를 못 이기고 큼직한 고깃덩이처럼 앞으로 철퍼덕 엎어졌다.

콜턴이 눈알을 굴렸다.

"너한테는 그게 살살이야? 네가 세게 하는 건 보고 싶지도 않네."

제러드한테서 쉰내 섞인 땀 냄새가 훅 올라오자 플리스가 코를 감싸 쥐며 구역질했다.

콜턴이 히죽히죽 웃었다.

"공주님, 감옥이란 곳이 이래요. 절대 아름답지 않죠."

플리스가 눈을 이글거리며 콜턴을 봤다.

"말 해줘야 내가 알 것 같아?"

놀랍게도 플리스가 제러드 두 손을 잡고 콜턴이 다른 이불 조각으로 손목을 조여 매도록 기다렸다.

갑자기 세 사람이 펄쩍 뛰었다. 소시지처럼 두툼한 제러드 손가락이 꿈틀거리며 안으로 말렸기 때문이었다. 콜턴이 이불 조각을 떨어뜨리고 뒤로 물러났다. 손가락이 천천히 움직이면서 주먹을 쥐는가 싶더니 이내 다시 펴지면서 움직임을 멈췄다.

콜턴이 조심조심 앞으로 기어갔다.

"시간이 없어. 곧 정신을 차릴 거야."

"머리통을 한 번 세게 칠까?"

찰리가 묻더니 주위를 돌아보며 적당한 무기를 찾았다.

"안 돼!"

플리스가 기겁하며 외쳤다.

찰리는 그저 어깨를 으쓱했다. 어쩐지 재미있는 연극을 구경하는 표정이었다. 하지만 베티는 아니었다. 모험이 자기 뜻대로 진행될까 의심하기 시작했다. 담대하고 용감한 기분이 조금도 들지 않았다.

콜턴이 제러드 손목을 한 바퀴 더 감더니 단단히 붙들어 맸다.

베티가 제러드 무릎 위로 이불 조각을 미끄러뜨려 넘겼다.

제러드가 낮게 신음했다.

"무릎은 관두자. 정신이 들기 전에 침대 위로 굴려."

콜턴 목소리가 떨리고 있었다.

"제일 중요한 걸 잊으면 안 되지."

베티가 마지막으로 이불 조각을 집어서 제러드 입안에 쑤셔 넣고는 양쪽 끝을 머리통 뒤로 돌려서 묶었다.

그걸 끝으로 세 사람은 제러드 등이 다시 바닥에 오도록 제러드를 힘겹게 굴린 뒤 주위에 자리를 잡았다.

"들어!"

콜턴이 이를 앙다물며 말했다.

주변 죄수들 웅성거리던 소리가 점점 커지더니 낮은음으로 콜턴 이름을 구호처럼 외치기 시작했다.

"코올턴, 코올턴, 코올턴."

191

"둘, 셋, 들어!"

콜턴이 다시 말했다. 베티 일행은 죄수들 구호에 불안하고 초조해져서 없던 힘도 생겼는지 좁은 침대 위로 제러드를 올려놓는 데 성공했다. 침대에 떨어지는 순간 제러드가 눈을 번쩍 떴다. 플리스가 바닥에 널린 나머지 이불 조각들을 허겁지겁 주워 모아 뿌리듯이 던져서 제러드를 덮었다. 제러드가 천 더미 밑에서 몸부림쳤지만, 단단히 동여맨 매듭이 꿈쩍도 하지 않았다.

철컹, 철문 열리는 소리가 복도에 울려 퍼졌다. 간수들이 오고 있었다.

콜턴이 눈을 휘둥그레 뜨고 베티를 돌아봤다.

"이젠 가도 되겠지?"

"기꺼이."

베티가 와자지껄 요란한 주변 소음 속에서도 생각을 정리하며 답했다. 만에 하나라도 찰리와 콜턴, 여행 가방이 베티와 플리스한테서 떨어지면 절대 안 될 일이었다.

"오빠, 플리스 언니랑 팔짱 껴. 그럼 내가 플리스 언니랑 찰리 가운데서 두 사람 팔짱을 끼면 찰리한테는 한 손이 남아서 가방을 만질 수 있어."

"저 꼬마가 가방을 다룬다고?"

콜턴이 놀라서 물었다.

"찰리가 해야 해."

"그래서 내가 찰리랑 팔짱 끼지 못하게 하는 거구나. 혹시라도 내가 플리스를 놔 버릴까 봐."

콜턴이 천천히 말했다.

"그래. 오빠는 아직 우리가 믿을만한 뭔가를 보여주지 않았잖아. 앞으로야

달라질 수도 있지만, 지금은 일단 조심하고 볼래.”

베티가 냉정하게 말했다. 사실 베티는 콜턴도 묶어야 한다고 주장했어야 하나 은밀히 생각했다. 단지, 간수가 몰려오는 바람에 시간이 없었다. 콜턴을 믿어도 괜찮을지 확신은 없었지만, 그나마 콜턴한테는 제러드가 뿜어내던 위협적인 분위기가 없었다. 베티는 그 판단이 옳기를 바랐다.

이제는 죄수들이 목소리 높여 콜턴 이름을 연호했다.

“콜턴! 콜턴! 콜턴!”

숨이 가쁘도록 빠르고 힘차게 부르짖던 구호가 어느새 목청껏 외치는 야유로 바뀌었다. 우렁우렁 울리는 죄수들 소리를 가로질러 날카롭고 권위적인 목소리가 울려 퍼졌다.

“간수들이 도착했나 봐!”

콜턴이 목소리를 낮췄다.

“베티 언니?”

찰리가 당황한 목소리로 베티를 불렀다.

“빨리 줄 서!”

베티가 재촉했다.

“근데, 언니, 깡총이가 사라졌어!”

“할 수 없어, 그냥 여기 두고 가야 해.”

베티가 분통을 터트리며 찰리를 끌어다가 제자리에 세웠다. 아까 찰리가 왜 움찔거렸는지 이제야 이해가 갔다.

“여기까지 쥐를 데리고 오다니! 내가 갖다 버리라고 했잖아!”

“데리고 오려던 게 아니라 깡총이가 그냥 내 주머니 안에 있었어. 다른 데

선 잠을 못 잔단 말야!"

찰리가 맞섰다.

망할 놈의 쥐새끼 한 마리 때문에 탈출을 못 하고 있다니!

"다들 준비됐지? 찰리, 비탄의 섬으로 가."

베티가 급하게 말했다.

찰리가 아랫입술을 부들부들 떨었다.

"깡총이 없이는 안 돼. 이렇게 끔찍한 곳에 두고 갈 수 없어!"

"걘 여기에서도 잘 살 거야."

콜턴이 건조하게 말했다.

"빨리, 찰리, 가방!"

플리스가 안달했다.

찰리가 부들부들 떨던 입술을 꾹 다물더니 앞으로 삐죽 내밀었다.

"안 간다고! 깡총이 먼저 찾아야 해!"

찰리가 몸을 숙였지만 베티가 팔을 꽉 붙들고 놔주지 않았다.

"안 돼, 찰리. 우리 지금 가야 해! 간수 눈에 띄면 큰일이라고!"

"저기!"

플리스가 숨을 멈추며 침대를 고갯짓했다.

제러드를 덮은 천 더미 위에서 검은색 작은 형체가 총총 다니고 있었다. 이불 아래에서 땀 냄새를 풍기는 살덩어리에 관심이 많은 듯 킁킁거리며 냄새를 맡았다.

"깡총아!"

찰리가 소리치며 줄에서 벗어나려고 했지만 베티가 재빨리 찰리를 붙잡았다. 뭔가 벌어지고 있었다. 제러드가 이불 밑에서 성난 황소처럼 푸르르거리며 움직였다. 문에 달린 쇠창살 사이로 불빛이 넘실거리며 가까워졌다.

"가야 한다고!"

베티가 필사적으로 나직이 외쳤다.

"싫다고!"

찰리가 몸부림쳤지만 베티는 이젠 거칠게 숨을 몰아쉬며 꿈틀거리는 제러드한테 찰리가 가도록 절대 놔둘 수 없었다.

"진짜 미치겠네!"

콜턴이 플리스와 낀 팔짱을 풀고 쥐를 향해 몸을 날린 순간, 쥐가 이불이 푹 꺼진 제러드 무릎 사이로 쏙 들어가 버렸다.

"잡았다!"

콜턴이 역겨움을 참으며 외쳤지만, 기다렸다는 듯이 제러드가 두 다리를 힘차게 모아서 콜턴 손을 옴짝달싹 못 하게 꽉 잡아버렸다.

놀란 콜턴이 눈을 휘둥그렇게 뜨며 손을 빼려고 몸부림쳤지만, 제러드를 당할 수는 없었다. 콜턴은 덫에 걸린 여우 꼴이었다.

복도 돌바닥을 내딛는 발걸음 소리가 가까워지자 등불 빛도 밝아졌다.

콜턴이 손목을 비틀어봤지만, 베티는 콜턴 표정에서 제러드가 절대 놔줄 생각이 없다는 것을 알았다. 그것도 제때 놔줄 리는 만무했다.

"콜턴을 잡아!"

베티가 언니한테 외친 뒤, 곧바로 찰리한테 소리 질렀다.

"가! 제발 좀 가자, 가라고!"

플리스가 콜턴을 향해 달려든 순간, 찰리가 손을 여행 가방 안으로 쑤셔

195

넣었다.

"비탄의 섬!"

일행은 보드랍고 축축한 풀밭에 떨어졌다. 바다 짠 내와 흙냄새가 났다. 베티 두 다리는 비비 꼬인 채 몸 아래에 깔려 버렸다. 두 팔도 양쪽으로 쫙 벌어진 터라 찰리와 플리스를 놓쳤다. 베티는 무릎까지 빠져 있었다. 피부로 축축한 기운이 스며들었다. 두려움이 탈출했다는 안도감을 눌렀다. 이젠 간수들이 콜턴이 사라졌다는 걸 알 터였다. 그냥 바로 떠나야 했다. 비록 제러드를 묶었지만, 탈옥시키기보다는 좁은 감방 안에서 온몸을 비틀며 탈출을 알리게 놔두는 편이 훨씬 나았다. 베티가 간신히 몸을 일으켰다. 사방을 돌아보며 자매들을 찾았다. 주변에는 작은 나무들이 빽빽했다.

고양이처럼 깔끔하게 착지한 찰리도 머리는 그 어느 때보다 산발이 돼서 눈을 크게 뜨고 주변을 두리번거리고 있었다. 베티 눈에 제러드가 들어왔다. 얼굴을 땅으로 향한 채 꿈틀거리고 있었다. 매듭을 풀려고 몸부림치는 제러드가 입을 틀어막은 천 사이로 사납게 으르렁거렸다. 눈 녹은 물방울이 피부에 똑 똑 떨어진 듯 베티는 온몸에 소름이 돋았다. 아까 분명히 꽁꽁 묶었……. 묶었겠지?

가까운 거리에 플리스가 콜턴을 깔아뭉갠 형상으로 떨어져 있었다.

"그럼 그렇지. 네가 날 싫어할 줄 알았어."

콜턴이 말했다.

"그걸 말이라고."

플리스가 쏘아붙였지만 두 뺨이 붉어졌다. 플리스가 몸을 굴려 콜턴한테서 떨어져 나왔다. 플리스 머리카락이 콜턴 얼굴을 스쳤다.

콜턴이 끙 소리를 내며 두 발로 일어섰다. 경계하는 눈빛으로 제러드를 한 번 힐끔 보더니 고개를 들어 별빛이 반짝이는 하늘을 가만히 올려다봤다. 콜 턴 두 눈이 달빛 아래에서 춤추고 있었다. 앞으로 뻗은 손 안에서 희미하게 찍찍 우는 소리가 나는데도, 새로 얻은 자유에 흠뻑 젖은 콜턴은 아직 손 안 에서 꿈틀거리는 찰리의 쥐를 느끼지 못했다.

"정말 넓구나."

콜턴이 드디어 입을 열었다.

"너무 광활해⋯⋯. 감방 밖 세상이 얼마나 거대한지 잊고 있었어."

"그러니까 다시 감방 벽 안으로 돌아가지 않게 조심해."

베티가 쏘아붙였다. 베티는 넓고 평평한 비탄의 섬으로 눈길을 돌렸다. 까 마귀바위 중심 섬을 찾아봤지만, 저 멀리 거미줄처럼 엮인 가느다란 빛줄기 밖에 안 보였다. 베티는 지금까지 비탄의 섬에 두 번 와 봤다. 할아버지랑 엄 마 무덤에 꽃과 깃털을 두러 왔었다. 그게 집에서 가장 멀리 가본 것이었다. 계획대로 탈출에 성공했다면 지금쯤 베티는 희열로 몸을 떨고 있을 것이었 다. 하지만 지금은, 베티가 인정하고 싶지는 않았지만, 그 어디보다 집이 그 리웠다. 이제 곧 콜턴이 밝혀줄 사실만이 베티를 들뜨게 할 뿐이었다.

얼음장처럼 차가운 바람이 곧장 베티 얼굴로 불었다. 비탄의 섬이 판판하 고 확 트인 평원이라 피할 만한 곳이 거의 없다는 걸 새삼 깨달았다. 황량하 고 텅 빈 이곳은 참으로 음울했다. 훨씬 어렸을 때 플리스는 엄마 무덤에 계 속 꽃을 갖다 놓고 싶어 했다. 하지만 할머니가 허락하지 않았다. 할머니는 언니 머리를 톡톡 치며 말했다.

"그냥 이곳에 있는 엄마 모습을 그대로 간직하렴. 지금 엄마가 있는 곳을 자꾸 떠올리지 말고."

"플리스 언니, 나도 이게 모험인 줄은 알겠는데, 꼭 이렇게까지 추, 추워야 해?"

찰리가 플리스한테 몸을 바짝 붙이면서 징징댔다.

플리스는 자기도 몸을 떨면서 막냇동생을 바짝 끌어당겼다.

베티가 두 사람 앞으로 걸어갔다.

"찰리, 여기 그렇게 오래 있진 않을 거야."

베티가 콜턴을 쏘아보며 말했다.

"안 그래? 자, 우리가 오빠를 꺼내줬으니까 이젠 오빠 차례야. 저주를 어떻게 푸는지 말해 줘."

콜턴이 베티를 돌아봤다. 어디가 불편한 듯 표정이 달라졌다. 눈길을 떨어 뜨리더니 무게 중심을 이쪽 발에서 저쪽 발로 옮겼다. 베티는 벌써 심장이 툭 떨어지면서 앞으로 들을 말이 마음에 들지 않을 거라는 예감이 들었다.

"곧 해줄게. 아직 너희들 도움이 필요해."

베티 두 눈이 쌀알만큼 가느다래졌다. 이 모든 일을 겪고 났는데 왜 자꾸 말을 돌리지? 베티는 콜턴을 향해 성큼성큼 걸어갔다. 안에서 열이 부글부글 끓어올랐다.

"감옥 밖으로 꺼내주기만 하면 그다음에는 알아서 하겠다고 했잖아. 그게 우리 거래였다고!"

"배가 숨겨진 동굴이 하나 있어."

콜턴이 반짝이는 별을 올려다보더니 습지를 가로질러 중심 섬에서 반짝이는 빛을 바라봤다.

"여기 오면 감을 잡을 줄 알았는데……."

방향을 못 잡는구나. 베티가 생각했다. 놀랍지는 않았다. 좁은 곳에서 오랜 시간을 보내면 정신이 이상해지기도 한다는 말을 들었다. 지도를 들여다보며 무수히 시간을 보낸 베티조차 여기 와보니 예상보다 방향 잡기가 어려웠다. 짜증이 조금 덜 났다면 콜턴이 조금은 짠했을지도 몰랐다. 하지만 저주에 대한 생각이 연민을 밀어내고 아까처럼 의심이 들어서 거슬렸다. 실제로 콜턴은 얼마나 알고 있을까?

"저주 푸는 방법을 얘기할 거야, 말 거야? 그냥 우리 갖고 노는 거야?"

플리스가 딱딱하게 물었다. 베티와 같은 생각이었다.

콜턴이 잠시 플리스와 눈을 맞췄다가 이내 눈길을 돌렸다.

"동굴까지만 데려다줘. 거기에서 아는 걸 다 말할게."

콜턴이 웅얼거렸다.

"원래는 지금 다 말해줘야 하잖아. 약속을 깨트린 거야!"

"우리가 왜 다른 것도 해줘야 하지?"

플리스도 덧붙였다.

"그걸 안 들어주면 지금까지는 헛수고일 테니까."

베티가 굳은 목소리로 말했다. 아무것도 아닌 일에 너무 큰 위험을 무릅썼다고 생각하니 견디기가 어려웠다. 콜턴한테서 필요한 답을 얻지 못하면 다시 핑거티한테 굽실거리는 수밖에 없었다. 그 역시 아무것도 보장해 주진 않았다.

찰리가 행진하듯 걸어서 콜턴한테 갔다. 당장에라도 구역질이 올라올 듯 역겹다는 표정이었다. 한 손을 쭉 뻗으며 말했다.

"깡총이!"

목소리에서 찬바람이 일었다.

"아, 가지려던 거 아니야."

콜턴이 민망해하면서 꾸물거리는 갈색 털북숭이 생명체를 건넸다.

"흥!"

찰리가 깡총이를 주머니에 넣으며 말했다.

"도둑은 아닌가 봐. 그냥 거짓말쟁이지!"

찰리가 발꿈치로 빙글 돌아서 언니들한테로 돌아갔다.

"일단 동굴까지는 데려다줄게. 그러면 우리한테 얘기해 주는 거야. 더는 미루지 마."

"근데 제러드는 어쩌지? 그냥 간수들 눈에 띄게 저기 놔둬?"

플리스가 고개로 어깨 너머를 가리키며 물었다.

베티가 아까 떨어졌던 뒤쪽 작은 나무숲을 돌아봤다가 뻣뻣이 굳어서 눈으로 바닥을 훑었다.

"걱정 안 해도 될 것 같아."

베티가 목소리를 낮췄다.

일행 앞 얼마 떨어지지 않은 곳, 진흙에 파묻힌 채 찢어진 천 조각 끝자락이 바람결에 경쾌하게 나부끼고 있었다.

어떻게 된 일인지 제러드가 사라지고 없었다.

15장. 죽은 자들의 섬

지금 베티 배 속은 뒤집어진 팬케이크 같았다.

"저거 혹시……. 제러드 묶었던 침대보야?"

콜턴이 침을 삼켰다.

"생각보다 천이 약했나 봐."

베티가 초조한 눈길로 나무 사이사이를 살폈다. 하지만 무성한 나뭇가지가 달빛을 가려서 곳곳에 그림자를 드리웠다. 제러드가 없어졌더니 베티는 갑자기 곤충처럼 눈에 보이지 않는 어두운 구석에서 기회를 엿보는 굶주린 거미의 목표물이 된 기분이었다. 제러드는 가방을 알아. 제러드가 가방을 노릴까? 제러드가 눈에 보이지 않으니까 다소 마음이 놓이기는 했지만 베티는 여전히 불안했다. 제러드는 이 기회를 틈타 아예 도망치기 바빠서 일행한테 관심을 끊었을지도 몰랐다. 하지만 흉악한 그 머리로 무슨 일을 꾸밀지 누가 알겠는가.

"움직여야 해. 일단 동굴을 찾아야 필요한 일을 끝내고 이 끔찍한 섬에서 벗어날 방법도 찾을 수 있을 거야."

베티가 간신히 입을 열었다.

"그냥 가방 쓰면 안 돼?"

플리스가 조용히 물었다.

"안 그러는 게 좋아."

콜턴이 무뚝뚝하게 말했다.

"밀물 때라면 동굴 절반이 물속에 잠겨 있을 테니까. 소리 내지 않고 조심해서 걸어가는 게 나아. 특히 지금은 제러드도 사라진 만큼 더 조심해야 해. 제러드가 동굴에 먼저 가려고 할지도 모르니까."

콜턴이 이마에 주름이 잡히도록 인상을 썼다.

"어느 동굴? 섬들 곳곳이 동굴 천지야."

베티가 급하게 물었다. 까마귀바위섬을 잠깐 돌아봤다가 참회의 섬으로 눈길을 돌리며 머릿속으로 지도를 그렸다.

"세 과부 동굴. 감옥에서 몇몇 죄수들이 거기에 숨겨진 배랑 보급품이 있다면서 도망칠 때 그걸 사용하면 된다고 농담처럼 말하곤 했어. 그 사람들은 감옥에서 탈출해서 비탄의 섬까지 갈 방법이 없었다는 게 문제였지만."

"지도에서 본 적 있어. 가자."

베티가 고개를 끄덕였다.

일행이 걷기 시작했다. 베티가 자기 발에 큰 장화를 질질 끌며 앞장섰고 그 뒤를 콜턴과 플리스, 그리고 찰리가 차례대로 따라갔다.

"제러드는 어디로 갔을까?"

베티가 입을 열자 눈 앞으로 김이 피어올랐다.

"멀찌감치 도망쳐서 어딘가에 숨었을까?"

"아마도. 이미 끈이 하나 끊어졌으니 나머지를 다 끊어내는 건 이젠 시간 문제야."

굳게 다문 콜턴 입술이 일그러졌다.

베티는 두려움으로 온몸이 서늘해졌다. 제러드가 무슨 짓까지 할 수 있는지 또 궁금해졌다. 찰리만 그 자리에 없었으면 베티는 당장 물었을 것이었다.

"부디 간수가 제러드를 먼저 찾아내기를 빌자고. 그런데 우리 말고 비탄의 섬에 또 누가 있을까?"

콜턴이 초조하게 주변을 힐끔거리며 물었다.

베티가 고개를 저었다.

"이 밤중에는 무덤 파는 사람들도 없어. 여기에는 우리뿐일 거야."

베티가 찰리를 힐끔 봤다가 목소리를 낮췄다.

"어쨌건 우리가 유일하게 살아 있는 사람들일걸?"

다급해진 일행 발걸음이 빨라졌다. 베티는 시시때때로 플리스와 찰리가 가까이 있는지 확인했다. 지금쯤이면 둘 중 누구라도 울음을 터트릴 거라고 반쯤 예상했다. 하지만 플리스는 결연한 표정으로 주변을 살폈고, 찰리는 깡총이가 계속 주머니 안에 잘 있는지만 신경 쓰는 눈치였다. 돌연 베티한테서 두 사람을 향한 애정이 샘솟았다. 모험을 꿈꿀 때마다 베티는 늘 꿋꿋하게 혼자인 모습을 상상했다. 누구의 도움도 필요하지 않았다. 그런데 막상 모험이 실제로 벌어지고 보니, 베티는 두 사람이 곁에 있어서 더없이 기뻤다.

발아래에서 물에 잠긴 풀숲이 차차 사라지고 사이사이로 좁은 풀 길이 난 신선한 흙이 드러났다. 평평해진 흙더미에 풀이 무성하게 자란 곳도 드문드문 있었다. 그런 풀숲마다 나지막이 쌓인 돌무더기가 보였다. 시간의 흐름을 견디지 못하고 무너진 것도 있었다.

"무덤들이야."

콜턴이 몸을 숙여 땅에 떨어진 돌멩이 하나를 집어 들더니, 가장 가까운 무덤 위에 돌멩이를 올려놓고 가던 길을 다시 걷기 시작했다.

뒤를 따라가는 베티 온몸에 소름이 돋았다. 탑에서 돌멩이가 굴러떨어진 다는 얘기를 생각 안 할 수가 없었다. 불안한 눈길로 울퉁불퉁한 돌무더기를 훑어봤다. 장례를 치른 다음 무덤 터에 생기는 돌무더기라면 베티도 이미 알고 있었다. 돌무덤이라고 부르기도 했다. 하지만 위더신즈 가문의 저주와 연결해 보기는 처음이었다. 어떤 경우건 돌은 죽음의 상징이었다.

"이러면 안 될 것 같아."

플리스가 뒤에서 말했다. 플리스는 서둘러 까마귀 성호를 그었다.

"무덤 위로 걸어가니까 죄짓는 기분이야."

"무덤 위로 가는 거 아니야. 사이로 걷고 있지. 별일 없을 거야."

콜턴이 대답했다.

"나도 알아. 그냥……. 무덤 주변이라는 것 자체가 싫어서."

"죽은 듯이 깊은 밤, 어 미안, 별로 안 좋은 단어네. 칠흑같이 깊은 밤에 묘지를 걸어본 적도 없다고? 모험심은 다 어디 간 거야?"

콜턴이 비웃듯이 말했다.

"물론 이런 곳에는 없겠지."

"걱정 마시죠, 공주님. 곧 궁전으로 돌아갈 테고 그러면 이 모두는 한낱 하룻밤 악몽으로 돌아가니까요."

"밀렵꾼의 주머니에 가보지도 않았으면서."

물론 베티는 언니 편이었지만, 언니를 놀리는 콜턴이 은근히 재미있기도 했다. 언니가 한 번 돌아보기만 해도 바보처럼 구는 다른 젊은이들과 달리, 콜턴한테는 언니 미모도 별 소용이 없어 보였다. 하지만 그것도 콜턴한테 더 큰 걱정거리가 있어서라고 짐작했다.

"분명히 말해두지만 거기가 궁전은 아니야."

"그건 재물을 뭐로 생각하느냐에 달렸어. 돌아갈 집과 가족이 있다는 거…….그것만으로도 충분한 사람도 있어."

콜턴 목소리에서 웃음기가 사라졌다.

베티는 반응하지 않았다. 콜턴 삶이나 가족을 알고 싶지 않았다. 괜히 가엾게 여겨질까 봐 싫었다. 콜턴이 아는 거나 빨리 알아내서 다시는 보고 싶지 않을 뿐이었다. 그래서, 예상대로 플리스가 질문을 해대기 시작하자 베티가 언니 말을 잘랐다.

"어쨌건 묘지 가장자리로 가는 게 더 낫지 않을까? 나무나 덤불처럼 숨을 곳이 더 많잖아. 제러드가 나타나면 그 뒤로 피할 수도 있고. 이렇게 트인 데서 걸으면 어디서나 우리가 곧장 보일 거야."

"하지만 제러드가 우리를 향해 달려오면 우리도 곧장 볼 수 있지. 게다가 니가 말한 그 많은 숨을 곳에는 제러드도 쉽게 몸을 숨길 수 있어."

베티 말에 콜턴이 반대했다.

생각만 해도 오싹했다. 일행은 말없이 걸음을 서둘러 무덤과 끝이 안 보이는 돌밭 풍경을 지났다. 베티가 묘지를 구분하는 낮은 돌담을 힐끔거렸다. 담 이쪽 편 즉, 고통의 섬 주민들이 묻힌 쪽에서 걸어보기는 처음이었다. 까마귀바위 중심 섬 주민 무덤에는 묘비는 물론 다른 장식도 허용되었다. 하지만 이쪽 편 무덤은 고작 돌 몇 개 쌓은 돌탑이 표시의 전부였다. 베티는 어딘가 새로운 땅 디뎌보기를 평생 바라왔건만, 겪어보니 감당할 만한 일이 아니었다. 모험을 꿈꾸고 상상하는 것은 직접 모험을 겪는 것과 완전히 달랐다. 어둠 속에 숨은 제러드 같은 악당 때문에 특히 더 그랬다. 이제 막 첫걸음을 뗐을 뿐인데. 실제로 저주를 깨기까지 도대체 어떤 위험을 마주쳐야 할까.

잠시 후 베티는 돌무더기를 직접 바라보는 대신 발아래 풀에 초점을 맞춰 봤다. 그렇게 하니까 돌탑을 덜 무서운 뭔가 다른 것, 가령 돌돌 만 양말 더미라든가 버섯 송이로 상상하기가 쉬웠다.

"배고파! 그리고 추워. 내 침대 보고 싶어. 할머니 보고 싶어!"

난데없이 찰리가 꽥 소리쳤다. 플리스 팔을 잡아당기면서 요란하게 코를 훌쩍였다.

"무슨 모험이 이래!"

베티도 속으로는 맞장구쳤다. 하지만 이제 거의 다 왔다! 일단 콜턴이 그 망할 놈의 배를 손에 넣고 우리도 필요한 대답을 얻기만 하면 이 지긋지긋한 여정이 끝날 테니 그때부터는 미래를 어떻게 바꿀지에 집중할 수 있을 것이었다.

"거의 다 끝났어. 정말 용감하게 잘 해왔어, 찰리!"

베티가 조용히 말했다.

"진짜야. 곧 집에 갈 거야."

플리스가 경계하는 눈빛으로 주변을 살피며 찰리를 달랬다.

콜턴이 뒤를 돌아보더니 찰리 어깨를 가볍게 건드리며 말했다.

"동굴 안에 먹을 게 좀 있을 거야."

대번에 찰리 목소리가 한결 밝아졌다.

"난 토스트 먹을 거야. 두툼하고 따뜻하게 구워서 버터가 뚝뚝 떨어지는 토스트."

이건 선언이었다.

콜턴이 고개를 절레절레 저으며 쿡쿡 웃었다.

"아마 저장용 음식일 거야. 절인 생선이나 말린 고기."

찰리가 잠깐 생각하더니 물었다.

"그런데 쥐가 생선도 먹어?"

콜턴이 깜짝 놀라는 시늉을 하며 물었다.

"니가 쥐였어?"

찰리는 지금 자기가 화났다는 사실을 잊고 쿡쿡 웃었다. 베티가 인상을 쓰면서 두 사람 사이로 끼어들었다. 막내한테 다정하게 구는 콜턴 행동이 정말 순수한 의도인지, 아니면 여행 가방을 노리는 건지 구별이 안 갔다. 뭐가 됐든 두 사람 사이에 거리를 두는 편이 안전했다.

이제 일행은 묘지를 다 지났다. 발밑은 푹신푹신한 풀밭이었다. 앞에서 콜턴이 속도를 줄였다. 차가운 바람이 베티 얼굴을 때렸다. 베티 눈앞에서 땅이 뚝 끊어졌다. 그 너머로 보이는 것은 물 위에서 외로이 반짝이는 작은 불빛이 전부였다. 도깨비불일까? 고기 잡을 꿈에 부풀어 어부가 띄운 낚싯배일지도 몰랐다.

"여기가 섬 끝이야. 동굴까지는 얼마나 남았어?"

콜턴이 물었다.

베티가 까마귀바위 탑 위치를 다시 확인했다.

"내가 봤던 지도에서는 세 과부가 북쪽에 있었어. 결국 동굴은 우리가 있는 이곳에서 절벽이 바다를 마주 보는 방향으로 저 아래 있다는 거지. 내려갈 길만 찾으면 돼."

일행이 몸을 떨면서 아래를 내려다봤다. 얼마 뒤 베티는 슬슬 불안해졌다. 혹시 굴러떨어진 바위에 내려가는 계단이 망가지지 않았을까 걱정스러웠다.

베티가 절벽 끝으로 가까이 갔다. 플리스는 뒤에서 찰리를 단단히 붙잡고 있었다. 베티가 울퉁불퉁한 바위 표면을 대충 깎아 어설프게 만든 계단 몇 개를 발견했다.

"여기야!"

"저 아래까지 살아서 내려갈 수 있을까? 손으로 잡고 내려갈 만한 게 아무것도 없어!"

플리스가 외쳤다.

베티가 무너지기 직전으로 보이는 절벽 가장자리를 한 손으로 잡고 아래로 내려갔다.

"잡을 만한 나무뿌리랑 바위틈이 있긴 있어. 우리가 서로를 붙잡아주면 돼."

일단 다 같이 내려가기 시작하자 베티가 두려워했던 만큼 최악은 아니었다. 콜턴이 앞장섰고 그 뒤를 베티가 찰리 한쪽 손을 잡고 따라갔다. 찰리는 나머지 손으로 플리스를 잡았다.

계단은 가팔랐지만 널찍했다. 곧 모두가 안정적으로 박자까지 맞춰서 아래로, 아래로 내려갔다. 바닥에 가까워질수록 가혹한 바람도 잦아드는 것 같아서 베티는 내려가는 발걸음 하나하나가 반가웠다.

일행이 계단을 반쯤 내려갔을 때 발밑에서 흙이 부서졌다. 베티가 주르륵 미끄러지자 찰리가 꺅 비명을 지르며 베티 손가락을 힘껏 그러잡았다. 세 자매가 고꾸라진다고 상상하자 절벽이 코앞으로 달려드는 장면이 번개처럼 베티 머릿속을 스쳤다.

콜턴이 쏜살같이 팔을 뻗어 베티 손목을 잡았다. 풍 소리를 내며 간신히 베티를 끌어올려서 절벽에 바짝 붙여 세웠다. 누구 하나 입을 열지 않고 베티가 숨을 돌리도록 기다렸다. 베티는 말없이 다시 움직이기 시작했다. 아래로, 아래로 줄기차게 이어지는 계단은 영원히 멈추지 않고 째깍거리는 시계처럼 끝이 없어 보였다.

마침내 일행이 바닥에 닿았다. 발아래에서 조약돌이 자라락 자라락 소리를 내고 바위 사이 웅덩이에서 파도가 철썩였다. 그리고⋯⋯. 찢어지게 하품하는 입처럼 생긴 시커먼 동굴들이 저 앞에 있었다.

"저기 있다. 세 과부."

베티가 중얼거렸다.

플리스가 컴컴한 동굴들을 살피며 불안하게 말했다.

"세 과부라니⋯⋯. 이보다 불길한 조짐도 없을 거야."

찰리가 베티 옷자락을 잡아당기면서 물었다.

"불길한 조림이 뭐야?"

"불길한 조짐, 느낌이 좀 안 좋다고."

확실히 동굴은 불길해 보였지만 눈앞 광경에 베티는 전율이 일었다.

콜턴이 자갈밭을 가로질러 동굴로 향했다. 세 자매도 말 한마디 없이 따라 걸었다. 소금기 많은 거센 바람에 머릿결이 휘날렸다. 바닷가는 거칠었다.

곳곳에 부러진 나무며 박살 난 도자기 조각이 쌓여 있었다. 베티는 난파선을 떠올렸다. 예전에는 난파선 생각만 해도 가슴이 두근거렸다. 지금 돌이켜 보면 바보 같기만 했다. 흩어진 잔해와 파편은 진짜였다. 끔찍한 결과로 이어진 누군가의 모험에서 유일하게 살아남은 흔적일지도 몰랐다.

일행은 자갈을 자락자락 밟으며 먼저 있는 동굴 두 개를 차례대로 지났다. 시커먼 안을 힐끗 곁눈질했지만 아무것도 보이지 않았다. 콜턴이 마지막 동굴을 향해 계속 걸어가더니 안으로 사라졌다. 자매들도 귀에 거슬리는 바람 소리를 피해 머리를 숙이고 콜턴을 따라갔다. 어둠 속에서 뭔가를 뒤적거리는 소리가 나더니 성냥 긋는 소리가 들렸다. 초에 불을 붙이자 황금색 불빛이 너울거렸다.

앞에서 콜턴 모습이 희미하게 드러났다. 콜턴 뒤로 한참 뻗어 있는 동굴이 보였다. 베티가 눈을 가느다랗게 뜨고 어둠 속을 살피니, 한쪽에 뒤죽박죽 쌓인 나무 궤짝이며 병, 자루가 보였다. 무엇보다 노 두 개가 툭 튀어나온 작은 나룻배도 있었다. 콜턴이 배로 가서 널려 있는 해초를 거둬서 버렸다. 촛불을 들고 곳곳을 밝혀가며 손으로 나무를 더듬어 확인하면서 한 바퀴를 돌았다.

"정말 배가 있네."

콜턴이 한 손으로 턱을 쓰다듬으며 말했다. 마음이 놓였는지 목소리가 가벼웠다.

"탈 만하고도 남아. 잘 됐다."

"탈 수 있는지 없는지도 몰랐어?"

베티가 긴장해서 물었다. 여기까지 어떻게 왔는데. 모험이라기엔 너무 무모했다.

어두운 그림자가 콜턴 얼굴을 스치고 지나갔다. 콜턴은 대답 없이 궤짝들을 하나씩 뒤졌다. 그러더니 종이로 감싼 무언가를 찰리한테 던졌다.

"자."

찰리가 포장을 풀고 강아지처럼 킁킁거리더니 이내 바짝 말린 무언가를 입으로 털어 넣었다. 의심스럽게 몇 번 우물우물 씹더니 고개를 끄덕이고는 남은 걸 주머니에 넣었다.

베티가 동굴 입구를 봤다. 간수들이 어디까지 왔을까? 제러드는 어디 있지?

"소풍은 여기까지. 우리는 오빠를 배까지 데리고 왔어. 그러니, 자, 이젠 말해 줘. 저주를 어떻게 풀지?"

자매들을 등지고 선 콜턴이 뻣뻣해졌다. 궤짝에서 천천히 몸을 일으키더니 자매들 쪽으로 돌아서서 떨리는 숨결을 내쉬었다.

그 한 번의 숨결에서 베티는 알았다.

"미안해. 내, 내가 거짓말했어. 저주 푸는 방법은 나도 몰라."

콜턴 목소리는 나직했다.

베티는 몸이 휘청하는 바람에 급히 손을 뻗어 울퉁불퉁한 바위를 잡았다. 멀리서 파도치는 소리가 들렸다. 베티가 기대했던 모든 희망이 바위에 부딪쳐 산산이 부서지는 소리였다. 동굴이 좁아지면서 베티를 둘러싼 세상을 조였다. 베티의 모든 희망이⋯⋯. 사라졌다. 불과 며칠 만에 베티 꿈이 또다시 산산이 조각났다. 언니와 동생을 위험에 빠트렸고 보안이 철저한 감옥에서 죄수 두 명을 탈옥시켰다. 도대체 왜? 다 헛수고였다. 이용만 당한 채 범죄자

211

가 되었다.

"아, 아무것도……. 모른다고?"

베티는 공허했다. 어지러웠다. 발치에서 찰싹이는 작은 파도에도 무너질 것 같았다. 콜턴이 의심스러웠지만, 그런 콜턴조차 믿고 싶을 만큼 간절했다. 시작점으로 돌아가서 다른 길을 찾는 것 말고는 달리 방도가 없었다. 베티는 남은 힘이 있을지, 휘몰아치는 분노를 가라앉힐 수 있을지 벌써부터 알 수가 없었다. 베티가 바위에서 손을 놓고 콜턴을 향해 위태롭게 걸어갔다. 두 손으로 주먹을 단단히 쥐었다. 할머니가 콜턴을 밖으로 빼내는 위험을 감수하지 않은 것도 당연했다. 할머니도 솔깃했을 것이었다. 하지만 끝까지 믿지 않았다. 베티보다 현명했다. 훨씬 지혜로웠다.

"미안해."

콜턴이 두 손을 들었다. 베티를 진정시키려는 몸짓 같았다. 하지만 베티는 오히려 분노가 극에 달했다.

"얻다 대고 감히 미안하다는 소리를 해! 오빠를 빼 오려고 우리가 무슨 짓을 했는지 몰라? 우리가 무슨 위험을 무릅썼는지 모르냐고!"

분노와 절망이 뒤섞여 흐느낌으로 터져 나왔다. 베티는 목이 메었다.

"우리는 뭘 위해서 그 짓을 했지? 원래대로 까마귀바위섬에 쳐박혀서 평생을 보낼 텐데! 오빠를 도와준 건 다 헛수고였어!"

얼굴이 납빛이 된 플리스가 베티 옆으로 다가왔다.

"그게 전부……. 거짓말이었다고?"

언니답지 않게 차가운 목소리였다. 분노가 끓어오르는 중에도 베티는 상처받고 실망한 언니 마음을 느꼈다.

"부끄러운 줄 알아! 도리라고는 쥐뿔도 모르는 사람이었어!"

콜턴이 고개를 푹 숙였다. 입술이 소리 없이 달싹이고 있었다.

"뭐라고 중얼거리는 거지?"

베티가 물었다.

"다 헛수고는 아니라고 했어."

마침내 콜턴이 정면으로 베티를 보며 말했다.

"너희들이 나를 빼내려고 뭘 감수했는지 알아. 나도 어떡해서든지 갚고 싶어. 진심이야."

"진심? 진심의 지읒 자도 모르는 주제에! 거짓말쟁이 사기꾼 같으니라고."

베티가 코웃음을 쳤다.

"거짓말쟁이 사기꾼!"

찰리가 따라 했다.

"그 안이 어떤지 너도 봤잖아!"

콜턴이 울부짖었다. 무언가에 홀린 듯 눈빛이 번득였다.

"까마귀바위섬에 갇혀 사는 게 답답하다고? 좁아터지고 악취가 코를 찌르는 곳에 갇혀서 딱 하루만 보내봐! 벼룩에 물어뜯기고 쓰레기나 주워 먹으면서! 그러면 아마 진짜 갇힌다는 게 뭔지 알게 될 거다."

콜턴이 진저리를 치며 고개를 저었다.

"내 인생 이 년이 그 안에서……. 그 시궁창 같은 곳에서 썩어 없어졌어. 더 최악인 게 뭔 줄 알아? 애초 난 거기 갇히면 안 되었다는 거야."

"네 결백을 우리가 믿기 바라는 거야? 지금까지 말한 게 전부 다 거짓인데!"

플리스가 경악했다.

"거짓말 하나 했다고 내가 하는 말이 다 거짓은 아니야. 그래서, 너는 평생 거짓말 한 번 안 해봤다고?"

콜턴이 플리스 쪽으로 한 걸음 내디디며 절망감을 떨쳐버리려는 듯 두 팔을 앞으로 쭉 뻗었다.

"분명히 내가 잘못한 건 맞지만, 진짜 너희를 돕고 싶어. 너희가 나를 어떻게 생각하건……."

"물론 별거 아니라고 생각해."

베티가 콜턴 말을 잘랐다. 배신당했다는 익숙한 감정이 발톱을 세웠다.

내가 이런 사람을 믿었다니!

"나도 어쩔 수 없었어……. 그냥 기회가 보이길래 잡았어. 아마 너희 누구라도 나처럼 했을 거야."

콜턴이 지친 듯 옅게 웃었다.

"너희는 내가 도리 따위는 모른다고 했지만, 난 이곳에서 멀리 도망친 뒤 다시는 까마귀바위섬으로는 눈길도 주지 않겠다고 다짐한 내 맹세를 지킴으로써 도리를 다할 거야. 우린 각자 해야 할 일을 하는 거라고, 공주님. 세상을 살면서 일단 내가 살고 봐야 할 때는 도리를 챙길 여유 따위는 없어."

"너는 그렇겠지. 하지만 난 그렇게 믿지 않아. 앞으로도 믿지 않을 거고."

플리스가 차분하게 말했다.

콜턴 두 눈이 어둠 속에서 번쩍였다.

"언젠가 생각이 바뀌는 날이 올 거야."

"아님 네 생각이 바뀌든가."

214

플리스가 맞받았다. 동굴 안으로 불어 들어온 바람이 족제비처럼 물어대며 소매 안으로 기어들어 오고 발목을 휘감았다.

"그거 알아? 탑에 얽힌 다른 얘기가 있어."

콜턴이 불쌍해 보이는 표정으로 덧붙였다.

"내가 유일하게 아는 다른 사실은······."

"아, 집어치워. 언니가 말했잖아. 우리가 오빠 말을 믿겠어?"

베티가 쏘아붙였다.

"좋아. 단지······. 아니다. 니 말이 맞아. 관두자."

콜턴이 피곤한 듯 한숨을 쉬었다.

"정말 너희들 저주가 깨졌으면 좋겠어. 의미 없겠지만, 난 너희들 행운을 바라."

"그래 뭐, 우리한테 운이 있어도, 있을 리가 없지만, 우린 너한테 행운을 빌어주진 않을 거야."

플리스가 중얼거리면서 신경질적으로 코를 문질렀다. 미처 흘리지 못한 채 고인 눈물로 두 눈이 반짝였다.

베티가 앙다물었던 이에서 힘을 빼고 물었다.

"그래서, 이젠 어쩔 거야? 새로운 삶을 찾아서 그냥 떠날 건가?"

베티 목소리에서 쓸쓸함이 묻어났다. 여기까지라니, 단숨에 쌓아 올린 꿈과 기대의 끝이 이거라니, 믿을 수가 없었다. 저 거짓말쟁이는 우리들 덕에 떠나는데. 어떻게 우리가 아니라 저자가 자유를 누릴 수 있지? 그 순간 베티는 콜턴이 너무 증오스러워서 집에 돌아가자마자 간수한테 익명으로 신고할까 생각했다.

215

"그런 걸 물어볼 만큼 관심이 있다니 놀랍네."

콜턴이 말했다.

"관심 없거든? 간수들이 언제쯤 오빠를 따라잡을지 가늠이라도 하고 싶은 거야. 일단 암초라도 무사히 통과해야겠지만."

베티는 눈빛을 이글거리면서도, 수심에 잠긴 콜턴 얼굴에 주름이 깊어지는 것이 기뻤다.

"암초?"

"알면서 왜 이래?"

베티는 서둘러 배에 보급 식량과 자루들을 싣기 시작한 콜턴을 지켜봤다. 콜턴은 정신없이 허둥대고 있었다.

"내 운을 믿어봐야지."

콜턴은 자매들한테 말한다기보다 혼잣말을 중얼거리고 있었다. 얼굴에는 긴장한 기색이 역력했다. 목 근육까지 움찔거렸다.

"처음부터 끝까지 이 밤엔……. 뭐 하나 계획대로 흘러가지 않네."

"어떻게 감히 우리 앞에서 불평할 수가 있지? 우리 덕분에 모든 계획이 오빠한테만 유리하게 진행됐는데!"

베티는 분통이 터졌다.

"원래는 쉬운 계획이었어!"

콜턴이 맞받아쳤다. 허세로 가득했던 모습은 온데간데없이 겁에 질린 소년만 남았다.

"난 모든 걸 계획해 놨어! 너네가 찰리를 데려왔잖아!"

"찰리를 데려왔다고? 우리라고 데려오고 싶어서 데려온 줄 알아? 천만에!

216

하지만 아까도 말했듯이 가방을 작동할 수 있는 건 어차피 찰리밖에 없어.”

베티가 발끈했다.

“찰리 아니었으면 너를 데리고 나올 수도 없었어!”

플리스가 덧붙였다.

콜턴이 플리스를 홱 돌아보면서 쉰 목소리로 외쳤다.

“내가 그걸 알았겠냐고! 당연히 몰랐지!”

어떤 깨달음이 파도처럼 베티 머릿속으로 밀려들었다.

“오빠는……. 오빠는 가방을 훔칠 계획이었구나. 맞지?”

콜턴은 차마 플리스도 베티도 보지 못하고 쭈뼛거렸다.

“응. 하지만 그것도 다 지난 일이야. 오늘 전까지 난 아무나 가방을 사용할 수 있는 줄 알았어. 너희 중에서도 찰리만 작동할 수 있는 줄 몰랐다고. 진짜야. 맹세해.”

“하!”

코웃음 치는 플리스는 머리 꼭대기까지 화가 난 것 같았다.

베티는 온몸에 소름이 돋았다. 콜턴한테 악을 쓰면서 두드려 패고 싶었다. 하지만 몸이 딱딱하게 굳어버렸다. 콜턴이 얼마나 필사적으로 탈출하기를 원했는지 뻔히 다 알았으면서 이용만 당했다니, 얼마나 어리석은가! 베티 역시 콜턴 못지않게 간절했기에 미처 눈치채지 못했다.

“우리한테 벌어지는 일에 진짜 신경 쓰는 척 굴지 마. 우리 눈에 오빠는 자기만 살겠다고 찰리한테 시켜서 어디로든 도망쳤을 사람으로밖에 안 보이니까.”

콜턴이 목이 멘 소리로 짤막하게 웃었다.

"내가 도둑놈에 거짓말쟁이일지는 몰라도 살인자는 아니야! 찰리건 너희건 아무도 까마귀바위섬 밖으로 나가게 하지는 않았을 거야. 그렇게는 못 했어. 어떻게든지 운을 믿고 물에 배를 띄워서 나갈 방법을 찾았을 거야."

"거 내 생각이랑 딱 맞네."

일행 뒤에서 으르렁거리는 소리가 났다.

베티가 홱 뒤로 돌았다. 두려움이 밀려와 숨이 막혔다.

동굴 입구 조금 안쪽에 제러드가 서 있었다. 악을 쓰는 듯한 찰리 입을 한 손으로 막고 있었다.

"안 돼!"

플리스가 헉 소리를 냈다.

제러드가 장기판 같은 잇몸을 드러내며 히죽히죽 웃었다.

콜턴이 앞으로 나서며 말했다. 목소리가 갈라졌다.

"나, 나랑 같이 가. 같이 배, 배를 타고 가면 돼……. 여자애들은 놔 줘."

"난 배 탈 생각이 없는데? 가방을 써먹을 생각이거든."

16장. 이별

"안 돼! 가방 가져가면 안 돼!"

베티가 겁에 질려 소리쳤다. 지금까지 잃어버린 게 얼만데 가방까지 잃을 수는 없는 노릇이었다. 베티가 쏜살같이 튀어 나가 아까 찰리가 가방을 올려뒀던 궤짝에서 가방을 낚아챘다. 하지만, 이상하게도 제러드는 별로 신경 쓰지 않는 눈치였다.

"내가 가져가겠다는데 안 되긴 뭐가 안 돼. 내가 지금 뭘 원하든지 난 다할 수 있어."

제러드가 음흉한 눈길로 플리스를 보더니 찰리가 동전이라도 숨긴 듯이 찰리를 잡고 슬쩍 흔들었다.

"이 꼬맹이가 날 어디로든 데려다줄 거거든."

"걘 못 떠나요. 우리 누구도 까마귀바위섬에서 못 벗어난다고요. 그랬다가는……."

플리스는 공포에 질려서 목소리가 모기만 했다.

"언니 말은 진짜야."

베티가 목소리를 쥐어짰다. 제러드의 위험천만한 의도를 알았더니 자꾸 목소리가 기어들어 갔다. 아까는 이보다 상황이 더 나빠질 수는 없겠다고 생각했다. 베티가 저지른 또 다른 실수였다.

"여기를 떠나면, 우린 죽어. 왜냐하면 우린……."

"저주받았지."

제러드가 끼어들었다. 목소리에서 냉소가 뚝뚝 묻어났다.

"나도 들었거든. 그저 입만 다물고 있으면 얼마나 많은 걸 알아낼 수 있는지 놀라울 지경이라니까."

제러드가 낄낄 웃었다. 베티는 제러드도 나름 바빴다는 걸 깨달았다. 묶인 끈을 풀기에만 급급했던 게 아니었다. 엿듣느라 바빴다.

"아무리 저주 같은 게 존재한다 쳐도, 너넨 정말 이 바보 같은 놈이 그걸 깨는 데 도움이 될 줄 알았냐? 그저 너네를 여기까지 꼬셔내려던 건데 그걸 진짜 믿었네? 저놈이 겁쟁이인 탓에 가방을 못 쓴 게 나한테는 행운이었어. 근데 난 겁쟁이가 아니거든."

제러드 말은 잔인했다.

"가방은 절대 못 줘!"

베티는 최대한 사나운 목소리를 내려고 기를 썼다. 하지만 성난 호랑이가 아니라 가냘픈 새끼 고양이 소리가 나왔다.

"배를 타고 물 위에서 살 길을 찾아."

제러드가 찰리를 내려다보며 히죽히죽 웃었다.

"내가 운이 무진장 좋다고 말했지?"

찰리를 놔주지 않을 작정이야.

베티는 느낄 수 있었다. 절망감이 베티를 덮쳤다. 제러드는 자기가 탈출하는 대신 누군가 목숨을 잃는다는 걸 알았다. 제러드는 기꺼이 그 대가를 치를 셈이었다.

"방금 말한 건 다 어디로 들었어? 애가 죽는다잖아!"

콜턴이 목소리를 높였다.

제러드가 뭔가를 생각하는 듯 고개를 한쪽으로 기울였다.

"얼마나 있다가 죽지?"

"해가 지기 전이요."

플리스가 쉰 목소리로 말했다.

제러드가 고개를 끄덕였다.

"그럼 됐네. 하루 정도면 내가 원하는 만큼 멀리 달아날 수 있어. 짧게 끊어서 여기저기 많이 다닐 수 있겠어. 너를 최대한 써먹어야겠는데?"

"아직 어린애잖아요! 어떻게 그럴 수 있죠?"

플리스는 숨도 제대로 못 쉬었다.

찰리가 몸부림을 멈추고 베티를 봤다가 플리스를 쳐다봤다.

"주, 죽는 거……. 아파?"

찰리는 몸을 떨고 있었다.

이럴 수는 없어.

베티가 속으로 비명을 질렀다.

이럴 수는……. 하지만 이건 현실이야. 나 때문에 이런 일이 벌어졌어.

플리스가 얼굴 위로 눈물을 줄줄 흘렸다. 찰리를 달래려고 손을 뻗었지만 제러드가 플리스 손이 안 닿도록 찰리를 휙 끌어당겼다.

"짐승 같은 놈."

콜턴이 눈에서 불을 뿜으며 제러드를 향해 한 걸음 다가섰다.

"그 아이 데리고 절대 이 섬에서 못 나가. 내가 그렇게 안 놔둘 거야."

"나도 가만히 안 있을 거야."

베티가 콜턴 쪽으로 다가섰다. 콜턴한테 고마울 지경이었다. 콜턴이 거짓말쟁이에 사기꾼일지 몰라도 저렇게 두려워하는 걸 보면 악한 사람은 아니었다. 두 사람을 합한 것보다도 제러드가 컸지만, 두 사람이 뭉쳐서 죽을힘을 다해 맞붙으면, 어쩌면 찰리가 빠져나올지도 몰랐다.

"용기가 가상하네. 근데 어쩌지? 두 사람이 나한테 닿을 때쯤이면 이까짓 팔 하나는 그냥 부러져 있을 텐데."

딱딱하게 말하는 제러드 목소리에 콜턴과 베티가 즉시 움직임을 멈췄다.

"하지 마!"

찰리가 눈물범벅이 된 채 아르릉댔다. 찰리가 입을 벌리고 깨물려고 들자 제러드가 찰리 멱살을 잡고 또 흔들어댔다.

시뻘겋게 달아오른 분노가 베티의 두려움을 태워버렸다. 동생이 쥐새끼처럼 다뤄지고 있었다. 베티가 제러드를 위협했다.

"내 동생 손가락 하나라도 건드리기만 해!"

제러드는 지루해 보였다.

"내 말대로만 하면 아무도 다칠 일 없어."

"아저씨 아무 데도 안 데려갈 거야!"

찰리는 할머니한테서 들은 게 뻔한 말로 욕을 퍼부어댔다.

"내 팔 부러뜨리면 어차피 난 가방을 못 쓰는데 바보 아냐?"

"그 말도 맞네."

제러드가 험악한 눈빛으로 찰리를 내려다봤다. 찰리도 질세라 우락부락하게 얼굴을 구기고 제러드를 쏘아봤다.

"근데 네 팔이라고 하지는 않았어."

제러드가 순식간에 자유로운 한쪽 팔을 확 뻗어서 플리스 팔을 잡고 뒤쪽으로 꺾어 비틀었다. 무릎이 꺾이면서 플리스가 울부짖었다.

몸부림치던 찰리가 덜컥 움직임을 멈추고 숨마저 죽였다.

"언니 놔줘요. 제발요!"

"훨씬 낫군."

제러드가 플리스 팔을 조금 풀어줬다.

"자, 이젠 이 야수 같은 꼬맹이가 말을 듣게 하려면 어째야 하는지 알았다이거야. 아무래도 손님을 데려가야 하겠네. 여기 이 공주님이 요 쥐새끼를 가만히 있게 하겠지."

제러드가 말을 잠시 멈추고 낄낄 웃었다.

"게다가 보기도 제법 좋거든."

"그럼 나도 데려가!"

베티가 외쳤다. 언니랑 동생이 운명 속으로 사라져 버리고 혼자 남는다는 생각만 해도 끔찍했다.

"어림도 없어."

제러드가 콜턴을 보며 말했다.

"저 잘난이는 니가 가져. 진짜 자기 생각만큼 잘난이라면 해가 지기 전에 저주를 풀어내겠지. 안 그래?"

"안 돼!"

찰리가 베티한테 두 손을 힘껏 뻗으며 울부짖었다.

"싫어! 언니, 언니, 언냐!"

"자, 그럼 이제 좋은 말 할 때 가방을 써 볼까?"

제러드가 아빠처럼 찰리 머리를 헝클어트렸다.

"꼬맹아, 준비되면 바람 부는 산기슭으로 가는 거다."

제러드가 가방을 내놓으라는 듯 베티한테 한 손을 내밀었다.

베티가 이를 갈면서 가방을 넘겼다.

제러드 목소리가 험악하게 바뀌었다.

"만에 하나라도 감옥으로 돌아가거나 엉뚱한 수작을 부리면 말이지…….
내가 말한 데로 가지 않으면, 부러지는 건 네 언니 팔이 아닐 거다. 네 언니
목이지."

찰리가 아랫입술을 부르르 떨었다. 엉킨 머리카락 몇 가닥이 눈물에 젖어
서 얼굴에 들러붙었다.

"베티 언니?"

지금 죽으나 나중에 죽으나.

베티는 속수무책으로 막냇동생을 가만히 바라봤다. 실감이 났다.

우리한테는 승산이 없어. 까마귀바위섬을 떠나면 우린 죽어. 그렇다고 제
러드 말에 따르지 않으면…….

"찰리……. 아저씨 말 들어. 그, 그냥 아저씨가 가고 싶은 곳에……. 데려
다줘."

베티 목소리가 갈라졌다.

"하, 하지만 저주는……."

플리스가 입을 열었다.

"그냥 제러드가 하자는 대로 해. 다 괜찮을 거야."

베티가 속삭였다. 그 말을 하는 베티는 안에서 무언가 회복이 불가능할 만큼 무너지면서 희망을 잃은 느낌이었다. 아무것도 괜찮지 않았다. 콜턴 말을 듣지만 않았어도…… 언니랑 동생이 베티 때문에 죽게 생겼다. 그리고……. 할머니. 할머니는 심장이 찢어질 것이었다. 자기가 무슨 짓을 저질렀는지 할머니한테 어떻게 알린단 말인가.

"괜찮지 않아."

플리스가 이를 악물고 눈물을 참았다. 베티는 언니가 오로지 찰리를 위해서 눈물을 참고 있다는 걸 알았다.

"내가 방법을 생각해낼게. 내가 다 바로잡을게. 맹세해."

이제 베티는 지푸라기라도 잡는 심정으로 횡설수설하고 있었다.

베티가 플리스한테 의미심장한 눈빛을 보냈다. 언니가 정신만 똑바로 차리고 있으면 거울을 이용해서 베티한테 어디로 갔는지 알릴 기회가 있을 터였다. 그러면 베티가 무슨 수를 써서라도, 비록 어떻게 해야 할지 아무 단서도 없지만, 자매들을 찾을 것이었다. 베티는 찰리와 플리스가 포기하지 않기만을 바랐다. 그래야 자기도 포기하지 못할 테니까. 베티가 숨을 깊이 들이마시고 제러드한테 말했다.

"똑똑히 알아 둬. 내가 그쪽을 따라잡는 순간, 혹시라도 내가 못 따라잡을 거라고 생각지 마, 반드시 대가를 치르게 해주겠어."

제러드가 웃었다. 조금도 위협받지 않았다.

"그래, 약속 약속."

제러드가 허리를 굽혀 찰리를 봤다. 찰리는 증오를 가득 담아 제러드를 노려봤다.

"꼬맹아, 잘 들어. 이제 내가 가방을 줄 거야. 그럼 넌 정확하게 내가 아까 말한 곳으로 가야 해. 내가 어디라고 했지?"

제러드가 부드러운 목소리로 물었다.

"바람 부는 산기슭."

찰리가 아르르거렸다.

"옳지."

제러드가 허리를 펴더니 경고하는 눈빛으로 베티를 봤다.

"뒤로 물러서."

베티는 일부러 제러드를 보지 않았다. 대신 어쩌면 마지막일지도 모를 언니와 동생 모습을 눈에 담는 데 집중했다. 너무 늦었다. 가족만큼 소중한 것이 없는데 베티는 평생 막연하게 더 중요한 무언가를 좇느라 시간을 낭비했다는 사실을 깨달았다. 세상에서 사랑하고 사랑받는 것보다 무엇이 더 중요하겠는가. 함께할 사람이 없는데 모험이 무슨 소용인가. 베티에게는 할머니, 그리고 언니와 동생이 전부였다. 베티의 전부였던 세상이 이제 무너지기 직전이었……. 그토록 깨트리려고 애를 쓰는 저주의 입구가 열릴 판이었다. 이제 명령 한마디로 제러드가 끔찍한 사건을 터트리려 하고 있었다.

"내가 찾을게."

베티가 비틀비틀 뒷걸음치며 맹세했다. 베티가 모든 것을 건 맹세였지만, 자매들을 찾는다고 해서 끝이 아님을 모두가 알았다. 어찌어찌 제러드한테서 구출한다 해도 저주한테 죽임을 당할 터였다.

"어디로 가든지 내가 찾을게."

갑자기 힘이 빠진 듯 나이 든 목소리로 찰리가 조용히 말했다.

"바람 부는 산기슭."

눈 깜짝할 사이에 세 사람이 흔적도 없이 사라졌다. 모래 위에 남은 발자국이 여기 세 사람이 있었다는 유일한 증거였다.

베티 눈앞이 흐려졌다. 울지 않으려고 기를 썼지만, 눈물이 자매들을 데려다주지 않는다고 혼잣말도 해봤지만, 베티는 속절없이 눈물을 흘리며 흐느꼈다.

자매들은 사라졌고 저주가 시작되었다. 베티가 저주를 풀 방법을 찾지 않는 한, 찰리와 플리스는 해 질 무렵 죽을 것이었다.

17장. 악마의 이빨

일 분이나 지났을까. 어쩌면 이 분. 베티는 알지 못했다. 그런데 지금은 그어느 때보다 시간이 중요했다. 자매들 목숨이나 다름없는 시간이 째깍째깍 흐르고 있었다. 베티가 저주 풀 방법을 알아내지 못하면, 해가 지기 전에 언니와 동생을 찾는다 해도 살리지 못할 것이었다. 잘해야 마지막으로 한 번 더 볼 수 있겠지. 지금으로서는 그것이 베티가 바랄 수 있는 최선이었다.

베티는 목 놓아 우느라 가까이 다가오는 콜턴을 못 봤다. 팔에 와 닿는 콜턴 손길에 베티가 화들짝 놀랐다. 베티는 훌쩍이며 눈을 깜빡여서 눈물을 지웠다. 콜턴이 어색하게 베티를 토닥였다. 타인과 가까워지는지 방법을 잊어버린 사람의 몸짓이었다. 그래도 베티는 콜턴이 노력하는 모습에서 작은 위안을 얻었다.

"미안해. 진짜⋯⋯. 정말 미안해. 다 내 잘못이야. 처음부터 너희를 여기로 데려오지 말았어야 해. 너희한테 거짓말은 했지만 누가 다치길 원한 건 아니었어. 제발 믿어줘."

콜턴이 나직이 말했다.

"믿어."

베티가 흐느끼다가 말했다. 콜턴이 저지른 짓은 비열하기 짝이 없었다. 하지만 절박해서 그랬다는 걸 베티는 알았다. 콜턴이 자매들을 속이긴 했지만, 제러드가 앞으로 어떻게 할 건지 읊어댈 때 콜턴이 얼마나 역겨워하는지 베티는 봤다. 무엇보다 콜턴은 제러드를 막으려고 했다. 그래서 베티는 콜턴을 용서한 것은 아니지만, 미워할 수가 없었다. 저주에 발동을 건 사람은 콜턴이 아니라 제러드였다.

아직 끝나지 않았어. 해 지기 전까지 최소한 제러드 손아귀에서 언니랑 찰리를 구하고 제러드가 이딴 짓을 해놓고 도망치지 못하게 막을 수는 있어.

베티가 생각을 정리했다. 동굴 안에서 아무리 울어봤자 누가 저절로 구해질 것도 아니었다.

베티는 울음을 그치고 목소리를 가다듬었다.

"저 배가 필요해."

콜턴이 헉 소리를 냈다.

"배? 너 설마……."

"쫓아갈 거야."

"하지만 까마귀바위섬을 벗어나면 안 되잖아! 어떻게 될지 다 알면서. 할머니한테 돌아가. 간수들 도움을 받을 수도 있어. 간수들한테 정보를 주면……."

"시간이 없어. 첫 배가 뜰 때까지 아직 몇 시간이나 남았어! 너무 늦기 전에 언니랑 동생을 구하고 저주도 깨야 해. 깨지기나 할는지 모르지만."

베티가 딱딱댔다.

"예전에 우리 아빠가 만들어진 것은 전부 깨지기 마련이라고 했어. 깨졌어

229

도 대부분은 다시 고칠 수 있다는 말도 했고. 반드시 방법이 있을 거야."

콜턴이 부드럽게 말했다.

베티가 힘없이 고개를 끄덕였다.

난 왜 까마귀바위섬에서 계속 살아야 한다는 사실을 받아들이지 못했을까?

베티는 자신한테 물었다.

찰리랑 언니는 괜찮았을지도 모르는데.

베티가 받아들이지 않았기 때문에 이젠 아예 누구도 못 살 판이었다. 하지만 가슴 깊숙한 곳에서 베티는 아직도 위더신즈 가문에 내린 저주를 깨트릴 수 있다는 희망을 버리지 못했다.

"문제는……. 과연 내가 제시간에 해낼 수 있을까?"

"우리. 우리가 제시간에 해낼 수 있을까."

내쉬는 콜턴 숨결이 떨리고 있었다.

"우리?"

베티 목소리가 갈라졌다.

"나도 같이 간다."

"하지만……. 왜?"

"왜인지 알면서. 이 일은 내 책임이야. 플리스나 찰리 누구라도 죽으면 난 나를 용서하지 못할 거야. 그리고 배는 이거 한 척뿐이거든."

콜턴이 힘없이 어깨를 으쓱했다.

베티는 비꼬는 말이 튀어나왔지만 참았다. 콜턴이 느끼는 죄책감을 의심하지는 않지만, 여전히 콜턴한테는 자기가 살고 보는 일이 가장 중요한 동기였다. 그렇다고 콜턴을 비난할 수는 없었다. 까마귀바위섬의 형벌은 늘 가혹했다. 탈옥의 대가는 사형이었다. 탈옥을 돕는 사람은 징역형을 받았고 마지막에는 주로 고통의 섬으로 추방당했다.

"좋아."

베티는 수많은 시간을 쏟아부으며 익혔던 지도를 머릿속으로 그렸다. 결국 그렇게 보낸 시간이 결실을 보았다.

"바람 부는 산기슭은 북쪽이야. 물을 가로질러 맞은편인데 습지 기슭에서 멀지 않아. 일단 물을 건너서 지름길을 찾아야 아침 늦게라도 도착할 수 있을 거야."

물을 건너서도 우리가 살아 있기만 하면.

베티가 우울하게 생각했다.

"문제는, 그때까지 제러드가 거기 있겠냐는 거지. 가방만 있으면 어디로든 눈 깜짝할 새에 갈 수 있으니까."

"제러드가 거기를 제일 먼저 떠올린 걸 보면, 분명히 관계가 있는 곳이야. 거기에서 자랐든지 가족이 있든지. 아마 당분간은 거기에서 숨어 지낼 거야."

콜턴이 곰곰이 생각하더니 말했다.

"그걸 어떻게 확실히 알아?"

콜턴이 입술을 잘근거리며 생각에 빠졌다가 말했다.

"제러드는 탈출할 생각을 한 번도 안 했을 테니까. 제러드한테 오늘 밤 벌어진 일은 다 우연이야. 일이 닥칠 때마다 즉흥적으로 생각해내고 있는 만큼 이미 머릿속에 있는 정보를 우려먹을 가능성이 높아."

베티는 다소 마음이 놓여서 고개를 끄덕이면서도 콜튼한테서 위안을 받았다는 데 놀랐다.

"하지만 막상 도착했는데 제러드가 벌써 떠나버렸으면?"

"그건 일단 도착이나 하고 걱정하자. 제러드랑 네 자매들이 사라졌어도 누군가는 틀림없이 일행을 봤거나 우리한테 도움이 될 만한 걸 알고 있을 거야."

"그럼 가자."

콜튼이 자루를 몇 개 더 배 밑바닥에 실었다.

"감옥 순찰대가 이미 물로 나와서 제러드와 나를 찾고 있을 거야."

베티가 물을 내다봤다. 물결이 일렁이는 수면에서 달빛 한 줄기가 반짝이고 있었다. 물과 동굴 사이 자갈밭이 좁아졌다. 파도가 더 가까운 곳까지 밀려들어 왔다. 베티를 부르며 언니랑 동생을 찾으러 가라고 응원하는 것 같았다. 아니, 어쩌면 베티를 유혹하는 것일지도 몰랐다. 단숨에 삼켜버리기를 기다리면서.

베티 맥박이 빨라졌다.

"저거 봐. 물이 높아지고 있어."

콜튼이 정신을 차리고 주위를 둘러보더니 짐을 더 빨리 배에 싣기 시작했다.

"높아지라고 해. 어차피 우리는 물살이 필요하니까."

베티는 넘실넘실 솟아올랐다가 휙 말리면서 빠져나가는 물의 흐름을 지켜봤다. 어디 한번 덤벼보라고 도전하는 것 같았다.

"악마의 이빨을 통과할 기회는 딱 한 번이야."

베티 말에 자신만만했던 콜턴 기세가 한풀 꺾였다.

"악마의 이빨?"

"암초가 있다고 말해 줬잖아!"

베티 뱃속에 슬슬 불안이 쌓였다.

"치명적인 암초야. 이 동굴들을 세 과부라고 부르는 이유도 여기 쌓인 난파선들 때문이야. 밀수꾼들이 썰물일 때 여기로 숨어들어 와서 불빛을 깜빡이며 배를 안으로 불러들였는데, 배들이 암초에 부딪쳐서 가라앉기 일쑤였거든. 배에 실었던 짐짝들은 물가로 쓸려가 버리고."

베티가 잠시 말을 멈추고 자갈밭 위로 밀려드는 물살을 지켜봤다.

"밤이면 바위 위로 파도가 쳐서 암초가 잘 안 보여. 그런데 암초는 분명히 있어. 수면 밑에."

베티가 두 팔을 활짝 펼쳐서 크게 아치를 그렸다.

"초승달 같은 모양이야. 또는……."

"이빨로 가득한 아가리 같겠지. 과연 비탄의 섬에 딸린 암초답게 유쾌한 이름이네."

"배는 저어봤어?"

콜턴이 배 안으로 노를 던져 실었다.

"몇 년은 노 저을 일이 없었지."

베티는 가슴이 답답해졌다. 난파선 이야기들에 따르면, 숙련된 사공과 물을 건널 때조차 위험하다고 했다. 하물며 미숙한 사공과 물을 건너는 일은 미친 짓일 터였다. 하지만 베티한테 무슨 선택의 여지가 있겠는가. 플리스와 찰리를 버리고 가는 건 애초 선택 사항이 아니었다. 베티와 콜턴은 함께 배를 자갈밭에 내려놓고 안에 탔다. 베티가 폭이 좁은 벤치에 앉자, 콜턴이 자루 뭉치를 어깨에 두르라면서 줬다.

베티는 배 옆 자갈밭으로 눈을 돌리고 배 밑바닥에 깔려 질척하게 비어져 나오는 미끈미끈한 펄을 가만히 내려다봤다. 지난 수년간 몇 명이나 암초에서 목숨을 잃었을까? 모르긴 몰라도 셀 수 없을 만큼 많을 테지. 이젠 베티와 콜턴이 암초와 맞붙어 싸울 차례였다. 베티가 지켜보는 사이 탁한 잿빛 물이 밀려들어 다라락 자갈을 굴리고 물기를 덧씌우자 자갈에서 번지르르 윤이 났다. 이제는 물이 더 빨리 밀려들고 있었다.

베티는 마른침을 삼키면서도 침묵을 지켰다. 밀렵꾼의 주머니에 다시 갈 수 있을까? 아님, 가깝지도 않은 사람과 악마의 이빨에서 살아남기 위해 고군분투하다가 생의 마지막 순간을 맞이하려나? 베티는 할머니가 세 자매가 사라진 것을 알아차렸는지, 아니면 아침이 오고 나서야 알지 궁금했다. 할머니. 베티는 할머니를 마지막으로 안았던 순간을 떠올렸다. 일이 이 지경이 될 줄 알았으면 그때 더 오래, 더 힘껏 할머니를 끌어안았을 텐데.

이제는 물살이 철썩철썩 배를 때리고 있었다. 배가 갑자기 출렁거렸다. 콜턴이 자갈밭에 노를 박아 넣고 배를 고정하는 동안 베티는 배 한 쪽 면을 붙잡고 균형을 잡았다.

"아직 아니야."

콜턴이 눈을 가늘게 뜨고 물을 가로질러 수면 위로 일부 뾰족뾰족하게 솟아오른 암초를 봤다.

"마지막 악마의 이빨까지 다 물속에 잠겨야 해."

콜턴이 베티한테 노 하나를 건넸다.

"자."

베티는 노를 받아들고 배 아래 질퍽질퍽한 펄에 꽂아 넣고 단단히 붙잡았다. 배는 물살을 타고 싶어서 안달하듯 꿀렁거렸다. 하지만 베티는 노를 비스듬히 틀어잡고 배가 물살에 맞서도록 팔에 경련이 일 만큼 힘을 줬다.

아직 아니야, 아직 안 돼, 아직, 아직……

베티가 더는 못 버티겠다고 포기할 즈음, 콜턴이 외쳤다.

"지금이야!"

콜턴이 베티 노를 가져가고 펄에 꽂아놨던 노를 뽑자 배 아래에서 꿀럭 소리가 났다. 콜턴이 노질을 시작했다. 베티는 고개를 돌려서 점점 멀어지는 절벽을 쳐다봤다. 세 과부가 두 사람을 지켜보고 있었다. 입을 쩍 벌린 시커먼 동굴은 상중에 얼굴에 드리우는 베일을 뒤집어쓴 것 같았다. 베티는 속이 뒤집혔다. 물이 출렁거려서가 아니었다. 저 물 아래 놓인 존재, 나무배를 산산이 조각내기를 기다리며 위협적으로 버티고 있을 울퉁불퉁한 바위가 두려웠다.

"도와줄게! 나도 노 저을 줄 알아!"

베티가 고래고래 소리쳤다.

"아니, 넌 물 위를 봐줘야 해. 물 위로 암초가 드러나는지 살펴. 암초가 조금이라도 보이면 기다려야 해. 배를 암초 쪽으로 끌어당기는 물살이 있으니까."

콜턴이 앓는 소리를 냈다.

베티가 서둘러 배 앞으로 자리를 옮겼다. 베티는 먹색 물에 눈이 익숙해지기를 기다렸다. 밀고 당기는 흐름에 적응하자 물이 다르게 쓸려나가는 곳이

어렴풋이 구별이 되었다.

"저기!"

베티가 손가락으로 가리켰다. 두려움과 공포가 목구멍으로 치밀어 올라왔다.

"바로 저 앞에서 암초가 물 위로 솟아올랐어!"

"얼마나 떨어졌어?"

콜턴이 다급하게 물었다.

"별로 안 멀어. 돌멩이 던지면 닿을 거리야."

베티는 밀려났던 물살이 다시 바위를 휩쓸어 번쩍이는 암초를 숨겨 주기를 기다렸다. 이 만에서는 늘 사람이 빠져 죽고 배가 부서지는 사고가 꾸준히 있어 왔다는 사실을 기억하기 때문이었다. 폐에 물이 차오르고 바위에 머리가 으스러졌다. 베티는 지켜보던 세 과부가 애도할 준비를 끝냈다는 느낌이 들었다.

"더 기다리면 물이 더 높아질까?"

원래 있던 곳에서 배가 더 나아가지 않게 콜턴이 노를 뒤로 저으며 버티면서 물었다. 눈썹에 맺힌 땀방울이 반짝였다.

베티가 물가를 돌아봤다. 절벽 중간 높이에 말라붙은 해초에서 눈길이 멎었다. 이제 여기는 물이 높아질 만큼 높아진 것 같았다.

"어쩜 조금 더, 그래봤자 물살이 배를 암초 위로 넘겨줄 것 같지는 않아. 파도칠 때가 유일한 기회야. 그러려면 나도 도와야 해."

"노 젓는 거 힘들어. 너 진짜 할 수 있겠어?"

"우리가 산산조각 나는 걸 막을 수만 있으면 뭐든지 할 수 있으니까 빨리 노 내놔."

베티가 분한 마음에 씩씩거리며 말했다.

콜턴이 노 하나를 건넸다.

"동굴만 쳐다봐. 그러면 노 젓기가 쉬워. 이게 성공하려면 우리 중 하나는 그쪽을 보고 있어야 해."

베티가 노를 받아들었다. 배 모서리를 잡고 있던 손을 떼니 자신감이 줄어드는 기분이었다. 베티는 균형을 잡으려고 무게중심을 옮겼다. 노는 무겁고 물결은 더 심하게 넘실거렸다. 물이 배를 빨아들여서 베티를 거무칙칙한 밑바닥으로 끌고 내려가는 느낌이었다. 배가 떠가기 시작했다.

"그럼 저어!"

콜턴이 외쳤다.

"좋았어!"

베티가 열정적으로 외치고 콜턴과 같은 방향으로 물살을 가르며 노를 힘껏 저었다. 보기보다 노질이 힘들다는 느낌이 대번에 왔다. 하지만 베티는 이를 악물고 박자를 맞췄다.

콜턴이 대단하다는 듯 고개를 끄덕였다.

"제법인데? 이젠 내가 배 앞쪽을 살필게. 넌 동굴 옆으로 파도치는 걸 보면서 물살이 다시 밀려가고 바위가 드러날 때까지 시간이 얼마나 걸리는지 재봐."

베티가 고개를 끄덕였다. 최선을 다해 노질할 때 운이 조금만 따라주면, 파도가 가장 높이 친 순간 배가 파도를 타고 암초를 넘어갈지도 몰랐다. 베티는 운이라는 면에서 위더신즈 가문이 어떤 기록을 남겼는지 애써 떠올리지

237

않았다. 베티는 눈을 부릅뜨고 절벽에서 부서진 거대한 파도가 배를 향해 밀려와 그대로 바다로 향하는 광경을 지켜봤다.

"하나, 둘, 셋……."

셋을 셀 때 파도가 배를 싣고 제일 높이 솟구쳤다가 뚝 떨어졌다. 파도는 배를 지나쳐서 수월하게 암초를 넘어갔다.

"저런 파도를 올라타야 해. 다음에 큰 파도가 치면 간다. 준비됐지?"

콜턴 말에 베티가 침을 삼켰다.

"언제든지."

베티와 콜턴을 놀리며 시험하듯 밀려온 작은 파도에 배가 코르크처럼 수면 위에서 까딱거렸다.

"아직은 아니야. 끝까지 버텨."

베티는 이를 악물고 노로 물살에 맞섰다. 어깨뼈 사이며 두 팔, 배 속처럼 평소에 잘 안 쓰던 근육들이 땅겼다. 배를 고정하고 콜턴과 때를 맞춰서 노를 젓느라 애쓴 결과였다. 베티는 배 밑에서 솟구쳐 올라오는 파도를 느꼈다. 파도가 배를 들어 올리더니 다시 낮아지면서 동굴 쪽으로 밀려갔다.

"지금이야!"

절벽에서 파도가 부서지는 순간 베티가 외치면서 콜턴과 있는 힘을 다해 배를 뺐다. 베티는 동굴 안으로 빨려들어 갔던 파도가 다시 밀려 나와 배를 실어 바다로 나갈 때까지 파도에서 눈을 뗄 수가 없었다. 이 정도면 됐을까?

제발 돼라, 돼라, 돼라…….

배는 벌써 입이 떡 벌어지는 속도로 날아가고 있었다. 헐떡이면서 씩씩대는 콜턴 숨소리에 베티는 자기도 용을 쓰느라 헉헉대며 숨을 몰아쉬고 있다는 것을 깨달았다. 베티는 어깨 너머를 힐끔거리며 당장에라도 배를 조각조각 물어뜯기를 물속에서 기다리는 날카로운 이빨을 찾았다. 하지만 막상 물속에서 튀어나온 암초 네 개가 보이자 차라리 못 보았기를 바랐다. 피와 뼈에 굶주린 놈들이 너무 가까이에 있었다. 한눈에 봐도 배가 암초를 넘어가지 못할 것 같았다.

"다 쏟아부어!"

콜턴이 포효했다.

배가 파도를 타고 붕 떴다. 베티는 숨이 턱에 닿고 근육이 갈가리 찢어지도록 노를 저었다. 배가 파도를 타는 거대하고 유연한 용처럼 만에서 날듯이 미끄러져 나왔다. 베티는 여전히 죽을힘을 다해서 노를 젓고 있었다. 손바닥에 물집이 잡혔지만 아랑곳하지 않았다.

파도가 멀어지자 밑에서 뭐가 바닥을 잡아챈 듯 배가 덜컥 튀었다. 손톱으로 딱지를 뜯어내는 느낌이었다. 콜턴이 헉 소리를 내며 손을 뻗어 베티를 잡았다. 두 사람은 그대로 얼어붙은 채 수면이 잔잔해지기를 기다렸다. 한동안 아무도 움직이지 않다가 베티가 천천히 콜턴 쪽으로 고개를 돌렸다.

"해냈다. 진짜 해냈다. 거짓말 같아."

콜턴이 믿을 수 없다는 듯 말했다.

베티가 어둠 속으로 눈을 돌리고 물을 살폈다. 수면 위로 뾰족한 바위 끝이 툭 튀어나와 있었다. 쓰러지지 않으려고 버티는 체스 말 같았다. 콜턴이 쭈그리고 앉아 배 바닥을 손으로 훑었다.

"물 새는 데는 없는 것 같아. 그래도 진짜 위험했어."

콜턴이 머뭇머뭇 말했다.

"진짜 진짜 위험했어."

베티도 웅얼거렸다. 베티는 아직 두 손으로 노를 꽉 움켜쥐고 있었다. 몸도 덜덜 떨었다. 정말이지 아슬아슬했다! 악마의 이빨이 배를 입에 물긴 했지만 끝내 삼키지는 못했다. 베티가 콜턴을 가만히 바라봤다. 안심하는 콜턴을 보니 베티도 한결 마음이 놓였다.

둘 다 아무 말은 하지 않았지만, 이번 일로 두 사람이 부쩍 가까워졌다. 신기하게도 베티는 콜턴도 같은 느낌일 것이라고 확신했다. 누구도 혼자서는 절대 성공하지 못할 일이었다.

콜턴이 말없이 베티한테서 노를 가져가 더 먼 곳을 향해 노를 젓기 시작했다. 동굴로 끌고 들어가려는 해류가 없어졌더니 한결 수월했다.

베티는 앉은 자리에서 얼어붙은 채 이를 딱딱 부딪치며 떨었다. 눈길 닿는 저 앞은 온통 광활한 물뿐이었다. 뒤는 비탄의 섬이 떡하니 시야를 가로막은 탓에 까마귀바위 중심 섬에서 보여야 할 생명의 기미가 하나도 보이지 않았다. 베티는 멀리서 빛나는 불빛이라도 보기를 바라며 눈길을 떼지 않고 기다렸다. 그토록 오래 탈출하기만을 바라던 집을 한 번이라도 더 보기를 이렇게 원하다니, 베티가 생각해도 앞뒤가 맞지 않았다. 이런 순간이 오면 승리감으로 벅차리라 늘 기대했다. 그런데 지금 베티는 소중한 것을 모두 잃은 채 낯선 사람과 남았다. 그 어느 때보다 길을 잃은 느낌이었다.

베티는 꽁꽁 언 손을 녹여보려고 따뜻한 입김을 호호 불어 넣었다.

"맞은편 땅에 닿으려면 얼마나 가야 해?"

콜턴이 물었다.

베티가 눈을 질끈 감고 마지막으로 배를 타고 참회의 섬에 갔던 여정과 습지 기슭 배 시간표를 떠올렸다.

"잘 모르겠어. 두어 시간? 안으로 더 들어간다 치면."

지금은 몇 시지? 자정쯤 됐을까? 지났나? 베티는 감을 잡을 수 없었다. 이대로 밤이 영원히 끝나지 않을 것 같았다. 해 뜨기 전까지 몇 시간이나 남았을까? 아침이 밝으면 어두운 밤이 우리를 숨겨 주지도 못할 텐데. 시간이 흐를수록 언니랑 동생은 죽음에 가까워질 것이었다. 그런데 이젠 베티도 까마귀바위섬에서 벗어나고 있으니 죽음에 가까워지기는 베티도 마찬가지였다. 베티는 느낌이 뭔가 다를 거라고 생각했다. 이보다 훨씬 두려울 줄 알았다. 그런데 지금 베티 머릿속은 온통 사색이 되었던 찰리와 플리스 얼굴, 그리고 비열하게 웃던 제러드 생각뿐이었다. 무슨 일이 있어도 언니와 동생이 제러드 곁에서 두려움에 떨다 죽게 할 수는 없었다.

"그 남자가 무슨 짓을 했는지 얘기해줘."

"응?"

"제러드. 위험하다며. 근데 지금 제러드가 언니랑 동생이랑 있어. 우리가 어떤 놈을 상대하는지 알고 싶어."

베티가 목소리를 떨었다.

콜턴이 머뭇거리자 베티는 두려움만 깊어졌다.

"말해달라고!"

"알았어! 제러드는……. 사람을 죽여. 아니, 죽였어. 제러드는 무기 징역을 살고 있었어. 죽을 때까지 감옥에서 못 나간다고 간수들이 말하는 걸 들었어."

"사람을 죽인다고?"

241

베티는 기절할 것 같았다.

"돈이 걸렸다면."

콜턴은 경멸하는 표정을 숨기지 않았다.

"제러드가 못 할 짓은 없어. 대상을 가리지도 않아. 복수, 빚진 돈······. 이유도 다양해."

콜턴 목소리가 딱딱해졌다.

"그놈은 괴물이야. 작년에 감옥에서 폭동이 일었어. 제러드가 간수 한 사람은 다리를 몽땅 부러뜨리고 다른 간수는 반쯤 죽이다시피 했어. 제러드한테 당한 피해자 중 가장 어린······."

"그만!"

베티가 울부짖었다. 겁에 질린 자매들 얼굴이 눈앞 허공에서 빙빙 맴돌았다. 베티는 찰리와 플리스가 느꼈을 공포를 똑같이 느꼈다. 제러드는 자기가 원하는 것을 얻겠다며 태연히 플리스를 해치려고 했다. 베티는 제러드가 찰리와 플리스한테 아무 일이나 다 시킬 수 있다는 사실을 새삼 깨달았다. 제러드가 가진 가장 강력한 무기는 서로를 향한 자매들의 사랑이었다.

"더는 못 듣겠어!"

"야······."

콜턴이 노 젓기를 멈추고 베티 팔을 툭 건드렸다.

"미안해. 겁주려던 건 아니야. 그런데 니가 묻길래. 도움이 될지는 모르지만, 찰리랑 플리스가 제러드한테 쓸모가 있는 한, 두 사람을 해치진 않을 거야. 가방 때문에라도 두 사람은 제러드한테 진짜 진짜 필요하니까."

한 줌밖에 안 되는 이 말이 베티가 유일하게 매달릴 수 있는 위안이었다.

"아예 찾지도 못하면 어떡하지? 제러드한테서 찰리랑 플리스를 구하는 것도 시작일 뿐이야!"

눈물이 가득 차올라서 베티는 목이 콱 메었다. 베티는 간절하게 모든 것을 바꾸기를 바랐다. 언니는 늘 집에서도 만족했지만, 저주가 없어지면 찰리한테 큰 의미가 있을 것이었다. 새로운 곳으로 다니면서 더 행복한 추억을 쌓으며 자랄 수 있었다. 오늘 밤 이후 세 자매는 추억을 더 쌓을 일이 없을지도 몰랐다. 베티가 모든 것을 바꿔버렸다. 베티가 실패한다면, 적어도 자매들 죽음 때문에 괴로워하며 살지는 않으리라. 베티도 함께 죽을 테니까…….

콜턴이 생각에 잠겨서 말했다.

"가방을 되찾아야 해. 가방만 손에 넣으면 찰리가 눈 깜짝할 새에 어디로든 데리고 갈 수 있으니까. 해답은 그다음에 찾아도 돼."

"어디를 찾아야 할지만 알면 좋겠어. 지금 난 저주를 깨트릴 방법이 틀림없이 저주가 시작된 까마귀바위에 있다는 생각밖에 못 하겠어."

베티가 쉰 목소리를 냈다.

콜턴이 잠시 침묵에 잠겼다. 그러더니 배 바닥에 쌓아놓은 넝마 더미를 고갯짓했다.

"너 좀 누워서 쉬어. 나중에 힘이 또 필요할 테니까."

베티는 고개를 저었다.

"절대 못 잘 거야. 배 속이 단단히 꼬였어. 그리고 얼어 죽을 만큼 추워."

"그래도 한번 누워 봐. 뭐라도 덮으면 따뜻해질 거야."

콜턴이 괜히 퉁명스럽게 말했다.

베티는 마지못해 켜켜이 쌓인 넝마 더미를 들추고 아래로 들어갔다. 생선 비린내와 퀴퀴한 냄새가 진동했지만 그래도 축축하지는 않았다. 이 밤 벌어졌던 일이 마음속에서 거센 파도처럼 출렁이며 휘몰아쳤다. 그러다가 까맣게 잊었던 일이 문득 생각났다.

"아까 제러드가 나타나기 전에, 탑에 관해서 뭐 하나를 더 안다고 했잖아. 그게 뭐였어?"

"감옥 면회실에서 우리가 처음 만났을 때, 저주가 탑에서 시작됐다고 내가 말해줬잖아. 너희 할머니한테도 또, 똑같은 말을 했는데……. 사실 그게 진짜인지 아닌지 나는 모, 모르겠지만."

"또 거짓말이었군."

"잠깐. 내 말 좀 들어 봐."

콜턴이 노질을 잠시 멈추더니 넝마 조각으로 손바닥을 감싸고 다시 노를 젓기 시작했다.

"지난여름에 죄수 몇몇이 탑을 청소하는 데 뽑혀 갔어. 이것저것 고치기도 하고 치우러."

"안에 갇힌 사람이 없었어?"

베티가 물었다.

"이젠 거기 아무도 안 가둬. 그 여자애가 창문 밖으로 몸을 날린 뒤로는 갇힌 사람이 없다는 소문을 들었어. 사람들이 마녀라고 부르던 여자애."

"소샤 스펠손."

베티가 웅얼거렸다.

"일단 그 안에 들어가면……. 누구라도 대번에 느낄 거야. 뭔가 잘못됐다고나 할까. 겉에서 보면 다른 감방이랑 다를 게 없어. 춥고 거미줄이 널렸고.

244

낡아빠진 침대도 있고. 그런데 그곳에서 진짜 얘기가 시작되는 곳은 따로 있었지. 바로 벽."

"왜……. 벽이 뭐가 어땠길래?"

"글자들이 적혀 있었어."

이제는 콜튼 얼굴에 땀이 맺혀 있었다.

"우리한테 벽을 칠하게 시켰어. 벽에 뭐가 잔뜩 적혀 있었거든. 진짜 그랬다니까. 여자애가 갇힌 날을 표시해 놨는데, 악의, 부당함, 배신, 탈출, 이 네 단어도 옆에 계속 되풀이해서 썼더라고. 나중에는 알아보기도 힘들 만큼 똑같은 단어가 벽에 빽빽이 적혀 있었어. 근데 바로 창가에……."

"근데 창가에 뭐?"

"창가에는 딱 한 단어밖에 없었는데, 근데 그게……."

콜튼이 뜸을 들였다.

"위더신즈였어."

"위더신즈?"

베티가 긴장해서 일어나 똑바로 앉았다.

"확실해?"

콜튼이 고개를 끄덕였다.

"내가 뭘 봤는지는 내가 알거든?"

베티 안에서 기대감이라는 횃불이 화르르 타올랐다. 콜튼 말이 사실이라면, 소샤 스펠손과 위더신즈 가문은 연관이 있다는 의미였다.

"콜튼 오빠, 설마 이것도 거짓말은 아니겠지?"

"아니야, 맹세해!"

245

콜턴이 노질을 멈추고 진지하게 베티를 봤다.

"이제 와서 왜 너한테 또 거짓말을 하겠냐?"

베티는 자기도 모르게 포댓자루 끄트머리를 꽉 쥐었다. 베티가 봐도 콜턴이 거짓말할 이유는 없었다. 자매들한테서 얻기 원했던 걸 손에 넣었으니까. 무엇보다 방금 콜턴이 한 말이 그간 베티가 소샤에 관해 알아낸 정보와 기가 막히게 맞아떨어진다는 점이 중요했다. 마법을 부릴 줄 아는 소샤가 무슨 이유에서인지 뿌리 깊은 원한을 품고 까마귀바위 탑 감방 벽에 위더신즈라는 이름을 새겼다. 베티는 이것이 저주의 시작이라는 확신이 들었다.

"감방은 청소를 시작한 첫째 날이 끝나갈 무렵에 벌써 완전히 달라졌어. 거미줄도 거뒀고 침대는 치웠고 벽은 새로 싹 칠했지. 그런데 다음날 우리가 또 불려갔어. 우린 이미 뭔가 잘못됐구나 감을 잡았어. 간수들끼리 수군대는 낌새가 이상했거든. 아닌 게 아니라, 두 번째 날 탑에 있는 감방에 들어가니까 우리도 바로 알겠더라고."

"뭘 알아?"

"그 방이 저주에 걸렸다는 거. 처음에는 우리도 누가 장난쳤다고 생각했어. 우리를 놀려 먹거나 아니면 최대한 끔찍한 시간을 보내게 해주겠다고 간수들 몇몇이 짠 줄 알았지. 그런데 가만 보니까 간수들도 우리 못지않게 충격을 받은 거야. 방 전체가 하루 전날 아침이랑 완벽하게 똑같았거든. 벽에 새긴 글자 하나 지워지지 않았고 마지막 거미줄까지 그대로 남아 있었어. 누가 손끝 하나 대지 않은 것 같더라니까."

이틀 전이었다면 베티가 코웃음 칠 일이었지만, 지금은 어렵지 않게 불길한 예언과 연결할 수 있었다.

246

"그래서 우린 또 청소했어. 단지 첫날보다 두 배는 더 빨리, 더 열심히 일했어. 벽을 문질러 닦느라 손마디에서 피가 날 정도였다니까. 나뿐만 아니라 다른 사람들도 거기에서 최대한 빨리 나가고 싶었거든. 그런데 다음 날, 모든 것이 또 원래대로 돌아갔어. 근데 이번에는 간수들도 우릴 또 보내지는 않더라고."

"그래서 그때부터는 감방이 소샤 스펠손이 갇혔던 그때 그대로 남은 거야? 백 년도 더 지났는데?"

콜턴이 고개를 끄덕였다.

"뭘 할 수가 있어야지. 감방은 비워지지도 않았고 허물어뜨릴 수도 없었어. 소샤가 죽으면서 제대로 흔적을 남겨놓은 것 같았다니까."

베티는 두려움이 깊어졌다. 흔적⋯⋯. 혹시 저주는 아닐까? 소샤 스펠손은 그저 그런 이야깃거리가 아니었다. 실제 살던 사람이고 탑에서 스스로 몸을 날릴 만큼 절망했고 분노로 가득했다. 소샤한테 어떤 능력이 있었는지 몰라도, 결국 소샤를 구하지 못했다.

"이해가 안 가는 게 있어. 소샤가 마법사였다면 왜 마법을 이용해서 탈출하지 않았을까?"

"그게 바로 탑이 불가사의하다는 이유 중 하나야. 소샤를 무력하게 만든 무언가가 분명히 탑에 있었어."

"우리 아빠한테도 말했어? 벽에 위더신즈가 새겨져 있었다고?"

"아니. 너네 아빠가 다른 데로 옮겨지고 벌어진 일이거든. 하지만 그때도 이미 난 여행 가방이 뭘 할 수 있는지 알고 있었어. 그래서⋯⋯."

베티가 펄쩍 뛰었다.

"어떻게? 도대체 여행 가방에 관해서 어떻게 알았어? 그건 아직 설명해 주지 않았어."

"너네 할머니가 가방으로 네 아빠 머리통을 후려치고 있을 때 그 가방을 처음 봤어."

"새삼스럽지도 않네 뭐."

베티가 시큰둥하게 말했다. 할머니가 가방으로 아빠 머리를 한두 번 내리친 게 아니었으니까.

"그런데 그때 할머니는 감방 안에 들어와 있었어."

"면회 간 사람은 감방 안에 못 들어……."

베티가 말을 뚝 멈췄다. 그럼 그렇지. 할머니가 아빠 감방 안에 들어갈 길은 하나뿐, 할머니도 위더신즈 자매가 콜턴 방에 갔을 때 사용한 방법을 쓴 것이었다.

"할머니가 가방을 이용해서 아빠를 몰래 면회했다고?"

"나도 한 번밖에 못 봤어. 그것도 한밤중에. 게다가 할머니는 두 번 다시 이런 일은 없을 거라고 딱 부러지게 말했어."

"할머니가 왜 그렇게까지 했을까?"

"네 아빠가 옮겨진다는 소식을 들은 직후였어. 할머니랑 아저씨는 속삭이기도 하고 말싸움도 했어."

베티가 고개를 끄덕였다. 할머니랑 아빠는 거의 모든 일에서 부딪쳤다. 할머니가 비밀리에 아빠를 찾아갔다는 얘기를 들으니 베티는 그리움에 더해서 옅게 전율이 일었다. 할머니는 정말 대범했다! 앞만 보고 돌진하는 면에서 베티는 할머니를 똑 닮았다.

"너네 아빠가 할머니한테 감옥에서 꺼내 달라고 조르고 있었어. 옮겨가기 전에 딸들을 마지막으로 보고 싶다면서. 처음에는 나도 별로 귀담아듣지 않았어. 아저씨가 너무 유난 떤다고 생각했거든. 어디로 옮겨가건 그냥 면회 가면 될 테니까. 그보다 난 어떻게 저 할머니가 한밤중에 감방 안으로 들어왔는지가 훨씬 궁금했어. 그래서 몰래 침대에서 기어 나와 창살 틈으로 엿봤어. 그 순간 너네 할머니가 가방으로 아저씨를 한 대 올려 치면서 집으로 오면 너무 위험하다고 말하더라고.

정작 내가 엿들으려니까 두 사람이 목소리를 낮추는 바람에 듣느라 애를 먹었어. 그래도 '가방'이랑 '저주'라는 단어는 계속 들리더라고. 그런데 말을 할수록 점점 더 크게 싸우는 거야. 다른 죄수들이 잠에서 깨기 시작했어. 바로 그 순간 할머니가 가방 안으로 손을 집어넣는 걸 봤어. 근데 다음 순간 할머니가 없어진 거야. 완전히 사라졌더라고. 그걸 본 뒤엔 해가 뜰 때까지 한숨도 못 잤어. 깨고 나서는 꿈꿨다고 생각했고. 하지만 마음 한구석에서는 내가 본 게 진짜라는 걸 알고 있었어. 일주일 뒤 아저씨는 옮겨갔지. 그래서……."

"그때부터 음모를 꾸미기 시작했겠지."

베티가 대신 말을 맺었다. 자기 이익을 위해서 우리 가족한테 닥친 불행을 이용했다는 사실에 구역질이 났다. 하지만 이내 베티는 자기도 원하는 것을 이루겠답시고 부끄러운 짓을 저질렀다는 사실을 떠올렸다. 베티도 거짓말하고 훔쳤다. 다른 사람도 아니고 가족한테서. 어쩌면 베티가 콜턴보다 더 비열한 사람일지 몰랐다.

콜턴이 고개를 끄덕였다.

"할머니한테 편지를 써서 밀렵꾼의 주머니로 보냈어. 할머니가 알고 싶어 할 정보가 있다고. 할머니는 한걸음에 감옥으로 달려왔어."

"그때부터 거짓말을 술술 짜내기 시작했겠네."

"맞아."

콜턴이 나직이 대답했다. 부끄러운지 목소리가 기어들어 갔다.

"잘못이라는 건 알았어. 하지만 난 살아남으려는 것뿐이라고 혼잣말했어."

갑자기 콜턴이 노질을 멈추더니 앉은 채로 몸을 쭉 폈다. 배는 조용히 물 위로 계속 미끄러져 갔다.

"왜 그래?"

베티가 물었다.

콜턴이 베티 뒤쪽을 가만히 보고 있었다. 눈이 가느다래졌다.

"뭘 본 것 같아."

베티도 어깨 너머를 돌아봤다가 섬뜩한 광경을 마주하고 말았다. 두껍게 낀 회색 안개가 물 위로 서서히 퍼지면서 배를 향해 슬금슬금 다가오고 있었다.

"까마귀 맙소사! 저런 안개 속에서는 분명히 길을 잃을 거야."

베티가 겁에 질려 숨을 몰아쉬었다.

"아닐 수도 있어."

콜턴이 불길하게 말했다.

"뭐라고?"

베티가 얼굴을 구겼다.

그때 베티도 봤다. 흐릿하게 안개 낀 어둠 속에서 한 줄기 빛이 있었다. 빛이 점점 가까워지면서 밝아졌다.

"설마 저거?"

"배야."

콜턴이 답하더니 노를 거둬서 배 안으로 들여놓고 베티 옆에 쪼그리고 앉았다.

"간수들이야. 엎드려!"

18장. 인질

베티가 배 밑바닥에 납작 엎드렸다. 생선 비린내와 오래된 그물 냄새가 코를 찔렀다.

"진짜 간수들일까? 다른 사람일 수도 있잖아. 그냥 낚싯배."

"그러려면 우리가 무지무지 운이 좋아야 할 거야. 간수들은 아마 눈에 띄는 배라는 배는 다 뒤지고 있을 거야. 나나 제러드가 타고 있을지도 모르니까."

콜턴은 다급하게 아무 말이나 쏟아내고 있었다.

"배를 뒤집으면 안에 공간이 생기니까 아래로 들어가 숨자. 아, 아니다. 그럼 물에 빠져 죽겠구나. 아니면……."

콜턴이 검은색 눈썹이 한데 모이도록 인상을 쓰며 집중했다.

"근데 간수들은 날 찾지 너를 찾는 건 아니야. 너는 간수한테 걸려도 아무일 없을 거야."

베티가 대번에 치고 나왔다.

"하지만 오빠 면회자 명단에 적혀 있는 위더신즈라는 이름이랑 연결되고 말겠지. 그것도 몇 달에 걸쳐서 등장했을 텐데. 그리고 난 열세 살이라구요!

당장 잡혀서 집으로 끌려갈 거야."

베티가 고개는 그대로 숙인 채 무릎을 꿇고 앉았다.

"우린 너무 멀리 왔어. 여기에서 포기하고 까마귀바위섬으로 끌려갈 수는 없어. 오빠가 있건 없건 난 언니랑 동생을 찾을 거야."

베티가 주머니에 손을 넣었다가 마트료시카 인형을 꺼냈다. 지금까지는 콜턴한테 인형의 존재를 알릴 필요가 없었다. 하지만 지금은 달리 선택의 여지가 없었다. 둘은 숨어야 했다. 베티가 손톱으로 첫 번째 인형을 열고 두 번째 인형을 꺼냈다.

콜턴 눈이 휘둥그레졌다.

"그건 또 뭐야?"

"우리 목숨을 살려줄 애들."

"어떻게?"

"우리가 사라질 거야."

"사라진다고? 없어진다는 뜻이야?"

"맞았어."

콜턴이 눈으로 인형을 구석구석 살폈다.

"이것도 마법 부리는 물건이구나. 가방처럼. 맞지?"

베티가 고개를 끄덕였다.

"지금 우리가 살 길은 이것뿐이야. 눈에 안 보이는데 간수가 무슨 수로 우릴 잡겠어. 안 그래?"

베티는 그 말이 옳다고 콜턴이 맞장구쳐 주기를 간절히 바라며 콜턴을 바라봤다.

"그냥 물 위에 떠다니는 배라고 생각하면 간수들이 그냥 지나칠지도 모르잖아. 응?"

콜턴은 미심쩍어하는 것 같았다.

"아니면 그냥 속 편하게 배를 물가로 끌어다 놓을 수도 있지."

"어쩌면."

베티도 인정했다.

"그래도 어쨌건 시간은 벌어줄 거야. 우린 그 틈을 타서 생각하면 돼. 그래도 이 편이 더 나을 거야, 그치?"

"뭘 하는 데 더 나아? 시작했던 곳으로 다시 돌아가는 데?"

콜턴이 바람 새는 소리로 말하더니 뒤를 힐끔 돌아봤다가 거칠게 고개를 저었다. 베티는 콜턴 얼굴에 어린 단호함을 얼핏 봤다. 베티만큼 잃을 것이 많은 콜턴은 단념할 생각이 없었다. 이에 베티는 기운을 얻었다. 콜턴이 배 옆을 넘겨다봤다. 빛이 반사돼서 눈동자가 번쩍였다. 콜턴이 숨을 몰아쉬면서 눈길을 아래로 내렸다.

"거의 다 왔어. 노 젓는 사람이 두 명인 것 같아."

"저 사람들이 오빠를 본 것 같아?"

베티는 첫 번째 인형보다 작은 인형을 여는 데 애를 먹었다. 당황했더니 손이 말을 안 들었다.

"아닌 것 같아. 그냥 하자. 사라지게 해봐."

콜턴이 고갯짓으로 인형을 가리켰다.

드디어 베티가 두 번째와 세 번째 인형을 차례대로 열었다. 꽁꽁 얼어붙은 손이 부들부들 떨렸다.

"오빠 거 아무거나 빨리 줘 봐. 머리카락이나 장신구나 뭐 그런 거."

"나한테 그런 게 있겠냐?"

콜턴이 베티를 사납게 쏘아봤다. 베티가 재빨리 콜턴을 훑어봤다. 머리카락은 거의 밀다시피 바짝 깎였고 몸에 걸친 넝마는 차마 옷이라고 부를 수도 없었다. 당연히 장신구가 있을 리 없었다. 얼른 손으로 눈길을 돌렸지만, 손톱도 다 물어뜯어 나서 곳곳에서 피가 났다.

"까치가 못 살아."

베티가 투덜거리다가 콜턴 옷깃에서 풀려 나온 실밥을 봤다. 생각할 틈도 없었다. 당장 옆으로 가서 이로 실밥을 물어뜯었다. 오래 전 땀내가 입안에 가득 퍼졌다.

"우웩."

베티가 구역질하면서 세 번째 인형 아래 조각 안에 실밥을 뱉고는 머리 쪽 뚜껑을 닫은 뒤, 정교하게 색칠된 겉면 줄을 맞춰서 닫았다.

"너희 위더신즈 자매들은 다 쌈닭 같아."

콜턴이 넋을 놓고 중얼거렸다.

"혹시라도 플리스 언니 귀에 그런 말 들어가게 하지 마. 결국 우리가 하는 못된 짓은 다 할머니한테 배웠으니까."

베티가 세 번째 인형을 두 번째 인형 안에 넣고 엄지손톱을 이로 물어뜯어서 안에 넣은 뒤 다시 한번 신중하게 두 반쪽을 정확하게 맞춰서 닫았다. 드디어 포개진 두 인형을 가장 큰 인형 안에 넣었다.

콜턴은 기다렸다.

"이제 뭐 어쩌면 되는데?"

베티는 천둥처럼 쿵쿵 울리는 심장 고동 소리도 숨길 수 있기를 바라며 마트료시카 인형을 품에 꼭 안았다.

"이게 다야. 우린 안 보여."

베티가 속삭였다.

"진짜?"

콜턴이 즉시 배 밖으로 몸을 내밀었다.

"으아……. 물에 내 모습이 안 비쳐!"

하지만 이내 혼란스럽다는 듯 물었다.

"하지만 넌 보이는데?"

베티가 고개를 끄덕였다.

"우리 소리는 들려. 그리고 손으로 만지면 만져져."

수면을 가르는 노질 소리에 베티가 말을 멈췄다. 베티는 조용히 하라는 신호로 입술 앞에 손가락 하나를 댄 채 벤치로 올라가 몸을 최대한 똘똘 말았다. 콜턴이 베티를 따라 하기에는 키가 너무 컸다. 그래서 맞은편에서 배의 구부러진 옆면을 따라 몸을 휘어 바짝 붙이고 조용히 누웠다. 두 사람은 기다렸다.

안개가 두 사람을 제일 빨리 찾았다. 생선 비늘 같은 회색빛 짙은 안개가 장막처럼 두 사람 머리 위를 덮쳤다. 물 위에서 철썩이는 노질 소리가 점점 커지더니 뚝 그쳤다. 물을 가로질러 다가오는 나룻배를 발견한 것이었다. 배 두 척이 예고 없이 부딪치는 바람에 베티는 혀를 깨물었다. 뭔가 차가운 게 팔꿈치 밑에서 잘그락 소리를 냈다. 팔을 들어보니 뾰족하고 날카로운 낚싯바늘이 하나 있었다. 만에 하나 둘이 잡히기라도 하면 무기로 쓸 수 있을지 몰랐다. 베티는 낚싯바늘을 소매에 넣으면서도 자신의 흉포한 면에 깜짝 놀랐다. 전에는 누구 하나 다치게 한 적 없었다. 하지만 누구도 언니랑 동생을 찾는 베티를 막지 못할 터였다. 두 사람을 찾기 위해서라면 베티는 못 할 짓이 없었다.

등불을 높이 들었는지 배 안으로 빛이 쏟아져 들어오면서 주위 다른 것들이 어둠 속에 묻혔다. 안개를 뚫고 남자 목소리가 들렸다.

"빈 배야. 낡은 포댓자루만 있어."

베티가 바짝 긴장했다. 틀림없이 아는 목소리였다! 어디에서 들었더라? 미처 생각해내지 못했는데 두 번째 남자가 말했다.

"노가 아직 안에 있어. 그리고 분명히 뭐가 움직이는 걸 봤어. 사람 같았는데⋯⋯."

두 번째 목소리는 첫 번째보다 어리지만 더 날카로웠다. 베티가 처음 듣는 목소리였다. 말하는 데서 자신감이 묻어났다. 호락호락 겁먹을 사람이 아니었다.

"배가 멀쩡해. 풍랑을 만났거나 사고당한 흔적이 없어. 그냥 버려진 배인가 봐."

어떤 기미도 없다가 불쑥 손 하나가 튀어나와서 베티 눈앞을 획 지나가더니 아까 콜튼이 배 안으로 던져 넣은 보급품들을 뒤지기 시작했다. 베티는 조심스럽게 숄을 들어서 입을 가렸다. 만에 하나라도 차가운 공기 속에서 따뜻한 숨결을 느끼면 안 될 일이었다.

등불이 획 움직이면서 두 남자 얼굴을 훤히 드러났다. 꼬장꼬장해 보이는 젊은 간수는 밀랍 같은 얼굴이었다. 간수 제복을 입었고 드문드문 난 콧수염에 입술이 얇아서 못돼 보이는 인상이었다.

놀랍게도 다른 사람은 핑거티였다.

핑거티가 왜 여기에 있지?

"그래? 탈옥수들이 사용한 배인가?"

젊은 간수 목소리에서 조바심이 느껴졌다.

핑거티가 찌푸린 얼굴로 노를 보면서 두껍고 길게 자란 손톱으로 턱을 긁었다.

"물론 그럴 수도 있지. 하지만……."

핑거티가 머뭇거리며 무슨 해답이라도 찾아내려는 듯 안개 속을 힐끔거렸다.

"우리가 온 길을 따져 보면 아무래도 이 배는 비탄의 섬에서 온 것 같은데."

간수가 침을 뱉었다. 베티한테 침이 물을 때리는 소리가 들렸다.

찰싹.

역겨움에 베티 입술이 안으로 말렸다.

"탈옥범들이 비탄의 섬까지 어떻게 갔겠어? 어림도 없어! 눈에 띈 배는 한 척도 없었다고. 참회의 섬에서 도둑맞은 배도 없었고!"

이 말에 베티는 기쁘기도 하고 안심도 돼서 혼자 빙긋 웃었다. 간수들은 제러드와 콜튼만 뒤쫓는 눈치였다. 누구도 위더신즈 자매를 입에 올리지 않았다. 마법 여행 가방이 자아낸 풀리지 않는 불가사의 덕분에 간수들이 완전히 헛다리를 짚고 있었다. 제러드가 뺏어간 가방이 생각나자 베티 얼굴에서 웃음기가 가셨다. 가방은 마법 물건 중에서 가장 귀한 것이었다. 그런데 지금은 손에 닿을 수 없을뿐더러 더할 수 없이 위험한 사람 손아귀에 들어갔다. 가방보다 훨씬 소중한 자매들과 함께.

"뭐, 어떻게든 섬에서 도망쳐 나왔을 수 있지. 아니면 아직 섬에 있을지도 모르고. 그만큼 간수들이 형편없고 무용지물이라는 뜻이지만."

핑거티가 건조하게 말했다.

"누구보다 그런 건 잘 아시겠어? 그쪽이 누구보다 형편없는 간수니까."

젊은 간수가 으르렁거렸다.

"헤. 내가 그래서 넌 진짜 다행인 줄 알아."

핑거티가 낄낄 웃었다.

"운이야 그쪽이 좋지."

젊은 간수 목소리에서 경멸이 뚝뚝 묻어났다.

"능구렁이치곤 운을 아주 타고났잖아. 하지만 지난번처럼 또 제대로 걸리는 수가 있어."

젊은 간수가 손가락으로 딱 소리를 냈다.

"예전처럼 더러운 짓을 벌이다가 우리한테 들키거나 중심 섬 사람 누구라도 그쪽이 우리 눈과 귀 노릇을 한다는 걸 알아내는 날에는 끝장이야."

젊은 간수가 불쾌하게 클클 소리를 내며 웃었다.

"게다가 얻어맞지도 못할 만큼 늙지는 않았잖아? 핑거티, 우리가 그쪽 주인이야. 그리고 아주 끝내주게 좋은 건수를 잡지 않는 한 앞으로도 계속 그대로일 거야. 어지간한 건수로는 어림도 없어."

핑거티 얼굴에서 웃음기가 사라졌다. 얼굴에 다시 주름이 잔뜩 잡히면서 횃대에 앉은 닭처럼 노려보는 인상으로 돌아갔다.

"저 배나 끌고 와. 배가 멋대로 아무 데나 떠다니게 냐두면 안 돼. 누구 눈에 띌 줄 모르니까."

젊은 간수가 명령했다.

베티가 조용히 숄을 물었다. 일이 단단히 잘못되어 가고 있었다. 어떤 섬에라도 다시 끌려가면 귀중한 시간을 허비하게 될 텐데, 베티와 콜턴한테는 시간이 없었다. 게다가 어디까지 갈지 몰라도 콜턴이 발각될 위험에 처할 것이었다.

핑거티가 배 바깥으로 몸을 내밀었다.

"배를 끌고 갈만한 줄이 안 보이는데?"

"그럼 저리로 넘어가서 노라도 저어. 등불은 내가 가져간다. 그러니까 잘 따라와."

젊은 간수가 사납게 말했다.

핑거티가 베티 배 안으로 건너왔다. 핑거티 무게 때문에 배가 잠깐 기우뚱했지만 핑거티는 마치 땅에 있듯이 비틀거리지도 않고 잘 서 있었다. 핑거티는 그대로 선 채 당혹스러운 표정으로 배 안을 훑었다.

"어딘가 배가 이상해."

핑거티는 젊은 간수한테 말하는 게 아니었다. 혼잣말이었다. 뭐라도 찾는 듯이 발끝으로 넝마 더미 한쪽을 쿡쿡 찔렀다.

"빌어먹을, 이제는 또 뭐가 불만인데?"

"이 배. 어딘가 이상해."

핑거티가 같은 말을 중얼거렸다.

"아무것도 없는 배치고는 너무 무겁단 말이지."

베티가 흠칫 놀라며 콜턴을 돌아봤다. 핑거티는 경험 많은 뱃사람이었다. 빈 배에 올라타면 어떤 느낌인지 정확하게 알고 있었다. 이 배에는 지금 세 사람이 타고 있었다. 베티는 꽥 소리치고 싶은 심정이었다. 왜, 왜, 왜 하필이면 핑거티냐고! 핑거티한테 발각되는 날이면 당장 끌려가서 심문받을 것이었다. 그러면 시간이 흘러갈 테고, 그러면 해 지기 전에 찰리와 플리스를 찾아낼 가능성은 아예 없어질 것이었다. 낚싯바늘을 움켜쥔 손이 부들부들 떨렸다. 아는 사람을, 그것도 자기를 도와준 사람을 해칠 수는 없는 노릇이었다. 그렇지 않은가!

"무거운 나무판을 썼나 보지."

젊은 간수가 등불을 내려놓고 하품했다. 노를 집어 드는지 나무 긁히는 소리가 났다.

"아니야."

핑거티는 등허리 털을 빳빳하게 세운 사냥개처럼 꿈쩍도 하지 않고 서 있었다.

"나무하고는 상관없어. 내 말 잘 들어. 뭔가 잘못됐다고."

핑거티가 몸무게를 이쪽저쪽으로 옮기는 바람에 베티는 혹시라도 마트료시카 인형이 달그락 소리를 낼까 봐 품에 더 꽉 끌어안았다.

젊은 간수가 비웃듯이 나지막이 낄낄 웃었다.

"다음에 뭐라고 할지 뻔하네. 죽은 사람 영혼이 배에 탔다고 하겠지. 물 위를 떠다니며 신선한 영혼을 노리는 유령선이랑 마주쳤다고 하면서."

"그런 농담하면 안 돼! 물 밖에서는 별 기묘한 일이 다 벌어진다고. 아주 끔찍한 일이."

핑거티가 정색했다.

"노나 저어."

젊은 간수는 흥미가 떨어진 듯했다.

"나를 겁주려면 그쪽이 지껄이는 얘기로는 어림도 없어. 눈알이 빠질 때까지 찾기나 해. 두 탈옥수들이 어딘가에 있을 테니. 난 그놈들을 잡아서 데리고 가는 사람이 되고 싶다고."

젊은 간수가 노를 젓기 시작하자 뚝뚝 물 떨어지는 소리가 베티 귀에 들렸다.

결국 핑거티가 무겁게 숨을 내쉬며 자리에 앉았다. 양손으로 노를 하나씩 잡고 자욱한 안개 속을 뚫어지게 내다보았다. 베티가 용기를 쥐어 짜내 핑거티 뒤로 살며시 미끄러져 나와, 배가 흔들리지 않게 조심하면서 최대한 빨리 무릎을 꿇고 앉았다. 이미 젊은 간수가 탄 배는 짙은 안개에 먹혔는지 시야에서 사라지고 없었다.

"천천히 가! 남는 등불은 없어?"

핑거티가 외쳤다.

"없어! 그러니까 속도를 내!"

퉁명스러운 대답이 돌아왔다.

핑거티가 나지막이 욕을 내뱉고 노를 젓기 시작했다. 노를 끌어당기는 동작에 뒤로 넘어온 핑거티의 희끗희끗한 머리를 베티가 손으로 가볍게 스쳤다. 핑거티가 몸을 부르르 떨었다. 노질이 한 번 더해질수록 베티 안에 절망감이 쌓여갔다. 베티는 콜턴이 나서주기를 바라는 눈빛으로 콜턴을 힐끗 쳐다봤다. 핑거티를 배 밖으로 밀어버리든 무슨 짓을 해서라도 까마귀바위섬으로 향하는 배를 돌려주기를 기대했다. 하지만 콜턴은 핑거티 발치에 몸을 구기고 있는 처지라 움직이기도 전에 들킬 게 뻔했다. 베티 머릿속은 점점 멀어지고 있는 언니와 동생 생각뿐이었다. 상황을 바꾸고 실낱같은 가능성이라도 잡으려면 모험을 하는 수밖에 없었다.

베티는 두려움을 한쪽으로 치워버리고 핑거티한테 몸을 바짝 기대면서 귀에 대고 차갑고 음산한 목소리로 속삭였다.

"핑거티, 똑똑히 들어. 찍소리도 내지……."

핑거티가 으악 비명을 지르며 몸을 홱 돌리다가 노를 떨어뜨렸다. 손을 마구 휘젓는 바람에 배가 출렁거렸다. 베티는 뒤로 물러나려 했지만 미처 빠져나가지 못하고 핑거티가 휘두르는 주먹에 가슴팍을 맞았다. 베티가 균형을 잃고 쿵 소리를 내며 그물 위로 넘어졌다.

"거기 누구야!"

핑거티가 외쳤다. 공포에 사로잡힌 눈으로 보이지 않는 적을 찾느라 급히 고개를 좌우로 돌렸다.

"핑거티?"

젊은 간수가 핑거티를 불렀다. 짜증으로 가득한 목소리가 희미하게 들렸다. 벌써 제법 멀리까지 갔다는 뜻이었다.

"왜 난리야? 빨리 오기나 해, 이 늙은이야!"

베티가 옆으로 구르며 신음했다. 끙끙 앓는 소리에 핑거티가 움찔했다. 가쁘게 내쉬는 호흡에 빠르게 김이 서렸다가 사라졌다. 베티는 지금 낸 신음이 핑거티한테 더할 수 없이 으스스하게 들렸음을 깨달았다. 핑거티가 이미 겁먹은 데다가 베티는 보이지도 않은 터였다. 아직 한 손에 쥐고 있는 노를 들

263

어 올리는 핑거티 모습에서, 공포가 사람을 얼마나 위험하게 만드는지도 느꼈다. 핑거티가 무턱대고 노를 휘둘렀다. 노가 붕 소리를 내며 머리 위 허공을 가르자 베티가 몸을 떨었다.

"핑거티! 그 뒤에서 뭐 해!"

젊은 간수가 또 고함쳤다.

"여기! 나 좀 이 배에서 나가게 해줘. 여기에 뭔가……. 뭔가 있어!"

핑거티가 외쳤다.

베티가 노 아래에서 몸을 움츠렸다. 베티는 핑거티한테 말을 걸면 핑거티가 겁을 먹고 얼어붙을 줄 알았다. 그런데 핑거티는 베티 예상보다 너무 빨리, 그리고 다르게 대응했다.

핑거티가 헉 소리를 내며 뒤로 확 끌려갔다. 강한 두 팔이 핑거티를 감싸서 뒤로 세게 끌어당긴 것이었다. 핑거티가 벤치에 걸려 넘어지며 두 다리가 공중으로 번쩍 들렸다가 배 바닥에 쿵 떨어졌다. 그 때쯤엔 베티도 간신히 몸을 일으켜 세운 상태였다. 핑거티는 딱정벌레처럼 등을 바닥에 대고 누웠고, 콜턴이 그런 핑거티 두 팔을 무릎으로 깔고 앉은 채 한 손으로 노를 들고 다른 손으로는 핑거티 입을 덮고 있었다. 물론 핑거티한테 보이는 것은 코앞 허공에 둥둥 떠 있는 노뿐이었다. 겁에 질려 헉헉대는 핑거티 숨소리 위로 물을 가르는 노질 소리가 들렸다. 젊은 간수가 탄 배가 가까이 다가오고 있었다.

베티가 재빨리 배를 가로질러 핑거티 옆으로 가서 무릎을 꿇고 앉아 낚싯바늘을 핑거티 목에 대고 눌렀다. 베티는 자기 행동이 믿기지 않았다.

"내가 뭐라고 했지? 아무 소리도 내지 마. 우리 말 대로만 하면 다치지 않는다. 알았냐?"

베티가 사납게 속삭였다.

놀라서 눈이 휘둥그레진 핑거티가 격렬하게 고개를 끄덕였다. 콜턴이 경계를 늦추지 않고 조심스럽게 핑거티 입에서 손을 뗐다.

"우리? 다다당신들은 습지 영혼들이오? 이건 무슨 마법이지?"

핑거티가 간신히 더듬더듬 말했다.

"영혼이 아니다. 이건 아주 강력한 마법이라는 것만 알아둬라."

베티가 핑거티 얼굴 쪽으로 몸을 바짝 기울였다. 머리에 낀 기름기 냄새가 날 정도로 가까이 붙었다.

"네가 영원히 안 보이게 할 수 있는 마법이지."

핑거티가 꿀꺽 침을 삼키자 베티는 조금 미안해졌지만 애써 꾹꾹 눌렀다. 무슨 수를 써서라도 핑거티를 한 편으로 끌어들여야 했다. 낚싯바늘이건 거짓말이건 가릴 처지가 아니야. 단단히 마음먹은 베티가 핑거티 목을 겨누고 있던 낚싯바늘을 재빨리 밑으로 내려 핑거티 외투 아래쪽에 달린 황동 단추를 단번에 뜯어냈다.

"지금부터 무슨 일이 벌어질지 말해줄 테니 잘 들어."

베티가 낚싯바늘을 콜턴한테 던지고 마트료시카 인형을 꺼내서 양 끝을 잡고 비틀었다.

"잠시 후, 네 모습이 사라질 거다. 우리처럼. 다른 간수가 여기 와도 아무 말 하지 말고 아무 짓도 하지 마. 눈치채게 하지 말라고. 알겠어?"

핑거티가 다시 한번 고개를 끄덕였다. 입술을 혀로 핥더니 쉰 목소리로 물었다.

"누, 누구요? 분명히 어디선가……. 귀에 익은 목소리인데……."

"이제 곧 알게 된다. 이제 말해. 저 사람 이름이 뭐지?"

베티는 조금도 흔들리지 않고 물었다.

"파이크, 토비아스 파이크."

"좋아. 이젠 입 다물어. 한마디도 하지 마."

베티가 안개 속을 두리번거렸다. 파이크 배에서 나는 소리는 아까보다 커졌지만 다행히 갈수록 짙어지는 안개 덕분에 아직 보이지는 않았다. 아직 시간이 조금 더 있었다.

마침내 베티가 인형을 열자 핑거티가 놀라서 펄쩍 뛰었다. 콜턴과 베티 모습이 드러났기 때문이었다.

"너!"

핑거티가 목소리를 높이지는 않았지만 충격과 분노로 얼굴이 일그러졌다.

"하지만 넌 그냥 애잖아! 그리고 너……. 넌 우리가 찾던 놈 중 하나구만! 지금 뭐가 어떻게 돌아가는 거지?"

"닥쳐."

콜턴이 바람 새는 소리를 내며 낚싯바늘을 핑거티 코 앞에 들이댔다.

"지금 우릴 들키게 할 작정이야?"

핑거티가 조개처럼 입을 꽉 다물고, 외투에서 뜯어낸 단추를 텅 빈 인형 안에 집어넣는 베티를 지켜봤다.

"그게 다야?"

핑거티가 속삭였다.

베티가 고개를 끄덕였다.

"우린 아무한테도 안 보여요. 이젠 조용히 해요."

콜턴이 손에 들었던 노를 아까 핑거티가 떨어뜨린 노 옆에 두고 핑거티 옆에 쭈그리고 앉았다. 그러는 내내 낚싯바늘을 위협적으로 핑거티 목에 붙이고 있었다. 베티는 배 뒤쪽으로 가서 자리를 잡았다. 안개 속에서 모습을 드러낸 검은 형체에 베티 심장이 빨라졌다. 간수가 등불을 들어 올리자 희미하게 빛나는 둥그런 불빛이 점점 가까워졌다.

"핑거티! 징징 짜대기만 하는 겁쟁이 노인네야, 어디 있는 거야? 습지를 잘 안다고 했잖아! 겁도 쉽게 안 먹는다면서!"

파이크가 으르렁대며 몸을 밖으로 내밀어 베티 배를 들여다봤다. 노에 눈길이 닿은 파이크가 당황해서 얼굴이 구겨졌다. 파이크 눈길이 보이지 않는 핑거티와 콜턴을 지나쳤다. 베티 쪽으로는 거의 미치지도 않았다.

"핑거티? 핑거티!"

파이크가 눈을 크게 뜨고 목소리를 높였다.

베티는 심장이 쪼그라드는 기분이었다. 핑거티는 소리치고 싶어서 안달난 기색이 역력했다. 하지만 무섭게 노려보는 콜턴 기세에 눌린 두려움이 더 컸다.

파이크 한쪽 눈이 가늘어졌다.

"이 바보 영감이 어디 갔지? 허공으로 사라졌을 리는 없는데……."

파이크가 중얼거리면서 등불을 사방으로 비추다가 다시 배 안을 밝혔다. 한 눈에 봐도 텅 빈 배였는데 파이크는 도무지 떠날 기미가 보이지 않았다.

베티는 망설이다가 숨을 크게 들이마셨다. 그러고는 내쉬는 숨에 목소리를 최대한 높여서 가느다랗게 바람 빠지는 소리로 속삭였다.

267

"토비아스으으으으 파이크!"

자기 이름을 부르는 소리에 간수가 뒤로 펄쩍 뛰었다.

"거거거거 거기 누구요?"

파이크 목소리가 갑자기 떨리면서 나왔다. 노가 무슨 검이라도 되는 양 두 손으로 꽉 움켜잡았지만, 바람결에 흔들리는 갈대처럼 가만있지를 않았다.

"이곳으으으을 떠나라, 토비아스으으으으 파이크! 떠나서 다시는 돌아오지 마라……. 다시 돌아오며어어어언, 넌 끄으으음찍한 운명으로 괴로워하게 되리라아아!"

음산하게 속삭이는 베티 말에 파이크 얼굴이 핏기가 가시면서 초췌해졌다.

"핑거티?"

자신만만했던 모습은 온데간데없이 쉰 목소리로 물었다.

"지금 장난하는 거야?"

"사라졌다네……. 사라졌다네……. 사라졌다네……."

베티는 주문 외우듯이 같은 말을 웅얼거렸다. 이제는 슬슬 이 상황을 즐기기 시작했다. 파이크처럼 대장 노릇 하기 좋아하는 사람은 자기가 남들한테 어떻게 구는지 맛을 보여줄 필요가 있었다.

"스으으읍지 여엉혼이 끌고 갔다지……."

베티가 극적 효과를 노리고 소리를 뚝 끊었다가 다시 시작했다.

"하지만 아아지이익 나는 다른 여어어엉호오온이 배고프다아네에……."

파이크가 간신히 목이 졸린 듯 흐느끼는 소리를 냈다. 뒤로 물러나 앉아 무덤에서 빠져나오려는 사람처럼 노질을 시작했다. 불과 몇 초 만에 짙은 안개가 파이크를 다시 집어삼켰다. 주위에서는 파이크가 도망치느라 미친 듯이 노질하며 물을 튀기는 소리만이 들릴 뿐이었다. 베티는 마음이 놓인 나머지 더는 참지 못하고 웃음을 터트렸다. 베티 웃음소리에 파이크가 노질에 박차를 가했다. 베티는 옆구리가 아프도록 깔깔 웃었다. 으스스하게 메아리치는 웃음소리가 베티 귀에도 기묘하게 들렸다. 베티는 철썩이는 파이크의 노젓는 소리가 하나도 들리지 않을 때까지 웃음을 그치지 않았다.

물 위에 세 사람만 남은 것이 확실해지자 핑거티가 입을 열었다.

"나, 나한테서 뭘 원하는지 빠빨리 말해!"

"그럴게요. 아주 단순해요. 아저씨가 우리보다 여기 습지를 잘 알잖아요. 그 어떤 지도보다도 정확할 거예요. 그러니까 우리를 데리고 이 안개를 통과해서 바람 부는 산기슭까지만 가요."

핑거티는 겁을 먹은 것 같았다.

"감옥에서 탈출하는 죄수를 도와준 사람이 어떻게 되는지 알아? 감옥행이야! 추방이라고! 근데 나처럼 이미 같은 죄를 저지른 사람은 교수형감이야!"

"안 잡히면 되죠."

베티가 쓸쓸하게 웃었다. 베티한테 감옥이며 추방이 무슨 상관이겠는가. 그런 고통을 당할 만큼 오래 살지도 못할 텐데.

"처음부터 잡힐 생각을 하는 사람이 어디 있어. 넋 놓고 있다가 잡히는 거지."

핑거티가 중얼거렸다.

"그냥 우리를 바람 부는 산기슭에 데려다주기만 하면 돼요. 그다음엔 우릴 만난 사실 자체를 잊으면 끝이고요. 단지……."

베티는 말을 끊고 곰곰이 생각했다. 어쩌면 핑거티가 다른 면에서 쓸모 있을지도 몰랐다. 같은 편이 되도록 설득만 한다면 말이다.

"단지 영웅이 되고 싶은 생각이 없다면 말이죠."

파이크가 뭐라고 했더라?

"끝내주게 좋은 건수도 올리고요."

순간 적막이 흘렀다. 핑거티가 물었다.

"어떻게?"

"제러드를 잡아가는 거예요."

핑거티가 바람 새는 소리를 내며 한참 웃었다.

"그게 가능하다고 생각하냐? 그놈은 사람도 먹는 괴물이라는 소문을 들었는데!"

"눈에 안 보이는 사람도 있는 게 불가능할 건 또 뭐래요?"

핑거티는 호기심과 경계심이 뒤섞인 표정으로 베티를 바라봤다. 핑거티가 인형으로 눈길을 돌렸다.

"니들 할머니가 이 모든 일을 설명해야 할 거다."

"네, 아마 그러실 거예요."

베티가 대답했다.

베티가 콜턴을 힐끔 쳐다봤다. 파이크가 떠난 뒤로 콜턴은 한마디도 하지 않았다. 화가 난 건지 걱정하는 건지, 아님 둘 다인지 의아했다.

"그럼 움직이자."

콜턴이 핑거티한테 노 하나를 건네며 경고했다.

"늙은이, 엉뚱한 짓 하지 마."

핑거티가 콜턴을 노려보며 노를 받았다.

"그러니까 지금 나를 납치하는 주제에 이렇게 힘든 일도 하라는 거냐?"

"좋은 일 한다고 치세요. 예전에도 고통의 섬에서 사람들을 탈출시켜 줬잖아요."

"좋은 일? 그건 좋은 일이 아니었어! 보수를 받았다고. 그것도 아주 후하게. 나 참!"

핑거티가 버럭 성을 내면서 노로 물을 가르기 시작했다.

배가 움직이자 베티도 넝마 위에 앉았다. 그나마 이젠 언니랑 동생을 찾으러 나섰다. 문제 일부라도 해결하기 위한 시작이었다. 마음 한구석으로 밀려났던 다른 문제가 다시 생각났다. 탑 벽에 새겨져 있다는 위더신즈라는 글자…… 누가 소샤한테 큰 잘못이라도 저질렀을까? 질투심, 또는 거짓말에서 저주가 생겨났을까?

"다음엔 무슨 일이 벌어졌어요?"

베티가 몸을 떨며 물었다. 얼음장 같은 안개가 귀와 코끝을 찔러댔다.

"소샤 스펠손한테요."

핑거티가 두 눈을 거의 감다시피 가늘게 떴다.

"이젠 역사 공부까지 원하시네!"

핑거티 목소리가 쩌렁쩌렁했다.

"꼬맹이, 너 배짱 한번 두둑하다. 근데 그거 아냐? 습지에서는 그 여자 이름을 입에 올려서도 안 돼!"

"전 알아야 해요."

베티는 단호했다.

271

"이 모든 짓거리도 다 그거 때문이냐? 소샤 스펠손에 관해서라면 내 도움 없이도 이미 알 만큼 아는 것 같구만!"

핑거티가 쉰 소리를 냈다.

"무슨 말씀이에요? 제가 알았으면 묻지도 않았다고요!"

"얼씨구! 꼬맹아, 나는 못 속인다. 내가 이 두 눈으로 똑똑히 봤구만. 어림 없다."

핑거티가 노를 내려놓고 휘어진 손가락으로 베티를 쿡쿡 찔렀다.

"이 사람이 무슨 말을 하는 거야?"

콜턴이 물었다.

"무슨 말이긴 무슨 말이야, 인형 말이지! 그게 그 여자 인형이라는 것쯤은 알 거 아냐!"

핑거티가 식식거렸다.

베티는 핑거티를 빤히 마주 보다가 손에 꼭 쥐고 있던 인형을 내려놓았다. 마침내 핑거티 말이 무슨 뜻인지, 밀렵꾼의 주머니에서 핑거티가 해준 얘기가 얼마나 중요했는지 이해가 갔다.

새로 태어날 아기를 구하느라 두 밀수꾼과 한 첩자가 목숨을 잃었다는 얘기, 소샤가 불가사의한 힘을 발휘해서 말이 안 되는 방법으로 사람들을 지켜봤고 위험을 피하기 위해 동생과 모습을 숨겼다는 얘기……. 엿보기와 모습을 숨기기. 한 곳에서 다른 곳으로 눈 깜짝할 새 이동했다는 이야기.

"다 그 여자 물건이었군요."

충격을 받은 베티가 웅얼거렸다. 위더신즈 가문의 가보와 끔찍한 저주……. 모든 것이 그 여자한테서 시작되었다.

"그 긴 세월 동안 우리 가족을 통해……. 소샤 능력이 사라지지 않고 전해진 거였어."

베티가 뼈밖에 없는 핑거티 무릎을 잡고 다급하게 흔들었다.

"핑거티 아저씨, 제발요. 지금 말해주셔야 해요. 아저씨가 소샤 스펠손에 관해서 아는 이야기는 전부 다요. 제 목숨이, 우리 언니랑 동생 생명이 달린 문제예요. 소샤가 어쩌다가 까마귀바위 탑에 갇혔죠?"

핑거티가 물에 담그고 있던 노를 잡고 노질을 시작했다.

"믿으면 안 될 사람을 믿었어."

19장. 소샤 이야기

감옥에서 울려 퍼진 종소리가 습지를 가로질러 소샤 머릿속까지 흔들어댔다. 종소리는 아침 내내 울렸다. 섬에는 소문이 무성했다. 몇 시간 뒤엔 간수들이 도착했다. 바닷가를 뒤지고 집마다 문을 두드리고 다녔다. 사람들 말로는 사기죄로 갇혔던 어린 죄수라고 했다. 힘이 세기는 했지만 해류를 건너고도 살아남기는 어려울 거라고 했다. 하지만 시체가 발견되지는 않았다.

간수들이 떠나고 소샤가 만으로 내려갔다. 고통의 섬에는 모래로 뒤덮인 만이 몇 개 있었다. 바위 웅덩이에는 꼬막이며 홍합도 많았지만, 깊은 바다에서 떠내려온 다른 보물을 찾을 때도 있었다. 한 번은 진주를 발견해서 몇 주 전 프루의 열여섯 번째 생일날 프루한테 선물로 줬다.

모습이 보이기 전에 소리가 먼저 들렸다. 갯벌을 가로질러 고통스러운 신음이 길게 이어졌다. 소샤는 바다사자가 보이기를 기대하며 눈 위로 손을 들어 햇빛을 가리고 소리가 들려온 쪽을 바라봤다. 앓는 소리가 한 번 더 나더니 이번에는 뭔가 움직이는 게 보였다. 진흙으로 뒤덮인 바위인 줄 알았는데 저 앞에 있는 건 살아있는 티가 거의 없는 사람 몸뚱이였다.

주변에 아무도 없는지 확인한 소샤가 자갈밭을 가로질러 남자한테 다가 가서 앉았다. 놀랍게도 남자는 소샤보다 그다지 나이가 많아 보이지 않았다. 사람들이 말하는 그런 짓을 어떻게 이토록 짧은 세월 안에 했는지 이해가 가지 않았다. 소샤는 안전 따위는 까맣게 잊었다. 젊은 남자는 새끼 고양이처럼 연약했다. 남자가 소샤를 올려다봤다. 모래투성이였지만 아름다운 잿빛 눈동자였다. 남자가 입을 열자 입가에 말라붙은 진흙이 갈라졌다.

"도와주세요……. 제발."

소샤는 남자를 떠나거나 간수를 부를 수 있었다. 하지만 이미 소샤 심장에서 연민이 피어났다. 그나마 남아 있던 생명도 축축한 감방 안에 던져지는 순간 힘없이 꺼져버릴 것이었다. 소샤가 치맛단으로 남자 얼굴에 묻은 진흙을 살살 닦아줬다. 그 순간 소샤를 올려다보던 남자 눈에 깃든 무한한 감사와 신뢰의 빛이 단숨에 소샤를 사로잡았다. 이곳에서는 누구도 소샤를 그런 눈길로 봐주지 않았다. 그때 소샤는 자기가 이 남자를 도우리라는 것을 알았다. 외떨어진 동굴 안에 남자를 숨겨줄 것이었다.

남자 이름은 윈터 베이츠였다. 남자는 소샤가 몰래 갖다주는 음식을 먹으며 나날이 기운을 회복해 갔다. 과거 이야기는 물론이고 미래의 희망도 소샤와 나누었다. 소샤는 베이츠 때문에 자주, 그리고 환히 웃었다. 소샤는 사람 때문에 웃어본 적이 없었다. 엄마와 프루는 우스갯소리를 하는 법이 없었고 어쩌다 웃어도 눈에 잘 보이지 않을 만큼 희미했다. 이러면 안 된다고 몇 번이나 다짐했지만 소샤는 자기도 모르게 베이츠한테 끌렸다. 작별 인사를 하지 않아도 되는 미래를 그리기 시작했다.

윈터가 기력을 되찾을수록 소샤 감정도 짙어졌다. 그만큼 위험도 커졌다.

고통의 섬에서 사람들 쑥덕거리는 소리가 몇 주나 이어졌다. 소샤한테는 익숙한 일이었다.

소샤는 처음부터 사람들이 쳐다보는 눈길을 무시했다. 소샤가 가게나 교회에 들어가거나 거리에서 열린 문 앞을 지나기만 해도 수군거리던 소리가 뚝 멈추는 일도 내버려 뒀다. 섬에서 보낸 열여덟 해 동안, 섬에서 소샤를 두고 떠들어대는 뜬소문과 헛소문이 그친 적은 단 한 순간도 없었다. 거슬리는 일은 늘 있었다. 소샤가 오랫동안 모른 척하면 결국에는 다 사라졌다.

그런데 이번에는……. 느낌이 좋지 않았다. 달랐다. 하지만 소샤는 상황이 다르다는 것을 되새겼다. 소샤는 위험천만한 모험을 시작했다. 자기 목숨은 물론 가족들 생명까지 위협할 모험이었다. 이른 저녁 무더운 날씨로 소샤 겨드랑이에서 땀이 났다. 소샤가 윗입술에 맺힌 땀방울을 손으로 닦아냈다. 팔월 말이 가까웠지만 길고 메마른 여름은 좀체 끝날 것 같지 않았다.

소샤는 오두막으로 향하는 길에 접어들었다. 다 무너져가는 오두막은 소샤와 프루, 그리고 엄마가 집이라고 부르는 곳이었다. 라벤더에서 붕붕 날고 있는 벌들도 열기에 지쳐 보였다. 오두막에 도착해 보니 집에 달린 창문은 물론 문까지 활짝 열려 있었다.

엄마는 밖에서 거무튀튀한 물에 감자를 담근 채 껍질을 까고 있었다.

"늦었구나. 이 저녁에. 또."

엄마가 한마디 했다.

"더워서요."

소샤는 엄마를 지나면서 멈추지도 않고 곧장 어둡고 숨이 콱 막히는 오두막으로 들어갔다. 들어서자마자 장막처럼 드리운 뜨거운 공기가 소샤를 덮쳤다. 소샤는 갈대 바구니를 탁자 위에 올려놓고 그새 이마에 새로 맺힌 땀을 닦으며 밖으로 다시 나갔다.

"더워서가 아니잖아."

경고하는 듯한 엄마 목소리에 공기가 서늘해졌다. 엄마가 나직이 말했다.

"딸, 네가 어디에 있었는지 알아."

소샤가 말없이 문 옆 땅바닥에 앉았다. 소샤가 털썩 주저앉자 흙먼지가 뽀얗게 일었다. 소샤 옆 풀밭에서는 어린 갈색 고양이가 꾸벅꾸벅 졸고 있었다. 벼룩에 잔뜩 물어뜯긴 채 어디선가 홀연히 등장하더니, 이제부터 이곳이 새로운 집이라고 선언하듯 야옹야옹 울던 고양이가 일주일이 지나도록 갈 생각을 않자 이제는 엄마도 쫓아내기를 포기했다. 소샤가 손가락 하나를 펴서 고양이 꼬리를 살살 쓰다듬었다.

"어디서 굴러왔는지도 모르는데 무턱대고 반기면 안 돼."

감자 한 알이 물속으로 텀벙 빠지자 갈색 물방울이 고양이 털에 튀었다. 녀석은 움찔거리지도 않았다.

"딱 우리 가족한테 할 말이네요."

목소리에 깃든 억울한 기색은 평소만큼 크지도 않은 데다 열기에 먹혀서 누구 귀에도 닿지 못했다.

"하긴, 여기서는 누구도 우릴 반기지 않았지만요. 안 그래요?"

"그래도 우리를 참아줬어. 그것만으로도 고마워해야 해."

"왜요?"

소샤는 이 질문을 수도 없이 했다.

"우리가 왜 고마워해야 해요? 왜 여기를 떠나서 우릴 아는 사람도, 비난하는 사람도 없는 곳으로 못 가는 거죠?"

"다른 사람들이 어떻게 생각하겠니? 우릴 받아준 공동체를 떠나다니!"

엄마가 언성을 높였다.

"받아줬다니."

소샤가 웅얼거렸다.

"낯선 이들을 구하겠다고 공동체에서 세 사람이나 목숨을 잃었어! 우리 때문에!"

"누가 그걸 몰라요?"

소샤가 손바닥으로 땅을 내리쳤다. 먼지구름이 또 일었다. 고양이가 재채기를 했다.

"엄마는 죄책감에 짓눌려 사는 데 지치지도 않아요? 잊으면 안 되는 삶이 피곤하지도 않냐구요. 드넓은 세상이 저 밖에 있어요. 엄마는 왜 이렇게까지 저 사람들 세상을 지키려 하냐고요!"

"적응해야 해. 우리 생명을 구해줬으니 이 정도 대가는 치러야지. 저 사람들은 절대 잊지 않아. 우리도 잊어서는 안 되고."

엄마가 딱딱하게 말했다.

"바로 그거예요."

소샤가 슬프게 말했다.

"우리가 고통의 섬에 있어봤자 그 모든 괴로운 느낌만 생생하게 살아남을 거라고요. 차라리 참회의 섬에 갇히는 편이 낫지!"

"내가 말했듯이 우리가 치러야 할 작은 대가야."

엄마가 다른 감자를 까기 시작했다.

"게다가, 우리가 떠나는 게 허용되는지도 모르겠다. 이 섬에서 나갈 수 있는 사람은 없으니까. 그게 이 섬이 있는 이유지만."

"그야 다른 사람들은 다 유배 왔으니까 그렇죠. 우린 아니잖아요!"

소샤가 맞섰다.

"그게 무슨 상관이겠니. 여기서 우린 다른 사람이랑 똑같이 사는데. 우리한테 맞는 삶을 고르거나 선택하지는 못해."

햇빛을 받은 엄마 머리카락이 구리색으로 반짝이자 머리 주변이 해바라기처럼 둥글게 빛났다. 소샤는 엄마랑 머리색은 똑같았지만, 곱슬머리는 유전되지 않아서 구불구불한 머리카락은 한 가닥도 없이 비단결처럼 쭉 뻗었다.

"사람들이 수군거린다."

엄마가 덧붙였다.

"늘 그러지 않나요?"

엄마가 날카로운 눈길로 소샤를 보면서 목소리를 낮췄다.

"네가 아주 좋은 이야깃감을 던져주고 있지!"

엄마는 감자껍질을 하도 벗겨 대서 손톱이 갈색이었다. 엄마가 칼질할 때마다 소샤는 칼날 밑에서 껍질이 벗겨져 속살이 드러나는 기분이었다.

"숨기기 쉽지 않은 것도 있어. 거짓말이나 미신이라고 비난하기 어려운 것도 있고. 사람을 숨기는 건 그런 거랑 달……."

"그런 능력이 나한테 있는 건 내 선택이 아니었어요."

"아니었지. 하지만 넌 그걸 사용하는 쪽을 선택했어. 할 수 있으니까. 사용해야 하는 것도 아닌데."

"내가 누구를 해치는 것도 아니잖아요."

소샤가 속삭였다. 눈물이 가득 차올랐다. 소샤는 꿋꿋하게 눈물을 닦아냈

279

다.

"그냥 돕고 싶었어요."

"엄마야 알지."

엄마가 칼을 내려놓고 소샤를 돌아봤다. 물에 젖고 흙냄새 나는 손가락으로 소샤 턱을 감쌌다.

"하지만 다른 사람들은 그렇게 안 봐. 탈출한 남자가 살아 있다는 걸 사람들이 알아. 죽었다면 지금쯤 습지에서 시체가 떠올랐을 테니까. 어딘가에 숨어 있다는 걸 안다고. 오늘 간수들이 또 섬에 다녀갔어. 수색한답시고. 간수들이 알아내면 너를 참회의 섬으로 끌고 갈 거야. 그럼 넌 그 저주받은 곳에 갇힐 테고…… 그러면……."

엄마는 말끝을 흐리며 소샤 얼굴에서 손을 떼더니 엄마 얼굴을 탁탁 쳤다. 답답한 침묵이 흘렀다. 근처에서 새 한 마리가 몸단장하며 지저귀었다.

"거기에 절 가두지는 못해요. 가두려고 해볼 수는 있겠죠. 하지만 전 어떡해서든지 나올 거예요. 모두 관심을 끌 때까지 숨어 있다가……."

"저들이 탑에 가두면 너도 어쩌지 못해. 너는 그곳에 갇힐 거야. 마법사로 의심받는 사람은 늘 거기에 가두니까."

엄마가 속삭였다.

엄마 목소리에 깃든 무언가에 소샤는 속이 울렁거렸다.

"왜요?"

"탑 안에서는 마법이 안 먹히거든. 너도 기억하지? 저 탑이 만들어진 이야기 잊었니? 탑을 뭘로 지었는지?"

소샤가 얼굴을 찌푸렸다.

"돌무덤이요."

엄마가 고개를 끄덕였다.

"죽은 이들의 안식처를 망가뜨리면 안 되건만, 사람들이 저 불쌍한 영혼들한테 그런 짓을 저질렀어. 돌무덤에서 돌을 훔쳤지. 영혼한테 남은 유일한 흔적인데. 저 탑은 죽음 위에 세워졌다. 그래서 탑에서는 마법이 통하지 않아. 반역죄를 지으면 어떤 형벌을 받는지 너도 알지?"

소샤가 고개를 끄덕였다. 반역죄의 대가는 죽음이었다.

"이곳에서 우리가 힘들게 산다고 생각하겠지. 그건 여기와 다르거나 훨씬 끔찍한 곳을 네가 몰라서 그래. 엄마 말 믿어. 그런 곳은 정말 있어."

엄마가 조용히 말했다.

"엄마, 엄마는 어디에서 도망쳤어요? 습지에서 엄마를 구해냈을 때요. 아무한테도 말 한 적 없잖아요. 저한테도 숨겼잖아요."

"다시는 돌아가고 싶지 않은 곳이야. 여자라면 아이건 어른이건 힘이 있기는커녕 목소리조차 제대로 낼 수 없는 곳, 이름도 없이 살아가는 곳. 그래서 엄마는 이제 그곳 이름도 기억 안 나."

"하지만 여기 사람 대부분도 이름 없기는 마찬가지예요."

소샤는 혼란스러웠다. 고통의 섬에서 가장 거슬리는 일 중 하나가 사람들한테 가족 성만 있고 이름이 없다는 사실이었다. 고통의 섬에서 태어난 아이들 말고는 소샤 가족이 섬에서 유일하게 이름이 있었다.

"그것도 사실이지. 하지만 여기서는 과거에 잘못을 저질렀기 때문에 받는 벌이라는 점에서 달라. 이름 없는 사람은 다. 남자건 여자건."

"우리를 받아줘서 엄마가 고마워하는 마음은 알지만 다른 곳으로 갈 수도 있잖아요!"

소샤가 말을 멈추고 엄마 표정을 살폈다. 하지만 엄마는 이미 마음의 문을 닫은 기색이었다. 소샤는 저 표정을 잘 알았다. 그게 아니라면…….

"여기까지 찾으러 올 사람은 없다고 생각하기 때문이군요. 맞죠?"

소샤는 마침내 이해가 됐다.

"이곳은 숨기에 완벽한 곳이니까요. 죄인과 유배당한 사람들이 사는 섬. 여기를 선택할 사람은 아무도 없을 테니까요!"

엄마는 소샤 눈을 마주치지 못하고 칼로 감자만 자꾸 찔러댔다.

"더 형편없는 곳도 있어."

"어쩌면요."

소샤가 서글프게 말했지만 더 좋은 곳이 있다는 것도 알았다. 과거에 사로잡혀 살지 않아도 되는 곳, 사람들이 우리를 보통 사람처럼 대해줄 곳이 있을 것이었다. 윈터가 소샤를 대하듯이 말이다.

"제가 어떻게 알겠어요."

근처 산울타리에서 마른 나뭇가지가 발에 밟혀 부러지는 소리가 났다. 소샤는 정신이 번쩍 들었다. 갈색 눈동자로 덤불을 살피며 토끼나 여우 모습을 찾았지만, 눈 주위에 눈썹이 드문드문 돋고 창백하디 창백한 두 눈동자와 마주쳤다. 희미하게 바스락거리는 소리가 나더니 눈동자가 시야에서 사라졌다. 물러나는 발걸음 소리에 뒤이어 풀숲이 바스락거렸다.

소샤는 이름을 부르려다가 엄마가 화를 내서 관뒀다.

"저거 프루 아니니? 맞지?"

더운 저녁인데 엄마 목소리는 차갑기만 했다.

"프루던스? 이리 나와. 일 좀 해라!"

"엄마, 프루한테 너무 그러지 마세요."

소샤가 재빨리 산울타리를 살폈지만 동생은 나올 기미가 없었다. 동생을 부르는 엄마 목소리는 한결같았다. 주로 짧게 끊어서 말했고 소샤한테 말할 때보다 늘 날카로웠다. 소샤는 항상 동생 편을 들어주었지만, 엄마가 어느 딸을 더 좋아하는지는 분명했다.

"가서 덫 좀 보고 오라고 보냈는데 한 시간도 더 지났어."

엄마가 대야를 들고 오두막 안으로 들어갔다. 소샤도 엄마를 따라 들어갔다. 안으로 들어서자마자 바람 한 점 없는 공기 속에서 금방 살이 끈적끈적해졌다.

"프루가 빨리 오지 않으면 저녁도 못 먹을 판이야. 프루가 산울타리 근처에서 하는 일 없이 얼마나 빈둥거리는지 까마귀만 알겠지."

"엄마! 프루가 듣겠어요! 좀 다정하게 대해줘요."

소샤가 엄마한테 한마디 했다.

엄마가 어깨를 으쓱하더니 새 물을 받은 냄비에 감자를 쏟아부었다.

"프루는 다루기가 어려워. 늘 그랬어."

"저보다 더요? 진짜요?"

엄마가 멈칫했다. 소샤는 엄마가 아니라고 하거나 화 내기를 기다렸지만 엄마는 아무 말이 없다가 이렇게 말했다.

"프루는 질투하고 있어."

마침내 엄마가 입을 열었다.

"네가 가진 걸 탐내. 가끔 프루 눈에 어떤 표정 같은 게 어려……. 엄마들은 다 알아.”

“엄마, 그런 말이 어디 있어요.”

소샤가 한숨을 쉬었다. 프루가 언니 같은 능력을 발휘하고 싶어 하는 건 비밀도 아니었다. 소샤한테 직접 말하기도 이미 여러 번이었다. 근데 그게 뭐 잘못인가? 소샤가 창밖을 내다봤다. 파리 한 마리가 판유리 안에 갇혀서 왱왱거리고 있었다. 엄마 말도 처음 듣는 게 아니었다. 프루는 모든 면에서 소샤한테 뒤떨어졌다. 덩치는 컸지만 느리고 서툴렀다. 쐐기풀밭에 빠지기 일쑤였고 미사 중에는 번번이 기침을 터트렸고, 설거지만 했다 하면 그릇을 깨트렸다. 게다가 언니보다 두 배를 먹었고, 꼭 엄마가 시간도 참을성도 없을 때마다 설명한 무언가를 이해하는 데 오래 걸렸다. 그래도 프루는 늘 노력했고 마음에 들고 싶어 했다. 소샤는 동생한테 나쁜 감정이 없었다. 친구라고는 동생밖에 없는 터였다.

“동생 데리고 와. 안 그러면 저녁 내내 밖에 저러고 숨어 있을 거야.”

엄마가 텅 소리를 내며 무거운 쇠뚜껑으로 냄비를 덮었다.

소샤는 숨 막히는 더위를 피해 기꺼이 밖으로 나갔다. 문간을 넘어 높이 자란 장미 넝쿨 가시 하나가 머리카락을 찔렀다. 나중에 소샤가 이 일을 떠올린다면, 그때 혹시 자그마한 흙의 정령이 나가지 말라고 소샤한테 경고를 보낸 것은 아니었을까 의아해할 만했다.

길을 따라 얼마 내려가지도 않았는데 얼핏 다른 사람 발소리가 들렸다. 소샤가 휙 돌아보니 코가 거의 맞닿을 만큼 가까이에 프루가 있었다. 프루의 창백한 두 눈이 소샤와 정확히 같은 높이에 있었다.

“까마귀 맙소사! 꼭 그렇게 몰래 다가와야 했니?”

소샤가 빽 소리를 질렀다. 심장이 달음박질쳤다.

프루가 헤벌쭉 웃자 벌어진 앞니가 드러났다. 앞니 틈 사이에 회색빛 이물질이 끼어 있었다. 소샤가 당황했는지 동생과 보조를 맞춰 걷기 시작하자 땀이 나서 목이 가려웠다. 아까 집이랑 얼마나 가까이에 있었던 거야? 엄마랑 하는 얘기를 들었나? 다시 한번 소샤는 엄마가 프루한테 좀 너그러워지면 좋겠다고 생각했다. 소샤라는 그늘에 가려서 살기도 쉽지 않을 터였다. 소샤는 그 모든 능력이 있는 데다 엄마가 제일 좋아하는 딸이었으니까. 프루가 가끔 분한 눈길로 소샤를 볼지도 모르지만, 누가 프루를 탓할 수 있겠는가.

"덫은 아직 확인 안 했어?"

"봤는데 아무것도 없었어."

프루가 벌어진 이 사이로 휘파람을 불며 앞치마 주머니에 두 손을 찔러 넣었다.

"또 빈손으로 가긴 싫어서 좀 기다렸다가 다시 가보려고 했어. 엄마는 별거도 아닌데 툭하면 화를 내니까."

"더워서 그래."

소샤가 중얼거렸다. 소샤는 엄마가 날 선 말을 할 때마다 늘 엄마 대신 핑곗거리를 찾았다. 너무 더워서 그래, 너무 추워서, 너무 피곤하고 너무 배가 고파서 그래.

프루가 소샤를 가만히 바라봤다. 응시하는 것치고는 너무 길었다.

"그렇겠지."

드디어 프루가 입을 열었다.

"불쌍한 엄마."

"나랑 같이 가자. 높은 곳에 가면 산들바람이라도 불 거야."

두 사람은 몇 분이면 가 닿는 짧은 거리를 걷는 내내 더위 같은 소소한 얘기를 나눴다. 하지만 폭풍 구름처럼 소샤 머리 위에 걸린 불안한 기운은 점점 커지기만 했다. 절벽 끝에 다다르자 습지에서 불어온 시원한 돌풍이 이마에 맺힌 땀을 금방 식혀줘서 잠시나마 소샤는 불안감을 떨칠 수 있었다. 소샤는 저 멀리 희미한 한 점 얼룩으로 보이는 까마귀바위 중심 섬을 바라봤다. 너무 멀어서 낮에는 보이는 것도 별로 없었다. 하지만 밤에는 불빛이 반짝여서 아름다웠다.

여느 때처럼 소샤가 눈길을 가까이로 돌려 비탄의 섬을 응시했다. 교회나 돌무덤처럼 뭔가 보이기엔 여전히 멀지만, 절벽 면에 난 동굴은 보였다. 갯벌에서 튀어나온 뾰족하고 치명적인 바위들 뒤로 세 과부가 있었다.

"악마의 이빨이 배고파 보여."

프루가 말했다.

소샤가 고개를 끄덕였다. 물이 빠지면서 무시무시한 이빨이 고스란히 드러나서인지 오늘따라 바위가 두드러져 보였다. 어떤 물살도 저 날카롭고 예리한 모서리를 무디게 하지 못했다. 소샤는 악마의 이빨을 볼 때마다 어김없이 이십 년 전 그날 밤이 생각났다. 그날 밤 엄마는 물에서 표류하다가 속절없이 저 바위에 메다 꽂힌 채 바다 거품이 될 운명이었다. 낯선 세 사람이 목숨을 희생해서 엄마를 구했다. 그 낯선 이들은 소샤 안에 살아 있었다.

"사람들이 이런저런 말을 해. 근데, 길게 자란 풀숲에 숨어 있으면 사람들이 나를 못 봐⋯⋯. 난 수군거리는 소리를 들었어."

무더운 저녁이었지만 소샤 팔에 난 털이 일제히 곤두섰다. 소샤는 윈터에 관한 비밀을 프루한테 털어놓지 않았다. 엄마한테도. 엄마는 알고 있는 것 같았지만······.

엄마들은 다 알아······.

"그럼 나한테도 말해줘. 무슨 소리를 들었는데?"

소샤는 정신이 딴 데 가 있었다. 지금 소샤는 오래도록 시원한 물에서 수영하며 윈터 생각을 하다가 나중에 윈터가 있는 어두운 동굴로 몰래 찾아가고 싶은 생각뿐이었다.

프루가 발로 자갈을 하나 툭 차서 절벽 아래로 떨어뜨렸다.

"감옥에서 탈출한 죄수가 아직 여기 고통의 섬에 있다 하더라고. 헤엄쳐서 도망치기엔 물이 너무 얕았대. 틀림없이 어딘가에 숨어 있을 거래."

"그게 사실이면 지금쯤 찾고도 남았겠다."

소샤 목소리에서 초조함이 묻어났다.

망할 놈의 더위! 빌어먹을 소문!

이미 엄마한테서 들은 말이었다.

"분명히 섬을 빈틈없이 샅샅이 뒤졌을 테니까. 안 그래?"

차분한 말과 달리 소샤는 미친 듯이 두근거리는 가슴을 어쩔 수가 없었다. 실제로 지금까지 소샤가 숨긴 것은 누구도 찾지 못했다. 엄마가 찾은 적은 있지만 그것도 한참 전 일이었다. 소샤는 여전히 자기 능력을 믿었지만, 완전히 안전하다고 믿을 만큼 자만하지는 않았다.

"누군가 도와주고 있다면 얘기가 다르지."

프루가 무릎을 꿇고 앉더니 마른 풀잎을 한 장 뽑았다.

"아, 물론 간수들이 다 뒤지기는 했어. 하지만 은신처는 언제나 있기 마련이잖아? 게다가 모두가 알다시피 언니는 뭘 숨기는 능력이 아주 뛰어나고."

프루가 풀잎을 이 사이에 물더니 잘근잘근 씹기 시작했다.

"어린 시절 내내 함께 놀면서도 언니는 한 번도 비밀 장소를 나한테 알려 주지 않았어."

프루가 장난스럽게 팔꿈치로 소샤를 쿡쿡 찔렀다.

"나한테도 말이야."

소샤가 불편하게 웃었다. 프루는 왜 늘 이렇게 밀어붙이기만 하고 가리는 법이 없을까. 왜 마음 구석구석을 다 들여다보려는 걸까. 소샤는 윈터가 나타나기 전에도 어떤 것들은 절대 나누고 싶지 않았다. 하지만 프루는 이해하지 못하는 눈치였다.

"그래서 말야, 언니, 만약 언니만 아는 장소가 있으면 진짜 간수들한테 말해야 해."

"어린애들도 아는 곳을 못 찾을 정도로 바보 같은 간수라면 도움 받을 자격도 없어."

소샤는 혹시라도 눈빛에서 진실이 드러날까 봐 질퍽한 물만 내려다봤다. 하지만 진실은 터진 솔기처럼 이미 실밥이 풀려나가고 있다는 것을 알았다.

"그게 전부가 아니라는 건 우리 둘 다 알지 않아?"

쿵쿵거리는 소샤 심장 고동 소리가 점점 더 빨라지고 커졌다. 나방이 새로 변하는 것 같았다.

"하지만 너랑 엄마 말고 그걸 확실히 아는 사람은 없어. 의심은 해도 내 능력을 증명할 증거는 절대 찾지 못했잖아."

창백한 눈동자가 곤혹스러운 빛을 띠었다.

"그래도 조심해야 해."

프루가 말을 끊더니 어깨 너머로 주변을 둘러봤다.

"맞지? 아니야? 언니가 그 죄수를 숨겨주고 있지?"

"그럴 리가 없잖아."

거짓말이 메마른 먼지처럼 소샤 목구멍에 들러붙었다.

"근데 내가 한 시간 전쯤에 우물가에서 간수 둘이 말하는 걸 엿들었거든? 물 좀 마시려고 몰래 갔다가 산울타리에 숨었어. 처음에는 별로 귀담아듣지 않았는데 언니 이름이 들리는 거야. 어제저녁 동굴 근처에서 언니가 웬 낯선 사람이랑 있는 걸 봤다 하더라고."

소샤가 눈을 질끈 감았다. 결국 들켰구나. 엄마가 경고하던 탑이 무서우리만치 가까이 들이닥쳤다. 하지만 윈터가 잡아끄는 힘은 소샤가 거스를 수 없는 물살처럼 강력했다.

"질문 좀 그만해, 프루. 답을 모르는 게 나아. 앞에서 어려움이 기다리고 있다면, 너랑 엄마를 끌어들이고 싶지 않아."

소샤가 긴장한 목소리로 말했다.

"아, 언니. 도대체 무슨 일에 엮인 거야?"

프루가 나직이 속삭이면서 끈적끈적한 손을 소샤 팔에 올렸다. 소샤가 흠칫하며 무심코 팔을 치웠다. 지금 소샤는 누가 쓰다듬거나 안아주는 걸 고마워하기에는 걱정이 너무 크고 예민했다. 그래서 프루 얼굴을 스치는 상처받은 표정도 눈치채지 못했다.

"잠깐, 내가 동굴 옆에 있는 걸 본 사람이 있다고 했니?"

프루는 멍한 표정으로 눈만 껌뻑거렸다.

"동굴 옆에서 나를 본 사람이 있을 리 없어. 난 그때⋯⋯. 몸을 감추고 있었거든."

소샤가 동생을 가만히 들여다봤다.

"동굴 아니라 안으로 휘어진 바닷가."

프루가 재빨리 말을 바꾸더니 절벽 가장자리에서 멀어지기 시작했다.

소샤는 울창한 풀숲을 지나 덫이 있는 곳으로 향하는 프루를 따라갔다. 불안한 느낌이 다시 엄습해왔다.

"프루, 너 날 몰래 엿봤니?"

프루가 덫 앞에서 멈춰 서자 소샤가 날카롭게 물었다.

프루가 덫 위로 몸을 숙였다.

"화내지 마."

프루가 속삭였다.

"그, 그래. 언니를 지켜봤어. 그 남자도. 언니랑 그 남자가 같이 사라졌어⋯⋯. 그래서 계속 두고 봤어. 그랬더니 모래밭에 발자국이 찍히는 거야. 발자국이 동굴까지 이어지길래 언니가 동굴 안에 남자를 숨겨줬다고 생각했어."

소샤는 배 속이 뒤틀렸다.

"본 사람 또 있어?"

"어 없어."

"그래야지."

이제 소샤 심장은 달음박질치고 있었다. 소샤는 동생이 작고 창백한 손으로 덫을 풀어서 죽은 토끼를 꺼내는 광경을 지켜봤다. 토끼는 눈이 퀭하고 사지가 뻣뻣했다. 소샤는 더 불안해져서 얼굴을 구겼다.

"아까 덫을 확인했을 땐 아무것도 없다고 하지 않았어? 토끼는 죽은 지 한 시간도 더 된 것 같은데?"

"아, 이 덫은 확인하는 걸 잊어버렸나 봐."

프루가 대답했다.

소샤가 얼굴을 돌렸다. 프루는 죽은 것들을 아무렇지도 않게 다뤘다. 어쩐지 소샤는 그 점이 거슬렸다.

"가자. 엄마가 기다려."

"언니를 엿보려던 건 아니야. 그냥 언니가 못 보던 사람이랑 있길래 누구인지 궁금했을 뿐이야."

프루가 작은 목소리로 말했다.

"괜찮아. 내가 조심해야지."

소샤는 숨을 길고 깊게 들이마시며 마음을 가라앉혔다. 하지만 프루 아닌 다른 사람도 소샤를 봤다. 아무도 없는 곳인데 발자국 두 쌍이 동굴 근처까지 이어지는 모습을 그 사람들이 눈치챘으면 어쩌지? 윈터를 위해서 계속 목숨을 걸 수 있을까? 엄마 말이 사실이라면 소샤의 능력도 탑에 갇힌 소샤를 구하지는 못할 터였다. 일단 탑에 갇히면 미치거나 처형당하지 않는 한 탑에서 나올 길은 없다는 건 모두가 아는 사실이었다. 소샤가 절벽 끝에서 눈길을 돌렸다.

"가자."

소샤가 같은 말을 다시 했다.

자매가 집에 도착하자 엄마는 소샤를 잡아끌어서 안으로 먼저 들이더니 아슬아슬하게 프루 코앞에서 쾅 소리가 나도록 문을 닫았다.

"간수들이 왔었어! 어제저녁에 니가 어디 있었냐고 묻더라! 집에 있었다고 거짓말하기는 했는데 간수들이 알아내기라도 하면……."

엄마가 목소리를 낮춰서 바람 새는 소리로 속삭였다.

"못 알아낼 거예요."

소샤는 다리가 후들거려서 탁자 옆 의자에 힘없이 앉았다.

"더 조심할게요."

"당장 그만둬!"

엄마 목소리가 프루한테 말하듯이 날카로웠다.

"그냥 자기가 알아서 하게 놔둬. 니가 그자를 돕는 게 발각되면 나랑 프루까지 다 끝장날 테니까!"

밖에서 프루가 토끼 가죽을 벗기는 동안 소샤는 아무 말도 하지 않았다. 소샤는 토끼 고기를 한 점도 먹지 못하리라는 걸 알았다. 생명이 떠난 토끼 두 눈이 소샤한테 못 박힌 듯 떠날 줄 몰랐다. 소샤는 눈길을 돌렸다.

"마지막으로 한 번만 더 가서 보……."

"소샤!"

엄마는 숨이 넘어갈 것 같았다.

"이젠 나도 도울 수 없다고 말해주려고요. 그래도 그 정도는 해야죠. 한번 시작한 일은 마무리를 지어야 하잖아요."

소샤가 하던 말을 끝내면서 절박한 눈길로 엄마를 힐끗 쳐다봤다.

"아니면……. 우리가 남자를 구해서 아예 같이 떠나……."

그 말은 하지 말았어야 했다. 엄마 눈에서 불꽃이 튀었다.

"잡혀서 탑에 갇히면 넌 아무한테도 도움이 안 돼. 간수들이 너를 지켜보고 있었다면 우리가 얘기하는 사이 벌써 덫을 놨을 거야! 탈옥한 범죄자 돕는 데만 마법 쓰지 말고 너 좋은 일도 좀 해!"

두 모녀는 서로를 노려보며 거칠게 숨을 몰아쉬었다. 모녀 중 누구 하나가 소샤 능력을 가리켜 마법이라는 말을 사용하기는 처음이었다. 입이나 숨결처럼 늘 소샤 일부였는데 이제 와 그렇게 부르니 느낌이 이상했다.

"넌 탑에서 속수무책이라니까. 그 죽음의 벽 안에서는 능력도 소용없어."

엄마가 계속 씩씩대며 말했다.

"어쩌면……. 탑에서 능력을 안 써도 될지 몰라요……."

소샤가 느릿느릿 말했다. 머릿속에서 둥둥 떠다니는 마법이라는 새 이름으로 소샤 능력이 한층 강력하고 대담해졌다. 소샤는 무언가를 숨길 수 있었다. 그렇다면…….

"마법을 쓰는 사람이 내가 아니면……. 그러면 탑에 갇힌다 해도 나를 구할 시간을 벌 수 있을 거예요."

잔혹한 일을 하던 프루가 입을 딱 벌린 채 움직임을 멈췄다. 뭔가 힘줄 같은 것이 프루 손에서 덜렁거리고 있었다.

엄마가 소샤를 쏘아봤다.

"그게 무슨 말이냐?"

"내 능력을 어딘가로 옮길 수 있다면……. 숨길 수 있다면요?"

소샤가 오두막 선반들을 훑어봤다.

"뭘 숨기는 게 제 능력이니까……. 뭔가 아주 평범한 물건 속에 그 능력을 숨기는 거예요. 그럼 다른 사람이 그 물건으로 저를 도울 수 있지 않을까요?"

소샤 눈길이 마트료시카 인형 한 벌에서 멎었다. 인형은 엄마가 고통의 섬에 오기 전에 살았던 미지의 장소에서 가져온 몇 안 되는 물건 중 하나였다. 소샤는 어렸을 때도 늘 인형에 끌렸다. 인형 안에 숨겨진 또 다른 인형이라니. 다른 세상으로 들어가는 비밀의 작은 문 같았다.

"제 말은……."

"그거 끝내주는 생각이다."

프루가 숨을 몰아쉬면서 머리카락을 귀 뒤로 넘겼다. 토끼 피로 얼굴이 더러워졌다.

"아무도 그런 건 생각조차……."

"그냥 한 번 생각해 본 거야."

소샤가 끼어들었다.

"최악의 일이 벌어질 때를 대비해서요. 정말 필요한 순간이 아니면 사용할 필요도 없을 테니 저를 보호하는 데 가장 좋은 방법일 거예요."

"가장 좋은 방법은 위험을 없애버리는 거다. 지금 당장 손을 떼면 아무 문제도 없어."

엄마가 말했다.

"사람들이 우리한테서 손을 뗐으면요? 십팔 년 전 습지에서 사람들이 그랬으면요? 우리는 기회를 얻었잖아요. 제 말이 맞잖아요."

소샤가 물었다.

"진짜 언니 능력을 다른 데 옮길 수 있을 것 같아?"

그때까지도 소샤를 쳐다보기만 하던 프루가 끼어들었다. 프루 눈은 저무는 햇빛을 받으면 창백하고 탁한 구슬 같았다. 하지만 어둠 속에서는 고양이 눈처럼 불이 들어왔다.

"얼마나 확신하는데?"

소샤가 머뭇거렸다. 소샤는 자기가 발휘하는 능력이 진짜 가능한 건지 한 번도 의심해 본 적이 없었다. 그저 할 수 있다는 걸 알 뿐이었다. 걸을 수 있다는 걸 알기 전에 어땠는지 기억해내려는 것과 비슷했다. 배우기는 했을 텐데 어떻게 해냈는지 기억나지가 않았다.

"할 수 있어. 그래서 정말 일이 잘못되면, 엄마나 네가 나를 꺼내 주리라는 걸 나도 확실히 알아야 해."

대번에 프루가 나섰다.

"내가 마법을 부린다고 신고할 사람은 없어. 의심조차 안 할 거야."

프루가 너무 밝아졌어. 왜 저렇게까지 안달하지?

소샤는 문득 의문이 들었지만 곧 자신을 나무랐다. 지금 엄마처럼 생각해서 좋을 건 없었다. 프루는 소샤 능력을 직접 경험해 보기를 늘 갈망해왔다. 새삼 불안해할 일이 아니었다.

프루 손에서 토끼 피가 한 방울씩 떨어졌다. 탁자 위에 똑 똑 떨어졌다.

엄마가 했던 말이 떠올랐다.

질투……. 네가 가진 걸 탐내……. 엄마들은 다 알아.

소샤는 머릿속에서 엄마 말을 밀어내어 마음 한구석에 숨겼다. 당연히 프루는 믿을 만했다. 어찌 됐건, 소샤한테는 남은 수가 별로 없었다.

게다가, 자매간 느끼는 소소한 시기심에는 특별할 것이 없었다. 그렇지 않은가?

20장. 까마귀들의 합창

"야! 베티!"

한창 달아오른 핑거티 이야기를 끊으며 누군가 베티를 부르는 바람에 핑거티가 놀라서 꺽꺽댔다. 자루 더미 밑에서 이야기를 듣던 베티는 다른 목소리에 홀린 듯이 일어나 앉았다. 베티는 이야기에 푹 빠졌던 터라, 소샤와 프루의 길고 지루한 여름에서 갑자기 돌아온 현실이 축축한 안개에 둘러싸였고 추워서 얼떨떨했다.

아, 저기, 배 위 습지 안개 사이로 플리스 얼굴이 유령처럼 둥둥 떠 있었다. 안도감과 기쁨이 파도처럼 밀려왔다. 다시 한번 이런 식으로 언니 얼굴을 보고 있으니 얼마나 기이하면서도 근사한지!

"언니!"

베티가 언니 얼굴을 향해서 손을 뻗었지만 만져지지 않았다. 플리스가 심각한 눈길로 배를 살폈다.

"너 어디 있는 거야?"

플리스가 속삭였다.

"여기 있잖아!"

베티는 대답하고 나서야 플리스한테 자기 모습이 안 보인다는 사실을 깨달았다.

"아, 맞다. 잠깐만, 인형!"

핑거티는 노가 방패라도 되는 듯이 손으로 꽉 쥐었다. 눈을 껌뻑이며 정신을 가다듬은 핑거티가 플리스를 가까이에서 들여다봤다.

콜턴도 노 젓기를 멈추고 허공에서 맴돌고 있는 유령 같은 얼굴을 호기심과 두려움이 뒤섞인 눈길로 쳐다봤다. 콜턴도 베티만큼이나 핑거티 이야기에 흠뻑 빠져 있었다.

"플리스한테도 여행 가방이나 인형 같은 물건이 있는 거야?"

베티가 고개를 끄덕였다.

"언니한테는 거울이 있어."

베티가 서둘러서 맨 바깥쪽 인형을 비틀자, 알록달록한 열쇠가 반으로 나뉘며 어긋났다. 곧장 베티한테로 향하는 플리스 시선에서 베티는 일행 모습이 다시 돌아왔다는 걸 알았다.

"핑거티? 저 사람이 왜 너랑 같이 있어?"

플리스가 헉 숨을 들이마셨다.

"핑거티가 다른 간수랑 죄수들을 찾고 있었어. 콜턴이랑 내가……. 아, 다 설명할 시간은 없지만 핑거티를 납치해야 했어."

베티가 배 가장자리를 꽉 잡았다. 머릿속에서 질문들이 튀어나오자 가슴속에서 희망과 두려움이 동시에 솟구쳤다.

"찰리는 어딨어? 둘 다 괜찮아? 제러드한테서 도망친 거야?"

플리스가 고개를 저었다.

"찰리는 괜찮아. 우린 도망치지 않았어. 제러드가 가방을 끌어안고 자고 있어. 제러드는 으스스하고 낡아빠진 곳으로 우릴 끌고 왔어. 버려진 방앗간인 것 같아. 사방에 널빤지를 대놨어. 문으로만 나갈 수 있는데 제러드가 문을 막고 그 앞에 드러누운 터라 결국 이 안에 갇힌 꼴이야. 잠깐, 찰리도 왔어."

플리스 얼굴이 사라지고 찰리가 나타났다.

"찰리!"

어린 동생이 눈앞에 나타나자 베티 목구멍에서 뜨거운 덩어리가 올라왔다. 당장 동생을 끌어안고 싶었다. 뜨끈뜨끈하고 끈적끈적한 동생 손을 다시 한번 잡아보고 싶었다. 지금은 그런 날이 또 올는지 장담할 수 없었다. 저주가 자매들을 그 어느 때보다 가깝게 한 다음에 갈가리 찢어놓을 터였다.

"괜찮아?"

찰리가 고개를 끄덕였다. 헝클어진 곱슬머리가 이마 위에서 통통 튀었다. 꼬질꼬질한 양 볼이 눈물투성이였다.

"언냐, 나 무지무지 배고파. 그런데 머릿속에서 새들이 깍깍거려. 그쳤으면 좋겠어!"

"아, 찰리."

베티가 탄식했다. 절망감에 눈물이 차올랐다. 까마귀들이 깍깍대며 해 질 때까지 시간을 재기 시작했다.

"나도 들려."

플리스가 찰리 대신 다시 나타나서 나직이 말했다.

"까마귀 소리. 정말 끔찍해. 생각도 잘 못 하겠어."

"까마귀 울음이 들린다고? 그것도 저주야?"

콜턴이 크게 동요하며 물었다.

플리스가 고개를 끄덕였다. 눈물로 눈동자가 반짝였다.

"바람 부는 산기슭에 있는 거야? 방앗간이 거기 있어?"

베티가 급하게 물었다.

"그런 것 같아. 제러드가 여기 얼마나 머물 생각인지 나, 나도 잘 모르겠지만, 이곳을 떠나기 전에 계획을 세우고 물건을 구해야 한다고 얼핏 얘기했어. 네가 할머니한테 돌아가면 도와줄 사람을 보낼 수도 있겠지만, 우리가 제러드한테서 도망칠 수는 있어도 저주를 깨기엔 어림도 없을 거야……."

플리스가 얼굴을 구기면서 말을 멈췄다.

"잠깐, 콜턴이 왜 너랑 배에 같이 있어? 넌 까마귀바위섬으로 돌아가……."

베티가 침을 삼켰다.

"아, 그게……."

"베티?"

플리스가 날카롭게 한 번 더 불렀다.

"대답해! 왜 콜턴이……."

베티가 미안한 표정으로 고개를 젓자 플리스는 질문을 하다 말고 헉 소리를 냈다.

"난 집으로 돌아가겠다고 말한 적 없어. 언니랑 찰리 없이는 못 돌아가."

"하지만 저주는 어쩌고! 이럴 수는 없어! 이러면 안 돼!"

플리스 목소리가 찢어졌다.

"혼자 돌아가지 않을 거야."

베티가 반복했다.

"바보처럼 굴지 마! 당장 배 돌려! 아직 까마귀바위섬 경계는 안 넘었을 거야. 너무 늦기 전에 너라도 살아!"

플리스가 애원했다.

"언니 맘에 들건 말건 난 언니랑 찰리 찾으러 갈 거야."

플리스 얼굴에서 눈물이 뚝뚝 떨어졌다. 베티는 언니 눈물이 물에 닿기를 반쯤 바라며 물 위를 곁눈질했다. 하지만 눈물은 언니 얼굴을 벗어나자마자 사라졌다.

"널 만질 수만 있으면 붙잡고 흔들어 줬을 거야, 베티 위더신즈!"

"꼭 그렇게 되기를 기도해야지."

베티가 속삭이는 순간 문득 언니 두 눈에 공포가 깃들었다.

"가야겠다, 제러드가 꿈틀거려. 잠에서 깨려나 봐!"

"언니!"

베티가 손을 뻗었지만 이미 플리스 얼굴은 사라지고 없었다.

"찰리?"

베티 손가락 끝에서 안개가 작게 말렸다. 언니랑 동생이 벌써 유령이 된 것 같았다.

안 돼!

큰일 날 생각! 두 사람은 멀쩡하게 살아 있었다. 아직은.

베티는 콜턴과 핑거티 눈길을 느끼고 얼굴을 두 손에 묻었다.

"넌 아직 안 늦었어."

콜턴이 어딘가에 홀린 눈빛으로 말했다.

"내가 다시 데려다줄게. 그리고……. 찰리랑 플리스는 내가 찾아볼게. 넌 아직 까마귀바위섬에서 벗어나지 않았어."

"싫어."

베티는 목이 콱 메었다. 불과 한 시간 전만 해도 콜턴은 베티의 철천지원수였다. 지금은 비록 불안한 휴전 상태지만, 베티는 콜턴이, 또는 핑거티가 자기를 불쌍한 눈으로 보는 게 싫었다. 두 사람이 자기를 돕게 하려면 강해 보여야 했다.

"꼬맹이, 말 듣지 그래."

걸걸한 목소리였지만 핑거티가 평소보다 부드럽게 말했다. 플리스와 찰리 모습에 딱딱한 면이 조금쯤 깎여나간 것 같았다.

"언니랑 동생을 쫓아가봤자 너만 더 죽을 뿐이고 소용은 없을 거다."

별안간 핑거티 두 눈이 붉어지는가 싶더니 이내 눈을 껌뻑였다.

"게다가 불쌍한 네 할머니……. 버니가 너희 셋을 한꺼번에 잃어버릴 수는 없……."

"싫다고 했잖아요. 전 갈 거예요."

언니랑 동생을 잃어버리지 않았다! 아직은 그렇게 생각할 수 없었다. 베티가 콜턴한테 한 손을 내밀었다.

"노 하나 내놔. 뭐라도 해야겠어. 그냥 가만히 앉아있을 수가 없어!"

콜턴이 고개를 저었다.

"넌 쉬어야 해."

"그럼 더 빨리 젓든가!"

베티가 팩 쏘아붙였다. 핑거티를 돌아보니 가느다란 눈으로 안개 속을 내다보는 모습이 어쩐지 불안해 보였다.

"그리고 전 아저씨한테서 소샤 이야기를 끝까지 들……."

핑거티는 말없이 못생긴 손가락을 하나 들어서 안개 속을 가리켰다. 베티와 콜턴이 핑거티 손가락 끝을 눈으로 좇았다.

깜빡거리는 작은 불빛 하나가 배 가까이에서 수면 위를 맴돌고 있었다. 유령 구슬처럼 반짝였다. 베티는 이렇게 코앞에서 도깨비불을 본 적이 없었다. 어딘가 사람을 홀리는 구석이 있었다. 베티는 문득 여행자들을 유혹해서 위험에 빠트리는 유령 이야기들을 믿을 수 있을 것만 같았다. 눈을 깜빡이는 베티가 겁을 먹었는지 핑거티가 간수한테 했던 미신 이야기가 생각났다.

이 물에서는 기묘한 일들이 벌어졌다. 아주 끔찍한 일이.

핑거티가 베티를 힐끔거리며 손으로 까마귀 상징을 만들었다.

"육지에 닿을 때까지 이야기는 한마디도 더 안 할 거다."

그 말을 끝으로 핑거티는 조개처럼 입을 꾹 다물고는 콜턴한테서 노 하나를 받아 갔다. 두 사람은 말없이 노만 저었다. 불가사의한 도깨비불에서 한시라도 빨리 벗어나고 싶은 심정은 둘이 똑같았다.

베티는 움푹한 곳에 자리 잡고 앉아 도깨비불에서 시선을 거뒀다. 인형을 만지작거려 세 사람 모습을 다시 감춘 뒤, 퀴퀴한 냄새를 풍기는 자루 더미로 얼굴을 돌리고 조용히 흐느끼며 지금까지 소샤와 저주에 관해 알아낸 사실을 곱씹었다. 머릿속에서 생각과 장면이 뒤죽박죽 섞였다. 생선처럼 퀭한 눈알, 마법의 인형과 낡은 천 가방, 그리고 돌에 새겨진 위더신즈라는 이름……. 베티는 소샤가 프루를 믿으면 안 된다는 생각이 강하게 들었다. 하지만 아직 나머지 이야기를 못 들은 터라 자신하지 못했다. 해답이 바로 코앞에 있건만, 앞뒤가 들어맞지 않았다. 베티는 이런 상황에서 잠드는 것이 불가능하다고 생각했지만, 피곤함과 잔잔히 물결치는 파도가 베티를 꿈나라로 데리고 갔다.

베티는 자매들 꿈을 꿨다. 둥지 풀밭 너머 초원에서 언니랑 동생이랑 메리페니를 꺾었다. 베티가 퉁퉁 부은 눈으로 배 밑바닥에서 벌떡 일어나니, 찢어지는 새들 울음소리가 들리고 암울한 새벽빛이 비치고 있었다. 눈앞으로 황금빛 모래밭이 완벽하게 호를 그리는 만이 보였다. 그 너머 땅은 초록으로 울창했고, 하늘이 흐린데도 파란 물이 몹시도 투명해서 베티는 깜짝 놀랐다. 물이 어찌나 맑은지 배 주위에서 헤엄치는 작은 물고기들이 보였다. 어딘가 가까이에서 까마귀 한 마리가 깍깍거리나 싶더니 이내 두 번째 까마귀도 울기 시작했다. 소리가 너무 가까웠다. 베티가 하늘로 눈을 돌리자마자 마지막 남은 잠기운이 순식간에 사라졌다. 까마귀는 어디에도 없었다. 먹이를 찾는 갈매기들뿐이었다. 할머니가 말한 일들이 마침내 벌어지고 있었다.

새들 울음소리로 시작하지. 까마귀들의 합창. 아무리 네가 까마귀를 보려 애를 써도 절대 새들 모습은 보이지 않아. 네 머릿속에서 나는 소리거든.

배 속에서 공포가 치밀어 올라왔다. 베티가 양손으로 두 귀를 틀어막았다. 까마귀들 울음소리가 더 커졌다. 까마귀들이 해골을 쪼고 긁어대는 것 같은 머릿속 울음소리도 소름 끼치게 무서웠지만, 베티는 소리에 담긴 의미에 전신을 떨었다.

"멈춰. 제발 멈춰……."

베티가 중얼거렸다. 하지만 소리를 멈출 방법은 없었다. 돌이킬 수도 없었다. 저주가 시작되었다. 베티 마음 가장 깊은 곳에서 이 모두가 현실이 아닐지도 모른다는 실낱같은 희망을 품었지만, 이제는 부인할 수 없었다. 해는 반드시 질 터였다. 까마귀 울음소리는, 해가 지기 전에 저주를 깨트리지 않는 한, 오늘이 위더신즈 자매 최후의 날이라는 확실한 표시였다.

콜턴이 베티 팔을 가볍게 건드렸다. 고개를 든 베티 눈이 이상한 기운으로 번쩍였다. 핑거티가 놀란 듯이 몸을 움찔거리며 쭈그려 앉은 채 뒤로 물러났다.

"시작됐어. 까마귀 울음소리가 들려."

베티가 속삭이며 몸을 일으켜 자리에 앉았다. 뼈 마디마디가 아팠다.

"여기가 어디야?"

베티 목소리가 갈라졌다.

"편자만."

핑거티가 대답했다. 핑거티는 배 맞은편 끝에서 옹이 지고 뒤틀린 고목 그루터기처럼 몸을 웅크리고 앉아 있었다.

"중심 섬에서 멀리 돌아와야 했어. 습지 기슭에는 간수들이 우글거릴 게 뻔하니까."

베티가 바닷가를 쓱 훑어봤다. 이곳 바닷가는 베티한테 익숙한 볼품없는 자갈밭이 아니었다. 굵은 황금빛 설탕 가루를 뿌려놓은 것 같았다. 이런 풍경을 보면 정말 행복할 줄 알았는데 오히려 속은 기분이었다. 함께 나눌 자매들과 할머니 없이 마주한 아름다움은 씁쓸하고 슬프기만 했다. 베티는 모든 것을 걸고 이곳에 왔다. 난생처음 까마귀바위섬이 아닌 육지에 발을 디딜 참이건만, 베티의 희망은 그 어느 때보다 초라해 보였다. 베티는 이만큼 왔으니 아직 모든 것이 가능하다고 스스로 다독였다. 하지만 머릿속 까마귀들은 베티가 늘 귀 기울여 듣는 가느다란 현실적인 목소리마저 죽여 버리려고 최선을 다하고 있었다.

배가 바닷가에 가까워지자 콜턴이 배에서 뛰어내렸다. 베티는 배 끝에 서 있다가 일순 속이 메슥거려서 휘청했다. 콜턴이 베티 눈은 제대로 쳐다보지 못하면서 한 손을 내밀었다. 베티는 망설이다가 콜턴이 내민 손을 잡았다. 도움을 받아들이기로 했다. 두 사람은 친구가 아니지만 자존심을 부려봤자 아무 소용없었다. 콜턴은 핑거티한테도 손을 내밀었다. 하지만 늙은 남자는 콜턴 손바닥을 철썩 내쳐 버렸다. 콜턴이 목에 낚싯바늘을 들이댔던 일을 여전히 마음에 두고 있었다.

"혼자서도 내릴 수 있어."

"마음대로."

"형편없는 사기꾼 놈 도움은 필요 없어."

핑거티가 배 옆면으로 서툴게 내려오면서 계속 중얼거렸다.

"뭐 눈엔 뭐만 보인다고……."

콜턴이 웅얼거렸다.

살집 많은 핑거티 코가 빨개졌지만 아무 말도 하지 않았다. 일행은 힘을 합쳐 배를 모래 위로 끌어 올렸다.

"저쪽으로."

콜턴이 손가락으로 가리키며 말했다.

"여기서 언니랑 동생을 위해 소원이라도 빌어."

뜻밖에도 핑거티가 이런 말을 했다.

"이 만에서 소원을 빌면 이루어진다고들 하대."

핑거티가 베티를 바라보며 얼굴을 찌푸렸지만 더는 거친 목소리가 아니었다.

"너 지금 운이 좀 필요해 보여."

베티는 일렁이는 파도를 돌아보며 아빠 사촌 클라리사를 떠올렸다. 아주 오래전에 저주가 풀리기를 소원하며 이곳까지 왔지만 소용없었다. 저주가 강력했을지도 몰랐다. 아니면 머릿속 까마귀들이 클라리사 생각을 점령해서 제대로 소원을 못 빌었을지도 몰랐다.

베티는 눈을 감았다. 기를 써서 머릿속 새 울음소리를 막고 집중했다.

베티의 논리적인 면은 단지 소원을 빈다고 해서 바라는 것이 손에 쥐어지지 않는다는 사실을 알았다. 하지만 지금은 도움만 된다면 이것저것 가릴 때가 아니었다. 어차피 죽을 운명이라면, 적어도 베티 능력 안에서 할 수 있는 건 다 시도해서 뭐라도 바꿔볼 일이었다.

"저주를 푸는 데 필요한 지식을 주세요."

베티가 속삭였다. 베티 말이 입에서 다 나오기도 전에 한 줄기 바람이 불어와 홱 낚아채 갔다. 베티는 눈을 깜빡이고 머리를 흔들어 눈에 붙은 곱슬머리를 털어낸 뒤, 만에서 뒤로 멀어지는 길을 찾았다. 세 사람은 침묵 속에서 터덜터덜 걸었다. 사람은 보이지 않는데 자갈과 모래를 밟는 발걸음 소리에 하늘을 맴돌며 먹이를 찾는 갈매기들이 혼란스러워했다. 자갈 밟는 소리가 머릿속에서 깍깍대는 소리를 완전히 누르지는 못했지만, 베티는 그 소리가 반가웠다.

"오늘이 지나도 살아 있으면 두 번 다시 까마귀 소리 듣고 싶지 않아."

306

베티가 웅얼거렸다.

핑거티가 눈알을 좌우로 데굴거렸다.

"까마귀에……. 저주에……. 진짜 미치겠군. 이게 다 뭐야."

핑거티가 외투를 더 바짝 여몄다.

베티가 우뚝 걸음을 멈췄다. 치마 주머니 안에 뭐가 들었는지, 걸음을 내디딜 때마다 무거운 것이 무릎에 와서 부딪혔다. 주머니를 뒤져보니 납작하고 거칠거칠한 회색 돌멩이가 하나 나왔다. 까마귀바위 탑을 쌓아 올린 것과 같은 돌이었다. 베티 손가락이 부들부들 떨렸다. 베티가 얼른 덤불 속으로 날려 버렸지만 이미 콜턴이 본 뒤였다.

"저게 뭐야?"

"탑에서 나온 돌멩이. 저주가 시작될 때마다 탑 벽에서 돌멩이가 하나 떨어진다고 했어."

베티가 조용히 말했다.

콜턴이 고개를 저으며 나지막이 휘파람을 불었다.

"저주 한번 끝내주네."

베티는 아무 말 없이 고개를 끄덕이고 다시 걷기 시작했다. 몇 걸음 걷지도 않았는데 치마 주머니가 또 묵직해지면서 둔탁하게 다리를 치기 시작했다. 돌멩이가 돌아와 있었다. 베티는 돌멩이를 다시 버릴 생각도 않고 그저 계속 걸었다. 돌멩이는 베티의 심정만큼 무거웠다.

넌 진짜 뭐가 좀 다를 줄 알았니?

돌이 고소해 했다. 베티가 손가락으로 돌멩이를 감싸 쥐었다. 돌멩이는 베티 이전에 살았던 모든 위더신즈 가문의 여성들을 떠올리게 하는 잔인한 물

307

건이었다. 그냥 놔두자. 돌멩이는 베티가 싸워야 할 모든 이유의 상징이기도 했다.

모랫길에서 자갈길로 접어들었다. 일행이 어느새 한 소도시 끝자락에 다다랐다. 구름 사이로 태양이 떠오를 무렵, 도시는 이제 막 잠에서 깨어나고 있었다.

콜턴이 제빵사 수레에서 빵 세 덩이와 우유 단지를 하나 훔쳤다. 죄책감을 느끼기에는 배가 너무 고팠던 베티는 아직 따뜻한 빵을 단숨에 집어삼켰다. 핑거티조차 사기꾼이네 뭐네 비꼬는 말 한마디 없이 기꺼이 빵을 먹었다. 덕분에 성질이 많이 누그러졌다.

베티는 조바심이 나서 발을 동동 굴렀다. 태양이 떴는데도 온기를 느끼기는커녕 추웠다. 오늘이 지난 뒤에도 하늘 저 높이까지 해가 뜬 광경을 볼 수 있을까 의문스러웠다.

"좀 서두를 순 없어요? 계속 가야 한단 말이에요."

"아 쫌!"

핑거티가 소맷부리로 턱에서 우유를 닦아내며 씩씩거렸다.

"아저씨가 알아봐 주실 게 있어요. 바람 부는 산기슭까지 얼마나 남았는지 좀 알아보세요. 저나 콜턴이 묻기에는 너무 위험해요."

핑거티가 딸꾹질을 했다.

"그럼 이 주문이나 먼저 풀어. 영혼이 말을 건다고 사람들이 까무러치기 전에."

베티가 눈알을 굴렸다. 베티도 자기가 이렇게까지 대장 노릇을 할 줄은 몰랐다. 하지만 상상 속에서 탈주극을 펼치는 데는 모험이면 충분했지만, 이건 죽느냐 사느냐의 문제였다.

"그야 물론이죠. 하지만 콜턴이 같이 갈 거예요. 안 보이는 상태로 낚싯바늘도 갖고요."

핑거티가 베티를 노려봤다.

"쳇."

일행은 좁은 돌다리를 발견하고 다리 밑 그림자로 숨어들었다. 다리 밑은 버려진 곳이었지만, 남루한 행색의 성냥팔이 여자가 있었다. 여자는 몇 푼 안 되는 돈을 세는 데 몰두하고 있었다.

"여기서 해요."

베티가 옷에서 마트료시카 인형을 꺼냈다. 맨 밖에 있는 인형 윗부분을 시계 반대 방향으로 돌려서 열었다. 콜턴 옷자락과 물어뜯은 베티 손톱 조각이 쏟아지지 않게 주의를 기울였다. 그래야 콜턴과 베티 모습이 드러나지 않을 터였다. 베티는 핑거티의 단추를 꺼낸 뒤 조심스럽게 인형을 도로 닫고 돌려서 열쇠 줄을 맞췄다.

모습이 드러나자 핑거티가 눈을 껌뻑이며 좌우를 살폈다. 이제 핑거티한테는 베티와 콜턴이 보이지 않았다. 하지만 콜턴이 몸을 기울여 귀에 대고 속삭이는 말에 바짝 긴장했다.

"어이, 우리 아직 여기 있어."

콜턴이 핑거티 옆구리를 쿡 찔렀다. 일행은 성냥팔이 여자를 지나서 걸었다. 여자가 핑거티를 불렀지만 핑거티는 대답하지 않았다. 여자가 실망한 표정을 지었다. 베티는 여자를 측은한 눈길로 바라봤다. 어떤 사람들은 마법을 쓰지 않아도 남들 눈에 보이지 않았다.

콜턴과 핑거티가 돌아왔을 때 베티는 작은 회오리바람이 일 만큼 초조하게 서성이며 마른 낙엽을 걷어차고 있었다. 성냥팔이 여자가 크게 혼란스러워했다.

"뭐 좀 알아냈어요?"

베티가 묻자 핑거티가 옷소매로 코를 한 번 쓱 닦고는 재빨리 말했다.

"물론. 바람 부는 산기슭은 서쪽으로 삼 킬로미터는 더 가야 해. 저기 있는 석탄 마차가 거기를 통과한다는데, 서두르면 탈 수 있을 거야."

"잘됐네요."

드디어 운이 좀 트이려나? 몇 분 뒤, 몰래 석탄 마차에 올라타는 데 성공했지만 베티는 운이 좋아진 기분이 아니었다. 세 사람이 석탄 더미에 불편하게 걸터앉았는데, 마차가 덜컹거릴 때마다 석탄 더미가 좌우로 쏠렸다. 곧 세 사람은 석탄 가루를 잔뜩 뒤집어쓴 것도 모자라 목구멍이며 콧구멍에 가득한 망할 놈의 석탄 가루 때문에 연신 기침이며 재채기가 터져 나왔다. 하지만 그 와중에도 시끄러운 소리가 나지 않도록 기를 써야 했다.

베티는 눈물이 흐르기 시작해서 두 눈을 감고 뒤로 기댔다. 조금 더 집중하니까 덜컹거리는 마차 소리에 가려서 줄기차게 울어대는 머릿속 까마귀 소리가 들리지 않았다. 베티는 그대로 누운 채 플리스 언니 얼굴이 다시 눈앞에 나타나 찰리랑 도망치는 데 성공했다든가 그게 아니어도 최소한 안전하다는 새로운 소식을 전해주기를 바랐다. 하지만 아무 일도 일어나지 않았다. 베티는 아까 편자만에서 빈 소원이 아빠 사촌 클라리사가 빌었던 소원처럼 헛것으로 돌아간 건 아닐까 생각했다. 콜턴을 힐끔 돌아보자 생각이 안 좋게 흘러갔다. 콜턴은 소원을 이루는 데 마법의 만 따위가 필요 없었다. 위

더 신즈 자매가 이루어줬으니까. 지금 콜턴 소원이 무엇이건, 베티와 비교하면 하찮아 보였다. 베티 궁금증이 깊어졌다.

"편자만에서 무슨 소원 빌었어?"

"소용없을 것 같아서 아무것도 안 빌었다."

핑거티는 베티가 자기한테 물은 줄 잘못 알고 심통 맞게 대답했다.

베티 한쪽 눈썹이 쑥 올라갔다.

"소원이 이뤄진다고 말해 준 사람이 아저씨면서."

핑거티가 베티를 노려봤다.

"그랬지. 근데 뭐 나한테는 너무 늦은 것 같아서 말이야. 안 그랬으면 다시는 너희 두 사람 꼴도 안 보게 해달라고 빌었을 거야."

"좀 더 예의를 갖춰서 빌었어야죠."

베티가 작게 중얼거렸다.

핑거티가 베티를 미심쩍게 바라봤다.

"엥?"

"아니에요."

베티가 콜턴을 돌아보고 물었다.

"오빠는? 오빠는 뭐 빌었어?"

"도망치게 해달라고."

콜턴은 조금도 망설이지 않았다.

"무슨 소리야? 이미 도망쳐 나왔는데?"

"아니. 그냥 감옥에서 나왔을 뿐이지. 그건 정말 자유로워진 거랑은 달라. 까마귀바위섬에서 탈출했지만, 아직 어깨 너머를 살피는 걸 멈출 수가 없어.

어쩌면 평생 그래야 할지도 모르지. 넌 이해 못 하겠지만.”

콜턴이 가볍게 소리 내어 웃었다.

“알 것 같은데.”

베티는 콜턴한테 화났던 마음이 좀 더 누그러졌다. 콜턴도 베티 못지않게 까마귀바위섬에 매여 있었다. 둘 다 평생 완전히 떨치지 못할 수도 있었다.

“꼭 철창이 있어야 감옥이 아니란 건 내가 누구보다 더 잘 알아.”

“너도 여전히 자유롭지 않구나.”

콜턴이 씁쓸하게 웃었다.

“나랑 똑같네. 어떤 것들은……. 절대 잊히지 않아. 악취, 추위……. 그리고 잔혹함. 그런 곳은 정말……. 한 번 손아귀에 들어온 먹잇감은 절대 놓아주지 않아.”

“좋은 곳은 아니지.”

핑거티가 웅얼거리면서 맞장구쳤다. 세 사람 시선이 서로 마주치자 어떤 느낌 같은 게 오갔다. 온전한 신뢰는 아니었지만 서로를 이해하기 시작했다.

“오빠는 결백하다고 했잖아. 진짜야?”

베티가 뜬금없이 질문을 던졌다. 베티는 어느새 콜턴이 정말 결백하기를 바라고 있었다. 그래야 베티 자신은 원했던 일을 이루지 못한다 해도 콜턴을 감옥에서 빼낸 일이 어느 정도 고귀해질 터였다.

“물론이지.”

대답하는 콜턴 목소리에 얼핏 침울한 기색이 서렸다.

베티는 콜턴이 뭔가 말을 더하기를 가만히 기다렸다. 결국 콜턴이 다시 입을 열었다.

"아빠가 돌아가시고 엄마는 어느 부잣집에 하녀로 들어갔어. 우리가 먹고 살 수는 있었지만, 열심히 일하는 엄마가 받는 보수는 정말 형편없었어. 엄마는 나를 위해서 조금이라도 더 받기를 바랐지. 언젠가 내가 홀로 새로운 인생을 시작할 때를 대비해서 엄마는 최대한 아껴 쓰며 돈을 모았어. 우리를 고용한 부잣집 사람들은 엄마랑 나를 함부로 대했어. 아, 그렇다고 우리를 미워한 거는 아니야. 그냥 뭐랄까······. 그 사람들한테 우리는 진짜 사람이 아니었어. 희망도 감정도 없는 존재였어.

주인집 가족 중에서 막내만 달랐어. 일곱 살짜리 여자애였는데 이름은 미아였어. 아마 집에서 제일 어려서인지 무시당하는 기분이 어떤지 알았던 것 같아. 다정한 말 한마디, 따뜻한 위로가 그리울 때면 자주 우리를 찾아왔어. 우리 엄마가 해주는 옛날얘기를 들으면서 정말 행복해했어. 나랑 몰래 밖으로 나가서 나무도 탔고. 미나가 나한테 글자를 가르쳐 줬어. 말괄량이 꼬맹이, 네 동생 찰리랑 닮은 구석이 있어."

콜턴은 추억을 떠올리면서 희미하게 웃었다. 베티는 찰리를 유독 챙기던 콜턴을 떠올렸다. 감방에서 찰리 이가 빠진 줄 알았을 때도, 나중에 제러드가 찰리를 인질로 잡아갔을 때도 그랬다.

콜턴이 코를 쓱 문질렀다.

"우리 엄마가 병에 걸려서 앓다가 결국 돌아가셨을 때 유일하게 슬퍼해준 사람도 미나였어."

콜턴이 눈을 껌뻑였지만 베티는 콜턴 두 눈을 덮은 반짝이는 유리 막 같은 걸 보았다.

"그때 난 알았어. 그 집에서 떠나야 한다는 걸. 더는 그렇게 살 수 없었어.

우리 엄마가 나를 위해 뭐라도 바꿔보려고 얼마나 열심히 일했는데. 그래서 난 엄마가 모아둔 돈이랑 내 물건을 챙겼어. 챙길 게 많지는 않았지만. 근데 내가 떠나겠다고 말하니까 주인집 사람들이 비웃는 거야."

콜턴이 분노하자 입술이 틀어졌다.

"비웃었어! 나더러 바보짓 하지 말라는 거야. 나 같은 애는 누구도 견습생이나 장학생으로 받아주지 않을 테니 결국 길에서 구걸하는 신세가 될 거라면서. 그래서 돈을 보여줬지."

콜턴 얼굴이 일그러졌다.

"그게 실수였어. 사람들은 우리 엄마가 그렇게 많은 돈을 모았을 리 없다면서 믿지 않았어. 평소에 거들떠보지도 않았으니까. 매주 쥐꼬리만큼 받는 돈에서 다만 얼마라도 모으겠다고 우리 엄마가 얼마나 빈털터리로 살다 갔는지 관심도 없었으니까. 시간이 흐르자 엄마가 모은 돈도 더는 우습게 볼만한 금액은 아니었던 거야. 결국 사람들이 나를 도둑으로 몰아서 지하 저장고에 처넣었지."

콜턴이 두 눈을 감고 덜컹거리는 마차 벽에 머리를 기댔다.

"미나가 저장고 열쇠를 훔쳐다 준 덕분에 도망칠 수 있었어. 미나는 유일하게 나를 믿어줬지만, 당연히 다른 가족들은 미나 말을 귓등으로 들었지. 저장고에서는 탈출했을 때 나한테 남은 건 입고 있는 옷뿐이었어. 엄마가 평생 모은 돈은 다 빼앗겼고."

"하, 하지만……. 그건 너무 부당해!"

베티가 뜨겁게 말했다. 불쌍한 콜턴. 그토록 간절히 도망치고 싶었던 게 당연했다! 감옥에 갇히기 전에도 이미 너무 많은 일을 겪었다. 콜턴도 베티만큼 상실이 무엇인지 알았다.

"두말할 필요도 없이 난 멀리 가지 못했어. 노력은 했지만 돈 한 푼 없으니 도리가 없었지. 난 소 외양간에 숨어 있다가 잡혔어. 그 무렵엔 누구 하나 내 말에 귀 기울여주지 않았고. 한 번 도망친 탓에 더 죄가 있어 보이기만 했어."

콜턴이 눈을 뜨고 베티를 바라봤다.

"그렇게 해서 까마귀바위섬 감옥에 갇혔어. 거기에서도 나를 믿는 사람은 없었고."

"난 오빠 말 믿어."

베티가 한 손을 뻗어서 콜턴 손을 잡았다.

"왜 우리한테 거짓말해서까지 나오고 싶어 했는지 이해해."

"그렇다고 바뀌는 건 없어. 안 그래? 난 감방에서 도망쳐 나왔지만 그 대가는 너희 셋이 치르게 됐네."

콜턴 목소리가 후회로 갈라졌다.

베티는 목이 아프도록 울음을 참았다. 콜턴한테는 양심이 있었다. 콜턴은 괴물이 아니었다. 콜턴을 다 용서했다고 말할 수는 없지만, 이제 베티는 콜턴이 세 자매한테 나쁜 짓을 하려던 생각이 조금도 없었다고 확신했다. 억지로 까마귀바위섬을 떠나게 하지도 않았으리라. 그건 제러드가 한 짓이었다. 지금 가장 원망스러운 사람은 베티 자신이었다.

"감옥에서 나와서 다행이야. 오빠는 거기 갇혀서는 안 되었어."

마침내 베티가 말했다.

"죄지은 사람들한테도 끔찍한 곳이지. 감옥에서 나온 뒤에도 끊임없이 악

315

몽을 꾸는 사람들도 있어."

핑거티가 무뚝뚝하게 덧붙였다.

"고통의 섬으로 쫓겨난 사람들이요?"

"응."

"그래서 섬에서 사람들이 나오도록 도와준 거예요? 그 사람들이 불쌍해서? 아니면 그냥 돈 벌려고요?"

핑거티는 뭐라고 대답해야 할지 몰라서 한참 고민하는 눈치였지만 결국 인정했다.

"둘 다. 난 감옥에서 사람들이 어떤 취급을 받는지 봤지. 고통의 섬에서 사는 것도 별반 다르지 않더라고."

"사람들이 아저씨도 거기로 유배 갈 뻔했다고 하던데요?"

마차가 덜컹하고 튀어 오르는 바람에 베티가 움찔했다

"차라리 그랬으면 좋았지." 핑거티가 이를 갈며 말했다. "죽을 때까지 간수들 첩자 노릇이나 하는 것보다는 훨씬 나았을 거야. 안 그래도 간수라면 다들 고개를 저을 판에 부패한 간수를 누가 좋아하겠어. 그게 현실이라고! 간수 중에는…… 공정이나 정의가 뭔지 쥐뿔도 모르는 놈들이 있다니까. 그냥 감옥에서 잔인한 짓이나 하려 들지. 그게 그놈들이 좋아하는 짓이니까. 하지만 간수라고 다 그러는 건 아니야. 죄수들한테…… 신경 쓰기도 해. 특히 결백한 죄수들은."

"그래서 아저씨가 소샤 스펠손 이야기를 그렇게 많이 아는 거예요? 소샤는 무죄였다고 생각해서?"

핑거티가 베티 질문에 고개를 끄덕였다.

"소샤 이야기는 많은 간수들 흥미를 돋웠지. 내 아버지, 아버지의 아버지까지 다. 전해 내려오는 이야기 대부분이 소샤가 마녀라는 내용이었어. 그래야 소샤를 가둔 게 정당해지니까. 내가 들려주는 이야기는 사람들이 없애버리려던 대목이야. 듣는 사람들 눈살을 찌푸리게 하는 이야기. 탑이 여태까지 멀쩡히 남아 있다니, 얼마나 기이해? 게다가 소샤가 뛰어내려서 죽었잖아? 그 오랜 시간이 지났는데도 오히려 더 강력해지는 게 당연하지."

마차가 흔들거려서 핑거티가 잠시 말을 멈췄다.

"넌 거의 다 들었어. 마지막 부분 말고는 얘기할 것도 별로 안 남았어."

21장. 소샤 이야기

고민 끝에 소샤가 선택한 물건은 목각 마트료시카 인형 한 벌과 가장자리가 반짝이는 거울, 그리고 여행 가방 이렇게 세 가지였다. 인형은 엄마가 어렸을 때부터 간직해 왔고, 거울은 정원에 약초를 심으려고 땅을 갈다가 발견했다. 그리고 소샤가 세상에 태어난 밤에 엄마의 몇 안 되는 소지품을 담아서 고통의 섬으로 갖고 온 물건이 바로 그 여행 가방이었다.

소샤는 세심하게 물건을 골랐다. 튼튼하면서도 다른 사람 눈에는 값어치가 없어 보여야 했다. 최악의 상황이 벌어져서 소샤가 잡혀갔는데, 누가 이 물건을 훔쳐 가면 아무 소용이 없을 터라 소샤는 살림살이 중에서 가장 별 볼 일 없는 물건을 선택했다. 그렇게 어려운 일은 아니었다. 어차피 소샤 집에는 비싸 보이는 물건이 하나도 없었다. 소샤 가족 중에서 그나마 의심을 가장 덜 받을 사람은 프루였다. 프루는 고통의 섬에서 태어났기 때문이었다. 섬사람들이 프루를 따뜻하게 대하지는 않았지만, 미지의 땅에서 건너온 물의 마녀 소샤나 소샤 엄마보다는 섬사람 대우를 조금이라도 더 해줬다.

저녁이 깊었지만 오두막 안은 여전히 후텁지근했다. 소샤는 집중력과 재주를 최대한 발휘해서 능력을 세 가지 물건에 나눠 담았다. 시야에서 사라지

318

는 능력은 서로 포개지는 기묘한 작은 목각 인형 한 벌에 넣었다. 엿보는 능력은 거울에, 이동 능력은 가방에 담았다. 소샤는 효과가 있으리라 믿으며 의지를 다졌다. 안에서 능력이 서서히 빠져나와 눈앞에 떨어진 일을 처리하는 데 쓰인다고 상상했다.

모든 일이 끝나자 소샤는 연약하고 평범하고 텅 빈 기분이 들었다.

평범함. 소샤는 평생 평범해지기를 바랐다. 사람들과 어울리고 싶었고 원치 않는 이목을 끌기 싫었다. 그런데 지금 소샤는 아예 다른 사람이 된 느낌이었다.

영원히 이렇게 지낼 필요는 없어. 안전해질 때까지만.

소샤가 스스로 다독이듯 혼잣말했다.

과연 그게 언제일까?

머릿속에서 가냘픈 목소리가 들렸다. 소샤는 그 목소리를 밀어냈다. 모든 물건을 원래 자리로 갖다 놨지만, 더는 예전과 똑같이 보이지 않았다. 왠지 쉽게 깨질 섬세한 보물 같았다. 하지만 나랑 엄마, 프루 말고는 아무도 몰라. 소샤가 되새겼다.

엄마가 더러운 접시를 다 치우고 손을 닦았다.

"어쩌면……. 네가 옳을지도 몰라."

엄마가 머뭇거리다가 말했다.

"뭐가요?"

소샤가 물었다.

"떠나는 거."

낮은 목소리로 말하는 엄마는 주저하고 있었다.

"하지만, 엄마. 우리가 사라지면 섬사람들이 우리를 제대로 봤다는 생각만 굳어질 거라고 했잖아요!"

바느질하던 프루가 고개를 들었다.

"그러라지. 여기 도착한 이후 열여덟 해 동안 우린 실수 한 번 하지 않았지만, 결국 아무것도 바뀌지 않았어. 영원히 바뀌지 않을 텐데 하물며 지금이야. 손가락질은 영원히 계속될 테고 우린 진정한 의미에서 절대 안전하지 않겠지."

엄마 목소리가 떨렸다.

"엄마 진심이에요?"

소샤가 오두막 주변을 둘러봤다. 소샤한테는 유일한 집이었다. 소샤는 이곳에서 떠나기를 언제나 갈망했지만, 이런 식은 아니었다. 탈출이 아니라 모험으로 떠나고 싶었다.

"짐 먼저 꾸리자. 가능한 한 빨리 떠나야 해."

엄마가 말했다.

"오늘 저녁에요? 해가 지고 나서요?"

소샤 물음에 엄마가 고개를 저었다.

"해 지기 전. 어둠 속에서 움직이면 더 의심스러워 보여."

"내가 모두를 한 번에 이동시킬 수 있어요. 아무도 뭐 하나 못 볼 거예요. 어디로 갈지 그것만 정해요."

소샤는 왠지 미안한 기분에 말을 멈추고 다시 집을 둘러봤다.

"손으로 들 수 있는 것만 가져갈 수 있어요."

프루가 바느질감을 내려놨다.

"그래서, 어디로 갈 건데? 아는 데가 없잖아. 어딜 가봤어야지."

소샤가 문으로 향했다.

"내가 돌아오기 전에 어디로 갈지 정해 놔. 오래 안 걸릴 거야."

엄마가 어이없다는 눈길로 소샤를 봤다.

"지금 장난하니? 위험한 짓은 집어치우고 너 먼저 살아야지!"

"이대로 그 사람을 버릴 수는 없어요. 이젠 제 능력을 물건으로 다 옮겨놨기 때문에 모습도 눈에 다 보인단 말이에요! 경고라도 해줘야죠. 거기까지는 해줘야 해요."

"소샤, 제발⋯⋯. 어차피 잡힐 사람인데 바보같이 굴지 마!"

"그럴지도 모르죠."

소샤가 고개를 푹 숙였다.

"하지만 잡히는 한이 있어도 나 때문에 잡히게 하기는 싫어요."

소샤가 망설이는 눈빛으로 여행 가방을 힐끔거렸다.

"안 돼! 엉뚱한 사람 눈에 띄기만 할 거다."

엄마 목소리는 단호했다.

소샤는 엄마가 더 막아서기 전에 물통만 낚아채서 저녁에도 더위가 식지 않은 밖으로 나갔다. 아직 어렴풋이 빛이 남아 있었다. 웅웅거리는 벌떼 소리 대신 앵앵대는 각다귀 소리가 들릴 뿐이었다. 나중에 소샤는 이 순간 풍기던 야생화 향기와 산울타리에서 버스럭거리던 야생 동물 소리를 떠올리며, 시간이 걸리더라도 오두막을 돌아보고 엄마한테 입맞춤하지 않았음을 후회하리라. 소샤는 우물로 가서 물통에 물을 받아 절벽 끝으로 향했다.

바위투성이 절벽을 내려가기 전에 소샤는 사방을 두리번거리며 아무도 없는지 확인 먼저 했다. 소샤는 한 걸음 한 걸음 내려가며 바다에서 불어오는 산들바람을 반갑게 맞았다. 절벽을 절반쯤 내려온 소샤가 이끼에 뒤덮인 바위 근처에서 멈췄다. 여기에서도 발아래 작은 해안가가 보였다. 절벽에서 떨어져 나간 바위가 질벅질벅한 갈색 갯벌에 박혀 있었다. 버려진 곳이었다. 소샤는 내려왔던 길을 올려다봤다. 역시 아무것도 없었다.

소샤가 이끼 낀 바위로 돌아섰다. 바위 한쪽이 툭 튀어나온 사이로 좁은 공간이 있는데 위에서 슬쩍 살펴서는 눈에 잘 띄지 않았다. 소샤는 쉽게 지나치기 쉬운 이 장소를 어렸을 때 발견했다. 소샤는 다리를 절룩이는 갈매기를 쫓고 있었다. 잡아서 오두막으로 가져갈 생각이었다. 하지만 갈매기는 소샤가 절벽 끝에서 휘청대는 동안 바위 사이로 사라져 버렸다. 소샤는 갈매기를 따라 더 들어가고 나서야 바위 너머에 뭐가 있는지 알았다. 절벽 안으로 뚫린 공간을 들쥐처럼 기어들어 가야 했다.

은신처로 쓰기에 아주 좋은 곳이었다. 특히 다른 사람 모습을 안 보이게 할 수 있는 소샤 능력이 더해지니 금상첨화였다. 간수들이 수색하러 들어와도 동굴 입구에서부터 발걸음 소리가 요란하게 메아리칠 테니, 흔적을 지우고 움푹 파인 바위벽을 찾아 몸을 숨길 시간이 충분했다. 그렇게 몸을 잔뜩 웅크리고 샅샅이 뒤지는 손길만 피하면 되었다. 소샤가 설명했듯이, 시야에서 사라져도 소리와 감촉은 숨길 수 없기 때문이었다.

소샤가 눅눅한 공간으로 기어들어 갔다. 비릿하고 찝찔한 냄새가 풍겼다. 이곳을 처음 발견한 날이 생각나는 냄새, 모험과 비밀이 연상되는 냄새였다. 이내 입구를 비추던 희미한 빛마저 사라지고 소샤 눈앞이 캄캄해졌다. 소샤는 익히 잘 아는 튀어나온 곳과 구부러진 지점을 손으로 더듬어 터널 안으로 더 깊이 들어갔다. 이끼가 손톱 밑에 끼고 무릎을 스쳤다.

소샤는 수년 전 이 좁은 공간을 처음 탐험했던 시간을 기억했다. 그때는 터널에 끝이 없는 줄 알았는데, 실제로는 그다지 길지 않았다. 벌써 저 앞에서 불빛이 보였다. 바로 거기에서 터널이 확 넓어지며 동굴이 나왔다. 소샤는 퀴퀴한 공기 때문에 숨을 참고 천천히 안으로 들어가다가 나지막한 목소리에 움직임을 멈췄다. 소샤는 휘파람을 짧게 세 번 불고 기다렸다.

동굴 안에는 정적이 감돌았지만, 간혹 무슨 소리가 들렸다. 뭔가 바삐 움직이는 것 같았다. 노란 불빛마저 꺼지자 터널이 칠흑같이 어두워졌다. 소샤는 캄캄한 어둠 속에서도 본능적으로 모습을 사라지게 하려다가 그렇게 못 한다는 걸 깨달았다. 이제 소샤한테는 능력이 없었다. 일 킬로미터 가까이 떨어진 오두막, 값싼 물건 안에 숨겨져 있었다. 소샤는 겁이 났다. 마지막으로 두려움을 느낀 게 언제였는지 기억도 나지 않았다. 어딘가 이상했다. 소샤는 소리 나지 않게 주의하면서 천천히 뒷걸음치기 시작했다. 바로 그때 휘파람 소리가 들려왔다. 모든 것이 괜찮다는 신호였다.

소샤는 머뭇거렸다. 동굴 깊숙한 곳에서 속삭이는 목소리가 들려왔다.

"소샤? 소샤예요?"

소샤의 두려움과 의심이 가라앉았다.

"윈터?"

"그럼요. 달리 누구겠어요."

소샤는 자리에서 움직이지 않았다.

"바로 대답도 안 하고 불까지 꺼져서……. 누구랑 얘기하고 있었어요?"

"혼잣말이었어요! 발가락을 찧었거든요."

윈터가 어색하게 웃었다.

"아까는 문득 소샤가 아닐지도 모른다는 생각에 겁이 나서 불을 껐어요. 괜찮아요?"

"괜찮······. 아니요, 괜찮지 않아요."

소샤가 동굴 안 더 넓은 곳으로 향했다. 연기와 기름 타는 냄새가 났다. 소샤는 동굴 벽에 붙어서 더 들어갔다. 눈앞이 안 보이는 터라 앞에 있을 벼랑 끝을 감지하려고 발을 더듬었다. 과연. 소샤 다리가 벼랑 위 허공에서 대롱거렸다. 소샤는 코를 찡긋거리며 어두운 동굴 속 냄새를 맡았다. 딱히 꼬집어 말하기 어려웠지만, 오늘 밤 동굴은 어딘가 달랐다.

"먹을 거 가져왔어요?"

윈터 목소리가 덤덤했다. 평소에는 음식 먹을 생각으로 들뜬 기운이 있었다. 윈터도 소샤처럼 오늘이 끝이라는 것을 알았을까? 두 사람한테 미래가 있을지도 모른다는 희망은 왜 품었을까. 오늘 밤이 지나면 어두운 동굴의 기억과 비탄뿐, 윈터의 그 어떤 것도 남지 않을 터였다.

"아니, 미안해요. 너무 위험해서요. 사실은 이제 윈터를 돕지 못한다고 말하러 왔어요. 너무 아슬아슬해서······. 그리고 이제 난 윈터를 숨겨주지 못해요."

소샤가 말을 멈췄다. 집중하기가 어려웠다. 불안감이 짙어졌다.

"여기 소리가 이상하게 들려요."

머릿속에서 생각이 번쩍 떠오르면서 말이 불쑥 튀어나왔다.

"메아리가 덜 울려요."

"그래요?"

이번에는 윈터 목소리가 확실히 달랐다. 어찌나 작은지 그나마 지금은 주위가 어두워서 소샤가 오로지 청각에 의존하기에 들렸다.

"윈터, 불은 왜 다시 안 밝히죠?"

소샤 목소리가 갈라졌다.

"아……. 이제 막 붙이려고 했는데……."

소샤가 잘못 들은 게 아니었다. 목이 졸린 채 말하는 듯 윈터 목소리가 이상했다. 무언가 잘못됐다. 불현듯 소샤가 깨달았다. 지금 어둠은 소샤한테 적이 아니라 친구였다. 너무 늦었다는 것도 알았다. 그래도 노력은 해야 했다. 말도 이미 너무 많이 했지만, 기회는 있을지 몰랐다. 저들은 소샤 얼굴을 못 봤다.

뒤에서 성냥 긋는 소리가 나는 동시에 소샤가 비명을 지르며 뒤돌았다. 허공에서 발이 허우적거렸지만 소샤는 손가락을 더듬어 터널 벽을 찾았다. 낯선 목소리가 허공을 갈랐다.

"잡아!"

뜨거운 손이 소샤 발목을 잡았다. 소샤가 악 소리를 내며 발길질을 해댔다. 장화 신은 발이 퍽퍽 살을 때리는 소리가 났다. 느닷없이 소샤 발밑에서 터져 나온 함성이 동굴 가득 울려 퍼졌다. 동굴 한구석에 둥지를 틀고 있던 까마귀들이 일제히 날개를 펄럭이며 깍깍 울어 젖혔다. 소샤가 잠시 희망을 품었지만 이내 다른 쪽 발목이 잡히면서 뒤로 확 당겨지는 바람에 손바닥 피부가 벗겨졌다. 소샤는 치마가 뒤틀리고 꼬인 다리가 몸에 깔린 이상한 자세로 떨어졌다.

소샤가 눈을 깜빡이며 두려움과 통증으로 흘린 눈물을 삼키자 대번에 시야 한가운데로 동굴이 들어왔다. 목소리가 덜 울린 것도 당연했다. 오늘 밤 동굴 안은 사람으로 꽉 찼다. 간수 여섯 명을 포함해서 총 여덟 명이 들어와 있었다. 누군가 소샤를 본 사람이 소샤를 넘겼을 텐데……. 프루? 저들이 어떤 수를 써서 프루가 입을 열게 했을까? 따귀를 얻어맞은 듯 얼얼한 통증에 소샤는 이런 생각을 한 자신이 혐오스러웠다. 조금 전만 해도 소샤는 심장이 떨어져 나갔다고 확신했지만, 이제는 바위를 때리는 파도처럼 심장이 가슴을 치며 부서지고 있었다. 살아남아야 한다는 절박함이었다.

소샤가 간수들을 훑어봤다. 뚱뚱하거나 말랐거나 젊거나 단호하거나 사악해 보였지만 서로 다른 생김새는 아무 의미 없었다. 똑같은 제복 차림의 저들은 똑같은 목적으로 이곳에 있었다. 소샤, 그리고 윈터 때문이었다.

윈터는 두 간수 사이에서 쇠고랑을 찬 채 꼼짝도 않고 서 있었다. 맞서 싸운 기색은 조금도 보이지 않았다. 윈터와 소샤 눈길이 서로 마주쳤다. 표정 없는 윈터 눈빛은 희망을 잃어 공허해 보였다.

"저 여자예요. 저 여자가 나를 여기로 데려와서 숨겨줬어요."

윈터 목소리에는 아무 감정이 없었다.

"알아. 저 여자가 뭐라고 하는지 우리도 다 들었어."

한 간수가 코웃음을 치더니 얼굴 땀구멍이 보일 만큼 소샤한테 얼굴을 바짝 들이댔다.

"유죄는 따놨어. 무슨 말을 들었는지 증언할 목격자가 여섯은 되거든."

간수가 조롱기를 섞어 동정하듯 끌끌 혀를 차며 고개를 저었다.

"참 안 됐어. 앞날이 구만리인데."

"조심해."

326

다른 간수가 끼어들었다. 깜빡거리는 불빛에 짜부라진 코와 기름기 번들거리는 얼굴이 드러났다. 그제야 소샤는 남자가 누구인지 알아봤다. 꿀꿀이. 어릴 때 소샤를 괴롭히던 아이였다.

"그 여자 건드리지 마. 이상한 능력이 있어."

소샤는 울음을 참았다. 두려움과 절망감이 소샤를 집어삼킬 듯 밀려들었다. 일말의 자비를 구해 볼 여지도 사라졌다. 꿀꿀이는 이 순간을 오래도록 기다려왔다. 소샤를 끝장내기 위해 있는 힘을 다할 터였다.

첫 번째 간수는 걱정하지 않는 눈치였다.

"나한테는 그냥 겁에 질린 여자애로 보이는데? 게다가 지금쯤 마법을 부리고도 남았을 거야."

"꿍꿍이가 있을지도 몰라. 아니 땐 굴뚝에서 연기 안 난다는 말도 있잖아. 몇 년 동안 저 여자에 관한 수상한 소문을 들은 게 얼만데. 때를 기다리는 건지도 몰라. 아니면……."

또 다른 간수가 말하면서 박물관에 전시된 물건 구경하듯 호기심에 차서 소샤를 뜯어봤다.

"아니면 바로 이 순간 집이 포위되었다는 걸 깨달았을지도 모르지. 우리한테 잘못 보였다간 엄마한테 큰일 날 걸 아는지도 모……."

소샤가 고개를 홱 들었다.

"엄마랑 동생한테 손대지 마!"

소샤가 폭발하자 간수 두엇이 움찔했지만 아무 일도 일어나지 않자 곧 자세를 추슬렀다. 소샤가 어떤 사람이라고 믿어 왔는지 몰라도, 이제는 저들이 소샤와 정확히 똑같은 생각이라는 걸 소샤는 알 수 있었다. 소샤는 무력했고

327

저들 뜻대로 할 수 있는 존재였다.

"아까 그 말 사실이야? 널 도운 사람 또 없냐고! 저 여자 가족은?"

간수가 윈터를 붙잡고 흔들며 물었다.

"없어요. 저 여자뿐이에요."

윈터는 발끝만 내려다보았다.

소샤는 터져 나오려는 비명을 꾹 참았다. 윈터는 왜 이런 일이 벌어지도록 놔뒀지? 왜 경고도 해주지 않았을까! 시도조차 하지 않았다. 아무리 겁이 났어도, 설령 간수가 목에 칼을 들이대고 있었어도, 뭐라도 할 수 있지 않았을까? 휘파람이라도 이상하게 불어서 소샤한테 기회를 줄 수 있었다. 소샤는 배신감에 치를 떨었다. 조롱과 경멸의 시선을 수천 번 받았어도 이보다는 덜 고통스러웠을 것이었다.

"일으켜 세워. 탑에 빨리 가둘수록 좋아. 거기에서는 마법이 먹히지 않으니까."

누군가 말했다.

거칠게 위로 끌어올리는 손길에 소샤가 움찔했다.

"쇠고랑 채워."

반항해 봤자 소용없었다. 두꺼운 쇠사슬에 연결된 묵직한 강철 수갑이 소샤 손목에 철커덕 채워졌다. 어둡고 좁은 터널로 끌려가는 소샤 귀에 윈터 목소리가 들렸다.

"약속 지킬 거죠? 제 사정을 봐주신다고 했잖아요. 더 괜찮은 감방에 넣어주고 음식도 더 주실 거죠?"

윈터가 진지하게 물었다.

"그래, 윈터. 네 협조는 보상받을 거다. 적어도 우리 간수들한테서는. 그런데 죄수들에 대해서는 약속할 수 있는 게 없어."

간수가 느릿느릿 말했다.

"뭐라고요?"

"밀고자를 좋아하는 사람은 없어서 말이지. 그런데 바로 네가 밀고자네? 밀고자 윈터."

그제야 소샤는 왜 윈터가 경고하지 않았는지, 왜 시도조차 않았는지 대번에 이해했다. 소샤를 잡겠다고 덫을 놓는 일에 윈터도 한패였다. 자기 이익을 위해서 거래했다.

윈터의 배신은 쩍 벌어진 채 피 흘리는 상처처럼 지독한 고통을 소샤한테 안겼다. 소샤는 무력함을 느꼈다. 바보가 된 기분이었다. 소샤는 윈터를 위해서 큰 위험을 무릅썼건만 어떻게 윈터가 소샤를 배신한단 말인가! 소샤는 이보다 더 나빠질 수는 없다고 생각했다.

소샤의 착각이었다.

무리가 떠나는 광경을 본 이는 없었다. 소샤를 데리고 만으로 내려가던 간수 네 명이 비틀거리는 소샤를 보고 비웃었다. 배 두 척이 이미 만에서 대기 중이었고 배마다 사공이 따로 앉아 있었다. 그중 한 척에 소샤가 탔고 아마 다른 배에 윈터가 탔겠지만, 소샤는 배에 오르는 윈터를 보지 못했다. 간수들은 배를 타고 가는 시간 대부분 둘씩 나눠서 교대로 소샤를 감시하거나 카드놀이를 했다. 간수 누구도 소샤한테 말을 걸지 않았고 소샤도 점점 가까워지는 거대한 참회의 섬을 바라보며 침묵을 지켰다. 소샤는 몇 번이나 배 밖으로 뛰어내릴 생각을 했다. 수영을 배우기만 했다면……. 실제로 뛰어내렸을 것이다.

배가 해안가에 닿자 간수들이 소샤를 얕은 물가로 뛰어내리게 했다. 장화와 치맛단이 물에 젖었다. 소샤는 감옥 탑으로 향하는 경사로 끌려갔다. 높은 담이 햇빛을 가렸다. 탑을 끌어내려 집어삼키려는 파도처럼 미끈미끈한 초록색 이끼가 그곳 돌멩이까지 닿아 있었다.

탑은 어딘가 달라 보였다. 담 위로 돋아난 것들이 하나도 없었다. 지금까지 뭐라도 자랐던 흔적이 없었다. 탑 자체가 죽은 것 같았다. 탑을 쌓은 돌무덤의 돌멩이들만큼이나 죽음의 기운뿐이었다. 살아 있는 것은 아무것도 없을 뿐더러 감히 만지려 드는 것도 없었다.

탑 내부 높은 천장에는 기묘한 표시와 상징들이 새겨져 있었다. 간수들이 저 표시와 상징 덕분에 나쁜 마법이 힘을 발휘하지 못한다면서 소샤를 조롱했다. 소샤는 간수들한테 그럴 필요 없었다고 말해줄 수도 있었다. 탑 안에 들어와 보니 겉으로 보이는 만큼 생기라고는 조금도 느껴지지 않았기 때문이었다. 탑은 소샤만큼 죽어 있었다. 마법은 희망처럼 살아 있는 독립체였다. 돌을 쌓아 지은 이 무덤 안에는 마법도 희망도 설 자리가 없었다.

감방은 텅 비었다. 말 털로 짠 매트리스와 세숫대야, 요강이 있을 뿐이었다. 간수들은 묵은 빵과 물을 남겨놓고 나가서 소샤 뒤로 빗장을 걸었다.

"엄마는 언제 만날 수 있어요?"

소샤가 멀어지는 발걸음 소리에 대고 외쳐 물었다.

"제발요!"

돌아오는 대답은 없었다. 이후로도 문을 열고 음식과 물을 던져주거나 요강을 비울 때도 누구 하나 대답해주지 않았다. 소샤는 창가에서 몇 시간이나 보냈다. 창가에서 까마귀바위 중심 섬이 아스라이 보였다. 지붕과 교회 첨탑, 그리고 모두가 볼 수 있도록 높이 매단 교수대, 전부 다 아주 가까이 있는 것 같았지만, 소샤는 한 번도 저곳에 가본 적이 없었다.

소샤는 엄마랑 프루가 어떻게 되었는지 궁금해서 몸이 달았다. 두 사람은 안전할까? 나처럼 감옥에 갇혔나? 정보를 알아내기 위해서 고문당하지는 않았을까? 윈터처럼 뇌물을 받았을지도 몰랐다. 소샤가 몇 번이나 애원했지만 간수들은 아무것도 말해주지 않았다. 하루하루 지날수록 아무것도 모르는 상황이 소샤를 좀먹어 갔다. 소샤는 나날이 마르고 지저분해지더니 결국에는 이대로 평생 엄마나 프루 누구도 만나지 못할 거라고 체념했다.

그렇게 기나긴 석 달이 흐른 어느 날, 누군가 소샤를 찾아왔다.

엄마는 아니었다.

소샤는 창가에 서서 까마귀바위섬을 바라보며 서 있었다. 딱히 중심 섬을 보던 것은 아니었다. 오늘은 비도 내리고 하늘에는 먹구름만 지저분하게 낀 터라 소샤는 곧장 땅바닥을 내려다보고 있었다. 까마득한 높이에 아찔하게 현기증이 일었다. 그래도 소샤는 창문 밖으로 몸을 내밀고 여기에서 떨어지면, 혹은 몸을 날리면, 땅에 닿기까지 얼마나 걸릴까 생각하고 있었다.

섬뜩한 생각에 빠져 있던 소샤는 누군가 문을 쾅쾅쾅 두드리는 바람에 펄쩍 뛰었다.

"뒤로 물러나."

간수가 명령했다.

자물쇠가 철컹 소리를 내더니 빗장이 풀렸다. 문이 열리고 간수 두 명이

331

들어와서 한 명이 문 옆에 버티고 섰다. 다른 간수가 몸짓으로 소샤한테 벽에 가서 붙어 서라고 했다. 쇠로 만든 수갑이 달린 쇠사슬이 돌벽에 붙어 있었다. 간수는 말 한마디 없이 소샤 손목에 쇠고랑을 채우고는 옆으로 가서 섰다.

문 옆에 선 간수가 고갯짓을 하자 누군가 감방 안으로 들어왔다. 소샤는 반쯤 울음을 터트렸다.

"프루!"

소샤가 울부짖었다. 손목에 채워진 쇠고랑도 잊고 동생을 향해 튀어 나갔다가 뒤로 획 당겨졌다.

프루던스는 감방 안으로 반 발짝 내디뎠을 뿐, 문에서 거의 벗어나지 않았다. 두 손은 가지런히 모아서 단정하게 차려입은 하얀 앞치마 위에 살포시 올렸다. 소샤는 눈길을 아래로 내려 실로 몇 주 만에 자기 모양새를 살폈다. 소샤 옷은 지저분했고 군데군데가 찢어졌다. 머리를 감지 않아 부스스한 데다 손톱은 밑에 때가 끼고 울퉁불퉁했다. 사람들 사이에서 마녀로 소문났던 바로 그 모습이었다. 하지만 그건 중요하지 않았다. 프루가 여기 왔다. 그 오랜 시간이 흐른 뒤에 결국 왔다. 소샤를 잊지 않았다.

"언니, 어떻게 지냈어?"

프루 목소리는 침착했다. 이면을 읽어내기가 어려웠다.

"비참하지 뭐. 배도 고프고. 하지만 너를 보니까 정말 좋아!"

소샤는 두 눈에 눈물이 가득 차오르자 신경질적으로 눈을 깜빡여서 없애 버렸다. 지금까지 간수들 앞에서 울지 않으려고 애를 써왔다. 하지만 동생을 보니까 결심이 자꾸 무너지려고 했다. 소샤가 경계하는 눈빛으로 간수들을 쳐다봤다. 동생과 단둘이 시간을 보내고 싶었지만 곧 터무니없는 바람이었다는 걸 깨달았다. 간수들은 아무 데도 가지 않을 터였다.

"엄마는 어때?"

마침내 소샤가 입을 열었다.

"엄마는 아프셨어."

프루던스가 가볍게 기침했다.

"신경이 쇠약해졌고 충격이 너무 컸대. 의사가 밤에 잠이 드는 데 도움이 될 물약을 줬어. 내가 모든 걸 처리해 왔고."

소샤가 눈을 감았다. 불쌍하고 가련한 엄마. 다 내 잘못이었다. 엄마 말을 들었어야 했다. 엄마가 능력을 쓰지 말라고 늘 경고했는데. 시간을 되돌릴 수 있다면, 과연 소샤는 수년 전에 능력을 물건에 담아서 바다에 버릴 수 있었을까? 삶은 더 안전해졌을지 몰라도 소샤는 그 대가로 자기 일부를 잃을 터였다. 능력 없는 소샤, 소샤는 그게 누구인지 모를 것이었다. 소샤가 눈을 번쩍 떴다.

"프루 넌 좋아 보이네."

소샤가 천천히 말했다.

"사람들이 널······. 잘 대해줬어? 집은 다 괜찮······. 다 예전 그대로야?"

소샤가 프루한테 의미심장한 눈빛을 보냈다. 묻고 싶지만 말로 할 수 없는 질문을 프루가 알아듣기를 바랐다.

물건들은 다 괜찮니?

프루던스가 고개를 끄덕였다.

"응, 모든 것이 제자리에 잘 있어."

소샤는 왠지 모를 불길함에 피부가 따끔거렸다. 동생이 어딘가 이상했다. 아니, 원래보다 더 이상했다. 목소리도 이상했지만 가만히 있는 데도 어딘가⋯⋯. 의기양양해 보였다. 한 줄기 불안감이 소샤 가슴 깊숙한 곳에 자리를 잡았다. 지금까지 내내 소샤는 끔찍한 상황을 상상하며 걱정과 굶주림으로 세월을 보냈다. 그런데 눈앞에 있는 프루는 그 어느 때보다 깨끗하고 얼마나 잘 먹었는지 두 볼이 발그레했다.

"얼마나 있어야 엄마가 나 보러올 만큼 괜찮아질 것 같아? 그리고 넌 면회 오는 데 왜 이렇게 오래 걸렸어?"

소샤가 따지듯 물었다.

"이게 마지막 면회야. 엄마건 나건."

프루가 대답했다.

탑이 돌풍에 휘말린 듯 감방이 흔들렸지만 소샤 말고는 아무도 못 느끼는 것 같았다.

"뭐? 왜?"

소샤가 새된 목소리로 희미하게 물었다.

"허가를 안 해 줘. 이번 면회도 내가 협조한다고 해서 받아냈어."

협조? 윈터처럼 저들한테 협조한다는 뜻인가?

"그게 무슨 소리야?"

소샤가 쉰 목소리를 냈다.

"난 지금까지 간수들을 도와왔어."

프루의 창백한 눈동자가 번들거렸다. 뱀장어 같은 눈빛은 흙처럼 따뜻한 갈색인 엄마 눈과 천지 차이였다.

"그런데 이제는 언니 재판을 준비하고 있거든."

"돕다니, 뭘 어떻게?"

소샤는 두려움에 속이 뒤틀렸다. 한때 새로웠던 두려움이라는 감정도 이제는 익숙해졌다.

지금 프루가 도대체 무슨 소리를 하는 거지?

"언니가 유죄 판결을 받아도 난 언니를 위해서 기도할 거야."

프루가 음산하게 말했다.

소샤 눈이 가느다래졌다.

"유죄? 정확히 무슨 죄목으로?"

프루 옆에 선 간수가 말했다.

"니가 왜 여기 갇혔는지는 너도 알잖아. 마법을 부린 죄야. 흑마술."

"혹시 무죄로 결론 나면 오래오래 행복하게 살기를 기원해 줄게."

프루가 말을 이었다.

소샤는 당황해서 고개를 흔들었다.

"혹시라니? 너 말하는 게 꼭 재판 결과와 상관없이 이게 마지막이라고 말하는 것 같잖아!"

"맞아."

프루가 소샤를 꿰뚫어버릴 듯이 노려봤다. 냉담하고 악의로 가득한 눈빛, 소샤는 어떻게 저 눈빛을 지금까지 변호해왔을까. 엄마는 저 눈 속에서 썩어 문드러지는 분함과 억울함을 알아봤다. 소샤도 가슴 깊숙한 곳에서는 느끼고 있었다. 소샤는 이제 그 모든 것을 무시한 대가를 치를 참이었다.

"그게 있잖아, 사람들이 나를 불쌍히 여겼어. 나한테 기회를 줬……."

"무슨 기회!"

소샤가 울부짖었다.

"고통의 섬 죄인들한테서 벗어나 평범한 삶을 살 기회. 난 지금 까마귀바위 중심 섬에서 살고 있어. 거기 사는 아빠 친척 한 분이 나를 받아줬어. 엄마는 계속 고통의 섬에서 살 거야. 그래도 좋은 소식이 있어. 다 순식간에 벌어진 일이지만, 나 결혼했어! 이제 내 이름은 프루던스 위더신즈야."

"결혼? 까마귀바위섬에 산다고? 어떻게 네가 엄마를 버려!"

프루는 침착하게 말을 이었다.

"우린 참 많이 달라. 언니랑 나. 언니는 거침없고 고집도 세고 다루기도 어렵지. 그런데도……. 엄마는 언니를 더 좋아했어. 난 엄마를 기쁘게 하려고 정말 노력했어. 말 잘 들으려고 애도 썼고. 난 착한 딸이었어. 게다가 난 언니한테도 입버릇처럼 마법은 사악한 거라고, 언니를 위험에 빠트릴 거라고 경고했어."

"거짓말! 넌 그렇게 말한 적 없어! 넌 나처럼 되고 싶어 했어. 네가 수도 없이 말했잖아!"

소샤가 악을 쓰자 프루가 지친다는 듯 간수를 쳐다봤다.

"봤죠? 자기 죄를 덜기 위해서라면 아무 말이나 할 거라고 했잖아요."

프루가 소샤한테 걸어오더니 덥석 끌어안는 바람에 소샤가 뻣뻣하게 굳어버렸다. 프루가 몸을 기울여 소샤 귀에 대고 속삭였다. 잠시나마 소샤는 바보 같은 희망을 품었다. 지금까지 프루는 간수들 장단을 맞춰줬을 뿐, 사실은 이 모두가 소샤를 탈출시키려는 작전이 아니었을까?

"안녕, 언니."

프루가 나직이 내뱉더니 소샤 뺨에 입을 맞추고 뒤로 물러났다.

소샤가 공포에 사로잡힌 채 손가락을 들어 얼굴을 만졌다. 프루의 얼음장 같은 입술이 닿은 자리가 얼얼했다. 엄마가 했던 말이 그날만큼 생생하게 소샤 머릿속에서 메아리쳤다.

프루는 널 질투하고 있어. 네가 가진 걸 탐내.

이제야 소샤는 프루 말뜻을 제대로 알아들었다. 소샤를 구해주는 일 따위는 없었다. 여태껏 내내, 엄마가 옳았다. 프루는 때를 노리고 지금까지 기다렸다. 이제는 프루의 시대였다. 소샤는 끝났다. 소샤는 무력했다. 선물이었던 능력이 소샤한테 무용지물이었다. 하지만 프루는 뜻대로 사용할 수 있었다.

프루는 정확히 자기가 원했던 대로 소샤를 처리했다.

"너를 저주한다."

소샤가 이를 악물고 바람 새는 소리로 말했다.

"네 삶이 끝나는 순간까지, 네가 죽은 뒤에도 네 혈통이 남아 있는 한 저주는 끝나지 않을 거야!"

프루 눈이 휘둥그레졌다. 두려워서가 아니라 놀라서였다.

"여기까지다."

소샤 근처에 있던 간수가 말하면서 프루를 향해 고갯짓했다.

"나가."

다른 간수가 프루던스를 문 쪽으로 내보냈지만 소샤는 아직 할 말이 남았다. 소샤가 쇠줄을 질질 끌고 앞으로 펄쩍 튀어 나갔다. 수갑이 팔목을 파고들었지만 소샤는 아랑곳하지 않았다.

"너를 저주한다!"

소샤가 악을 썼다.

"까마귀바위섬에서 살고 싶어? 그럼 그렇게 해, 영원히! 넌 절대 까마귀바위섬을 떠나지 못하리니. 넌 여기 갇힌 나처럼 죄수나 다름없는 삶을 살리라!"

소샤는 서둘러 문으로 빠져나가는 프루 입꼬리가 슬쩍 올라가는 걸 본 것 같았다. 비통함과 원통함이 소샤를 휘감으며 마녀가 제조한 독주처럼 부글거렸다. 소샤는 바닥이 꺼질 듯 주저앉았다. 가슴이 끓어오르고 머릿속이 바삐 돌아갔다.

소샤가 저주를 퍼부었지만 프루는 꿈쩍도 하지 않았다. 탑으로 둘러싸인 감방 안에서는 마법이 힘을 잃는다는 사실을 프루도 알았다. 그런 말을 내뱉어서 다칠 사람은 소샤밖에 없었다. 안 그래도 확실한 유죄 판결에 죄목만 더해질 뿐이었다.

소샤는 창문을 가만히 바라봤다. 이 안에서는 어떤 마법도 소용없지만……. 혹시 밖이라면? 고작 한 발짝 거리였다. 처음 생각해보는 일도 아니었다. 소샤가 능력을 되찾고 탈출할지도 몰랐다.

"자매 좋다는 게 뭐겠어. 프루, 넌 대가를 치러야 할 거야. 너 이후 위더신즈 가문의 모든 여자가……."

소샤가 명한 눈으로 천천히 몸을 좌우로 흔들며 중얼거렸다.

소샤 자신은 구하지 못할망정 복수할 길이 있을지도 몰랐다. 마법을 행할 능력은 잃었을지라도 저주는 전혀 다른 문제였으니까. 저주는 어둠에서만 얻을 수 있었다.

죽음보다 더한 어둠이 또 있을까.

22장. 쿵!

"프루가 위더신즈 가문 사람이었다고요?"

베티가 소리쳤다.

"아니, 위더신즈 가족으로 들어온 건가? 아, 아니, 어쨌든……."

베티가 숨을 가다듬느라 말을 멈췄다. 속이 울렁거렸다. 베티는 조상 중 (어쩌면 간수였던) 누구 하나가 소샤를 화나게 하지는 않았을까 의문을 품었고, 설령 그럴지라도 거기에는 그럴 만한 이유가 있어 주기를 바랐다. 하지만 이건 전혀 예상 밖이었다. 베티 가족이 소샤를 배신한 의붓자매의 직계 자손이라니.

"가족 좋아하시네."

콜턴은 역겨움에 입술이 비틀렸다. 그러고는 한동안 침묵에 잠겼다. 베티는 콜턴도 자기처럼 탑 감방 벽에 새겨진 위더신즈라는 이름을 생각하고 있으리라 짐작했다. 다시 입을 연 콜턴 목소리에서 얼핏 죄책감을 느꼈기 때문이었다.

"프루는 고통의 섬에서 벗어나는 대가로 소샤를 배신했어."

"소샤는 빠져나갈 길이 없다는 걸 알았어. 게다가 능력도 없었으니…….

죽을 걸 알면서도 창밖으로 몸을 날려서 저주를 걸어 프루한테 복수할 수밖에 없었던 거야."

베티가 말했다.

"소샤가 프루던스 후손까지 저주에 넣었다는 게 문제지. 그게 결국 위더신즈 가문이 되었으니까."

핑거티가 말했다.

"그 뒤로 우리 가문이 계속 대가를 치러왔군요."

프루는 새로운 삶을 살기 위해 배신하고 도둑질하고 위더신즈라는 이름을 영원히 욕되게 했다. 가보로 내려온 마법의 물건은 절대 위더신즈 가문 것이 아니었다. 베티는 슬픔과 역겨움에 짓눌리는 기분이었다. 지금까지 내내 피해자라고만 생각했지 그런 악인의 후예일 줄은 몰랐다. 베티는 모든 것을 바로잡고 싶다는 강력한 열망에 압도당했다. 그저 위더신즈 가문만이 아니라 소샤를 위해서이기도 했다. 탑에 갇혀 지낸 석 달이 소샤 영혼에 무슨 짓을 했을지 이해가 가기 시작했다. 석 달 동안 외로움으로 비비 꼬여 지내다가 마지막에는 사랑했던 사람한테 배신당했다는 사실을 알았다. 찰리나 플리스가 그런 짓을 한다면 기분이 어떨지 상상해봤지만 상상이 안 갔다. 생각만 해도 독을 마신 느낌이었다. 베티는 소샤를 연민하면 연민했지 미워할 수 없었다. 핑거티가 들려준 이야기 덕분에 저주의 기원을 알아내기는 했지만 여전히 어떻게 풀어야 할는지 알 길이 없었다.

"우리 가족이 소샤랑 관련 있는 걸 알았는데 왜 아무 말도 안 했어요?"

베티가 물었다.

핑거티는 어리둥절한 표정이었다.

"내가 왜? 아무도 안 물었는데? 니가 처음이었어. 설사 누가 물었다 해도 무슨 소용이 있었겠어? 내가 저주 푸는 방법을 아는 것도 아닌데! 니 할머니한테 위더신즈가 도둑놈에 배신자 후손이라는 사실을 꼬집어 말해주면 고마워했을라고? 누가 소샤 이름만 입에 올려도 밀렵꾼의 주머니에서 쫓아냈어. 니들 할머니 자존심이 그 정도라고!"

"할머니…… 할머니도 프루를 알았어요?"

베티가 속삭이듯 물었다. 핑거티 말이 믿기 어렵지는 않았다. 할머니는 자부심이 대단했다. 한 번은 아빠가 징역형 받은 일을 입에 올린 손님한테 편자를 집어던진 적도 있었다. 어차피 모르는 사람이 없는 일이었는데도 그랬다.

일행이 동시에 입을 다물었다. 베티는 머릿속으로 소샤 이야기를 반복해서 되짚어봤다. 그래도 답은 여전히 보이지 않았다. 게다가 플리스와 찰리도 계속 걱정스러웠다. 중간에 갑자기 끊긴 대화도 신경 쓰였다. 부디 제러드가 거울에 깃든 비밀을 눈치채지 못했기를, 플리스한테서 뺏어가지 않았기를 기도했다.

베티와, 콜턴, 핑거티는 정오가 지나서야 바람 부는 산기슭에 도착했다. 베티는 머릿속에서 울어 젖혀대는 까마귀 울음소리 때문에 집중도 안 되고 두려움만 커져 갔다.

일행은 교차로에 다다라 마차에서 내려 표지판을 따라서 작고 보잘것없는 마을로 향했다. 방앗간을 찾으며 길을 걷던 베티는 바람 부는 산기슭이라는 곳은 누구라도 오래 붙어살 곳이 아니라는 인상을 받았다. 건물은 허물어지기 직전이었고 거리는 온통 진창이었다. 일행이 투명해진 사실을 깜빡 잊고 소리 내면 안 되는 곳에서 한두 번 얘기를 나누는 통에 지나가던 낯선 사람들이 화들짝 놀라기도 했다.

"언니랑 찰리가 여기 없으면 어떡하지? 지금쯤 제러드가 다른 곳으로 끌고 가지 않았을 이유가 있을까?"

베티는 목소리가 높아지지 않도록 조심했다.

"없어. 흔적을 지우기로 작정했다면 당장 다른 곳으로 옮겼어야 말이 돼."

베티가 나직이 말하는 콜턴을 노려봤다.

"안심시켜 주는 말이라도 해줄 줄 알았는데."

베티가 콜턴한테서 성큼성큼 멀어져 걷다 보니 작은 다리가 나왔다. 다리 벽이 여러 겹 과자처럼 얇게 벗겨지고 있었다. 자매들이 이곳을 떠났다면 플리스가 다시 거울을 사용해서 만나지 않는 한 두 사람을 찾을 길은 없었다. 저주를 깨트릴 방법을 모르니 베티도 자매들 못지않게 길을 잃은 기분이었다. 희망이 사라지고 있었다. 베티 뒤에서 터벅터벅 걸어오는 핑거티는 몹시 지긋지긋한 표정이었다.

콜턴이 따라와서 미안한 표정으로 말했다.

"그냥 솔직히 말했을 뿐이야. 그런데 난 플리스랑 찰리가 아직 여기 있을 것 같아. 제러드는 가방도 없는 우리가 투명인간이 되어서 악마의 이빨을 통과하고 습지까지 건넜다고는 꿈에서도 생각하지 못할 거야. 설령 따라온다 해도 이렇게 빨리 오리라고는 상상도 못 하겠지. 우리한테 유리한 점도 있어. 두 사람이 이곳에 잡혀 있다고 플리스가 거울로 말해준 걸 제러드는 몰라. 내가 제러드라면 완벽히 잘 숨었다고 여길 거야."

"그야 자다가 깬 제러드한테 플리스가 안 들켰을 때 얘기지."

베티가 우울하게 말했다. 제러드가 거울의 힘을 알아냈을까? 그때 언니가 몹시 급하게 사라진 데다 그 뒤로 다시 나타나지도 않았다.

베티 얼굴이 일그러졌다. 눈물이 나와서 고개를 돌렸는데도 멈춰지지 않았다. 정말 싫었다. 베티는 어지간해서는 잘 울지 않았다. 오히려 툭하면 운다고 언니를 늘 놀려댔다. 어쨌건 울어서 해결되는 일은 없었다.

뜻밖에도 핑거티가 꾀죄죄한 손수건을 베티한테 내밀었다. 대단하지 않아도 다정한 행동에 베티는 울음이 더 크게 터져 나왔다. 차차 울음이 잦아들자 베티가 몇 번 더 훌쩍인 뒤 손수건에 코를 풀었다. 이젠 정신 차리고 현실적으로 생각할 때였다.

콜턴은 베티가 완전히 마음을 추스를 때까지 참을성 있게 기다리다가 물었다.

"이젠 좀 나아?"

"별로."

베티가 훌쩍이며 축축해진 손수건을 도로 핑거티한테 건넸다.

느닷없이 눈앞에서 어떤 장면이 휘몰아치는 바람에 베티가 비틀거렸다. 엄청나게 높은 곳에서 추락한다. 땅이 코앞으로 들이닥친다. 때를 기다리며 하늘에서 맴도는 까마귀 떼, 까마귀 울음소리……. 예전에도 본 광경이었다.

"소샤였어. 소샤가 마지막으로 본 장면……. 마지막에 들은 소리……. 그리고 까마귀. 그래서 지금 우리한테도 들리는 거야."

베티는 심장이 뜯기는 기분으로 다리 건너편을 바라봤다.

"언니……. 찰리……. 어디 있어?"

베티는 중얼거리다가 다시 눈물이 날 것 같았지만, 구름을 뚫고 나오는 태양을 피해 두 눈을 가리고 꾹 참았다.

다리 건너편 무성한 메리페니 덤불에 이끌린 베티가 다리를 건넜다. 가지에 달린 열매 몇 개가 썩으면서 찐득해 보이는 액체를 흘리고 있었지만, 열매 대부분은 이미 다 따 가고 없었다. 어느 여름날, 언니랑 찰리랑 풀밭에서 메리페니 열매를 따 모으던 아침이 기억났다. 바구니를 거의 채웠을 무렵, 플리스 언니가 할머니가 믿는 미신 이야기들을 들려줬다. 가령 해가 지고 열매를 따면 불운이 따른다, 핼러윈이 지난 뒤에는 열매 곳곳에서 작은 도깨비들이 춤추고 있을지도 모르니 먹으면 안 된다는 내용이었다. 할머니는 메리페니 열매를 끓여서 독주를 만드는 법도 알았다. 해마다 할머니는 전래 동요를 부르면서 술을 만들었다.

초원에 핀 메리페니, 밤에 피는 은색 꽃
한밤중 창백한 달빛 아래에서 춤추는 작은 도깨비들이 꽃을 밟아버리네.

음정 박자 무시하고 불러 젖히는 언니 노랫소리를 다시 들을 수만 있다면 베티는 무슨 짓이라도 할 수 있을 것 같았다.

열매 하나가 같은 생각이라는 듯 바람결에 외로이 까딱거렸다. 베티는 자세를 바로잡고 서면서 열매에서 시선을 돌렸다. 정면으로 보이는 언덕 위에다 허물어져 가는 건물이 있었다. 한때 웅장했을 풍차 날개는 부러진 새 날개처럼 쓸모없어졌고 창문마다 널빤지를 대놨다. 색이 바래다 못해 새하얬다. 날개가 하도 드문드문 있어서 처음에 베티는 급수탑이나 봉화대인 줄 알았다.

"저기야! 저 앞에!"

베티가 돌아서서 콜턴을 부르고는 이내 길에서 먼지를 일으키며 건물을 향해 언덕을 올랐다. 콜턴도 핑거티와 함께 서둘러 베티를 따라갔다. 핑거티는 으스스한 기운을 뿜어내는 곳이 두려운 눈치였다.

"천천히 가. 우리 소리는 들린다는 거 잊었어?"

콜턴이 최대한 작게 베티한테 말했다.

"잊을 리가 없잖아!"

베티가 쏘아붙였다. 잠시 후면 언니와 동생을 다시 볼지도 모른다 생각하니 참기가 힘들었다. 건물이 가까워지자 베티가 속도를 줄이고 창문들을 살폈다. 외떨어진 곳에 있는 방앗간은 이미 수년간 비어 있는 것 같았다. 비막이 판자들도 다 부식한 이곳은 한마디로 덤불이 우거진 땅 위로 불쑥 솟아나온 썩은 이 같았다.

늪처럼 질척이는 땅이 방앗간으로 다가가는 세 사람 발걸음 소리를 집어삼켰다. 심장이 달음박질쳤다. 베티가 창문을 기웃거리며 기척을 살폈지만, 널판을 대고 못질까지 한 창문을 꿰뚫어 보기란 불가능했다. 바로 여기였다. 베티는 확신했다! 하지만 자매들이 아직 저 안에 있을까? 지금 깜짝 놀랄 물건을 가진 쪽은 제러드가 아니라 베티 일행이었다. 마법 인형을 사용하면 언니랑 찰리가 도망칠 수 있었다. 눈에 안 보이니 제러드도 잡지 못할 것이었다.

그런데 이제는 핑거티가 망설이며 중얼거렸다.

"난 안 내켜. 만에 하나라도 콜턴이랑 같이 있다가 간수들한테 잡히면 난 그걸로 끝이야. 내가 다 계획했다고 생각할 거라고!"

"정신 좀 차려요!"

베티가 바람 새는 소리를 내며 나무랐다.

급기야 핑거티가 걸음을 멈췄다.

"난 돌아간다!"

콜턴이 핑거티 팔짱을 꼈다.

"조용히 해. 그렇게 계속 떠들면 들키잖아!"

"이 일에서 무엇을 얻어낼 수 있는지 기억하세요. 제러드 잡는 걸 도와주면 용서받을 수 있다고요. 그리고 혹시라도 내가 돌아가면 불쌍한 아저씨 평생 밀렵꾼의 주머니에서 계속 공짜 술을 마시게 해드릴게요. 그럼 됐죠?"

베티 말에 핑거티가 입맛을 다셨다.

"좋아."

세 사람이 조용히 방앗간에 다가갔다. 가까이 가서 보니 땅바닥에 잔뜩 쌓인 나무가 보였다. 문을 뜯어낸 것이었다. 웃자란 풀도 죄다 짓밟아 놨다. 최근에 누가 여기 있었다.

베티가 콜턴을 돌아보며 물었다.

"안으로 어떻게 들어가지? 우리 모습이 보이지는 않겠지만 분명히 제러드가 문을 막아놨을 거야."

콜턴이 풍차를 올려다봤다.

"창문 먼저 다 확인해 보자. 널판을 안 댄 창이나 바닥에 지하 저장고로 내려가는 뚜껑문이 있을지도 몰라."

콜턴이 건물에 딱 붙은 채 뒤로 돌아가는 일행을 향해 손가락 하나를 펴서 입술 앞에 댔다.

"저기! 저 위!"

베티가 손가락으로 어딘가를 가리켰다.

세 사람 머리 위에 작은 창문이 하나 있었다. 널판을 대고 못질을 했지만 한쪽 끝이 헐거워져 있었다.

"너무 작고 너무 높아."

콜턴이 속삭였다.

"내가 올라가서 안을 들여다볼 수는 있어. 진짜 플리스랑 찰리가 안에 있으면 내가 어떻게든지 제러드를 문에서 멀어지게 할 테니 핑거티랑 오빠가 쳐들어가면 돼. 얼른, 나 좀 올려 봐!"

콜턴이 두 손을 깍지 껴서 고리를 만들어 베티 발을 받치는데, 올려주기도 전에 안에서 요란하게 쿵 소리가 났다. 모두가 얼어붙었다. 머릿속에서 울어대는 까마귀들 소리가 다른 소리를 거의 다 덮어버려서 베티는 미칠 것만 같았다. 침묵이 이어졌다.

"저게 무슨······."

베티가 막 입을 열려는데 머리 위 작은 창문이 획 열리면서 마구 헝클어진 머리통이 쑥 나오는 바람에 말을 멈췄다. 창문 턱 위로 작은 두 손이 올라왔다.

"찰리?"

베티가 속삭였다. 안도감에 어지러울 지경이었다.

찰리가 고개를 들었다. 요정처럼 뾰족한 얼굴은 당황한 듯 보였다.

"누구야?"

"나야, 베티 언니! 조금만 기다려!"

"베티? 베티 정말 너야?"

건물 안에서 다른 목소리가 났다. 입을 가리고 말하는 것 같았다.

"플리스 언니!"

베티는 숨이 막혔다. 모습이 드러나도록 서둘러 인형을 비웠다. 핑거티와 콜턴도 다시 보였다.

"안에 무슨 일 있어? 제러드는?"

"내가 꾀를 내서 제러드가 술에 취해 곯아떨어지게 했어. 근데 하필 문을 가로막고 널브러졌는데 가방이 제러드 밑에 깔렸어. 도저히 꺼낼 수가 없어!"

콜턴이 찰리를 향해 두 팔을 뻗고 말했다.

"뛰어내려, 내가 받을게."

"놓치면 안 돼."

찰리가 거리를 재더니 개구리처럼 허공으로 펄쩍 뛰었다. 콜턴이 깔끔하게 찰리를 받아냈다. 찰리는 재빨리 콜턴을 한 번 안아주고는 콜턴이 나무인 양 몸을 타고 미끄러져 내려와 베티를 향해 냅다 달렸다. 베티는 찰리를 번쩍 들어 올려서 뼈가 으스러지도록 꽉 끌어안았다. 몸을 휘감은 동생의 두 팔이 지금만큼 고마운 적이 없었다.

"언니가 우리를 찾아올 줄 알았어."

찰리 목소리에는 믿음이 가득했다.

"언니 도움 없이도 잘만 도망쳐 나왔는데?"

베티가 찰리 머리를 쓰다듬었다. 베티는 온전히 행복해하는 찰리 모습에 놀랐다. 제러드한테서 벗어났지만 훨씬 큰 문제가 남았다. 찰리는 저주가 뭔지, 그게 무슨 뜻인지 아는 걸까? 아니면 그저 단순히 베티가 모든 것을 바로 잡을 방법을 생각해 내리라고 믿어 의심치 않는 걸까. 책임감이라는 무게가 주머니 안에 든 돌처럼 베티 어깨를 무겁게 내리눌렀다.

"가자. 플리스 언니를 도와야지."

베티는 감정이 벅차올라 목소리가 갈라졌다. 하지만 느닷없이 뭔가 따뜻한 털투성이 살덩어리가 옷깃에서 꿈틀거리는 바람에 꽥 비명을 질렀다.

"찰리! 너 아직도 그 망할 놈의 쥐새끼 데리고 있어?"

"그럼. 아직 데리고 있지."

찰리가 뻔뻔하게 대꾸하더니 쥐를 손으로 잡아서 어깨 위에 올렸다.

"친구를 버리면 안 돼!"

"제러드가 쟤를 안 죽였다니 놀랍다."

베티가 냉정하게 말했다.

"그러려고 했어."

찰리가 눈을 가늘게 뜨더니 이내 벙긋 웃었다.

"하지만 내가 간신히 숨겼지. 그랬다가 나중에 도로 찾았어. 맞지, 깡총아?"

일행이 방앗간 앞으로 와서 문을 밀어봤다. 안에서 또 쿵 소리가 났다. 플리스가 제러드를 잡아끌면서 욕을 퍼붓고 있었다. 할머니나 할 법한 욕이었다. 콜턴이 놀랐는지 눈이 휘둥그레졌다.

"진짜 꿈쩍도 안 해. 제러드가 너무 무거워!"

플리스가 펄펄 열을 내자 콜턴이 나섰다.

"잠깐 기다려. 움직일 것 같아. 동시에 이쪽에서 밀고 그쪽에서 당겨야 해.

셋에 간다! 하나, 둘, 셋!"

베티는 뒤꿈치가 풀밭으로 파고들 만큼 있는 힘껏 문을 밀었다. 콜턴 감방에서 무거운 제러드를 침대 위로 들어 올리느라 얼마나 고생했는지 기억났다. 진짜 그게 불과 몇 시간 전 일이라고? 다른 생에 겪었던 일 아니야?

콜턴이 어깨를 써서 문을 밀어붙이자 썩은 나무 일부가 부서졌다. 찰리랑 핑거티도 힘을 보탰다. 조금씩 문이 움직이기 시작했고 벌어진 틈 사이로 플리스 목소리가 더 똑똑히 들렸다.

"조금만 더……. 힘을……. 써봐!"

문이 더 열렸다. 축 늘어진 퉁퉁한 팔과 손이 보이더니 낮게 끙 소리를 내면서 제러드가 맥없이 반대편으로 뒤집어졌다. 드디어 사람이 들어갈 만큼 문틈이 벌어졌다.

"서둘러, 빨리 여기에서 떠나야 해!"

콜턴이 소리치며 플리스한테 나오라고 재촉했다.

하지만 플리스가 숨도 돌리기 전에 베티가 먼저 자리를 박차고 방앗간 안으로 뛰어 들어가 언니를 꽉 끌어안았다. 방앗간 안에는 달콤한 냄새가 짙게 깔려 있었다. 베티가 잘 아는 냄새였다. 집이 생각났다. 하지만 이내 베티는 플리스가 어딘가 달라졌다는 느낌을 받았다. 한 발 물러서서 플리스를 본 베티가 숨을 멈췄다. 등을 따라 부드럽게 늘어졌던 윤기 나는 검은색 머리카락이 뭉텅 잘려져 있었다. 삐쭉 빼쭉 엉망인 데다가 너무 짧아서 리본으로 제대로 묶이지도 않을 것 같았다.

"아, 언니 머리, 언니 머리가 얼마나 예뻤는데! 왜 이래?"

충격받은 베티가 중얼거렸다.

"제러드가 저랬어."

문틈으로 비집고 들어온 찰리가 말했다.

"플리스 언니가 거울을 보고 있을 때 제러드가 봤어."

찰리가 고개를 홱 돌려서 바닥에 큰 대자로 뻗어 있는 제러드를 벌레 보듯이 째려봤다. 자기 이름이 불리자 제러드 눈꺼풀이 푸르르 떨렸다. 고개가 한쪽으로 툭 떨어졌다. 개처럼 혀가 밖으로 늘어졌다.

베티도 증오심이 이글거리는 눈길로 제러드를 노려봤다. 감히 저런 짓을!

"내 허영심을 손봐주겠다나 뭐라나. 머리는 다시 자랄 거야. 해가 진 뒤에도 우리가 살아 있으면……."

플리스는 목이 메었다.

"그건 여기에서 나간 다음에 걱정하자."

베티가 사납게 말했다. 언니한테 저주를 어떻게 풀어야 할지 감도 못 잡았다고 도저히 고백할 수 없었다. 그나마 제러드한테서 달아나 마지막으로 할머니를 한 번 더 볼 수 있을지도 몰랐다.

"얼른, 가방!"

콜턴이 문틈으로 들어오고 바로 뒤따라 핑거티까지 다 들어오자 베티가 언니를 놔줬다.

일행이 다 같이 제러드 옆에 무릎을 꿇고 앉았다. 가방 손잡이가 제러드 등 밑에서 삐죽 나와 있었다. 찰리가 참지 못하고 손잡이를 잡아당겼다.

"찰리, 조심해. 찢어지면 끝장이야."

베티가 주의를 줬다.

"제러드한테 무슨 짓을 한 거야?"

콜턴이 수상하다는 듯 코를 킁킁대며 물었다.

"제러드가 먹을 걸 구해오라면서 나를 내보냈어. 물론 찰리는 여기 데리고 있었지. 내가 절대 도망가지 못하게. 누구한테 얘기하면 찰리를 해친다고 위협했어. 나한테 돈이 어디 있겠니. 할 수 없이 몇 개를 좀 훔쳤어. 그런데 돌아오는 길에 다리 위에서 메리페니를 발견한 거야."

"그거구나! 어쩐지 익숙한 냄새다 싶었어."

베티가 다시 공기를 킁킁대면서 감탄했다.

"돌아와서 메리페니를 끓였어. 할머니처럼 꿀도 섞어서."

플리스가 경멸하는 눈빛으로 제러드를 흘겨봤다.

"저 욕심 많은 바보탱이는 숨도 안 쉬고 메리페니주를 목구멍으로 들이붓더라고. 저렇게 될 때까지 제법 마셔야 했지만."

"욕심 많은 바보탱이!"

찰리도 맞장구치더니 쥐 주둥이를 쓰다듬으면서 짓궂게 웃었다.

"깡총이한테서 나온 뭐 뭐도 내가 넣고 섞었지."

"덕분에 플리스 언니 요리가 더 맛있어졌겠다."

베티가 말했다.

"야!"

플리스가 베티한테 한마디 하더니 찰리를 향해 손가락을 하나 펴서 좌우로 흔들었다.

"너 그거 진짜 구역질 났어."

"쌤통이지 뭐. 우리가 제러드 한 방 먹여준다고 했잖아."

찰리가 어깨를 으쓱했다.

"그나저나 저 남자를 어떻게 하려고?"

핑거티는 한쪽 눈이 신경질적으로 씰룩이고 있었다.

"난 언제까지고 저놈을 지켜보고만 있지는 않을 거다. 곧 정신이 돌아올 거야."

찰리가 장난치듯이 팔딱팔딱 뛰면서 뭔가를 가리켰다. 바닥에 튼튼해 보이는 뚜껑문이 있었다.

"저 안으로 던지자."

"그거 좋다. 저기로 굴려버리고 문을 잠그자."

콜턴이 말했다.

일행은 젖 먹던 힘까지 끌어모아서 제러드를 벽 쪽으로 굴리는 데 성공했다. 머리가 반대쪽으로 툭 떨어지자 제러드가 꺼억 트림을 했다. 몸도 반대편으로 굴러서 쿵 소리를 내며 바닥에 떨어지자 가방이 풀렸다.

플리스가 몸을 날려 가방을 낚아챘다. 급히 가방을 뒤져서 (제러드가 뺏어갔던 게 분명한) 거울을 꺼냈다. 승리감을 느끼는 것도 잠시, 제러드가 눈을 번쩍 뜨더니 술에 취한 몸을 꿈틀거려서 플리스 발목을 잡아챘다.

"넌 아무 떼도 몬 까, 이 아가띠야. 저 노무 망할 노무 쥐때끼도!"

제러드는 화가 나서 정신이 돌아온 듯 보였지만 혀가 꼬였다.

"내 이름은!"

플리스가 이를 악물고 말했다.

"이 아가씨야도 아니고 어이 처녀도 아니야."

그러더니 경고를 보내듯 콜턴을 날카롭게 쏘아봤다.

"공주님도 아니야! 내 이름은 펄리시티 위더신즈라고!"

353

플리스가 다른 쪽 발을 휙 올리더니 제러드 손을 있는 힘껏 내리찍었다.

제러드가 개처럼 깽 짖더니 플리스 발목을 휘감았던 손을 풀어 박살 난 손가락을 끌어안고 쩔쩔맸다. 벌떡 일어나 무릎을 꿇고 얼굴은 벌게진 채 열을 풀풀 내며 몸을 흔들어댔다.

"내 이름은 쥐새끼가 아니라 찰리다! 이거나 먹어라!"

찰리가 선언하듯 외치더니 플리스한테서 가방을 낚아채서 제러드를 향해 크게 휘둘렀다. 가방은 시원하게 퍽 소리를 내며 제러드를 제대로 때렸다.

"그건 우리를 납치한 값이었고, 이건 (찰리가 연이어 가방을 휘둘렀다. 퍽!) 우리 언니 머리를 자른 값이고, 이건 (딱! 가방이 제러드 머리에 맞았다) 우리 할머니 대신이다! 할머니가 여기 있었으면 분명히 이렇게 했을 거야!"

찰리는 연속으로 가방을 휘둘러서 제러드를 팼다.

"옳은 말씀."

베티가 작은 승리를 누리며 맞장구쳤다. 지금부터 무슨 일이 벌어질지 몰라도 최소한 언니랑 동생이 옆에 같이 있었다.

제러드가 다시 덤벼들었지만, 플리스가 날쌔게 피하면서 뚜껑문을 휙 들어 올렸다. 퀴퀴한 냄새와 뿌연 먼지가 확 피어올랐다. 제러드 눈이 왕방울만 해졌지만, 무거운 몸무게와 형편없는 균형감각을 이기지 못하고 구멍 가장자리까지 밀려가서 계단 모서리에 아슬아슬하게 걸렸다. 순간 제러드가 다리로 버티자 승리의 빛이 눈에 어렸다. 물론 그것도 뒤에서 다가온 찰리가 마지막으로 한 번 더 힘차게 가방을 휘두르기 전이었지만.

"이건 우리 행운을 위해서다!"

가방이 제러드 어깨뼈 사이를 정통으로 맞췄다. 제러드는 두 팔을 바람개

비처럼 빙빙 돌리며 앞으로 고꾸라져서 어두운 구멍 속으로 떨어졌다. 쿵, 퍽, 딱 소리가 연이어 울려 퍼졌고 제러드가 바닥에 닿았는지 거미줄 섞인 먼지구름이 피어올랐다. 플리스가 꽝 소리가 나도록 뚜껑을 닫고 빗장을 걸었다.

"거미랑 친구나 먹어라!"

찰리가 소리치며 뚜껑 위에서 신나게 춤을 췄다.

"와, 이거 뭐, 공주님한테 이런 면이 있는지 몰랐네."

콜턴이 놀랍다는 눈빛으로 플리스를 보며 말했다.

"나도 몰랐어. 그냥 이 머릿속 까마귀들 때문에 머리 꼭대기까지 짜증이 났던 참이야. 그리고, 나 공주님이라고 부르지 말라니까!"

"잠깐이나마 제러드는 저걸로 됐어."

베티가 찰리 손을 잡으며 말했다. 베티는 동생이 자랑스러워서 어쩔 줄을 몰랐다.

뚜껑 밑에서 제러드가 꽥꽥대며 저주와 욕을 퍼붓고 있었다. 뭔가 둔탁하게 쿵 소리를 내며 뚜껑문을 위로 쳐댔다.

베티가 핑거티를 돌아보고 말했다.

"이제 제러드는 아저씨 거예요. 간수들한테 알리러 다녀오는 동안에는 별일 없이 저 아래 갇혀 있을 거예요."

핑거티 얼굴이 미묘하게 구겨졌다. 아무래도 저게 웃는 표정인 것 같았다. 핑거티가 고개를 절레절레 저었다.

"너희 위더신즈 자매들…… 정말 제정신이 아니야. 하지만 용감해. 배짱이 두둑하단 말이지. 누가 버니 손녀들 아니랄까 봐."

"그러면 다행이게요."

근데……. 할머니 이름을 입에 올리면서 핑거티가 가죽밖에 안 남은 늙은 두 볼을 살짝 붉히는 것 같았는데, 내가 착각했나? 베티는 알고 싶지도 않다고 결론 내렸다.

"아저씨가 용서받았으면 좋겠어요."

핑거티 눈이 가느다래졌다. 표정도 의미심장했다.

"그래."

플리스가 고개를 끄덕여 인사했다.

"밀렵꾼의 주머니에서 봬요."

정말 그렇게 되기를 빌어요.

베티가 속으로 덧붙였다. 뭔가를 이룬 느낌에 벅찼던 환희가 벌써 사라지기 시작했다. 언니랑 동생은 찾았지만, 셋 모두한테 꼭 필요한 해답은 구할 길이 없어 보이고 시간은 계속 흐르고 있었다. 지금쯤이면 자매들이 사라진 것을 할머니가 알았을 테고, 베티랑 찰리가 아침에 학교에 나타나지 않았으니 다른 사람도 다 알 것이었다. 사람들이 우리들 이름을 외쳐 부르면서 까마귀바위섬 거리를 찾아다니려나?

"베티 언니, 나 이제 집에 가고 싶어."

찰리가 베티 손을 잡으며 말했다.

"나도 그래. 하지만 지금 집에 가서 할머니를 만난다 해도, 우리가 살 수 있는 건 아니야. 해 지기 전에는……."

"괜찮을지도 모르잖아. 어떻게 하면 되는지 내가 알아."

"찰리, 그렇게 간단한 일이 아니야."

플리스가 다정하게 찰리를 달래면서도 걱정스러운 눈빛으로 베티를 힐끔거렸다.

"지난번에도 언니가 얘기했잖아. 할머니가 말해 준 저주, 기억나?"

"물론 나도 저주를 알아!"

찰리가 소리를 꽥 질러서 모두가 깜짝 놀랐다. 찰리는 분한지 발까지 굴렀다.

"할머니가 얘기해 줄 때 나도 있었거든? 기억나? 지금도 머릿속에서 까마귀들이 이렇게 깍깍 울어대는데 그걸 어떻게 잊겠냐고!"

"찰리, 진정해!"

베티가 당황해서 말했다.

"내 말 들어주면 진정할 거야! 근데 아무도 내 말은 안 들어주잖아!"

찰리가 꽥꽥 소리를 질렀다.

콜턴이 찰리 앞에 무릎을 꿇고 앉더니 꼬질꼬질한 찰리 손을 꼭 잡았다.

"말해 봐, 찰리. 우리가 다 들을게."

"가방을 써서 모든 일이 시작하기 전으로 돌아가는 거야. 알겠어?"

베티는 말문이 막혀서 찰리를 빤히 바라봤다.

"무슨 일……. 뭐가 시작하기 전?"

"밀렵꾼의 주머니에서 떠나기 전 시간으로 돌아가자고. 그럼 저주도 없었던 게 되는 거야. 그럼 우리한테도 아무 일 없고 이 망할 놈의 새들 울음소리도 그치겠지!"

찰리가 미안한 눈빛으로 콜턴을 바라봤다.

"근데 오빠는 감옥에 그대로 있겠다……."

357

플리스가 피곤한 듯 한숨을 쉬었다.

"찰리, 우리 귀염둥이. 진짜 멋진 생각이다. 근데 가방이 시간을 거꾸로 거슬러서 데려다줄 것 같지는 않아. 가방이 우리를 어디로든 데려다준다는 건 알지만……. 시간도 막 골라서 갈 수 있을까? 갈 수 있다 해도 그 시간 밀렵꾼의 주머니에는 아마 그 때의 우리들이 있을 테니 일이 아주……. 음, 언니 말은, 아주 복잡해질 거야."

"나도 알아. 교회에서 롤빵을 한 번 더 얻으러 홀에 들어갔을 때 알았어. 첫 번째 롤빵을 타고 있던 다른 나한테 거의 들킬 뻔했거든."

찰리가 진지하게 말했다.

"잠깐, 뭐라고?"

지금 베티는 숨을 거의 못 쉬고 있었다. 찰리가 드러낸 비밀이 머릿속에서 폭죽처럼 터지면서 잠시나마 까마귀 울음소리를 삼켰다. 기대감으로 흥분해서 심장이 두근거렸다. 진짜야? 우리를 구할 방법이 내내 우리한테 있었다고? 베티는 찰리 말이 믿기지 않아서 동생 얼굴을 찬찬히 똑바로 들여다봤다.

"가, 가방을 이용해서……. 지나간 시간으로 되돌아가서 빠, 빵을 한 번 더 받았다고?"

"그때 배고팠거든. 손해 볼 거야 없다고 생각했지 뭐."

찰리가 어깨를 으쓱했다. 배 속에서 꼬르륵 소리가 났다.

플리스가 숨넘어가는 소리로 말했다.

"그러니까 뭐야……. 너 그동안 줄곧 가방 다루는 연습을 하면서 다른 사람한테는 입도 뻥긋 안 한 거야?"

"물론이지."

찰리가 활짝 웃었다.

"가방은 나만의 마법 한 줌이잖아. 할머니 다음에는 어차피 내 가방이야. 언니들은 다 자기들 물건으로 마법 부리면서 노는데 나만 기다리는 건 불공평했다고."

"찰리 위더신즈! 너 정말 끝내준다! 먹보에 장난꾸러기지만, 진짜 천재야!"

베티가 찰리를 꽉 끌어안았다.

찰리가 우쭐해 했다.

"언니들한테는 내가 있어야 한다고 했지?"

"하지만 그래봤자 어떻게 하려고?"

플리스가 아직도 충격에 휩싸인 채 고개를 저었다.

"찰리도 과거로 돌아갔을 때 거기에는 이미 다른……. 또 다른 찰리가 있다고 했잖아! 우리가 돌아간다 해도 어떻게 그걸 막을……."

"찰리 방법은 거의 완벽해."

베티가 머릿속으로 가능한 일을 따져보며 말했다. 가방이 저주가 시작되기 전 까마귀바위 섬으로 일행을 데려다줄 수 있다면, 훨씬 이전으로 데려다주지 말라는 법도 없지 않은가!

저주가 존재하기 전으로!

"우리 문제를 다 해결해주지 않을지도 모르고 오히려 문제가 더 생길 수도 있어."

이제 베티는 급한 마음에 말이 빨라졌다.

"또 다른 우리 셋이 있는 까마귀바위섬에 여전히 저주에 걸린 채 갇혀 살아야 할 테니까. 콜턴이 다시 감방에 갇히는 건 말할 것도 없고."

"그럼 어쩌자고? 언니가 내 방법이 끝내준다고 했잖아."

베티는 푸푸대며 끼어드는 찰리를 꼭 안아주며 말을 이었다.

"응, 니 방법 끝내줘. 하지만 훨씬 더 옛날로 돌아가야 해. 우리 셋이 태어나기도 전, 저주가 만들어지기 전 까마귀바위섬으로 가는 거야. 소샤 스펠손이 죽던 날로 돌아가서 소샤가 탑에서 떨어지지 않게 우리가 막자."

플리스 입이 딱 벌어졌다.

"그게 진짜 가능하다고 생각해? 가방이 시간을 거꾸로 거슬러 간다 쳐도 소샤가 도망칠 데가 어디 있다고?"

"소샤와 함께 여기로 돌아오는 거야."

모든 것을 잃었다는 느낌이 점점 쌓여갔는데, 찰리가 드러낸 사실에 베티는 용기와 기력을 되찾았다. 해답은 줄곧 우리 손에 있었다. 우리 목숨을 구할 뿐 아니라 소샤를 괴롭혀왔던 끔찍한 일을 다 바로잡는 길이었다.

"여기에서는 아무도 소샤를 모르잖아. 소샤를 도와야 해. 안 그래? 이 마법의 물건들……. 가방에 거울, 그리고 인형까지 전부 다 소샤 거였어. 위더신즈 가문 게 아니었다고. 소샤는 나중에 자기를 구하는 데 써달라는 바람으로 마법의 힘을 이 물건들로 옮겼을 거야. 그런데 아무도 그렇게 해주지 않았지. 그것도 오늘까지야. 위더신즈 사람들만이 소샤를 구할 수 있어."

"그 방법이 안 통하면?"

플리스가 물었다.

"통할 거야. 지금까지 저주를 없애려고 했던 그 누구보다 우리가 가장 멀리 왔어. 느낌이 와! 하지만 생각은 먼저 해봐야지. 곧장 탑으로 가는 건 소용 없어. 탑 안에서는 마법이 먹히지 않으니까 이 물건들도 작동하지 않겠지."

집중해서 듣던 핑거티가 끼어들었다.

"아주 위험해. 탑을 드나드는 길은 딱 하나야. 당연히 간수들이 지킬 테고."

콜턴이 문으로 다가가서 밖을 엿봤다.

"해가 지려면 아직 몇 시간 남았어. 베티 말대로 하는 게 좋을 것 같아. 단지 우리가 익숙한 곳에서 시작하는 게 낫겠지."

"우리? 너도 우리랑 같이 가려고?"

플리스가 물었다.

"내가 지금 여기 나와 있는 건 다 너희 셋 덕분이야. 난 너희 모두한테, 그리고 소샤한테 빚졌어. 일을 바로잡도록 나도 도와야 해."

콜턴이 까만 두 눈을 반짝이며 손을 뻗어서 찰리 얼굴에 붙은 머리카락을 떼어줬다.

"너 같은 꼬맹이 여자애도 나를 도와줬는데. 나도 뭔가 보답을 하고 싶어."

베티가 숨을 깊이 들이마셨다. 콜턴의 진심 어린 의리에 어리둥절해졌다. 몇 시간 전만 해도 베티는 콜턴은 물론 단지 필요하다는 이유로 콜턴과 붙어 다녀야 하는 상황이 견딜 수 없이 싫었다. 콜턴 같은 사람을 친구라고 부를 날이 오리라고는 꿈도 안 꿨다. 고마운 마음에 베티가 콜턴을 보며 슬쩍 웃었다.

"그럼 됐네. 우리 마음이 바뀌기 전에 지금 바로 해치워야 해."

베티가 찰리 손을 꼭 쥐었다.

"가방한테 소샤 스펠손이 죽는 날 아침, 밀렵꾼의 주머니로 가자고 해야 해. 똑같이 말할 수 있겠어?"

찰리 아랫입술이 파르르 떨렸다.

"응, 하지만⋯⋯."

"하지만 뭐?"

플리스가 부드럽게 물었다.

"지금 밀렵꾼의 주머니에 가면 안 돼? 집에 가서 할머니 보면 안 돼?"

찰리 두 눈이 눈물로 그렁그렁했다.

"아주 잠깐만. 할머니가 진짜 진짜 보고 싶어!"

"안 돼. 할머니가 엄청나게 화내실 거야. 마법의 물건을 못 사용하는 건 둘째 치고 다시는 할머니 눈 밖으로 벗어나게 놔두지도 않으실 거야."

베티가 말했다.

"그래도 할머니를 볼 방법은 있어. 거울 쓰면 되니까 우리 괜찮다고 말씀이라도 드리자."

플리스가 말했다.

"아, 맞다. 그래, 그렇게 하자!"

찰리가 코를 훌쩍이며 말했다.

베티가 고개를 끄덕이자 플리스가 거울을 꺼내어 세 사람 앞으로 들었다. 꾀죄죄하고 눈물로 얼룩진 자매들 얼굴이 거울에 비쳤다.

"할머니를 보여줘."

플리스가 명령했다.

거울이 뿌예지기 시작하자 베티는 마음을 단단히 먹었다. 베티도 할머니가 몹시 보고 싶고, 자매들 모습을 할머니가 보면 안심할 것도 분명하지만, 귀가 먹먹해질 만큼 호되게 잔소리 들을 것이 불 보듯 뻔했다. 베티가 옳았다.

거울이 깨끗해지자 할머니가 보였다. 하지만 거울 속은 여전히 연기로 뿌옜다. 자세히 보니 담배 연기였다. 할머니 머리 주위로 연기가 얼마나 짙게 끼었는지 베티는 할머니가 어디 있는지 한 번에 찾지 못했다. 그러다가 할머니가 부엌 창가에 걸어 놓은 장식물이 눈에 들어왔다.

"할머니?"

플리스가 작은 목소리로 할머니를 불렀다.

할머니가 고개를 홱 돌렸다. 두 눈이 퉁퉁 부은 데다 빨갰다.

"플리스?"

"우리 셋이 같이 있어요. 베티랑 찰리요. 할머니, 우리 다 안전해요."

"어디냐?"

할머니가 새된 소리를 지르며 거울 앞에 옹기종기 모인 세 자매를 뚫어지게 봤다.

"거기가 어디냐? 당장 집으로 와. 내 말 알아듣니?"

"안 돼요, 할머니."

베티 말을 듣고 전례 없이 한 대 얻어맞은 듯 무너지는 할머니 모습에 베티는 심장이 찢어졌다. 이게 마지막일 리 없어. 반드시 할머니를 다시 만나게 될 거야. 무슨 일이 있어도 집으로 돌아올 거야.

"지금은 못 가도 곧 돌아갈게요. 맹세해요."

"베티 네가 벌인 짓이냐? 인형을 써서 모습을 감췄니? 내가 니들 찾겠다고 까마귀바위섬을 반 바퀴는 돌았다!"

할머니 목소리가 나지막이 우르릉 우는 천둥처럼 울렸다.

베티는 침을 꿀꺽 삼켰다. 차마 까마귀바위섬에 없다고 사실대로 말할 수가 없었다. 할머니가 더 겁에 질려서 모든 희망을 잃을지도 몰랐다.

"거의 다 해결했어요. 누구도 하지 못했지만, 저주를 풀기 직전이에요."

"그걸 생각해 낸 건 나예요, 나."

찰리가 자랑스럽게 나섰다.

"아, 그러셔? 돌아오면 다 똑같이 혼꾸멍날 줄 알아!"

할머니가 드디어 폭발했다.

"아이쿠. 할머니 진짜 머리 꼭대기까지 화났나 봐."

찰리 향수병이 순식간에 나은 것 같았다.

"어……. 그, 그래서……. 하여튼 우리 걱정하지 마시라고 말하고 싶었어요. 곧 돌아가겠다고요."

플리스가 더듬더듬 말했다.

"당장 돌아와! 너희들 진짜……."

"할머니, 사랑해요."

찰리가 몸을 앞으로 쭉 내밀더니 거울에 쪽 입을 맞췄다.

화가 나서 가느다랬던 할머니 두 눈이 이내 휘둥그레지면서 눈물로 가득 찼다. 날이 섰던 목소리가 부드러워졌다.

"할미도 너희를 다 사랑해. 그러니까 어서 정신 나간 짓 그만두고 집으로 와. 할미는 절대 너희를 잃을 수 없어."

"집에 갈게요. 곧."

모든 걸 바로잡고요. 그때는 집이 감옥이 아닐 거예요.

베티가 속으로 덧붙였다.

"베티야……."

할머니가 입을 열었다.

플리스가 입술을 깨물었다.

"할머니, 죄송해요."

플리스가 거울을 뒤집자 할머니가 사라졌다. 플리스가 동생들 손을 꽉 잡았다.

"이번이 모든 것을 바꿀 유일한 기회야. 우리만을 위해서가 아니라 우리 전에 살았던 모든 위더신즈 여자를 위해서. 소샤를 위해서."

찰리가 입을 앙다물었다.

"좋았어. 간다!"

23장. 친구

백 년이라는 시간이 흐르기 전 밀렵꾼의 주머니는 지금과 완전히 딴판이었다. 까마귀바위섬 모습도 전반적으로 달랐다. 베티 일행은 서로 팔다리가 뒤엉킨 채 밀렵꾼의 주머니 옆 좁은 골목에 떨어졌다. 세 자매가 사는 시대에는 없어진 골목이었다.

몸을 털고 일어나 거리로 나선 베티가 가장 먼저 눈치챈 것은 모든 것이 새롭고 깨끗해 보인다는 점이었다. 베티는 낡다 못해 허물어져 가는 밀렵꾼의 주머니 모습에 익숙한 터라, 모든 창문에 판유리가 멀쩡히 붙어 있고 반지르르한 색깔이 벗겨질 기미조차 안 보이는 문짝이 놀랍기만 했다.

진짜 왔다. 우리가 진짜 이 시대로 왔어…… 모두의 미래가 이 일이 성공하느냐 마느냐에 달렸어.

베티는 기대감과 걱정으로 몸이 다 떨렸다.

"이게 무슨 냄새야? 꼭 화장실 냄새 같아!"

찰리가 얼굴을 잔뜩 찡그리면서 손가락으로 코를 싸쥐었다.

"골목이 그냥 다 화장실인가 봐."

플리스가 주변을 둘러보며 말했다.

"우엑, 우리 옆이 하수구야!"

플리스가 말을 맺기도 전에 풀밭 건너 있는 집에서 창문이 하나 벌컥 열리더니 누군가 요강을 쑥 내밀고 그대로 쏟아버렸다.

"어쨌건 마법이 먹혔어."

무슨 일을 벌였는지 현실감각이 서서히 돌아오자 베티가 놀라움에 젖어 사방을 두리번거렸다.

"마법이 정말로, 진짜 먹혔어. 우리가 시간을 거슬러 모든 것이 시작된 시대로 왔어."

"잠깐. 언니들도 안 들려? 머릿속에서 깍깍대던 까마귀들이 멈췄어. 소리가 사라졌어!"

찰리가 말했다.

"나도 안 들려!"

플리스가 외쳤다.

"나도!"

베티는 가벼워진 주머니도 느꼈다. 주머니 안에 있던 돌멩이가 없어졌다.

"저주가 생기기 전이라서 그래. 앞으로도 절대 생기지 않도록 우리가 확실히 처리해야 해."

"까마귀 맙소사! 달 좀 봐!"

찰리 외침에 베티가 고개를 들었다. 훤한 대낮인데도 달이 또렷하게 보였다. 낮에 보이는 달은 안 좋은 징조라고 할머니가 항상 말했다. 게다가 달이 오싹할 만큼 새빨간 색이라서 주변 하늘이 해 질 무렵처럼 분홍색으로 물들었다.

"핏빛 달. 분명히 일식인데……. 이 시대 사람들이 그걸 알 턱이 없지. 그 래서 저걸 그냥 소샤가 유죄라는 의미로 받아들였어."

겁에 질린 콜턴 말에 베티가 가만히 하늘을 올려다봤다.

"난 오히려 정반대 생각이 들어. 결백한 사람이 처형당하기 직전이라는 신 호로 보여."

누군가 밀렵꾼의 주머니 문을 열고 안으로 들어갔다. 따뜻한 공기와 맥주 냄새가 흘러나와 일행을 휘감았다. 베티는 그 어느 때보다 집이 그리워졌다. 베티는 곧장 가게를 눈으로 훑었다. 반쯤은 할머니가 보이지 않을까 기대했 다. 할머니는커녕 차갑고 생선 눈알 같은 눈동자와 마주쳤다. 베티는 급히 눈길을 돌렸지만 심장이 두방망이질했다. 핑거티가 아주 구체적으로 잘 묘 사해준 덕에 베티는 여자가 누구인지 대번에 알아봤다.

"그 여자다. 프루던스 위더신즈. 언니를 배신한 소샤의 이복동생. 싫건 좋 건 우린 저 여자 후손이야."

베티가 속삭이다가 한 남자가 식품 저장고에서 나타나는 바람에 말을 멈 췄다. 남자를 보니 왠지 아빠가 생각났다. 게다가 프루가 남자를 쳐다보는 눈길에서 모든 것이 명확해졌다.

"프루가 결혼한 사람이 저 남자겠네. 저주가 시작되고 그 모든 일이 벌어 지고 우리까지 여기 온 이유도 다 저 여자 때문이야."

베티가 프루던스를 노려봤다. 히죽거리는 얼굴을 한 대 올려붙이고 싶었 다. 저 가증스러운 생명체와 피를 나눴다고 생각하니 역겨워서 속이 뒤집힐 것 같았다. 말끔하게 씻고 나왔는데도 뭔가 더럽고 기분 나쁜 게 남아 있는 기분이었다.

"베티 언니, 가방…… 가방이 없어졌어!"

별안간 찰리가 파랗게 질린 얼굴로 말하면서 주변을 두리번거렸다.

"아까 떨어지면서 골목길에 흘렸나 봐."

걸어온 길을 되짚어 달려가는 베티는 속이 점점 안 좋아졌다. 골목길은 비어 있었다. 가방도 없고 눈에 보이는 사람도 없었다. 이번에는 플리스가 납빛이 된 얼굴로 주머니를 뒤지며 베티를 돌아봤다. 언니는 아직 입도 열지 않았지만 베티는 알 것 같았다.

"거울도 없어졌어. 어떻게 된 거지? 분명히 있었어. 난 절대 물건을 잃어버리지 않아!"

"언니가 잃어버린 거 아니야."

베티는 무언가를 깨닫고 멍해졌다. 배로 암초를 들이받은 기분이었다. 베티는 인형이 사라졌다는 걸 알면서도 치마 주머니를 뒤졌다.

"저주는 아직 안 만들어졌지만, 과거로 돌아오면 무슨 일이 벌어질지 우리가 미처 생각하지 못한 거야."

콜턴이 짧게 숨을 들이마셨다.

"대를 이어 전해 내려오는 마법의 물건이 아직 너희한테 오지 않아서 없구나."

"맞았어."

베티는 그것 하나 미리 생각하지 못한 자신한테 분통이 터졌다.

"하지만 가방이 없으면 우린 여기서 살아야 해! 소샤도 결국 저주를 걸어 버릴 테고!"

겁에 질린 플리스가 울음을 터트렸다.

베티가 천천히 밀렵꾼의 주머니 문을 향해 걷기 시작했다. 등을 돌린 채 창문 안을 엿보는 베티 모습에 다른 아이들도 베티를 따라갔다.

"우리 손에 가방이 없을지는 몰라도 어디 있는지는 알지."

"저 안에 있겠지. 인형이랑 거울도. 프루가 다 가지고 있잖아."

콜턴 말에 베티가 이를 악물고 고개를 끄덕였다.

"우리가 무슨 일을 해야 하는지 알겠지?"

"가져와야지. 그걸로 소샤를 구한 다음 집에 가서 소샤한테 물건을 돌려주는 거야. 애초 프루 물건이 아니었어!"

플리스가 열을 올리며 말했다.

"그런데 벌써 안에 사람이 너무 많아. 보통 이 시간에는 가게 문을 안 열지 않나?"

콜턴이 인상을 쓰며 말했다.

베티가 달을 한 번 힐끔 쳐다봤다가 안에서 소란을 피우는 사람들한테로 시선을 돌렸다. 몇몇이 밖에서 서성이며 붉어지는 하늘을 올려다보고 있었다. 무리 지어 하늘을 가리키며 들뜬 듯이 수군거리는 사람들 눈이 악의로 번들거렸다.

"사형 집행 때문에 모인 사람들이야. 정오에 교수당하는 마녀를 구경하려고."

베티가 갈라지는 목소리로 말했다.

뼈다귀를 쪼아대는 까마귀들 같아.

"여기까지 헛걸음한 꼴이 될 테니 쌤통이다. 안 그래?"

콜턴이 베티 손을 으스러지도록 힘주어 잡았다.

"우리 진짜 잡히지 않고 해낼 수 있겠지?"

베티도 콜턴 손을 힘주어 맞잡았다. 핑거티의 조언을 떠올렸다.

"주의만 잘 흩트리면 돼."

베티가 콜턴 손을 놓고 먼저 문으로 향했다.

밀렵꾼의 주머니 안은 소름 끼치는 흥분으로 떠들썩했다. 주문이니 마법이니, 마녀 같은 단어가 베티 귀에 와서 꽂혔다. 베티는 일행과 함께 가게 안에 몇 개 없는 한적한 구석으로 가면서도 프루한테서 눈을 떼지 않았다. 완강해 보이는 프루의 뾰족하고 작은 얼굴을 샅샅이 뜯어보며 기억했다. 프루는 보는 눈이 없다 싶을 때 남몰래 몇 번 희미하게 웃었다. 저 얼굴에서 웃음기를 걷어주고 싶어서 베티는 안달이 났다.

일행이 하나둘씩 벽난로 주변으로 모이자 베티가 목소리를 낮춰서 말했다.

"좋아. 콜튼 오빠랑 찰리는 사람들 주의를 흩트릴 만한 일을 좀 벌여봐. 그 사이에 내가 들키지 않고 위층으로 올라갈게. 플리스 언니는 망을 봐줘. 생선 눈알 여자나 그 여자랑 결혼한 바보 천치가 올라오려고 하면 나한테 알려줘야 해."

베티가 플리스를 보며 웃었다.

"언니의 그 유명하고 끔찍한 노래면 될 거야."

"최악을 다 해볼게."

플리스가 약속했다.

"준비됐지?"

베티가 물었다.

371

콜턴이 고개를 끄덕인 뒤 찰리한테 몸을 바짝 기울여 말했다.

"우린 이쪽으로 가자. 나한테 생각이 있어."

찰리가 듣더니 고개를 끄덕였다.

두 사람이 카운터로 향했다. 프루가 더러워진 접시를 모으고 남편이 음식을 내가고 있었다. 콜턴과 찰리는 설거지하려고 한쪽에 쌓아놓은 유리잔 근처에서 멈췄다. 콜턴이 카운터에 몸을 기대더니 팔꿈치를 유리잔 쪽으로 조금씩 미끄러트렸다. 플리스와 베티는 입구 맞은편, 위층으로 올라가는 계단 근처에 몸을 숨겼다. 베티는 입이 바짝바짝 말랐다. 아직 까마귀바위 탑 근처에도 못 갔는데 자칫 일이 틀어질 수도 있었다.

사람들이 더 많이 쏟아져 들어와 가게 안이 북적였다. 베티가 프루를 힐끔 보는 순간 두 사람 눈이 마주쳤다. 베티는 창백한 눈동자를 정면에서 마주 봤다가 아무 색깔도 양심도 없이 텅 빈 눈빛에 놀라서 황급히 숨을 짧게 들이마셨다.

근처에서 유리잔이 사정없이 박살 나는 소리에 두 사람 눈길이 떨어졌다.

"죄송해요!"

황급히 유리 조각을 쓸러 다가가는 프루를 향해 콜턴이 소리쳤다.

플리스가 베티를 문으로 밀며 속삭였다.

"가!"

베티는 계산대에 달린 여닫이문 사이로 미끄러져 들어가 소리 없이 위로 올라갔다. 아래층에서 사람들 웅성거리는 소리에 삐걱거리는 계단 소리가 묻혔다. 계단을 다 오른 베티가 멈췄다. 프루 부부만 여기 살까? 다른 친척이 살지는 않을까? 아무 소리도 나지 않자 베티가 이 방 저 방을 뒤지기 시작했다.

이렇게 모든 것이 달라 보이다니! 더 단출하지만 덜 낡았다. 낯익은 방들 그 어디에도 자매들이나 할머니 흔적이 없었더니 기분이 이상했다. 베티는 가장 큰 할머니 방에서 시작했다. 옷장 안에는 단정하게 다림질을 마친 프루와 프루 남편 옷이 줄지어 걸려 있었다. 서랍장에는 반쯤 끝낸 자수와 책이 몇 권 있었다. 화장대 위에는 머리빗과 손에 바르는 작은 피부 연고 단지가 하나 있을 뿐이었다. 거울은 없었다. 인형도, 가방도 없었다.

베티 심장이 쿵쿵 뛰기 시작했다. 걱정이 파도처럼 밀려왔다. 어디에 뒀지? 프루가 분명히 집에 뒀을 텐데? 갖고 있는 게 안전하니까. 베티는 서둘러 다른 방으로 찾으러 갔다. 플리스 방도, 찰리랑 베티가 함께 쓰는 방에도 갔다. 두 방 모두에 가구가 놓여 있었지만, 지내는 사람이 없는지 다 새것이었다. 손님방인 것 같았다. 베티는 방을 나와서 부엌도 뒤졌다. 역시 아무것도 없었다.

베티가 복도에서 멈췄다. 아직 찾아보지 않은 유일한 방은 아래층 사무실이었다. 하지만 십중팔구 잠겼을 터였다. 혹시⋯⋯.

베티는 계단참 창고로 가서 문을 열었다. 다른 곳과 마찬가지로 거의 비었으리라 예상했다. 하지만 웬걸, 현재 베티 집에 있는 창고 상태와 다름없이 이곳 창고도 온갖 잡동사니로 그득했다. 프루가 언니한테서 훔친 보물을 빗자루나 들통 따위를 쌓아 지은 까마귀 둥지 같은 이곳에 숨겨 놨을까? 교활한 프루는 그러고도 남았다. 베티는 어린 시절 두려움을 삼키고 안으로 들어가서 창고 안에 쌓인 궤짝이며 망가진 물 짜는 기계, 못을 담은 주머니를 차례대로 뒤지기 시작했다. 베티는 물론이고 찰리랑 플리스는 이 눅눅한 창고

가 소름끼치게 싫었다.

아래층에서 목이 찢어지게 "쥐! 쥐!" 외치는 소리가 위층까지 닿아서 베티가 그대로 얼어버렸다. 베티는 저것도 콜턴 계획 중 하나라고 짐작했다. 사람들 주의를 흩트러서 정신 못 차리게 하는 것일 테지. 베티는 창고 안 더 깊숙한 곳을 뒤졌다. 차곡차곡 쌓인 신문 더미를 치우자 큼직한 트렁크가 나왔다. 베티가 트렁크 뚜껑을 열었다. 배 속이 요동쳤다.

트렁크 안에 낯익은 나무 상자가 있었다. 뚜껑에 'W'자가 새겨져 있었다. 상자를 들어 밖으로 꺼내는 베티는 심장이 터질 것 같았다. 희망이 샘솟았다. 상자가 기울어지자 안에 든 내용물도 한쪽으로 쏠렸다. 할머니는 바로 이 상자에서 인형을 꺼냈다. 이 상자가 그 오랜 세월 동안 인형을 보관해 왔다.

열쇠를 찾거나 자물쇠를 딸 시간이 없었다. 베티는 상자를 부숴서 열려다가 거울을 기억해냈다. 안 될 일이었다. 그냥 태연하게 상자를 들고 아래층으로 내려가서 밖으로 나갈까? 이것도 아니고. 베티는 상자를 뜯어보면서 창고 밖으로 기어 나왔다. 칼로 나사를 돌리면 열릴 것도 같았다. 베티는 부엌으로 뛰어 들어가 구석구석 뒤진 끝에 작은 과일칼을 하나 찾아냈다.

베티가 경첩 나사를 돌리기 시작했다. 손이 어찌나 떨리는지 칼을 잡은 손이 자꾸 미끄러졌다. 드디어 하나를 풀었다. 베티가 뚜껑을 당겨봤지만 남은 경첩이 아직 단단하게 물려 있었다. 벌어진 틈으로 들여다보니 둥글게 휘어진 색칠된 나무와 반짝이는 금색이 보였다. 진짜 이 안에 들었어! 베티는 서둘러서 두 번째 경첩을 풀었다. 얼마 안 지나 짤그랑 소리를 내며 경첩이 부엌 타일 바닥에 떨어졌다. 풀려 나온 나사가 탁자 밑으로 데구루루 굴러 들어갔다.

베티가 뚜껑 아래로 손가락을 밀어 넣고 힘껏 위로 잡아당겼다. 베티가 상자 안으로 손을 밀어 넣자 나무 쪼개지는 소리가 기분 좋게 났다. 베티는 손에 닿은 상자 안 물건을 꺼냈다. 보석이 든 작은 주머니도 있었다. 프루가 받은 결혼 선물일 터였다. 베티가 막 주머니를 한쪽으로 던져놓는데 아래층에서 익숙한 노랫소리가 들려와서 그대로 얼어붙고 말았다.

"초원에 핀 메리페니, 밤에 피는 은색 꽃……."

계단 삐걱거리는 소리가 희미하게 들렸다. 누군가 올라오고 있었다! 베티는 마법의 물건을 가슴에 품고 후다닥 부엌문 뒤로 달려가서 숨었다. 가벼운 발걸음 소리가 부엌을 지나는가 싶더니 갑자기 멈췄다. 심장이 두방망이질 쳤다. 베티는 가방과 거울을 바닥에 내려놓고 머리카락을 뽑았다. 황급히 인형을 열고 머리카락을 넣은 뒤 도로 닫아서 모습이 사라지게 했다. 마음을 진정시키며 호흡을 가다듬고 살금살금 문 뒤에서 나왔다.

프루가 꼼짝도 하지 않고 창고 앞에 서 있었다. 베티가 걸쇠 거는 걸 잊은 창고 문이 활짝 열려 있었다. 안은 엉망진창 뒤죽박죽이었고 큼직한 트렁크도 텅 빈 채 열려 있었다.

"안 돼."

프루가 나지막이 내뱉더니 난데없이 고개를 마구 저었다. 정신이 들었는지 꼼짝 않던 자세를 풀고 비틀비틀 창고 문으로 다가갔다.

"아니야, 아니야, 아니야……."

프루가 문 앞에 서서 밭은 숨을 헉헉 내뱉었다.

베티 머릿속에 못된 생각이 번뜩 떠올랐다. 반쯤 관둘 뻔했지만 결국 어떤 이유로 밀어붙여야 했다. 만에 하나라도 프루가 물건이 없어진 사건 뒤에 소샤가 있다고 의심하면, 소샤를 만나려고 시도할 테고, 그러면 소샤 구출 계획이 틀어질지도 몰랐다. 안 돼. 베티가 마음을 정했다. 프루가 허튼짓을 못 하도록 막아야 안전했다. 베티가 생각을 굳히고 서둘러서 프루한테 갔다.

베티 발걸음 소리를 들은 프루가 고개를 홱 돌렸다. 기분 나쁘게 생긴 두 눈이 커졌다. 그 눈 속에서 베티는 두려움과 동시에 뭔지 알아챈 듯한 기색을 읽었다.

"거기 누구?"

프루가 입을 열었다.

베티는 말 한마디 없이 팔을 뻗어서 프루를 거세게 밀쳤다. 크게 놀란 프루가 울부짖으며 휘청휘청 뒷걸음질로 눅눅한 창고 속으로 떠밀려 들어갔다. 베티는 문을 쾅 닫고 재빨리 빗장을 단단히 걸어 잠갔다. 와장창 우당탕, 잡동사니 더미 위로 프루 넘어지는 소리가 요란했다. 문 반대편에서 쿵쿵대는 소리 가운데, 누구냐고 거듭 물어보는 새된 목소리가 들렸다.

베티는 다시 한번 망설였다. 당장 자리를 떠야 하건만, 어떤 명예 의식 같은 게 베티 발목을 잡았다. 베티는 문 반대편에서 들려오는 프루의 겁에 질린 숨소리를 들으며 가만히 서 있었다. 이 여자 때문에 사람들이 죽었다. 이 여자 때문에 베티 가족과 소샤가 고통받았다. 베티는 마지막으로 해야 할 말이 있음을 알았다.

"친구."

베티가 이를 갈며 속삭였다.

"치, 친구? 나한테는 친구가 없는……"

"소샤 친구다."

베티가 프루 말을 잘랐다.

"네 친구가 아니야. 프루던스 위더신즈! 너도 친구가 있었어. 세상에서 제일가는 친구. 바로 네 언니. 그런데 넌 언니를 배신했지."

베티가 끼어들었다. 목소리가 갈라졌다. 흥분하지 않으려고 애를 썼다.

"하지만 이번에는 네가 졌어."

"무, 무슨 말인지 모, 모르겠……."

"모르겠지. 앞으로도 영원히 모를 거야."

베티가 나직이 말한 뒤 부엌으로 조용히 돌아왔다. 베티는 가방과 거울도 챙겨서 투명해진 치마 아래에 잘 숨긴 뒤 아래층으로 내려갔다.

밀렵꾼의 주머니는 난장판으로 변해 있었다. 플리스가 부르는 노래에 다른 손님 몇몇이 합류해서 시끄럽기 짝이 없는 합창 공연을 펼치는 중이었고, 다른 한쪽에서는 음식이랑 술을 내오라며 열 명도 넘는 무리가 카운터를 쾅쾅 내리치고 있었다. 깨진 유리잔이 우지직 우지직 발에 밟히면서 "쥐"라고 외치는 소리를 집어삼켰다.

플리스는 원래 있던 자리에서 밀려나 계산대 중간쯤에 있었다. 베티가 빽빽하게 들어찬 사람들을 팔꿈치로 밀어대며 언니한테 가서 팔을 잡고 몸을 기울여 귀에 대고 속삭였다.

"언니, 나야. 물건 찾았어!"

"베티!"

플리스가 안 보이는 베티를 향해 무턱대고 손을 뻗었다. 플리스는 지쳤지만 안심했다.

"다른 사람들 데려와. 여기에서 나가자."

문 근처에서 찰리와 콜턴을 발견한 베티가 나지막이 말했다.

베티는 밖으로 나와서 곧장 버려진 골목길로 돌아갔다. 모습을 드러낸 뒤 다시 거리로 향하다가 맞은편에서 오던 일행과 부딪힐 뻔했다.

"베티 언니, 성공했구나!"

찰리가 소리를 빽 지르며 베티를 끌어안았다.

"아슬아슬했어."

베티가 대답하면서 찰리한테 가방을 주고 플리스한테도 거울을 건넸다.

"가자. 움직여야 해."

"내가 가방으로 단숨에 탑까지 갈 수 있어."

찰리가 들떠서 나섰다.

"아직은 안 돼. 덮어놓고 감옥에 갈 수는 없어. 일단 우리가 뭘 상대하는지 알고 계획을 제대로 세워야 해."

베티가 두려운 눈빛으로 어깨 너머를 힐끔거렸다. 프루가 밀렵꾼의 주머니 문을 박차고 튀어나오지 않을까 걱정스러웠다.

"가자."

24장. 까마귀바위 탑

일행은 나루터 쪽에서 쏟아져 나오는 사람들을 이리저리 피해 가며 급히 습지로 향했다. 익숙한 건물 대신 낯선 건물들이 들어선 까마귀바위섬은 전반적으로 달라 보였지만, 그래도 대부분은 알아볼 만했다. 할머니한테서 귀에 못이 박이도록 자주 들었는데도, 막상 네거리에 다다른 베티는 몹시 큰 충격을 받았다.

풀이 무성한 언덕 위에 높다란 교수대가 서 있었다. 계단에서 이어지는 목조 단상 위로 묵직한 밧줄 올가미가 길게 늘어진 채 바람결에 흔들리고 있었다. 교수대 근처 곳곳에 무리 지어 모인 사람들이 올가미를 힐끔거리며 수군대고 있었다.

"할머니가 네거리라면 몸서리를 치실 만도 해. 할머니가 어렸을 때도 네거리에 교수대가 있었는데 평생 못 잊었다고 하셨거든. 이건 정말……. 끔찍하다. 여기에서 아주 무시무시한 일들이 벌어졌어."

플리스는 겁이 나서 정신이 나간 눈빛이었다.

베티가 입술을 오므렸다.

"우리가 끔찍한 일을 하나 줄일 수 있어."

물가에 도착한 일행은 나루터에서 벗어나 물고기를 낚는 텅 빈 작은 만으로 가서 찌걱찌걱 소리를 내며 자갈 섞인 갯벌을 통과했다. 거대한 두꺼비처럼 물 건너편에 웅크리고 있는 까마귀바위섬 감옥이 단숨에 삼켜버릴 파리 보듯 일행을 내려다보고 있었다.

"너희 셋한테는 눈에 띄지 않고 탑으로 들어가서 소샤를 구해 나올 수 있는 물건이 다 있어. 그 물건들을 어떻게 써야 할지 너희들이 정하기만 하면 돼. 탑 안에는 간수들이 우글거릴 테니까."

더운 날씨도 아니었는데 콜턴 이마에 땀이 맺혀서 번들거렸다.

플리스가 거울을 꺼내 들더니 숄로 반쯤 가리고 속삭였다.

"까마귀바위 탑에 있는 간수를 보여줘."

곧바로 거울에서 플리스 모습이 사라지고 간수가 나타났다. 간수는 세 자매도 익히 잘 아는 돌탑 아래에 서 있었는데, 허리띠에 열쇠뭉치가 매달려 있었다. 간수 너머로 탑으로 들어가는 문이 보였다.

"간수가 하나, 입구도 하나야. 들어가려면 너흰 저 열쇠뭉치가 필요해."

콜턴이 말했다.

베티가 고개를 끄덕였다.

"저 문으로 들어가기 전에는 마법의 물건을 쓸 수 있어. 하지만 문을 지난 다음에는 우리가 마법 없이 탑 감방에서 소샤를 탈출시켜야 해."

플리스가 숄로 거울을 덮자 간수 모습이 사라졌다.

"열쇠 훔칠 때는 인형을 쓰는 게 제일 좋아. 그다음에는 간수 정신을 빼서 문에서 벗어나게 한 뒤 우리가 지나가면 돼. 그러려면 누군가는 밖에서 망을 보며 기다리다가, 소샤가 탑에서 무사히 빠져나와 계단을 다 내려올 때쯤 다

380

시 간수를 문에서 유인해 내야 해."

베티가 말을 마치자 플리스가 천천히 고개를 끄덕이며 덧붙였다.

"그러면 우리 중 한 명은 밖에 남아서 기다려야겠다."

베티가 기대에 찬 눈빛으로 콜턴을 쳐다봤다. 누구보다 콜턴이 탑의 구조와 간수를 잘 아는 터였다. 하지만 콜턴은 불안해 보였다. 자꾸 감옥을 힐끔거렸다. 베티는 콜턴 눈빛에서 두려움을 엿보았다. 콜턴한테서 썰물처럼 밀려 나오는 공포심을 느낄 수 있었다. 베티는 콜턴이 이제 막 도망쳐 나온 장소로 다시 돌아가기가 얼마나 무서울지 처음으로 깨달았다.

"내가 있을게."

플리스가 나섰다.

"일단 너희가 모두 밖으로 나오기만 하면 그다음은 모습이 보이거나 말거나 상관없어. 가방이 모든 일을 단숨에 처리해줄 테니까."

콜턴이 중얼거렸다.

베티가 얼굴을 찡그렸다. 딱히 꼬집어 말할 수는 없지만, 콜턴 말이 어딘가 찜찜했다.

"정오까지 얼마나 남았지?"

베티가 하늘을 쳐다보며 물었다. 창백한 붉은 달이 불길한 징조처럼 허공에 걸렸다.

"너희한테는 한 시간쯤 남았을 거야. 그런데 난……."

콜턴이 숨을 가쁘게 쉬었다.

"왜 그래?"

플리스가 물었다. 콜턴이 갑자기 머뭇거린다는 걸 감지했다.

하지만 베티는 이미 알고 있었다.

"오빠는 '우리'라는 말을 쓰지 않았어."

콜턴은 눈을 아래로 내리깐 채 누구 얼굴도 제대로 보지 못했다. 어쩔 수 없이 베티는 처음 만났을 때 잔뜩 허세를 부리며 면회실 안으로 껄렁껄렁 들어오던 콜턴이 생각났다. 하지만 지금 눈앞에 있는 콜턴은 겁에 질린 소년에 지나지 않았다.

"도저히 다시 못 돌아가겠어."

"어디? 감옥?"

플리스가 물었다.

"어디든. 감옥이건……. 우리가 원래 있던 시간이건."

콜턴이 웅얼거렸다.

베티는 입이 쩍 벌어졌다.

"그게 정확히 무슨 뜻이야? 그냥 여기에 남겠다고? 과, 과거에?"

"왜, 안 될 거 있어?"

콜턴이 고개를 홱 들었다. 눈빛이 번쩍이며 분노의 불꽃이 튀었다.

"현재로 돌아가면 나를 위한 게 뭐가 있는데? 아무것도 없어! 가족도 없어. 오히려 어깨 너머에서 호시탐탐 발목 잡기만을 기다리는 과거에 얽매인 채 살아야 해. 적어도 여기라면 날 뒤쫓는 사람이 없다는 걸 아니까 새롭게 시작할 수 있어. 난 현재에 어울리는 사람이 아니야."

"하지만……. 그래도……."

베티는 말이 더듬더듬 나왔다. 콜턴이 한 말을 소화하고 그 말이 불러일으킨 강력한 감정을 다스리느라 애를 썼다.

그게 뭐가 중요한데?

머릿속에서 희미하게 들려오는 목소리가 묻고 있었다. 베티가 콜턴을 친구로 여기기 시작했지만, 어차피 모든 것이 끝나면 두 번 볼 일 없다는 사실쯤은 이미 알고 있었다. 콜턴 과거는 영원히 지워지지 않을 테니까. 하지만 콜턴이 여기 남으면 콜턴도 과거가 되어버릴 텐데……. 문득 슬픔이 차올랐다.

"그럴지도 몰라. 하지만 오빠는 여기에 속하지도 않았어. 이보다 더 나은 걸 누릴 만하다고."

베티가 교수대를 가리키며 말을 이었다.

"정말 우리가 알고 있는 세상보다 못한 이런 세상에서 살고 싶어?"

콜턴이 어깨를 으쓱했다. 턱이 제멋대로 움찔거렸다.

"아니. 그래도 최소한 내가 살 수는 있겠지."

하늘에 구름이 드리우며 어두워졌다. 푸르스름하게 멍이 든 것 같았다. 베티 심장이 빨라졌다.

"그럼 우린 여기까지네. 우리한테 시간이 없어서 말이야. 잘 가, 콜턴 오빠. 행운을 빌어."

베티는 악수라도 하려고 한 손을 내밀었지만, 놀랍게도 콜턴이 베티를 확 당겨서 끌어안았다.

"나도 행운을 빌게. 너희들이 딱히 나를 풀어주려고 계획하지는 않았지만 정말 고마워. 너희 모두. 너희가 아니었으면 난 아직 저 담 안에서 썩어가고 있었을 거야."

콜턴이 먹먹한 목소리로 얘기하며 베티를 풀어주고는 찰리 머리를 다시 헝클어트리더니 플리스를 돌아봤다.

"안녕, 공주님."

"난 공……."

플리스가 입을 열려고 했다.

"알아, 알아."

콜턴이 웃는지 입꼬리가 슬쩍 올라갔다. 콜턴이 손을 들어서 플리스의 짧은 머리를 가리켰다.

"잘 어울려."

부드럽게 말하고는 손을 내렸다.

"잠깐만."

플리스가 입술을 깨물더니 이내 얼굴을 분홍색으로 물들이며 까치발로 서서 콜턴 입술에 입을 맞췄다.

"행운을 빌어주는 거야."

콜턴한테 말한 뒤 동생들을 향해 돌아서는 플리스 두 눈에 눈물이 고여서 반짝였다.

베티 목구멍으로 뜨거운 덩어리가 올라왔다. 언니는 무조건 자기 발아래에 납작 엎드리지도, 끝까지 질리지도 않을 남자를 드디어 콜턴한테서 발견했을지도 몰랐다. 아니면 그저 또 한 번 바보 같은 플리스답게 입을 맞춘 것일지……. 어느 쪽이건 시간은 누구 편도 아니니 앞으로 어찌 될지 누가 알겠는가. 그저 친절한 마음에서 나왔지만 미래를 잃은 입맞춤 한 번으로 영원히 남을지, 혹은 다른 무엇이 될지.

베티는 눈알을 굴리면서 가장 냉정하게 들릴 말을 내뱉었다.

"역시, 하루도 누구한테 입을 맞추지 않으면 플리스 언니가 아니지"

"아, 조용히 해."

플리스가 발끈했다.

"가자. 찰리, 가방!"

"잠깐만!"

이번에는 콜턴 목소리였다. 콜턴이 플리스 옆으로 달려오더니 플리스와 팔짱을 꼈다.

"생각을 바꿨어?"

플리스가 눈을 반짝이며 물었다.

"조금 전엔 내가 정신이 어떻게 됐었나 봐."

콜턴이 플리스를 보며 빙긋 웃었다.

"그런데 지금은 내 운도 꽤 괜찮다는 느낌이 들어서."

"나는 기분이 막 나빠지려고 해."

베티가 말로는 딱딱거렸지만 입술 사이로 웃음이 비집고 나왔다.

"좋아. 이번에는 진짜야. 다 준비됐지?"

베티가 마트료시카 인형을 꺼내어 차례대로 뚜껑을 열고 각자 물건을 안에 넣은 뒤, 다시 하나씩 포개고 가운데 선을 맞춰 닫았다. 일행이 시야에서 사라졌다. 베티는 인형을 안전하게 주머니에 넣고 플리스와 찰리 사이에서 두 사람 팔짱을 끼고 동생을 쿡 찔렀다.

"지금이야."

찰리가 숨을 천천히 깊게 들이마시고 속삭였다.

"까마귀바위 탑으로."

이 느낌은 앞으로도 절대 익숙해지지 않을 거야.

발밑에서 쉭 사라지는 자갈밭을 느끼며 베티가 생각했다. 소금기 많은 바람이 두 볼을 사정없이 때려서 절로 눈이 꽉 감겼다. 플리스가 구역질 참는 소리가 들렸다.

"으으으……."

역대 최악으로 착지했다. 찰리는 용케 두 발로 서서 떨어졌지만, 나머지는 전혀 아니었다. 콜턴이 자기 왼쪽 다리를 깔아뭉개고 떨어지면서 크게 울부짖는 바람에 베티가 기절초풍했다. 콜턴이 바로 입을 다물었지만, 비명이 울려 퍼졌다. 일행이 떨어진 곳은 돌벽으로 둘러싸인 마당이었다. 머리 위에서 까마귀들이 흩어지며 깍깍 울어댔다.

베티는 찰리와 플리스 팔짱을 풀고 일행 위로 그림자를 드리운 탑을 올려다보며 뒤로 물러났다. 까마득한 탑 높이에 머리가 다 멍해졌다. 이렇게 가까이에서 탑을 보기는 처음이었다. 탑이 이렇게 높은지도 몰랐다. 눈을 깜박이자 추락하는 장면이 눈앞으로 휙 지나갔다. 아찔했다. 안 돼! 그런 일이 벌어지도록 놔둘 수 없었다. 베티는 창문 살피는 데 정신이 팔린 나머지 묵직한 나무 문을 열고 들어오는 간수를 전혀 눈치채지 못했다.

간수가 미심쩍은 눈초리로 마당을 살폈다. 한 손에는 굵직한 나무 곤봉을 들었다. 다른 손은 허리띠에 올렸는데, 열쇠 두 개가 매달린 쇠갈고리가 손 옆으로 보였다. 간수가 눈을 가늘게 뜨고 자갈 위로 길게 긁힌 자국을 보더니 얼굴을 찌푸리며 탑에 난 창문을 올려다봤다. 간수는 딱히 이상한 점이 눈에 띄지 않아서 만족했는지, 잠그지 않아서 조금 열린 문 옆 담장으로 돌아갔다. 확실히 혼자라는 데 흐뭇해하며 담뱃대를 꺼내더니 여유만만하게 연초를 채웠다. 언제라도 다른 간수들이 나타나면 도로 문 안으로 들어갈 태세였다.

"플리스 언니는 나랑 같이 가자. 내가 열쇠를 훔치면 나랑 몰래 위로 올라가서 소샤를 구하는 거야. 콜턴 오빠는 여기서 우리가 올 때까지 찰리랑 같이 있어 줘. 자, 이거."

베티가 입만 벙긋거려서 말하고는 마트료시카 인형을 콜턴 손에 꼭 쥐여 줬다.

"이거 갖고 있어. 저 문을 넘으면 언니랑 내 모습이 나타날 텐데 인형까지 들고 가면 오빠랑 찰리도 눈에 보이니까."

베티와 플리스 가슴이 미친 듯이 두근댔다. 감히 숨조차 쉴 수 없었다. 자갈에서 소리가 나지 않도록 바짝 긴장해서 조심조심 간수한테 다가갔다. 자갈 위로 한 걸음 내디딜 때마다 베티는 가슴이 더 쿵쿵 울렸다. 머리 위에서 맴돌며 요란하게 울어대는 까마귀 떼가 고맙기는 처음이었다. 간수한테 접근하는 두 사람이 무슨 소리를 내건 틀림없이 저 소리가 덮어줄 터였다. 팔 뻗으면 닿을 만큼 간수와 가까워지자 베티가 부들부들 떨리는 손을 내밀어 열쇠가 맞부딪쳐서 잘그락대지 않도록 열쇠 꾸러미를 가만히 감싸 쥐었다. 그러고는 다른 손으로 간수 허리띠에서 천천히 고리를 빼냈다. 난데없이 간수가 기침하는 바람에 열쇠가 바닥으로 떨어질 뻔했지만, 베티는 용케 열쇠를 놓치지 않았다. 천만다행으로 열쇠가 베티 손에 떨어졌다.

두 사람은 간수가 내뿜은 담배 연기 속에서 뒷걸음질로 물러 나와 초조하게 지켜보는 콜턴과 찰리를 뒤돌아보며 탑으로 들어가는 문으로 향했다.

베티는 마음을 단단히 먹고 문을 밀었다. 끼익 소리가 나면서 두 사람이 들킬 줄 알았는데 문이 소리 없이 열렸다. 베티는 놀라서 언니를 쳐다봤다. 두 사람은 크게 기뻐하며 탑 안으로 미끄러져 들어갔다. 이렇게 쉽게 들어오다니, 믿기지 않았다. 열린 문틈으로 보니 찰리와 콜턴도 기쁨에 겨워 덩실덩실 춤을 추며 소리 없이 축하하고 있었다.

문 너머 좁고 눅눅한 복도가 굽이굽이 휘어지며 위로 올라가는 계단으로 이어졌다. 베티는 플리스한테 먼저 가라고 신호를 보낸 뒤 곧 따라 오르기 시작했다.

베티가 첫 번째 계단에 발이 걸리는 순간, 모든 일이 비극으로 치닫기 시작했다. 베티가 비틀거리는 소리에 플리스가 번개처럼 몸을 돌려 베티를 잡았지만 너무 늦었다. 소음이 간수 주의를 끌었다. 더구나 두 사람은 지금 탑 안에 있는 터라 모습을 숨겨 줄 인형의 힘도 없었다.

문간에 나타난 간수 모습에 두 아이가 계단 위에서 그대로 얼어붙고 말았다. 놀란 간수 입에서 담뱃대가 떨어졌다. 간수 얼굴에는 놀라움뿐 아니라 두려움과 혼란스러움이 고스란히 드러났다.

"누, 누구냐! 어디서 나타났지?"

더듬거리며 묻던 간수가 베티 손에 들린 열쇠를 보더니 휘청하면서 뒤로 한 걸음 물러섰다.

"유령이다!"

간수는 목구멍이 턱 막히는 기분이었다.

"영혼이다! 마녀가 습지에서 도깨비들을 불러냈어! 이 유령들! 도깨비! 누가 좀 도와……."

쏜살같이 달려온 콜턴이 간수를 쳐서 한쪽으로 날려 버렸다. 콜턴은 겁에 질려 얼굴을 일그러뜨리면서도 찰리를 탑 입구 안으로 밀어 넣었다.

"열쇠! 빨리!"

콜턴이 씩씩대며 찰리 뒤로 문을 쾅 닫았다.

베티는 정확히 콜턴을 향해 열쇠를 던졌고 콜턴은 단번에 열쇠를 낚아채서 하나를 문 열쇠 구멍에 쑤셔 넣었다. 콜턴이 욕을 퍼부으며 열쇠를 빼내고 다른 열쇠를 넣었다. 열쇠는 철컥 소리를 내며 제대로 돌아갔고 일행은 무덤 같은 탑 안에 봉인됐다. 밖에서는 간수가 아직도 소리를 고래고래 지르고 있었다.

내가 무슨 짓을 했지? 까마귀 맙소사, 내가 무슨 일을 벌인 거야? 여기서 잡히면 다시는 집에 못 갈 텐데!

베티가 생각했다.

"위로 올라가! 서둘러. 간수가 곧 경보를 울릴 거야!"

사색이 된 콜턴이 숨넘어갈 듯 외쳤다.

베티가 찰리 손을 잡고 계단을 오르기 시작했다.

"간수들이 어떻게 나올까? 이젠 여기에서 어떻게 나가지?"

베티 목소리가 속절없이 갈라졌다.

"나도 모르겠어."

콜턴이 베티 뒤로 계단에 발을 디디면서 대답했다. 힘주어 다문 입술이 우울한 선을 그렸다.

"몇 분 안에 여기 있는 간수 절반이 다 뛰어나와서 탑을 포위하리라는 건 확실해."

일행은 아찔할 만큼 위로 또 위로 향하는 나선 계단을 타고 올랐다. 통로를 따라 드문드문 난 작은 창문과 벽에서 툭 튀어나온 받침대에 놓인 몇 안 되는 촛불만이 일행이 가는 길을 비추었다. 맞은편 벽으로 늘어진 그림자가 일렁거렸다. 베티는 앞서가는 언니 숨소리가 점점 무거워지면서 짧게 끊어지는 것을 느꼈다. 옆에서 따라오는 찰리가 베티 손을 어찌나 힘주어 잡았는지 손가락이 마비될 지경이었다. 뒤에서 따라오는 콜턴도 겁이 나는 데다 지쳐서인지 발걸음 소리가 무거웠다.

베티 역시 내딛는 한 걸음 한 걸음이 괴롭기는 마찬가지였다. 다리가 불에 타는 듯 아프기도 했지만, 아무리 생각해도 탑에서 나갈 길이 완전히 막혔기 때문이었다. 소샤 스펠손처럼 꼼짝없이 탑에 갇혔다.

탑 밖에서 감옥 종이 요란하게 울리기 시작한 순간, 드디어 일행이 마지막으로 꺾어지는 계단참에 다다랐다. 경보도 울렸다.

플리스가 계단 꼭대기 문에 제일 먼저 닿았다. 숨을 몰아쉬며 반은 기어 올라간 언니 뒤로 비틀거리는 베티가 찰리를 다독이며 도착했다. 찰리가 소리 죽여 훌쩍이기 시작했다.

콜턴도 숨을 헐떡이며 다 올라와서 부들부들 떨리는 손으로 열쇠를 꺼내 열쇠 구멍에 넣고 돌렸다.

이 와중에도 베티는 마지막 순간에 모든 것이 그렇게까지 실패로 돌아가지만 않았으면 과연 기분이 어땠을지 상상했다. 모르긴 몰라도 잔뜩 들떴을 테고 문 반대편에서 과연 무엇이 기다릴지 몰라 조금은 두렵기도 할 것이었다. 단지 지금은 그런 상상 따위를 할 시간이 없었다. 위더신즈 자매한테 남은 시간이 거의 다 흘렀다.

콜턴이 문을 세차게 밀어 열며 안으로 들어섰다.

뒤를 따라 들어간 베티가 휑할 만큼 넓고 둥근 감방 안을 눈으로 훑었다. 감방은 베티가 예상했던 모습 그대로였다. 가구랄 것도 없이 음울하고 황량했다. 그리고 저 글자들……. 벽에 새겨져 후대까지 전해진 무의미한 단어들의 배열.

두 팔을 활짝 편 채 창문에 기댄 사람 형상을 베티가 눈치챈 건 너무 늦은 뒤였다. 감방 안으로 윙윙 불어 들어오는 바람결에 황갈색 머리카락이 뒤로 나부끼고 있었다.

너무 늦었다. 베티가 발견했을 때 여자는 이미 떨어지고 있었다.

"소샤! 안 돼!"

베티가 악을 썼다.

어떻게 했는지 소샤가 허공에서 떨어지는 중에도 몸을 뒤로 반쯤 틀어 일행을 봤다. 고통과 광기만이 가득한 눈이었지만, 얼핏 놀란 기색이 스쳤다. 소샤는 잠시 깃털처럼 공중에 머물렀다. 막 입을 열어서 무언가를 물으려는 듯 보였는데…….

소샤가 사라졌다.

25장. 비행

"안 돼!"

베티가 신음했다.

"안 돼, 안 돼, 안 돼……."

탑 밖에서 외쳐대는 공포에 가득 찬 비명이 위로 올라왔다. 스르르 무너진 베티가 무릎을 꿇었다. 도저히 창가로 갈 수 없었다. 그 고생을 해서 여기까지 왔는데……. 무엇을 위해서였지? 소샤와 함께 베티의 마지막 희망도 사라졌다.

"우리가 너무 늦었어."

콜턴이 양팔로 플리스와 찰리를 가까이 끌어당겼다. 찰리는 조용히 끙끙대며 울었지만, 플리스는 충격이 컸는지 뻣뻣하게 굳었다.

"우리가 너무……. 늦었어."

콜턴 손에서 미끄러진 열쇠가 바닥에 떨어졌다.

베티는 소샤가 삶의 마지막 순간을 보낸 음울하고 황량한 공간을 훑어봤다. 여기는 방이 아니야. 무덤이야. 베티는 넋이 나간 채 자리에서 일어나 벽으로 가서 깊이 파인 홈을 손가락으로 따라 써봤다. 원망과 분노의 단어들이었다. 악의. 부당함. 배신. 탈출.

위더신즈.

베티가 눈을 감아도 글자는 사라지지 않았다. 영혼에 새겨진 것 같았다. 실로 강력한 증오심이었다. 어떻게 이런 저주를 푸는 게 가능하다고 생각했을까. 그런 일이 일어나기를 바랐다니. 베티는 까마귀바위섬에서의 삶을 떠올렸다. 단조롭고 평범하다고, 충분하지 않다고 그토록 경멸했건만, 이제 와 생각하니 그것만으로도 차고 넘치는 삶이었다. 베티가 덜 대담하고 덜 불만족스러워했다면, 차라리 플리스 같았다면, 지금 베티한테는 기대할 미래가 있었을 것이었다. 찰리와 플리스가 베티 말을 듣지 않았다면, 자매들 미래도 지워지지 않았으리라.

"미안해. 할머니, 죄송해요. 언니, 찰리⋯⋯. 콜턴 오빠, 미안해."

베티 혼잣말은 단조롭게 울리는 감옥 종소리에 묻혀버렸다. 이제 감방 안은 거의 캄캄했다. 습지 위에 걸린 핏빛 달에 바깥 하늘이 뿌연 주황색으로 물들었다. 까마귀 한 마리가 불길하게 깍 울면서 창틀에 앉아 번쩍이는 눈동자로 베티를 바라봤다.

"저리 가!"

베티가 고함쳐도 까마귀는 꿈쩍도 하지 않았다. 오히려 다른 창문으로 까마귀들이 더 많이 날아들어 와서 매트리스며 벽에 달린 촛대는 물론이고 앉을 만한 곳이면 어디든 내려앉았다. 한목소리로 울어 젖히는 소리가 섬뜩했다. 아래에서 울부짖는 소리가 얼음장 같은 바람을 타고 올라왔다. 베티는 혼이 빠져나간 사람처럼 창문으로 다가갔다.

보지 마! 보면 안 돼!

베티가 혼잣말했다. 하지만 봐야 했다.

눈앞에는 까마귀바위섬이 있었다. 안개 습지가 저 멀리까지 펼쳐져 있었다. 아래에서 올라오는 고함은 끊이지 않았다. 베티가 억지로 시선을 아래로 내렸다.

저 아래 지상에는 간수들이 우글거렸다. 개미 군단처럼 몰려다니며 큰 소리로 경고하고 명령을 주고받았다. 그런데 소샤가 보이지 않았다. 가련한 소샤 시체를 벌써 치웠나? 아니면 사람들이 하도 많아서 시야가 가린 건가? 멀리서 뭔가 쿵, 쿵, 쿵 때리는 소리가 들렸다.

"이게 무슨 소리지?"

베티가 멍하게 웅얼거렸다.

"사람들이 들어오려고 아래에서 탑 문을 부수고 있어. 아무래도 다 미신을 믿는 건 아니었나 봐."

콜턴이 대답했다.

베티가 다시 창문으로 몸을 돌렸다. 까마귀들이 허공으로 뿔뿔이 흩어져서 탑을 맴돌았다. 이제 저들을 막을 길은 없었다. 다 끝났다.

바로 그때, 깃발처럼 펄럭이는 뻣뻣한 빨간색 머리카락이 창문 아래에서 안으로 나부껴 들어왔다. 베티는 깜짝 놀라 숨을 들이마시고 창턱 밖으로 몸을 내밀었다. 아, 바로 저 아래, 소샤가 탑 벽에 매달려 있었다. 복도 창틀 위 얇디얇은 모서리를 딛고 용케 균형을 잡고 서 있었다. 얼굴은 흙투성이였고 옷은 걸레나 다름없었다. 소샤가 미끄러지기 시작하자 베티는 망설이기를 집어치우고 비명을 지르며 달려들어 소샤를 잡았다.

"소샤!"

베티가 외쳤다. 다 꺼진 줄만 알았던 숯 더미에서 마지막 희망의 불씨가 깜빡이며 빨갛게 되살아났다.

"놓으면 안 돼요! 우리가 구해줄게요!"

어느새 플리스와 콜턴이 옆으로 왔다.

베티가 몸을 한껏 내밀어 팔을 뻗었다.

"내 손 잡아요!"

"안 닿아!"

소샤가 두 눈을 질끈 감고 벽에 딱 붙었다.

"놓칠 것 같아!"

소샤가 외치는 사이에 벌써 다리 하나가 쭉 미끄러졌다. 소샤는 정신없이 발을 더듬거려 디딜 곳을 찾았다. 벽에서 빠진 돌멩이 하나가 저 아래 땅바닥으로 떨어지기 시작했다. 곧바로 또 하나가 떨어졌다.

"안 돼!"

베티가 소리치며 소샤를 향해 팔을 쭉 뻗었다.

"버텨요! 당장 끌어올릴 테니 제발 놓치지 말아요!"

"오래 못 버틸 것 같아."

소샤가 눈을 뜨더니 겁에 잔뜩 질린 눈빛으로 아래를 내려다봤다.

"준비가 됐는데……. 마지막 용기도 다 끌어모았는데, 근데 네가 내 이름을 부르는 바람에 생각이 흐트러졌어!"

"이러면 안 돼요. 그렇게 안 놔둘 거예요! 그러니까 이젠 팔 뻗어서 내 손 잡아요!"

소샤가 몸을 위로 날렸지만 손가락이 벽을 쓸어내렸을 뿐이었다. 베티 손까지 너무 멀었다. 손가락 아래에서 또 돌멩이가 튕겨져 나와 아래로 곤두박질쳤다. 소샤가 새된 비명을 지르며 손을 더듬어 잡히는 대로 아무 돌멩이나 붙잡았다.

"내가 할게!"

콜턴이 나서자 베티가 한쪽으로 비켜섰다. 베티는 콜턴이 창문 밖으로 몸을 내밀고 기를 써서 팔 뻗는 모습을 속절없이 지켜봤다. 여전히 닿지 않았다.

쩍, 우지끈, 나무 쪼개지는 어마어마한 소리가 계단을 타고 요란하게 울려 퍼졌다.

"들어왔다! 간수들이 탑 안으로 들어왔어!"

소샤가 외쳤다.

"난 포기하지 않아!"

베티가 열쇠뭉치를 움켜잡더니 감방 문으로 달려가서 문을 확 잡아당겨 닫고 열쇠로 걸어 잠갔다.

"언니, 찰리, 문 앞에 짐 쌓는 것 좀 도와줘."

세 자매는 힘을 합쳐 방 안에 있는 물건을 닥치는 대로 죄다 쓸어 와 문 앞에 바리바리 쌓기 시작했다. 하지만 원체 감방이 텅 비다시피 한 터라 아무리 갖다 쌓아도 별반 달라지지 않을 것이 뻔했다. 벌써 계단 위로 우다다다 바삐 올라오는 발걸음 소리가 들렸다.

"간수들이 오고 있어!"

찰리가 외쳤다.

콜턴이 절망적이라는 듯 끙 소리를 내며 몸을 바로 세웠다.

"아무래도 안 닿겠어. 뭔가 다른 수를 써야 해!"

콜턴이 커다란 창문턱에 다리를 걸치고 앉았다. 다리가 허공에서 대롱거렸다.

플리스가 하얗게 질렸다

"콜턴, 안 돼! 너도 떨어져!"

"안 떨어질게."

콜턴이 몸을 틀어서 감방 쪽으로 고개를 돌리더니 창틀을 단단히 그러쥐고 몸을 아래로 내렸다.

"소샤, 내 다리를 잡아!"

이러다가는 끝장이야.

감방 문 앞으로 간수들이 들이닥치는 소리에 베티가 생각했다. 실패의 기운이 슬그머니 드리우며 마지막으로 타올랐던 희망의 불씨를 꺼트리고 있었다. 종소리와 때를 맞춰 쾅쾅 문을 때리는 소리가 베티 두개골 안에서 떠나갈 듯 울렸다.

소샤를 안으로 끌어올려도 이 안에서 우리가 어디로 가겠어? 간수들한테 포위당할 거야.

이제 곧 간수들이 들이닥칠 터였다. 모든 것이 비극으로 끝나기 전, 일행한테 주어진 시간은 얼마 없었다.

탑을 맴도는 까마귀들이 일행을 향해 울었다. 잠깐이었지만 바깥 허공으로 나오라고 부추기는 소리로 들렸다. 죽음을 향해 뛰어내리라는 의미가 아니었다. 뭔가 다른 뜻이 있었다.

"찰리, 가방!"

베티가 악을 썼다.

찰리가 눈물로 들러붙은 머리카락 사이로 베티를 향해 눈을 빛냈다.

"응?"

"언니, 언니도 찰리랑 이리로 와!"

접시만큼 눈이 커진 플리스가 중얼거렸다.

"베티, 아니야……. 너 설마……. 어림도 없는 소리야."

플리스는 목소리도 제대로 나오지 않았다.

"우리한테 남은 길은 그것뿐이야!"

베티가 으르렁대면서 언니와 동생 손을 잡아서 창가로 끌고 갔다.

"어차피 탑 안에서는 마법이 먹히지 않아. 하지만 우리가 탑에서 벗어나자마자……."

베티가 말을 멈추고 하늘을 향해 고갯짓했다.

"싫어! 나 안 해!"

찰리가 낑낑거렸다.

"해야 해!"

베티가 찰리를 힘껏 안았다.

"지금까지 언니 믿어줬잖아. 그리고 너도 알지? 이건 틀림없이 성공할 거야. 찰리, 너니까!"

대답을 기다릴 시간이 없었다. 뒤에서 문이 쪼개지며 나무 조각이 감방 안으로 날아 들어왔다. 벌어진 틈으로 간수들 목소리가 들렸다.

"저것들이 도망친다! 마녀가 부하 도깨비들을 불러서 탈출한다!"

베티가 위로 다리를 날리듯 올라가서 창턱 양쪽으로 다리를 벌려 걸쳐 앉은 뒤, 언니한테도 따라 하라고 재촉했다.

베티와 플리스가 덜덜 떠는 찰리를 두 사람 사이에 딱 붙여 끼우고는 플리스가 두 무릎으로 찰리 양옆을 꽉 죄었다. 찰리는 여행 가방을 힘껏 쥐고 있었다. 낡아빠진 천이 찰리 손가락 사이에서 봉제 인형처럼 구겨졌다.

베티는 용기를 내서 마지막으로 아래를 내려다봤다. 소샤는 콜턴 다리에 매달렸고 콜턴은 베티 바로 옆에서 창턱을 두 팔로 단단히 괸 채 여전히 버티고 있었다.

"내 손 잡아!"

베티가 외쳤다.

콜턴이 힘겹게 한 손을 뻗어 베티를 잡았다. 콜턴 손바닥이 축축했다. 한쪽 팔로 두 사람 무게를 지탱하는 데다 이제는 한쪽 손으로 베티를 붙잡고 있었다. 콜턴 이마에 땀방울이 맺혔다.

"서둘러. 두 사람 무게를 오래 못 버티겠어."

콜턴이 애원했다.

베티가 다른 팔을 플리스 팔에 단단히 걸었다. 바람이 귀에 대고 윙윙 불어 젖히면서 일행을 밖으로 빨아내고 있었다. 함께 하늘을 날자고 외치고 있었다.

"셋에 뛰는 거야!"

베티가 찰리를 보고 말했다.

"뭐 해야 할지 알지?"

"나나나 모못해…… 까까깡총이가 무서워한단 말이야!"

찰리가 더듬거렸다.

"해야 해, 그 길밖에 없어!"

"하지만……."

"찰리, 넌 할 수 있어! 우리가 다 알아. 언니들을 위해서, 할머니를 위해서 하는 거야. 위더신즈 여자들을 위해서!"

"너 지금……. 위더신즈라고 했어?"

저 아래에서 소샤가 외쳤다.

"맞아요. 우린 위더신즈 사람들이에요! 하나, 둘……."

베티가 외쳤다.

마침내 쪼개진 문이 부서지면서 활짝 열렸다. 간수들이 밀물처럼 감방 안으로 쏟아져 들어왔다.

"셋!"

베티의 외침에 일행 모두가 함성을 내지르며 허공으로 몸을 날렸다. 한 움큼 되는 돌멩이 네다섯 개가 한꺼번에 탑에서 빠지면서 허공으로 튀었다. 하늘로 휙 날아오른 까마귀들이 붉게 이글거리는 달 속에서 까만 윤곽선이 되었다. 일행은 베티 예상보다 훨씬 빠르게 아래로 떨어지고 있었다.

"집으로!"

찰리가 목이 터져라 소리쳤다.

잠시나마 일행은 진짜 하늘을 날았다.

26장. 자유

공기가 달라졌다. 소금 냄새가 맥주 냄새로 바뀌었고 서릿발 같던 바람도 깃털처럼 부드러워졌다.

베티는 분명히 바닥에 닿았다. 그런데 희한하게도 푹신했다. 눈을 떠 보니 등을 대고 누워서 저 위 천장의 낯익은 참나무 서까래를 보고 있었다. 지금 쯤이면 밀렵꾼의 주머니가 문을 열고 장사를 시작했을 텐데 사방이 쥐 죽은 듯 고요하고 캄캄했다. 창문이며 문을 죄다 닫아걸고 빗장까지 질러 났다. 하지만 바깥은 그다지 조용하지 않았다. 멀리에서 감옥 종소리가 울렸다. 어딘가 가까이에서 찍찍대는 쥐 울음소리도 들렸다.

베티가 눈을 비비며 일어나 앉았다. 마법이 통했나? 진짜 우리가 밀렵꾼의 주머니로 돌아온 거야? 아니라면 베티는 달리 할 일이 없었다. 모든 것이 끝이었다. 베티도 끝이었다. 어디에도 할머니 기적은 없었다. 유일하게 움직이는 것은 흑단을 깎아 만든 눈송이처럼 떨어지는 보송보송한 검은 깃털뿐이었다. 불현듯 베티는 누군가 아직도 손을 잡고 있다는 것을 깨달았다.

"콜턴 오빠?"

"나 살아 있냐?"

콜턴이 베티 손을 놓으면서 앓는 소리를 냈다.

"살았나 보네. 죽었으면 이 정도로 아프지는 않겠지."

"언니? 찰리?"

더럭 겁이 난 베티 목소리가 획 올라갔다. 베티가 벌떡 일어났다.

"여기야."

벽난로 근처에서 언니 목소리가 났다. 베티가 후다닥 달려가 보니 언니가 무릎을 꿇은 채 찰리를 안고 있었다. 찰리는 여전히 두 손으로 가방을 꼭 움켜쥐고 있었다.

찰리가 눈을 깜빡여서 얼굴에 붙은 깃털을 털어내고는 재채기했다.

"끝났어? 우리가 저주를 깨트렸어?"

"그, 그런가 봐."

베티가 주변을 두리번거렸다. 모든 것이 베티 기억 그대로였다. 순간 베티는 아무것도 바뀌지 않았나 싶어 가슴이 철렁했다. 이전에 살았던 위더신즈 여자를 한 명이라도 구했을까?

"이제 난 까마귀 소리가 안 들리는데…… 소샤가 안 떨어졌으면……. 근데 소샤는 어디 있지?"

"나 여기 있어."

소샤 스펠손이 어둠 속에서 걸어 나왔다. 머리카락이 등허리 절반에 닿도록 자란 데다 헝클어졌지만 어슴푸레한 빛을 받아 녹슨 쇠처럼 반짝였다. 눈물 자국이 갈색 얼굴 위에서 은색으로 말라붙었다. 하지만 더는 의심과 암울한 생각으로 일그러진 얼굴이 아니었다. 어딘가 특별한 아름다움이 깃든 얼굴이었다.

"위더신즈."

소샤는 처음으로 말해보는 단어인 듯 천천히 발음했다. 처음으로 증오심 없이 말했다.

"나를 위해 와줬어. 나를 구해줬어."

베티가 소샤 눈을 마주 보면서 침을 삼켰다. 프루와 연관된 끔찍한 진실을 알고 난 뒤 처음으로 어깨가 가볍다는 느낌을 받았다. 이제 위더신즈 가문이 부끄러워할 일은 없었다.

"맞아요."

"고마워."

소샤 눈길이 여행 가방에서 멈췄다.

"하지만, 어떻게……. 혹시 내 동생이?"

소샤는 말을 멈추고 눈에 뭐가 들어간 듯이 눈을 깜빡였다.

"내 동생이 보냈니?"

베티가 고개를 저었다.

"유감이지만……. 그건 아니에요. 하지만 어쨌건 프루 때문에 우리 가……. 언니 마법의 힘을 쓸 수 있는 건 사실이에요."

베티가 여행 가방을 가리켰다.

"이 물건들이 대를 이어 전해졌거든요. 우리한테까지요. 한 사람이 하나씩 물려받았어요. 각자 받은 물건으로만 마법을 부릴 수 있고요."

"대를 이어서……. 얼마나 오랫동안?"

"백 년은 넘었어요."

플리스가 대답했다.

소샤가 한 사람씩 찬찬히 살펴보면서 고개를 끄덕였다. 소샤 눈길이 콜턴한테 머물렀다.

"너는? 너도 위더신즈 사람이야?"

"어……. 아니요. 그냥 어쩌다가 이 일에 휘말린 사람이에요."

소샤가 여행 가방을 가만히 바라봤다.

"살아서는 절대 탑에서 못 나올 줄 알았어."

"알아요."

베티 목소리가 갈라졌다.

"언니가 저 안에서 보낸 그 모든 세월, 벽에 새겨놓은 그 모든 말들, 악의, 부당함……."

"탈출."

소샤가 끼어들었다. 미소 짓는 소샤는 슬퍼 보였지만 온화한 표정이었다.

"이젠 그 말만 의미 있어. 글쎄, 용서라는 말도 있겠네."

플리스가 인상을 썼다.

"그 말은……. 프루를 용서한다는 뜻이에요? 그런 짓을 했는데도?"

소샤 눈이 고통으로 흐려졌다.

"너희가 한 말이 사실이라면, 지금쯤 프루는 세상에 없겠지. 죽은 지 오래일 거야. 그리고 난 왠지 프루는 자기가 한 일로 행복해지지 않았을 거라는 생각이 들어."

"하지만 프루는 언니를 시기했잖아요. 언니를, 언니가 가진 능력을요. 시기하고 증오하다 못해 언니를 없애 버리려고 했다고요. 대가가 무엇이든 상관없이요!"

베티가 대뜸 터트렸다.

"그래, 맞아. 하지만 시기와 증오에 눈이 먼 사람들은 그토록 부러워하던 걸 손에 넣는다고 해서 그런 감정을 바로 잊어버리지 않아. 그저 단순하게 다시 시기하고 증오할 다른 무언가를 찾아내기 마련이야. 애초 다른 사람이 가진 게 문제가 아니었거든. 자기한테 없는 무언가가 문제였지."

갑자기 베티 두 볼이 뜨겁고 축축해졌다. 당혹스럽게도 베티가 어느새 울고 있었다. 소샤가 한 말이 베티 마음속 무언가를 건드렸다. 아주 오랫동안 베티가 시치미 뚝 떼고 모른 척해온 뿌리 깊은 죄책감이었다. 베티는 자매들이 부러웠던 적이 많았다. 특히 예쁘고 매력적인 플리스 언니를 질투했다. 하지만 지금 베티는 플리스를 향해 미소 지으며 언니와 함께 사랑과 이해의 눈빛을 나누고 있었다. 오직 자매만이 경험할 수 있는 일이었다. 둘은 경쟁 관계가 아니었다. 서로 다르다고 해서 멀어질 필요는 없었다. 서로 다르기에 함께하면 더욱 강해질 뿐이었다.

"바깥 곳곳에 간수들이 수색하며 다니고 있어."

콜턴이 끼어들었다. 콜턴은 어느새 창가로 가 있었다. 어찌나 바짝 긴장했는지 살짝 건드리기만 해도 용수철처럼 튀어 오를 판이었다.

"자, 베티 위더신즈, 이제 한 번 얘기해 봐. 난 어떻게 이곳에서 나가지? 내가 까마귀바위섬에 있으면 안 된다는 건 확실하거든."

"나랑 같이 가."

소샤가 태연하게 말했다. 소샤는 여행 가방을 힐끗거리고 있었다.

"그 말은…… 이젠 내 마법 한 줌을 언니한테 줘야 한다는 뜻이에요?"

찰리가 목소리를 떨면서 물었다.

"맞아, 동생아."

베티가 마트료시카 인형을 꺼내서 매끄럽고 아름답게 색칠한 나무를 엄지로 쓰다듬었다.

"이제 다 돌려줘야 해."

베티는 인형을 소샤한테 건넨 뒤, 차례대로 거울과 가방을 넘기는 언니와 동생을 묵묵히 지켜봤다. 소샤는 물건을 받아들고도 한참이나 말없이 그저 가만히 보고만 있었다. 뜻밖에도 소샤가 베티한테 인형을 돌려줬다.

"너 가져."

베티도 인형을 가만히 바라만 봤다. 몹시 갖고 싶었다. 선물을 돌려주기가 이토록 괴로울 줄은 예상도 못 했다.

"고마워요. 하지만 받을 수 없어요. 언니랑 동생한테 공평하지 않아요……."

"이 물건에 깃든 힘은 너희 모두를 위한 거야. 너희가 노력해서 손에 넣었어."

소샤가 다시 얼핏 서글퍼 보이는 미소를 지었다.

"게다가 이 인형들은 너희처럼 서로 아끼고 위해주는 자매들한테 어울리는 선물이잖아."

소샤가 마법의 인형을 베티 손에 쥐여 줬다.

"진정한 자매들."

"감사합니다."

베티는 얼떨떨해져서 속삭였다. 감사하는 마음은 달콤했다. 마법처럼 온몸에 온기를 퍼트려서 취한 기분이 들었다.

플리스가 콜턴 앞으로 가서 부드럽게 말했다.

"이번엔 진짜 안녕이네."

고개를 끄덕이는 콜턴 두 눈에 슬픔이 깃들었다.

"아무래도 그런 것 같지?"

위층 어딘가에서 마룻바닥이 끼익 소리를 냈다.

"베티? 펠리시티? 샬럿?"

할머니 목소리가 천둥소리 같았다.

계단에서 발걸음 소리가 나자 세 자매가 얼어붙었다.

플리스가 제일 먼저 정신을 차리고 속삭였다.

"이제 가."

콜턴이 얼른 찰리를 한 번 안아주더니 플리스 뺨에 재빨리 입맞춤했다.

플리스가 손가락으로 얼굴을 만졌다.

"이건 왜?"

"행운을 빌어주는 거야."

갑자기 콜턴이 활짝 웃었다.

"너희 자매들은 벌써 스스로 운을 바꿨다는 게 내 생각이지만."

콜턴이 베티를 돌아보고 한 손을 내밀었다.

"베티 위더신즈, 보고 싶을 거야. 지금 모습 절대 잃지 마."

머뭇머뭇 덧붙였다.

"우리 친군가?"

베티가 콜턴 손을 힘주어 쥐었다.

"뭐 비슷해. 그리고 콜턴 오빠, 고마워."

콜턴이 베티를 끌어당겨서 품에 안자 베티는 목이 콱 막혔다.

콜턴이 싱긋 웃었다.

"나야말로 고마웠어. 뭐, 다는 아니고."

소샤가 거울을 옷 안에 잘 챙겨 넣고 여행 가방을 손에 들었다. 준비가 된 것이었다.

"안녕, 위더신즈 자매들. 지금 너희한테는 너희만의 마법이 있단다."

소샤가 콜턴과 팔짱을 끼더니 누구한테도 들리지 않을 만큼 작게 무언가를 속삭였다.

눈 깜짝할 사이 두 사람이 사라졌다. 처음부터 두 사람은 없었다는 듯 허공에서 까마귀 깃털만이 팔락팔락 흩날렸다.

"까마귀 맙소사!"

할머니가 꽥 소리치는 바람에 세 자매가 깜짝 놀랐다. 세 자매가 휙 돌아서니 정면에 할머니가 있었다. 검은색 깃털 하나가 똑바로 머리에 꽂힌 할머니는 화가 난 늙은 칠면조 같았다.

"도대체 어디에 있었던 거야! 까마귀바위섬이 봉쇄됐어. 탈옥한 죄수들이 돌아다니는데 너희들은 한가롭게 싸돌아다닌 게냐?"

할머니가 힐끔 플리스를 봤다.

"드디어 할미 말 듣고 그놈의 말갈기 같은 머리를 잘랐구만. 이젠 손님한테서 맥주잔에 머리카락이 빠져 있다는 불평은 그만 들어도 되겠네. 그렇다고 짧아진 머리가 니들이 어디에 있었는지 설명해 주는 건 아니다!"

할머니가 베티를 향해서 손가락을 마구 흔들었다.

"다 네 생각이지? 아니냐? 그리고 이 까마귀 깃털은 다 뭐냐? 안개 습지에서 날아다니는 까마귀들이 여기에서 떼죽음이라도 당한 게냐?"

할머니가 찰리를 미심쩍게 봤다.

"너 또 죽은 동물들을 묻어주겠다고 집으로 갖고 왔지? 이 말썽꾸러기 아가씨야, 당장 그만 두……."

"할머니, 아니에요. 이번에는 아무것도 집으로 데려오지 않았어요. 뭐, 그게……. 어쨌건 죽은 건 안 데려왔어요."

찰리 목소리가 기어들어 갔다.

"찰리?"

할머니가 경고하듯 말했지만 찰리가 선수를 쳤다.

"우리 진짜 바빴어요. 소샤 스펠손도 구하고 저주도 깨트리고……."

"저주? 웬 저주 타령이냐?"

할머니가 두 손을 번쩍 들었다.

"너희 그 장난인지 놀이인지, 아주 할미가 죽겠다 죽겠어. 감옥에서 종이 저렇게 울어대는데 놀이나 하고 다니면 어쩌자는 거냐! 할미 말 듣고는 있냐?"

"네, 할머니!"

세 자매가 합창하듯 대답했다.

할머니가 누그러졌다. 한참이나 열을 펄펄 냈더니 지치기도 했다. 의자를 하나 잡아끌고 와서 털썩 주저앉아 주름진 손으로 얼굴에 부채질을 했다.

"우리 친척 클라리사 얘기를 잊지 마라. 클라리사도 똑같은 놀이를 해댔어. 소샤 스펠손 얘기라면 늘 사족을 못 썼지."

"무슨 얘기요?"

베티가 조심스럽게 물으면서 찰리한테 잠자코 있으라는 눈빛을 보냈다.

할머니가 얼굴을 찌푸렸다.

"소샤가 탑에서 감쪽같이 사라진 얘기지 뭐겠냐! 그걸 모르는 사람도 있남? 클라리사랑 니들 아빠가 나한테 그 얘기를 하게 해놓고 시시콜콜 다 따라 하는 바람에 할미가 아주 환장했다. 클라리사는 소샤 흉내 내는 걸 정말 좋아했어. 니들 아빠는 불쌍하게도 도깨비나 까마귀를 맡았지만."

할머니가 콧방귀를 꼈다.

"지금도 대장 노릇만 하려 들고 말이지."

"클라리스가 살아 있어요?"

베티가 물었다.

할머니가 기가 찬다는 표정으로 베티를 봤다.

"베티, 너 오늘 어디 아프니? 평소에는 똑 부러지는 애가 오늘은 이상하게 구네?"

할머니가 한 손으로 베티 이마를 짚었다.

"열도 안 나는구만."

베티가 간신히 웃음을 짜냈다. 따뜻한 모래를 뒤집어쓴 것 같은 낯선 느낌이 베티를 휘감았다. 베티가 기억하는 한 이렇게 만족스러운 기분은 처음이었다. 어지럽기도 했지만 행복했다.

"아, 그냥…… . 농담했어요. 저 괜찮아요, 할머니. 진짜예요"

정말이야. 나 진짜 괜찮아.

베티가 깨달았다.

"얼씨구……."

할머니가 손을 내리고 자리에서 일어났다.

"농담이라고, 응?"

할머니가 뒤쪽 찬장에서 잔을 가져와 위스키를 조금 따랐다.

"보름 동안 외출 금지에 덤으로 집안일도 늘었다는 얘길 듣고도 농담이 나오나 어디 보자. 마침 저기 니들 아빠도 오니까 아빠 생각은 어떤지도 들어보고."

"네?"

과연 문이 덜그럭거려서 베티가 돌아보니 누군가 밖에서 문을 밀어 열고 있었다. 베티는 희망으로 부풀었다. 설마, 진짜……

바니 위더신즈가 현관 발닦개에 서서 장화에 붙은 낙엽을 털어냈다. 추운 날씨 탓에 두 볼이 빨갰다.

"너희들! 사방을 찾아다녔잖아!"

아빠가 바람을 거슬러 문을 닫고 화를 내다가, 놀라서 굳어버린 아이들 표정을 눈치채고는 눈을 빛내며 잠시 말을 멈췄다.

"할머니한테서 혼날 만큼 다 혼났어? 아빠가 또 잔소리 안 해도 되겠지?"

"아빠?"

베티가 간신히 입을 열었다. 믿기지 않았다. 베티가 손을 떨자 인형들이 달그락거렸다. 저주를 깨트리는 행위가 또 어떤 다른 결과를 가져올지 따져보지는 않았지만, 아빠가 여기 있었다. 베티 심장에서 은빛 얼음 조각이 떨어져 나갔다. 아빠 없이 보낸 세월을 되돌리지는 못하겠지만, 앞으로 얼마든지 시간을 함께하면 될 터였다.

"여, 여기는 어떻게 오셨어요?"

아빠가 허허 웃었다.

"내가 아마 여기 살걸?"

"일찍 풀려나신 거예요?"

플리스 목소리에도 힘이 잔뜩 들어갔다. 세 자매 모두 꼼짝도 하지 않았다.

"어디에서 풀려나?"

아빠가 찰리한테 가더니 두 팔로 찰리를 번쩍 들어 올렸다. 찰리는 아빠 어깨에 엉덩이를 반쯤 걸치고 앉았다. 뻣뻣하게 굳은 찰리가 아빠를 빤히 쳐다보더니 천천히 손가락을 뻗어서 아빠 코를 쿡쿡 찔렀다.

"감옥이요."

찰리가 대답했다.

"감옥? 요 엉뚱한 아가씨, 이래 봬도 아빠는 꽤 괜찮은 사람이다!"

아빠가 웃으면서 찰리를 쿡쿡 찔렀다.

"아무렴요."

할머니가 눈알을 굴렸다.

"바너비 씨, 오늘 쟤들하고는 영 얘기가 안 통하네요. 또 그 바보 같은 놀이 중이시거든. 보름간 외출 금지라는 말은 이미 했고……."

할머니가 또 한마디 덧붙이려는데 베티가 어느새 아빠한테 다가가고 있었다. 머뭇머뭇 두 팔로 아빠를 안았다. 아빠가 습지 안개처럼 사라지기라도 할까 봐 조금은 겁이 났다. 잠시 뒤, 베티는 옆에 와 있는 언니를, 머리카락 사이로 부는 아빠 숨결을 느꼈다.

"진짜 아빠다."

베티가 아빠 외투 속에서 중얼거렸다. 바싹 마른 낙엽 냄새와 차가운 기운 아래 따뜻하고 든든한 아빠가 있었다.

"쟤들은 다정하게 굴려고 마음만 먹으면 진짜 세상에 둘도 없는 천사들이라니까."

할머니가 미심쩍게 말했다.

"그렇다고 뭐가 달라질까 기대도 하지 마라! 보름 동안 외출 금지야!"

"너무 해요! 우리가 그렇게 엄청난 일을 하고 왔는데!"

찰리가 분통을 터트렸다.

"아빠가 할머니랑 얘기해서 일주일 줄여줄게."

아빠가 속삭였다.

베티가 플리스를 돌아봤고 둘은 은밀하게 미소를 교환했다.

"일주일쯤이야 아무것도 아니지."

플리스가 눈을 빛내며 말했다.

"맞아. 앞으로 시간은 얼마든지 있으니까."

베티가 맞장구쳤다.

닫는 글

"있잖아⋯⋯."

일주일이 거의 끝나갈 무렵, 플리스가 젖은 유리잔을 닦으면서 의미심장하게 입을 열었다.

"아빠를 만난 뒤로 생각해 봤는데⋯⋯."

"뭐를?"

흑판에 '오늘의 특별 요리'를 적던 베티가 고개를 들었다.

"우리가 뭔가 더 해봤다면⋯⋯. 엄마한테 벌어진 일을 바꿔보려고 말이야⋯⋯."

플리스가 목소리를 확 줄였다.

"베티, 우리한테 가방이 있었어! 엄마가 돌아가신 날 밤으로 돌아가서 어떻게든지 엄마 마음을 바꿀 수 있지 않았을까? 습지에 가지 말라고 말려서?"

"우리가 그 생각을 했어도 미래에서 온 우리를 본 엄마는 오히려 집에서 더 빨리 나갔을 거야."

베티가 냉정하게 말했다. 사실 베티도 똑같은 미련을 버리지 못하고 있었다. 하지만 베티는 현실적으로 일단 저주가 작동한 이상 달리 더 할 수 있는 일은 없다는 걸 알고 있었다. 이제 자매한테도 미래가 생긴 만큼 과거는 과거로 남겨두고 앞으로 나아가야 했다.

"언니, 우리가 세운 계획은 '저주를 풀고 할머니한테 돌아온다'였어. 그리고 우린 해냈어. 우리들 목숨도 구했지만 다른 위더신즈 가문 여자들도 우리 때문에 아홉 명이나 살았어. 그런 일을 해냈다고 말할 수 있는 사람이 과연 몇이나 있겠어?"

"그러게. 네 말이 맞아."

플리스가 수긍했다.

"까마귀바위섬 감옥에서 한 사람도 아니고 두 사람이나 구한 일은 어떻고? 정말 많은 것이 변했어. 언니도 봐. 일주일 내내 아무한테도 뽀뽀하지 않고 버텼……."

"야!"

플리스가 들고 있던 마른행주를 던질 듯 장난스럽게 털자 베티가 피하면서 웃었다.

행주를 내려놓은 플리스는 생각이 많아 보였다.

"당분간은 누구한테도 입 맞추지 않을 거야."

플리스가 창문 밖 어딘가 먼 곳을 내다보며 말했다.

"정말 입을 맞출만한 누군가가 나타날 때까지는……."

"진짜 잘 생각했어. 어차피 까마귀바위섬에 사는 웬만한 사람들한테는 언니가 다 입을 맞춰버렸……. 어이쿠!"

플리스가 다시 행주를 집어 들고 베티한테 던지자 베티가 웃음을 터트렸다. 베티가 웃음을 멈추고 말했다.

"지금도⋯⋯. 충분해. 우리가 바라던 것보다 훨씬. 모든 것이 완벽해지기를 바라는 건 찰리가 레이스 드레스를 차려입고 소꿉놀이하기를 바라는 거나 마찬가지야."

"에?"

벽난로 속에서 기어 나오던 찰리가 자기 이름을 듣고 반응했다.

"난 드레스 안 입어!"

"좋은 생각이야. 꼴 좀 봐. 온통 검댕투성이잖아! 그 안에서 뭘 한 거야?"

베티 물음에 찰리가 혀를 쏙 내밀었다.

"깡총이 찾고 있었어."

"할머니가 보기 전에 빨리 털어. 저기 오시잖아!"

베티가 문을 고갯짓하며 말했다.

"참견쟁이 까마귀!"

찰리가 옷에 묻은 재를 정신없이 털면서도 투덜거렸다.

밀렵꾼의 주머니 문이 열리면서 할머니가 장 본 물건으로 가득한 바구니를 들고 느릿느릿 들어왔다. 할머니 바로 뒤에서 핑거티가 바구니 두 개를 더 들고 들어왔다.

"얘들아, 지금 가게 문 열자. 굳이 따지자면 오 분 이르지만 세이머스, 그쪽을 위해서라면 그 정도 예외는 둘 수 있지. 요새 정말 많이 도와줬으니까."

할머니가 바구니를 내려놓으면서 말했다.

"암."

핑거티가 자매들을 향해서 눈을 찡긋하더니 뼈밖에 안 남은 가슴을 잔뜩

416

부풀리며 말했다.

"게다가 버니, 난 영웅이라고요. 까마귀바위섬에서 제일 썩어빠진 놈을 내가 잡았지. 그걸 잊으면 안 돼요."

"어림 반 푼어치도 없는 소릴. 플리스, 핑거티 씨한테 평소 먹는 거 갖다 드리고 너희 셋 다 항구에 가 봐라. 아빠가 찾으시더라."

"아빠가요? 항구에서요?"

베티가 흥미롭다는 듯 플리스를 힐끔 봤다. 아빠가 무슨 일로 우리를 찾으시지? 오늘은 장날도 아니라 들어오는 장삿배도 없을 텐데. 근데 할머니는 도대체 뭘 아시길래 저렇게 히죽히죽 웃으시고?

"할머니? 정확히 무슨……"

할머니가 불기 없는 담뱃대에서 연초를 털어내며 한 손을 저었다.

"너희들이 가서 직접 봐. 그런데……"

할머니가 말을 멈추더니 눈을 부라렸다.

"찰리? 찰리! 이 바닥에 검댕은 다 뭐냐?"

찰리가 탁자 밑에서 나오더니 냅다 문으로 달리며 외쳤다.

"아빠가 부르신다! 이따 봐요."

"우리도 가자."

플리스가 앞치마를 벗어 던지면서 베티를 불렀다.

구시렁대는 할머니를 뒤로하고 베티와 플리스가 킥킥 웃으며 찰리를 뒤따라 쏜살같이 뛰었다. 구불구불한 거리를 따라 네거리를 지나 항구에 있는 나루터까지 갔다.

"아빠 어디 계셔?"

417

언니들과 낚싯배를 살피면서 찰리가 물었다. 찰리는 햇빛 때문에 눈을 가느다랗게 뜨고 있었다. 찰리 숨결에 바삭한 십일월 공기가 촉촉해졌다.

"잠깐, 저기 아빠인 것 같은데……. 저건 누구 배지?"

베티가 햇빛을 가리고 앞을 내다봤다. 부두 옆에서 파도를 타고 까딱대는 작은 배 위에 굳건하게 서 있는 사람은 분명 아빠였다. 새로 녹색 칠을 한 배가 보석처럼 반짝였다.

"저거 우리 배다."

베티가 중얼거렸다. 심장이 두근거렸다.

"아빠가 끝내셨어. 아빠가 드디어 배를 고쳤어!"

어느새 베티가 찰리, 플리스와 함께 부두 위를 내달리다가 배에 닿자 뒤꿈치로 미끄러지며 멈췄다.

아빠가 하하 웃었다.

"때가 되기도 했지!"

"딱 아빠한테 해드릴 말이네요."

허겁지겁 배에 오르면서 베티가 대꾸했다.

아빠가 배 움직임에 따라 자연스럽게 균형을 잡으며 부두에 묶어놓은 밧줄을 풀었다. 수월하게 부두에서 벗어난 배가 바다로 미끄러지듯 부드럽게 나아가자 아빠가 하늘을 살폈다.

"날씨도 좋고 이제 겨우 정오를 지난 시간이라 오후 내내 탈 수 있겠어. 자, 어디 갈까?"

"습지 기슭이요."

베티가 단박에 대답했다.

"습지 기슭?"

아빠가 베티를 따라 말하더니 어깨를 으쓱했다.

"그래, 어디 그럼 습지 기슭으로."

베티는 자리에 앉아서 저 멀리 수평선 위로 어렴풋이 보이는 땅덩어리로 눈길을 보냈다. 습지 기슭은 베티가 계획한 모험에 비해 대단한 곳은 아니지만 이건 겨우 시작일 뿐이었다. 그리고 아직 가 보지 않은 곳이라면, 그곳이 아무리 보잘것없어도 모험을 떠난 것이라고 여기기로 했다. 성공은 성공일 것이었다. 앞으로 더 큰 모험을 떠날 테니까.

시간은 있으니까.

"플리스, 너 괜찮니?"

아빠가 걱정스러운 눈빛으로 플리스를 보며 물었다.

플리스가 깊이 숨을 들이쉬며 고개를 끄덕였다. 파랗게 질린 얼굴빛이 낯설지 않았다.

"괜찮은 적도 있었어요."

플리스가 베티와 눈을 마주치며 중얼거렸다.

"더 나쁜 적도 있었고요."

"배 이름은 뭐예요? 이름을 못 봤어요."

찰리 질문에 베티는 깜짝 놀라면서 동생 말이 맞는다는 걸 깨달았다.

"아빠, 배한테 이름 지어줘야 해요."

베티가 고집스럽게 말했다.

"물론이지. 아빠는 너희들한테 맡기려고 했어."

아빠가 왼쪽으로 배를 몰았다.

"'여행 가방'이라고 불러요!"

대번에 찰리가 선언하고 나섰다.

아빠가 웃음을 터트렸다.

"배 이름인데 가방이 뭐야!"

"왜요? 온갖 물건 이름을 다 갖다 붙이는데? 그런 이름은 하나같이 바보 같단 말이에요!"

찰리가 따졌다.

"찰리 말이 맞아요. 예전에 어디서……. 들은 이야기에 나오는 가방이에요. 원하는 곳은 어디든지 데려다주는 마법 가방 얘기였어요. 정말 잘 어울리지 않아요?"

베티가 찰리 편을 들어주다가 입을 다물었다. 그 얘기는 우리밖에 모른다는 걸 처음으로 깨달았다. 자매들이 사는 지금 이 시대에는 대대로 물려온 가방이나 거울이 없었다. 소샤한테서 직접 받은 인형만 있을 뿐이었다. 자매들만이 기억하는 과거, 자매끼리 공유하는 비밀이었다. 자매들 미래가 시작된 이야기였다.

베티가 주머니에 손을 넣었다. 부드러운 나무 표면이 포근하고 따뜻하게 느껴졌다. 엄지로 매끈한 인형을 쓰다듬었다. 아무것도 모른 채 무작정 습지 기슭으로 향했던 운명적인 안개 낀 밤이 생각났다.

"덤벼드는 사람이 승리하는 거야."

베티가 혼잣말했다.

베티는 담대한 자였다. 탐험가 베티!

언니, 동생과 함께라면 베티는 그 무엇도 두렵지 않았다.

위더신즈 짝패 테스트

1. 당신을 한 마디로 표현하면?

   a) 대담하다.

   b) 상냥하다.

   c) 짓궂다.

2. 파티에 간 당신은?

   a) 의문에 휩싸인 낯선 사람한테 말을 걸고 있다.

   b) 사람들 음료수 잔을 채우고 있다. 모두가 즐겁게 시간을 보내도록
     확실히 해둬야 마음이 편하니까.

   c) 뷔페를 공략하고 있다.

3. 당신을 위한 완벽한 선물은?

   a) 열기구 여행

   b) 손으로 쓴 시 한 편

   c) 반려동물

4. 아마 이것을 지나치게 좋아할 텐데…….

   a) 문젯거리

   b) 거울에 비친 내 모습

   c) 케이크

5. 당신이 생각하는 최고의 방학은?

a) 지도를 보며 장애물 경로를 탐험하는 열대우림에서의 3박 4일 여행

b) 가족과 함께 이동식 주택에서 낮에는 야생 과일을 따고 밤에는 모닥불에 둘러앉아 노래하며 지내기

c) 동물보호소에서 갓 태어난 새끼 양을 먹이고 깃털 없는 닭한테 입힐 옷을 뜨며 보내는 일주일

6. 제일 좋아하는 놀이는?

a) 보물찾기

b) 키스 체이스(*Kiss chase, 술래잡기와 비슷하다. 술래가 원하는 사람을 잡아서 입을 맞추면 그 사람이 술래가 된다.)

c) 입으로 사과 물어 건지기(*bobbing for apples : 물에 뜬 사과 꼭지를 입으로 물어서 건지는 놀이)

7. 기분이 안 좋을 때 어떻게 하면 풀리는지?

a) 별을 보면서 해결책을 찾는다.

b) 사랑하는 사람들과 시간을 보낸다.

c) 고양이를 끌어안고 아이스크림을 먹는다.

8. 규칙을 어길 만한 순간은?

a) 지루할 때

b) 사랑에 빠졌을 때

c) 배고플 때

* a가 많은 당신

당신은 가슴 두근거리는 일이라면 사족을 못 쓰고 미지의 세계로 기꺼이 뛰어드는 사람이군요. 규칙을 깨고서라도 말이죠. 문제가 생겨 해결책이 필요한 이가 찾는 당신은 용감하고 독립적인 지략가입니다. 하지만 거침없는 성격 때문에 곤란한 상황에 처하기도 하죠. 새로운 장소에 가고 새로운 사람을 만나는 일이 흥미로울 테지만, 변함없이 당신 곁을 지키는 이들을 져버려서는 안 됩니다.

* b가 많은 당신

상냥한 성격은 당신한테서 가장 좋은 자질입니다. 사랑하는 사람들과 시간을 보내고 타인을 행복하게 하는 일에서 제일 큰 보람을 느낍니다. 다른 사람이 이끄는 대로 따라가는 성향이지만, 때로는 꿈에서 깨어나 주도권 잡기를 두려워하지 말아요. 당신의 매력과 설득력을 발휘할 때 어떤 일이 가능한지 알면 아마 놀랄지도 모릅니다.

* c가 많은 당신

장난기 많고 대담한 당신은 재미있어 보는 곳이라면 어디든지 가는군요. 어지간해서는 불안해하지도 않고 신의를 버리지도 않아요. 당신을 겁먹게 할 일이 많지 않네요. 다리가 두 개인 친구보다 네 개인 친구를 더 좋아하지만, 당신은 함께 있기 아주 좋은 사람입니다. 깜짝 놀랄 만큼 머리가 좋고 통찰력도 뛰어나지요. 단지…… 북슬북슬한 털이나 배에서 꼬르륵 대는 소리에 정신만 팔지 않으면요!

옮긴이 김래경

김래경은 경희대학교에서 영어교육을 전공했습니다. 옮긴 책으로는 ≪포그≫ ≪붉은 저택의 비밀≫ ≪상어 이빨 소녀≫ ≪북극곰의 기적≫ ≪소년, 새, 그리고 관 짜는 노인≫ 등이 있습니다. 현재 좋은 책을 찾아 기획하고 번역하는 전문 번역가로 활동하고 있습니다.

핀치 오브 매직
마법 한 줌

2022년 1월 3일 1판 1쇄 발행

글쓴이 | 미셸 해리슨
옮긴이 | 김래경

발행인 | 지준섭
책임편집 | 구미진

출판등록 | 2018년 10월 25일 제25100-2018-000071호
주소 | 서울시 노원구 마들로5길 25, 102동 105호
전화 | 010-5342-4466 **팩스** | 02-933-4456

ISBN 979-11-90618-25-0 44840
ISBN 979-11-90618-26-7 세트